U0678564

江西詩派詩集

百花洲文藝出版社

圖書在版編目（CIP）數據

江西詩派詩集 / 何振作編 . -- 南昌 : 百花洲文藝出版社 , 2024. 12. -- ISBN 978-7-5500-5549-0

Ⅰ . I222.744

中國國家版本館 CIP 數據核字第 2024PU6634 號

江西詩派詩集

JIANGXI SHIPAI SHIJI

何振作　編

出版人　陳　波
策劃編輯　陳　波　周振明
責任編輯　張　弛　楊　旭
書籍設計　方　方
製　　作　周璐敏
出版發行　百花洲文藝出版社
社　　址　南昌市紅谷灘區世貿路 898 號博能中心一期 A 座 20 樓
郵　　編　330038
經　　銷　全國新華書店
印　　刷　江西驍翰科技有限公司
開　　本　889 mm × 1194 mm　1/16　印張 89
版　　次　2024 年 12 月第 1 版
印　　次　2024 年 12 月第 1 次印刷
字　　數　1200 千字
書　　號　978-7-5500-5549-0
定　　價　538.00 圓（全四冊）

贛版權登字　05-2024-316

郵購聯繫　0791-86895108
網　　址　http://www.bhzwy.com

出版説明

「江西詩派」是中國文學史上重要的詩學流派，對宋以後詩學發展産生了重大影響，聲名遠播日本、朝鮮等國，迄今仍爲詩學愛好者研究熱點之一。《江西詩派》作爲薈萃「江西詩派」詩人群體的詩歌總集，自宋代刊刻後未再續刻，原本久已散佚，僅有零種流傳後世，成爲稀世珍本。詩人群體中個人詩集（或詩文合集）經翻刻流傳者，今日尚可蹤跡，未經翻刻者見於其他文獻，吉光片羽，幾成絶響。百花洲文藝出版社多年來致力於古代優秀文學作品的傳承與弘揚，兹特收集「江西詩派」詩人詩作，新編《江西詩派詩集》。

「江西詩派」稱謂的流行，起於《江西詩派》的刻印傳播，《江西詩派》匯刻的依據，即吕本中（一〇八四—一一四五）《江西宗派圖》。《江西宗派圖》的問世，宋以來有兩種觀點：一是南宋初年，即紹興三年（一一三三）説；一是北宋末年，即所謂吕本中「少時戲作」説。新編《江西詩派詩集》，從南宋初年説。

《江西宗派圖》所含詩人名單，因原作已佚，後人所記略有差異。現存已知最早記録《江西宗派圖》的《苕溪漁隱叢話》（前集卷四八《山谷中》），所録詩人爲「自豫章以降，列陳師道、潘大臨、謝逸、洪芻、饒節、釋祖可、徐俯、洪朋、林敏修、洪炎、汪革、李錞、韓駒、李彭、晁沖之、江端本、楊符、謝薖、夏倪、林敏功、潘大觀、何覬、王直方、釋善權、高荷，合二十五人」。此後，趙彦衛《雲麓漫鈔》（卷一四）等所列「江西詩派」詩人名單，内無何覬，而增吕本中，《直齋書録解題》所録《江西詩派》亦然。揆諸文獻，何覬，應即「黄州二何」中之「小何」（或作「何顗」、「何顒」），亦有認爲是「大何」何頡之（何頡）者。黄罃《山谷年譜》卷二九録黄庭堅《謝何十三送蟹》詩注：「蜀本《詩集》注云，何十三，當是何頡之斯舉，或其弟兄。頡之蓋黄州人。……何十三名覬。」宋乾道刻《豫章黄先生文集》卷八載前詩，題注何十三名「顗」，則「小何」爲「何顗」最貼近事實。吕本中學黄庭堅詩法，創立《江西宗派圖》，後人將其納入江西詩派，自屬順理成章。嘉泰三年（一二〇三），楊萬里應江西漕使雷潨（朝宗）之請作《江西續派二曾居士詩集序》（《誠齋集》卷八四），又將南豐曾紘、曾思父子二人歸入江西續派。職此之故，宋代列爲江西詩派的詩人，自黄庭堅以下凡二十九人。

「江西宗派」乃奉江西籍詩人黄庭堅爲宗主的詩歌流派。時人往往又將「江西宗派」視爲詩學團體，稱作「江西詩社」，偶爾亦稱爲「江西詩派」。「江西詩派」的稱謂，後即成爲《江西詩派》書名。《江西詩派》最早著録於尤袤（一一二七—一一九四）《遂初堂書目》，但僅有書名，别無其他信息。其後陳振孫（一一七九—一二六二？）《直齋書録解題》，著録宋慶元黄汝嘉增刻本《江西詩派》一百三十七卷《續派》十三卷。民國二年（一九一三）沈曾植《重刊江西詩派韓饒二集敘》（載韓駒《陵陽先生詩》卷首）稱「北宋詩家之有江西詩派」不確，殆江西詩派詩人跨越兩宋，而不局限於北宋。《江西詩派》乃南宋淳熙十一年（一一八四）初刻於隆興府（府治今江西南昌）學宫。楊萬里《江西宗派詩序》（《誠齋集》卷八〇）稱其書凡二十五家，爲程叔達（一一二〇—一一九七）所編。叔達，字元誠，安徽黟縣人，宋紹興十二年（一一四二）進士，淳熙九年至十三年知隆興府，兼江西安撫使，後累官至顯謨閣待制、華文閣直學士，卒謚莊節。修《豫章職方乘後集》十四卷（《直齋書録解題》作十二卷，《郡齋讀書志》作《職方乘後集》十四卷，《宋史・藝文志》作《隆興續職方乘》十卷，雍正《江西通志》作《續豫章志》十四卷），著有《玉堂集》等。陸九淵《與程帥》（《象山集》卷七）謂「伏蒙寵貺《江西詩派》一部二十家」，則所獲程叔達贈書僅二十家，或當時其餘諸家尚未刻竣。

《直齋書録解題》著録《江西詩派》一百三十七卷，沈曾植《重刊江西詩派韓饒二集敘》稱「二十五家之數，而卷數則爲一百六十二卷矣」。今人祝尚書《宋人總集敘録》據沈敘，以爲「卷數差舛，不詳其故」。黄寶華誤記沈氏説爲一百六十一卷，以爲部分詩集實際卷數統計存在錯誤。黄寶華録黄庭堅《山谷集》十一卷、《外集》十一卷、《别集》一卷，陳師道《後山集》六卷，二家合二十九卷，總數與《直齋書録解題》相符。（《〈江西詩社宗派圖〉的寫定與〈江西詩派〉總集的刊行》）然《文獻通考》及所據《直齋書録解題》皆録黄庭堅《别集》爲二卷，陳師道還有《外集》五卷，二家實三十五卷。又從《直齋書録解題》録晁沖之《具茨集》十卷、吕本中《東萊外集》二卷，但《郡齋讀書志後志》、《文獻通考》俱録《具茨集》爲三卷，而今存宋慶元黄汝嘉增刻《江西詩派》本《東萊外集》實爲三卷，顯然《直齋書録解題》因傳本係鈔本而存在錯訛。由此可確認二十五家集名、卷數如下：

黄庭堅《山谷集》十一卷《外集》十一卷《别集》二卷。

陳師道《後山集》六卷《外集》五卷。

潘大臨《柯山集》二卷。

謝逸《溪堂集》五卷《補遺》二卷。

洪芻《老圃集》一卷。

饒節《倚松集》二卷。

釋祖可《瀑泉集》十三卷。

徐俯《東湖集》三卷。

洪朋《清虚集》一卷。

林敏修《無思集》四卷。

洪炎《西渡集》一卷。

汪革《青溪集》一卷。

李錞《李希聲集》一卷。

韓駒《陵陽集》四卷《別集》二卷。
李彭《日涉園集》十卷。
晁沖之《具茨集》三卷。
江端本《陳留集》一卷。
楊符《楊信祖集》一卷。
謝薖《竹友集》七卷。
夏倪《遠遊堂集》二卷。
林敏功《高隱集》七卷。
王直方《歸叟集》一卷。
釋善權《真隱集》三卷。
高荷《還還集》二卷。
呂本中《東萊集》二十卷《外集》三卷。
《續派》二家：
曾紘《臨漢居士集》七卷。
曾思《懷峴居士集》六卷。

《宋史·藝文志》著録呂本中《江西宗派詩集》一百十五卷、曾紘《江西續宗派詩集》二卷，所録卷數與《直齋書録解題》不同。劉克莊《江西詩派小序》（《後村集》卷二四），包括黄庭堅、陳師道、韓駒、徐俯、潘大臨、洪朋、洪芻、洪炎、夏倪、謝逸、謝薖、林敏修、林敏功、晁沖之、汪革、李彭、饒節、釋祖可、釋善權、高荷、江端本、李錞、楊符、呂本中二十四人。頗疑《宋史·藝文志》所録爲劉克莊所編，其一百十五卷當即前述二十四家詩集之數（惟各家卷數不詳）。《續宗派》，雖未見劉克莊序，疑此二卷則亦爲劉克莊所編，當是曾紘《臨漢居士集》一卷、曾思《懷峴居士集》一卷。

《江西詩派》的刊刻流佈，固化了「江西詩派」的稱謂，「江西宗派」、「江西詩社」的稱謂逐漸消失。後世研究江西詩派，又出現泛化傾向，繼承江西詩派「同聲相應」的思路，拓展了「江西詩派」範疇，如方回（一二二七—一三〇七）有「一祖三宗」説（見《瀛奎律髓》卷二六），以唐代杜甫爲祖，宋人黄庭堅、陳師道、陳與義爲宗。又如以江西地方詩學發展爲思路，將「江西詩派」範疇地域化，其説以明萬曆間江西泰和郭子章爲嚆矢，稱江西詩派當以陶彭澤（淵明）爲祖；至江西新城（今黎川）楊希閔（一八〇九—一八八五？）進一步發展，稱「江西詩派」發展至元代，當以彭澤爲初祖，歐陽修、黄庭堅、虞集爲三宗，以同時伯仲者爲羽翼，兄弟子侄爲一門，受業弟子爲及門，異時接跡者爲後起，未成大家亦傑然有立者爲附見（見《鄉詩摭譚》正集卷首）。

沈曾植《重刊江西詩派韓饒二集敘》，稱《江西詩派》本猶存饒節《倚松老人集》、韓駒《陵陽集》、晁沖之《晁叔用集》、謝薖《謝幼槃集》、呂本中《呂東萊詩集》五家。今《謝幼槃集》未見，另四家或非完本，或爲後刻後鈔本。元明以來，江西詩派式微，至清末同光體興起，提倡宋詩，但未見薈萃編刻江西詩派詩人詩集者。民國二十八年（一九三九）潘景鄭曾著録清人戴笵雲（機又）寫本《江西詩派》一卷，所選詩人二十四家與劉克莊所選一致（《著硯樓書跋》），可惜編選者爲誰爲何時人俱皆不詳。戴氏爲康熙、雍正間人，不知該本尚存人間與否。至今人陳永正《江西派詩選注》（中山大學出版社，一九八五年）、邱少華《江西詩派選集》（北京師範學院出版社，一九九三年），選詩寥寥，已難窺「江西詩派」全貌。

兹以宋江西詩派二十九人詩作，重新輯編《江西詩派詩集》。二十九人中的釋祖可、林敏修、汪革、李錞、江端本、楊符、林敏功、王直方、釋善權、高荷、曾紘、曾思十二人的詩集已佚；潘大觀、何顗二人，未見歷代書目載有詩集；潘大觀、曾思二人詩歌未見片句。詩集成卷傳世者十五人，所存宋元明清刻本或明清鈔本，分藏於海内外數十家圖書館。兹編分影印、附録兩部分，影印以詩集成卷傳世者爲主，附録則配補《全宋詩》（北京大學古文獻研究所編，北京大學出版社，一九九八年）有關江西詩派詩人詩作之遺漏闕失及其辨證，以期全面準確地展示江西詩派詩人詩作。影印底本力求善本、足本，今所據者可分爲五種類型：

一、《江西詩派》本。皆從宋慶元五年黄汝嘉增刻本出。饒節《倚松老人詩集》以《江西詩派》本配補清鈔本；韓駒《陵陽先生詩集》用清鈔宋本；晁沖之《具茨晁先生詩集》用明嘉靖晁氏寶文堂刻本；吕本中《東萊先生詩集》用宋乾道沈度吴郡刻本（《江西詩派》底本），《外集》用《江西詩派》本。

二、詩注本。黄庭堅、陳師道詩集以「詩注」本影響最大，黄庭堅詩注有《内集》、《外集》、《别集》三集，宋元刻本往往僅爲其中一集，且非完帙，明代三集合刻，但訛脱不少。詩注本以清光緒陳三立仿宋刻本較佳（《内集》底本爲日本古翻宋刻本，《外集》、《别集》底本爲朝鮮古活字印本，皆源出宋本），今以此本爲底本，配以清乾隆五十四年（一七八九）南康謝氏樹經堂刻本之《外集補》、《别集補》。陳師道詩集因宋刻非完帙，即以元刻本爲底本。

三、宋刻詩文集本。謝邁詩集以《續古逸叢書》本《謝幼槃文集》爲底本。

四、《永樂大典》本。謝逸《溪堂集》、洪芻《老圃集》用清鮑氏知不足齋鈔本，李彭《日涉園集》用清翰林院紅格鈔本，洪炎《西渡集》用清鈔本，洪朋《清非集》（又名《洪龜父集》）用清光緒刻《洪氏晦木齋叢書》本，以上皆出自《永樂大典》。

五、總集選本。潘大臨《潘邠老小集》、徐俯《東湖居士集》、夏倪《五桃軒詩集》僅有選本載《兩宋名賢小集》。今以文津閣《四庫全書》所載《兩宋名賢小集》本爲底本。另釋善權詩集，無成卷傳世，《增廣聖宋高僧詩選後集》載其詩十五首，輯爲一卷。

《江西詩派詩集》據《苕溪漁隱叢話》所記《江西宗派圖》詩人順序排列，人各爲集。各集首綴小傳，並簡介所用版本；影印詩集後，匯集諸家輯補《全宋詩》失收江西詩派詩人詩作爲附一，薈集諸家研究《全宋詩》關於江西詩派詩人詩作之辨證爲附二。

本書影印部分採用原色印刷的方式，對於底本的蠹蝕破損之處，亦不作修補，以反映底本的保存現狀。輯佚考辨内容多賴現今已有的學術文章、專著，而録文皆以原籍爲準。現有成果中文字誤録者，一律徑改，不出校記。原籍底本中出現的俗字及常見避諱字不予保留，録文皆取正字。底本中的明顯訛誤用圓括號標注，改小號字排，再於其下補出正字，以六角括號標注。異文涉及原籍不同版本的隨文出校。詩集、詩作全佚而失考者，僅存小傳。輯佚一部以詩、句爲序，各詩、句之下，先標出處，次標輯録者。輯佚、辯證皆以成果時代先後爲序。本書所徵引的文獻，有的標題中含有阿拉伯數字，出於排版美觀的考慮，引述時均用漢字數字轉寫。

兹編之闕略訛誤，尚祈方家有以教正。

何振作

目録

一、黄庭堅

黄庭堅（一〇四五—一一〇五），字魯直，小字繩權，號山谷道人、涪翁、摩圍老人。宋治平四年（一〇六七）進士，調葉縣尉。熙寧五年（一〇七二），除國子監教授。元豐三年（一〇八〇）改吉州太和知縣，六年監德州德平鎮。哲宗立，召爲校書郎、《神宗實録》檢討官。逾年遷著作佐郎，加集賢校理。《神宗實録》成，擢起居舍人。丁母憂。服除，爲祕書丞，提點明道宫，兼國史編修官。紹聖元年（一〇九四），出知宣州，改鄂州。十二月，坐史事責貶涪州別駕，黔州安置，改戎州安置。庭堅泊然，講學不倦，蜀士慕從遊者衆。徽宗立，知太平州，旋罷，主管玉龍觀；復以文字罪除名，羈管宜州，卒於貶所，私謚文節，《宋史》有傳。庭堅與張耒、晁補之、秦觀俱遊蘇軾門，稱蘇門四學士。庭堅於文章尤長於詩，其詩得法杜甫，蘇軾贊曰「瓌偉之文，妙絶當世，孝友之行，追配古人」。與蘇軾並稱「蘇黄」。庭堅善行書、草書，楷法亦自成一家。

庭堅著述宏富，其詩文合集者有《豫章黄先生文集》三十卷《外集》十四卷《别集》二十卷《簡尺》二卷《詞》一卷、《類編增廣黄先生大全文集》五十卷、《豫章先生遺文》十二卷、《山谷全書》九十七卷。專爲詩集者有《山谷内集詩注》二十卷《外集詩注》十七卷《别集詩注》二卷。又有節選詩文别出者：《山谷老人刀筆》二十卷、《宜州乙酉家乘》一卷、《宋黄太史公集選》三十六卷、《黄律卮言》十卷、《黄太史精華録》八卷、《豫章先生文粹》四卷、《山谷先生詩鈔》七卷、《杜詩箋》一卷（程千帆等指爲僞書）、《山谷詞》（又名《山谷琴趣外篇》）三卷等等。庭堅編纂之書則有《神宗實録》二百卷、《建章録》、《涪翁雜録册》（一名《山谷志林》）、《萬卷菁華》二十四卷（題黄庭堅輯，又有十八卷本）、《師友淵源録》二卷等。

四庫本《直齋書録解題》卷二〇録《山谷集》三十卷《外集》十一卷《别集》二卷，稱「江西所刻《詩派》」，即豫章前後集中詩也。《别集》者，慶元中莆田黄汝嘉增刻」，則《直齋書録解題》所謂《江西詩派》本當即淳熙十一年（一一八四）隆興府學宫刻慶元五年（一一九九）莆田黄汝嘉增刻本。其中《山谷集》三十卷，元泰定元年（一三二四）西湖書院刻《文獻通考》卷二四四據《直齋書録解題》記作十一卷，三十卷本有詩文合集本、《山谷編年詩集》本，皆有傳本，可知其中《山谷集》三十卷絶非入《江西詩派》者。較之元泰定刻《文獻通考》，知四庫本《直齋書録解題》有誤，蓋《直齋書録解題》久無傳本，《四庫全書》館館臣乃據《永樂大典》輯録而成。由此推《江西詩派》本之《山谷集》絶非三十卷，而是十一卷，另有《外集》十一卷、《别集》二卷。

《全宋詩》册一七卷九七九頁一一三二九至卷一〇二七頁

一一七四五收黃庭堅詩，共四十九卷，以《武英殿聚珍版書》所收《山谷詩注》爲底本，校以宋紹定刊《山谷詩注》（殘存三卷）、元刻《山谷黃先生大全詩注》（殘存内集十六卷）、《四部叢刊》影印乾道刻《豫章黃先生文集》及元刊《山谷外集詩注》、明嘉靖蔣芝刊《黃詩内篇》十四卷、明刻《山谷黃先生大全詩注》、文淵閣《四庫全書》本《山谷集》、清光緒陳三立仿宋刻本《山谷詩注》，並參校乾隆翁方綱校樹經堂本《山谷詩注》。《山谷集》中多出底本的騷體詩及偈、贊、頌（其中多爲六言或七言詩）等，參校明弘治葉天爵刻、嘉靖喬遷重修本，編爲第四十五至四十八卷。另從他書中輯得集外詩四十二首和斷句十七條，編爲第四十九卷。

黃庭堅詩集以「詩注」本影響最大，詩注有《内集》、《外集》、《别集》三集，宋元刻本往往僅爲其中一集，且非完帙；明代三集合刻，但訛脱不少。詩注本以清光緒二十六年（一九〇〇）陳三立仿宋刻本較佳（《内集》底本爲日本寬永翻宋刻本，《外集》、《别集》底本爲朝鮮古活字印本，皆源出宋本），今據江西省圖書館藏本，配補清乾隆五十四年（一七八九）南康謝氏樹經堂刻清謝啓昆注《外集補》四卷《别集補》一卷影印。

山谷詩集注二十卷

任淵注

清光緒二十六年（一九〇〇）義寧陳三立仿宋刻宣統二年傳春官印本
原版框高二十二點三釐米，寬十七點三釐米
江西省圖書館藏

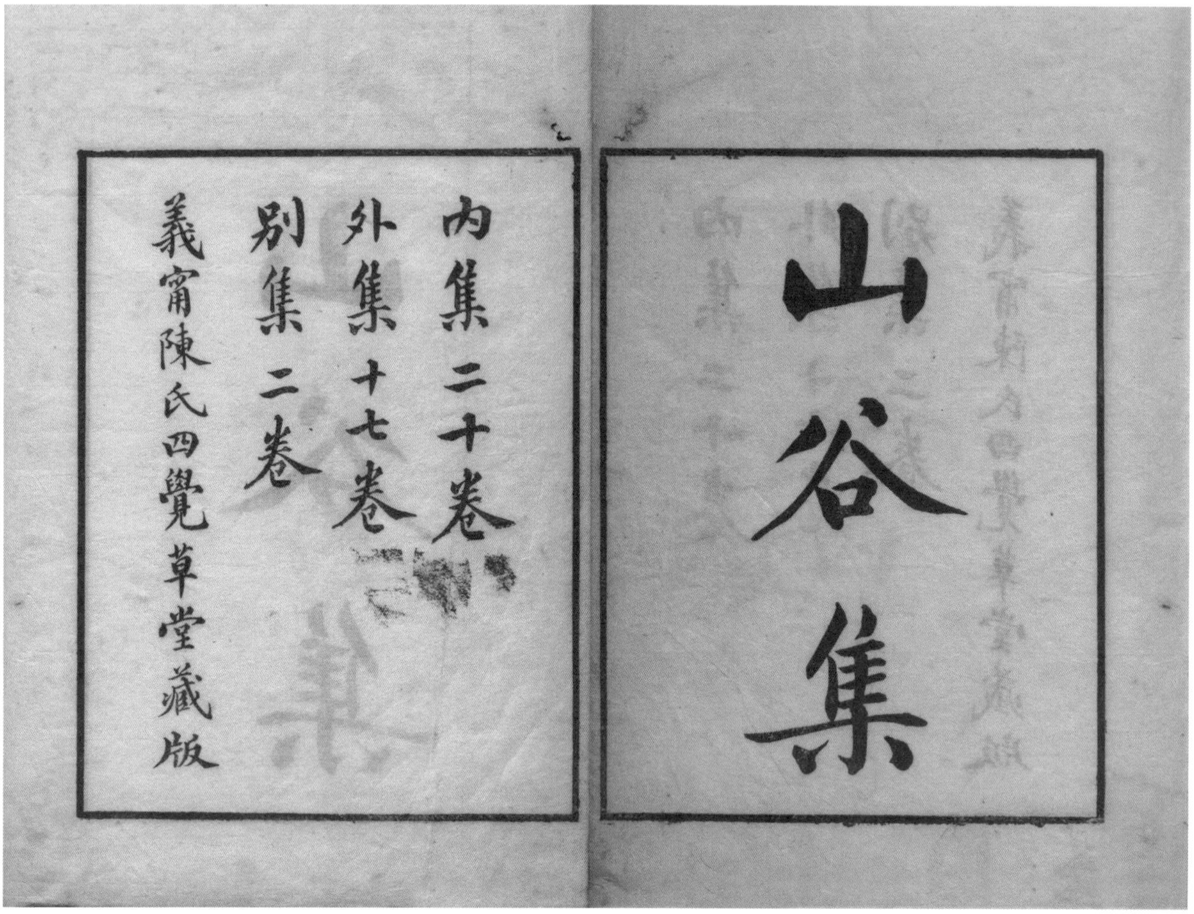

山谷集

内集二十卷
外集十七卷
别集二卷

義甯陳氏四覺草堂藏版

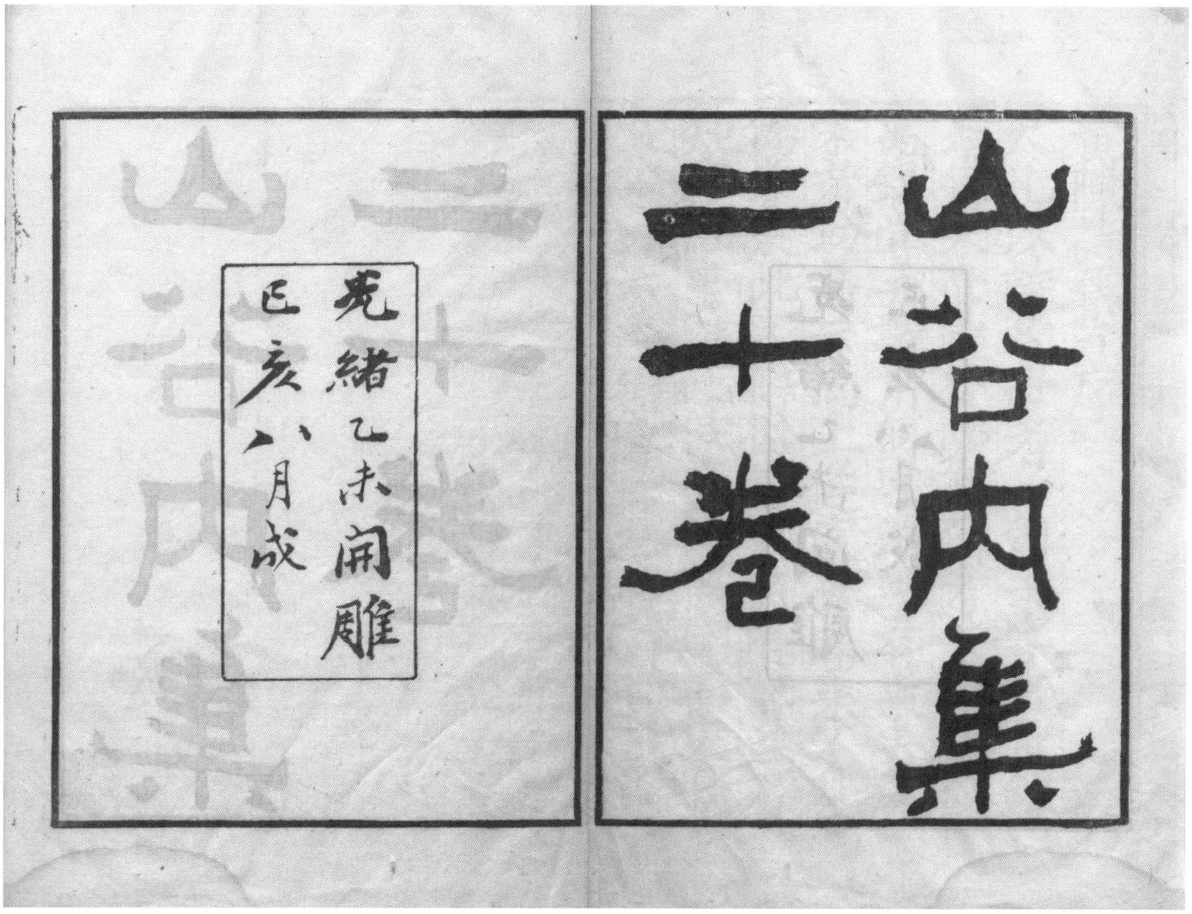

山谷内集
二十卷

光緒乙未開雕
己亥八月成

黄陳詩集注序

大凡以詩名世者一句一字必月鍛季鍊未甞輕發必有所考昔中山劉禹錫甞云詩用僻字須要有來去處宋考功詩云馬上逢寒食春來不見餳甞疑此字僻因讀毛詩有瞽注乃知六經中唯此注有此餳字而宋景文公亦云夢得甞作九日詩欲用餻

字思六經中無此字不復爲故景文九日食餻詩云劉郎不肯題餻字虚負人間一世豪前輩用字嚴密如此此詩注之所以作也

本朝山谷老人之詩盡極騷雅之變後山從其游將寒冰焉故二家之詩一句一字有歷古人六七作者蓋其學該通乎儒釋老莊之奥下至於毉卜百家之說莫不盡摘其英華以發之於詩始山谷來吾鄉徜徉於巖谷之間余得以執經焉暇日因取二家之詩略注其一二第恨寡陋弗詳其秘姑藏於家以待後之君子有同好者相與廣之政和辛卯重陽日書

六經所以載道而之後世而詩者止乎禮義道之所存也周詩三百五篇

有其義而亡其辭者六篇而已大而天地日星之變小而虫鳥草木之化嚴而君臣父子別而夫婦男女順而兄弟群而朋友喜不至瀆怨不至亂諫不至訐怒不至絶此詩之大略也古者登歌清廟會盟諸侯季子之所觀鄭人之所賦與夫士大夫交接之際未有舍此而能達者孔子曰爲此

詩者其知道乎又曰不學詩無以言蓋詩之用於世如此周衰官失學廢大雅不作久矣由漢以來詩道浸微陵夷至于晉宋齊梁之間哇淫甚矣曹劉沈謝之詩非不工也如刻繒染縠可施之貴介公子而不可用之黎庶陶淵明韋蘇州之詩寂寞枯槁如叢蘭幽桂可宜於山林而不可置於

朝廷之上李太白王摩詰之詩如亂雲敷空寒月照水雖千變萬化而及物之功亦少孟郊賈島之詩酸寒儉陋如蝦蟹蜆蛤一啖便了雖咀嚼終日而不能飽人唯杜少陵之詩出入今古衣被天下藹然有忠義之氣後之作者未有加焉

宋興二百年文章之盛追還三代而以詩名世者豫章黃庭堅魯直其後學黃而不至者後山陳師道無已二公之詩皆本於老杜而不爲者也其用事深密雜以儒佛虞初稗官之說雋永鴻寶之書牢籠漁獵取諸左右後生晚學此祕未覩者往往苦其難知三江任君子淵博極群書尚友古人暇日遂以二家詩爲之注解且爲

原本立意始末以曉學者非若世之箋訓但能摽題出處而已也旣成以授僕欲以言冠其首予甞患二家詩興寄高遠讀之有不可曉者得君之解玩味累日如夢而寤如醉而醒如痿人之獲起也豈不快哉雖然論畫者可以形似而捧心者難言聞絃者可以數知而至音者難說天下之理

涉於形名度數者可傳也其出於形
名度數之表者不可得而傳也昔後
山荅秦少章云僕之詩豫章之詩也
然僕所聞於豫章願言其詳豫章不
以語僕僕亦不能爲足下道也嗚呼
後山之言殆謂是耶今子淵既以所
得於二公者筆之於書矣若乃精微
要妙如古所謂味外未者雖使黃陳

復生不能以相授子淵尚得而言乎
學者宜自得之可也子淵名淵嘗以
文藝類試有司爲四川第一蓋今日
之國士天下士也紹興乙亥冬十二
月鄱陽許尹謹叙

山谷詩集注目録 年譜附

第一卷

元豐元年戊午

是歲山谷在北京

古詩二首上蘇子瞻 東坡守徐州山谷教
授北京初通書幷以此二詩
寄意東坡亦有報書及和章
山谷書云今日竊食於魏會
閣下開幕府在彭門又云作
古風詩二章賦諸從者卽此
詩是也以東坡集考之蓋元
豐元年魏卽北京彭門卽徐
州建炎中山谷之甥洪炎玉

父編其舅文集斷自退聽堂
始退聽以前蓋不復取獨取
古風二篇冠詩之首且云以
見魯直受知於蘇公有所自
也今從之退聽堂在汴京酺
池寺南山谷作館職寓筆硯
於此○贈俞清老詩跋曰書
於酺池寺南退聽堂下然此
堂名其後隨
所在揭之

醇道得蛤蜊復索舜泉 舜泉蓋河中府
酒名外集有和王世弼求舜
泉詩首句云寒虀薄飯留佳
客䕌簡殘編作近鄰張淵方
同家本置此詩於北京教授
時與詩意政合自此詩至未
入館前洪玉父皆不編入今

豫章前集有之然亦不過數篇爾方同大父名墳山谷妹壻也

元豐三年庚申

是歲春山谷在京師蓋罷北京教官後赴吏部改官得知吉州太和縣舊有寄李公擇詩序云元豐庚申歲庭堅得邑太和其秋自汴京歸江南外集有曉放汴州詩云秋聲蒲山河末云又持三十口去作江南夢

次韻王稺川客舍二首彭山黃氏有山谷手寫此詩題云王紘稚川元豐初調官京師云云當是山谷北京解官後至京師所作後篇欵乃歌有長安城中花片飛蓋春晚時也

欵乃歌二章戲王稺川次前篇

詠史呈徐仲車張方同家本置此篇於太和詩中按仲車家于楚州當是山谷赴太和時舟行經途所作

宿舊彭澤懷陶令彭澤在江州亦經途所作以張方回家本編次按山谷過南康軍祭劉凝之文云元豐三年庚申十二月辛酉其宿彭澤蓋亦同時到官或在

明年之春夏歟

題山谷石牛洞舊本有寄李公擇詩序云庭堅得邑太和舅氏李公擇提點淮南西道刑獄自同安來相見於皖口風雨中留十日此詩蓋是時所作同安皖城皆隷舒州石牛洞在舒之三祖山山谷寺魯直嘗游而樂之因自號山谷道人

題灊峯閣次前篇灊山亦在舒州詩有梅蘂之語蓋冬末所作

次韻公擇舅次前篇李常字公擇

元豐四年辛酉至六年癸亥

山谷在太和凡三年至元豐癸亥

移監德州德平鎮山谷有大孤山詩刻云是歲癸亥十二月余自太和移德平

贑上食蓮有感贑上即虔州與吉鄰郡江西外臺所在山谷或以白事至此

秋思寄子由是時蘇黃門謫監筠州鹽酒稅筠吉皆在江西山谷嘗有與黃門書云得邑極南幸執事在旁郡又云有高安行李必問動靜高安即筠州黃門名轍字

予由

贈别李次翁 以張方同家本編次

演雅 末句云江南野水碧於天中有白鷗閑似我當是在太和所作山房李彤季敵云此篇山谷晚年刪去彤蓋山谷伯舅之子

戲和答禽語 附前篇

贈鄭交 山谷在荆州爲與上人書此詩跋云癸亥歲予解官太和過武寧聞清上人當來延恩因謁鄭子通問消息題詩子通之壁草堂鄭交處士隱處也云云予家所藏

舊本如此老禪謂延恩長老法安安死於元豐八年山谷爲之銘此詩蓋六年所作

元豐七年甲子

是歲山谷監德州德平鎮有發願文蓋七年三月過泗州僧伽塔所作到官當在夏秋也

平陰張澄居士隱處三詩 張方同家本題云王郎求此詩王郎即世弼其詳具後篇此詩山谷晚年亦刪去

留王郎世弼 山谷在德平有與德州太守書云容官不能以家來官舍蕭然如寄○宗室趙子湜彥清家有此録本云而此詩有河外吹沙塵江南水無津之句又云我隨簡書來顧影將一身蓋言身在河北家在江南

送王郎 豫章集元次前篇今從之

次韻劉景文登鄴王臺見思五首 詩有平原秋樹色沙麓暮鐘聲之句平原即德州又云繫匏兩相憶極目十餘城蓋鄴王臺在相州相與德皆河北郡相去數驛

次韻吳宣義三徑懷友 以張方同家本編次

送劉季展從軍鴈門二首

題宛陵張待舉曲肱亭 從豫章集舊次

第二卷

元豐八年乙丑

春夏山谷在德平按實録是歲三月哲廟即位四月丁丑以秘書省校書郎名到京師時當在六七月

寄裴仲謀 山谷在德平與德州太守書云某官局勉以不瘝幸親老在都下善眠食兄弟無他而此詩有我家輦轂下薪桂炊白玉在官與影俱衣綻髮曲局天機行日月春事勤草木之句在德平過春惟乙丑年爾

寄黃幾復 舊本於題下註云乙丑年德平鎮作其詳具元祐二年和篇註

神宗皇帝挽詞三首 按實録是歲三月戊戌神宗升遐此詩及王文恭挽詩皆因崩薨歲月爲次後多倣此自此以下詩皆入館後所作

王文恭公挽詞二首 王珪字禹玉相神宗哲宗按實録元豐八年五月庚戌薨謚文恭

謝送碾壑源揀芽 詩有橋山事嚴庀百局謂營奉神宗山陵又云右丞似是李元禮謂李清臣邦直按實録清臣以元豐六年八月拜右丞至元祐元年閏二月方遷左丞

以小龍團及半挺贈無咎幷詩

用前韻爲戲 從舊次晁補之字無咎

和答外舅孫莘老 舊本云莘老病起作詩寄同舍按莘老名覺實録本傳云元豐八年哲廟即位自秘書少監除右諫議大夫故詩中有少監巖壑姿及寄聲舊僚屬尚憐費諫紙之語而首句則云西風挽不來當是秋初所作

次韻宓國聞子由臥病績溪 蘇黃門欒城集有復病詩云病作日短至病消秋風初黃門時爲歙州績溪令王定國名鞏

次韻子由績溪病起被名寄王宓國 蘇黃門潁濱遺老傳云移知歙績溪始至而奉神宗遺制居半年除祕書省校書郎明年至京師除右司諫此詩今歲秋冬閒所作

次韻李之純少監惠硯 詩有我亦洗滃與清流當是初入館時之純名周

送舅氏野夫之宣城二首 李華字野夫按實録元豐八年十二月屯田郎中李華知宣州然此詩未必是時所作姑以除官之歲月爲次餘多倣此

元祐元年丙寅

是歲山谷在館中按實録十月丙

第三卷

次韻曾子開舍人遊藉田載荷花歸 附前篇子開名肇

送劉士彥赴福建轉運判官 按實錄元祐元年六月朝請郎劉士彥爲福建路轉運判官此篇後亦刪去

次韻韓川奉祠西太一宮四首

次韻王荆公題西太一宮壁二首 東坡集亦有此詩以東坡集考之當在是年秋

有懷半山老人再次韻二首 用前韻

和答錢穆父猩猩毛筆

戲詠猩猩毛筆二首 右二篇欒城集有和章今略依倣以爲次又按山谷此詩舊題云前篇奉錢穆父後篇奉子瞻是時二公皆作中書舍人又有一跋具詩註中按東坡是歲九月方遷翰林學士

第四卷

奉和文潛贈無咎篇末多見及以既見君子云胡不喜爲韻

按實錄元祐二年四月乙巳徐州布衣陳師道充徐州州學教授觀此詩陳師道之篇以爲逸民蓋猶未得官也而詩又有紅榴鏘多子之句宜以爲元年秋所作

次韻答邢惇夫 按實錄元祐元年正月起居舍人邢恕權發遣隨州惇夫恕之子也侍親以行此詩有夢不到漢東之句漢東即隨州又云雨作枕簟秋蓋元年秋也

和邢惇夫秋懷十首 詩有陳師道篇如前說

謝公定和二范秋懷五首邀予同作 詩有黃令謂黃幾復也幾復丁卯歲方至吏部改官見二年此詩蓋元年所作明矣亦有陳師道篇如前說

送謝公定作竟陵主簿 附前篇

奉答謝公靜與榮子邕論詩長韻 公靜名愔公定名悰皆師厚之子附前篇

贈送張叔和 元在送謝公定詩後

送顧子敦赴河東三首 子敦名臨按實

錄元祐元年七月祕書少監顧臨爲河東轉運使此詩有攬轡都城風露秋行臺無妾護衣篝之句蓋秋晚所作

第五卷

司馬温公挽詞 是歲九月丙辰温公薨而葬以明年二月欒城集亦有此詩當是今冬所作

次韻子瞻武昌西山詩 東坡集此詩序云元祐元年十一月二十九日作

子瞻詩句妙一世乃云效庭堅體次韻道之 東坡送揚孟容詩即此韻次武

昌西山之後

柳展如子瞻甥也以桃李不言下自成蹊作八詩贈之 附前篇

戲詠蠟梅二首 京師初不以蠟梅爲貴其得名乃自山谷始今寄此篇於元年之冬

蠟梅 附前篇蜀中舊本題下註云和王都尉當以爲正詩有埋玉之句謂王詵晉卿尚蜀國公主時主已下世

從張仲謀乞蠟梅 附前篇

賈天錫惠寶薰乞詩以兵衞森

畫戲燕寢凝清香十字作詩報之 附前篇山谷有此詩跋云余甚寶此香未嘗與人城西張仲謀爲我作寒計惠送騏驥院馬通薪二百因以香二十餅報之

次韻張仲謀過酺池寺齋 附前篇詩有夜談霜月冷之句

第六卷

元祐二年丁卯

是歲山谷在史局按實錄正月辛

未山谷爲著作佐郎

常父惠示丁卯雪十四韻謹同韻賦之 詩云春皇賦上瑞是歲春所作

詠雪奉呈廣平公 附前篇詩有連空春雪之句

次韻宋楙宗僦居甘泉坊雪後書懷 附前篇

和答子瞻和子由常父憶館中故事 以東坡欒城集爲次又此詩云桃李春晝永

第七卷

首東坡集此詩在郭熙秋山後
次韻文潛休沐不出二首從舊次
奉同子瞻韻寄定國東坡玉堂獨坐懷王
定國詩即此韻在題無咎竹後
次韻王定國揚州見寄
有自淮南來者道揚州事戲以
前韻寄王定國二首右二詩附前篇
次韻錢穆父贈松扇
戲和文潛謝穆父松扇東坡和張耒松

扇詩在懷王定國後
謝鄭閎中惠高麗畫扇附前篇

第八卷

次韻王炳之惠玉版紙附前篇
謝王炳之石香鼎附前篇
次韻柳通叟寄王文通從舊次
送張天覺得登字東坡此詩在松扇後按實
録元祐二年七月開封府推官張商英提點河東路刑獄
商英字天覺

次韻徐文將至國門見寄二首
有詩槐催舉子著花黄之句蓋是歲秋試
博士王揚休碾密雲龍同事十
三人飲之戲作
答黄冕仲索煎雙井并簡揚休
再答冕仲
戲答陳元輿
再答元輿
次韻冕仲考進士試卷右六篇皆武成

宫試闈所作詩中自了然
王聖美三子補中廣文生附前篇
次韻游景叔聞洮河捷報寄諸
將四首按實録元祐二年八月禽西蕃首領鬼章
青宜結檻送闕下
和游景叔月報三捷與前詩同時作
次韻崔伯易席上所賦因以贈
行二首按實録元祐二年十月將作少監崔公度
知潁州又按本傳公度字伯易高郵軍人此詩十月後作

同子瞻韻和伯充團練從舊次

戲答趙伯充勸莫學書及為席

子澤解嘲附前篇

謝景叔惠冬筍雍酥水梨三物

再答景叔右二篇並以時序爲次

次韻幾復和答所寄山谷舊跋此詩云丁卯歲幾復至吏部改官追和予乙丑在德平所寄詩也詩有夜寒同對短檠燈之句當是冬時所作

寄上叔父夷仲三首夷仲名廉元祐初爲都大提舉成都府路榷茶兼陝西路買馬張方同家本前一篇題云寄上叔父夷仲後二篇題云叔父夷仲入奏近寄此詩用前韻今以蜀中題名考之廉奉使在元祐元年八月而三年正月除右司郎中則入奏蓋在二年之冬也此詩第一篇因後詩同見於此

第九卷

元祐三年戊辰

是歲山谷在史局其春東坡知貢舉山谷與李公麟等皆為其屬

考試局和孫元忠博士竹枝歌三章

觀伯時畫馬東坡集有和篇題云試院中作

題伯時畫揩痒虎

題伯時畫觀魚僧

題伯時畫頓塵馬

題伯時畫嚴子陵釣灘

題伯時畫松下淵明右皆試院中作舊本畫觀魚僧題云子瞻畫枯木伯時作清江游魚有老僧映樹身觀魚而禪筆法甚妙予爲名曰玄沙畏影圖并題數語而頓塵馬有亦思歸家洗袍袴之句爲試院戲作無疑揩痒虎子陵灘蓋從其舊次

出禮部試院王才元惠梅花三種皆妙絕戲答三首山谷有此詩跋甚詳具詩注中

王立之承奉詩報梅花已落盡次韻戲答立之名直方即才元之子今附前篇

乞姚花二首附前篇

第十卷

次韻和秦少章晁適道贈答詩詩有陰風雪塞廬之句當是此年冬所作蓋明年冬少章從東坡在杭州矣

次韻答秦少章乞酒附前篇詩有水餅嚼冰蔬之句亦冬時作

第十一卷

元祐四年己巳至八年癸酉夏

四年至六年夏皆在史局按實録

元祐六年三月癸亥進神宗實録為起居舍人以中書舍人韓川有言詔行秘書省著作佐郎是歲六月特封母夀康縣太君為安康郡太君乞以轉官恩回授也山谷在京師多與東坡唱和四年夏東坡出知杭州遂無詩伴而山谷常苦眩冒有與王長原詩跋云相見於京師匆匆不得盡平生朋友之意長原告行會小人年來頭眩不能苦思因以廢詩輒以舊詩十許贈長原又有書老杜詩跋云老夫今年四十五不復能作詩他文

亦懶下筆欲學詩觀老杜足矣又與俞清老曹荀龍書皆云某自去年三月已不作詩山谷生於乙酉至元祐四年己巳四十有五多在史局山谷嘗有詩云日歷如山不到詩又多侍母夫人醫藥至六年六月遂丁家艱陳無己作山谷母李夫人墓銘曰元祐六年卒于東都又以山谷與洪駒父書考之云六月十八日郡太棗背諸孤而洪玉父作退聽堂詩序云辛未歲試禮部寓甥氏僦舍後一年魯直丁母夫人憂辛未即元祐六年其云後一年誤矣山谷護喪抵家以明年正月八日具書帖中故此數年之閒作詩絶少

顧軒詩及寄題郭功甫潁州西齋東坡有和篇而山谷此詩見於外集送秦少章從東坡於杭州范蜀公挽章皆四年詩之可考者其他諸詩多不可考又於前卷無可傳著姑寄寓於此以俟異時或遇其真也

顧軒詩六首張方回家本有此詩序云元祐四年正月癸酉黄某序

寺齋睡起兩首後詩云桃李無言一再風蓋春

紹聖元年甲戌四月改元

按實録元祐八年七月呂大防言
神宗正史欲差前實録院檢討官
黃庭堅祕書省正字秦觀充編修
官從之山谷以疾辭乞宮觀予家有山
谷辭免狀至甲戌歲授宣鄂兩郡皆未
赴跋東坡磨衲贊云紹聖元年五月甲子新宣城假守黃某書
繼除宮祠按實録紹聖元年六月
丁亥新知鄂州黃庭堅管句亳州

明道宮於開封府界居住就近報
國史院取會文字山谷遂寓家於
太平州之蕪湖事具與王瀘州書與其兄
元明俱來陳留山谷與梁大夫書云伯氏越州司理
相送至府畿伯氏即元明止東寺之淨土院事具
與趙伯充書自云一室明暖容膝有餘舟行時與東
坡相遇於江上山谷有東坡真贊曰紹聖之元吾見
東坡於彭蠡之上其皃不尒又與佛印書云惠州偶阻風相會三日
與黃門相遇於貴池其後山谷在荆州黃門與

書云貴池相別於今八年

寂住閣

深明閣右二篇陳留淨土院作元註云陳留宿一瓚堂
因書為寂住閣

第十二卷

紹聖二年乙亥

是歲山谷謫黔州先是紹聖元年
章惇為相蔡卞修國史七月山谷
與范龍學祖禹趙尚書彥若於開

封府界居住就近應報文字卞至
史院以前史官直書王安石事欲
中傷以抵誣神考之罪簽出千餘
條以為皆無證據紹聖二年正月
范公安置永州趙公澧州山谷黔
州事具范公家傳按實録紹聖元
年十二月甲午黃庭堅謫涪州別
駕黔州安置而范公家傳乃云二
年正月蓋據受命時日也山谷既

被命與其兄元明出尉氏許昌由漢沔趨江陵上夔峽山谷書萍鄉廳壁言之詳矣三月辛亥至下牢關具黔南道中行記四月二十三日到黔州具謝表寓開元寺寺有摩圍閣山谷與張叔和書云下處在南寺摩圍閣又有怡偲堂當是山谷以知命同處為名按楊明叔草書跋尾云黔中怡思堂丁丑二月晦

竹枝詞二首

夢李白誦竹枝詞三疊並黔南道中作

前詩有跋語且云四月甲申蓋十九日也

和答元明黔南贈別山谷書萍鄉廳壁曰元明送余安置於摩圍之下淹留數月不忍別而此詩有急雪驚風之語當是冬時所作

紹聖三年丙子

是歲山谷在黔南初山谷既未能以家來二年之秋其弟知命自蕪湖登舟山谷與秦世章書云叔達附蘇伯固舡自蕪湖登舟所謂李慶具知命家書今趙彥清家有録本携一妾一子名相小字韓十蓋仲子也具家書及與秦世章宋子茂書及山谷之子相小名小德小字四十并其所生母俱來知命中道生一女又與其從兄嗣直會於夔州山谷書云知命居士得三月二十八日書知慶兒已免娠入夔州已回客次俱無恙嗣直又適得相會何慰如之嗣直名叔向給事之子也是歲五月六日抵黔南山谷五月書云初五日宿太浩初六日可來趂疊石早飯又云今日甚思汝輩同剝粽子也

題驢瘦嶺馬鋪知命

行次巫山宋楙宗遣騎送折花廚醞知命

次韻楙宗送別二首知命

戲答劉文學知命

外姪李光祖往見尚垂髫今觀寄嗣直小詩已可愛因次韻知命

上南陵坡知命

題小猨叫驛知命

馬上口號呈建始李令 知命建始屬施州

次浮塘驛見張施州小詩次其韻 知命

將次施州先寄張十九使君三首 知命

和仲謀送別二首 知命

次韻答清江主簿趙彥成 知命清江即施州治趙彥成名肯堂嘉州人

宋楙宗寄夔州五十詩三首 知命

右二十詩皆知命來黔州時所作知命名叔達山谷之弟歟詩附見集中殊有家法當由山谷潤色因以成其弟之名今不復刪去

題蘇若蘭回文圖 元雜置知命詩中

紹聖四年丁丑

是歲山谷在黔南其春知命往見嗣直於涪州生一子是爲小牛秋冬閒還黔 具山谷與知命嗣直書

次韻楊明叔四首

再次韻

楊皓字明叔眉之丹稜人官於黔中時在山谷還謫後 與明叔書帖可考 此詩蓋黔中所作故有我已魑魅禦之句黔中詩絶少姑附於今歲

謫居黔南十首 右摘樂天句元題云謫居黔南今附于此蓋明年又還於戎州云

元符元年戊寅 六月改元

是歲春初山谷在黔南以避外兄張向之嫌還戎州按實録紹聖四年三月知宗正丞張向提舉夔州路常平十二月壬寅詔涪州別駕黔州安置黃庭堅移戎州安置以避使者親嫌故也山谷三月閒離黔六月初抵戎州 山谷有與楊明叔大字跋尾云紹聖五年二月哉生明涪翁將還于僰道治舟開元寺江曲之閒僰

道即戎州戎今爲叙按是歲六月方改元故猶稱五年又有與王觀復書云泝流在道幾三月又有瀘州木龍嵒題名云紹聖五年五月晦故知到戎州在六月初寓居南寺作槁木寮死灰菴故址尚存其後僦居城南

贈黔南賈使君

山谷初到黔南曹譜伯達張牲茂宗爲守貳待之頗厚山谷與張叔和書云某至黔州將一月矣曹守張倅相待如骨肉又與楊明叔書云守倅皆京洛人好事尚文不易得也今賈使君蓋與曹伯達爲代者未知此詩何時所作姑附於離黔之歲

元符二年己卯

是歲山谷在戎州九月知命如成都至明年二月還戎具山谷與知命書及答勾宗尚書又與範長老書云知命顛倒蹷足二月七日乃到戎州

次韻雨絲雲鶴二首

蜀中舊本此詩序云代史夫

人和石信道按信道名諒時作瀘州江安令史夫人蓋山谷外兄張褀子履之妻張祉介卿之嫂緑菜贊所謂維女博士史君炎玉者也此詩蓋在戎州所作山谷有答蘇大通書曰頃見外兄張子履家嫂具道才德之美又曰昨史嫂過僰道云云當是夫人與其子俱來乞子履墓銘時也山谷作子履墓銘曰葬以元符己卯之四月又曰史夫人博學能文雨絲雲鶴皆春時景物宜見於今年春

從斌老乞苦筍當是今歲夏初所作元年夏初猶未至戎也此篇元在戎州詩中但詮次不倫爾山谷有苦筍賦云僰道苦筍冠冕兩川僰道即戎州

次韻黃斌老所畫横竹

次韻謝斌老送墨竹十二韻

用前韻謝子舟爲予作風雨竹

再用前韻詠子舟所作竹

戲詠子舟畫兩竹兩鸜鵒

第十三卷

次韻答斌老病起獨遊東園二首

又和二首

又答斌老病愈遣悶二首

次韻黄斌老晚游池亭二首（右與黄斌老唱和諸詩並因苦筍篇附見當是同時所作池亭詩有黄菊拒霜殊未秋之句必今歲所作明年秋晚山谷蓋在青神矣）

戲答史應之三首（應之名鑄眉人客瀘戎間山谷有應之真贊曰江安食不足江陽酒有餘江安屬瀘州漢江陽縣地也）

也足軒

軒在僰州為師範道人作山谷有與範帖云知命欲往成都看藥市又云別作一篇竹軒頌似可觀已付密師去可

種竹於六祖即用之是歲範公自僰州受成都六祖之請云（範在僰州時山谷有種竹頌云徃在江南住竹山道人兩歲三來訪云云故今云別作一篇）

寄題榮州祖元大師此君軒（山谷有此詩跋云元符二年閏月初吉書贈榮州琴師祖元按是歲閏九月又有一篇亦此韻見於外集）

答李任道謝分豆粥（詩有豆粥能驅晚瘴寒之句似是冬時所作）

元符三年庚辰

是歲山谷在戎州五月徽考即位五月復宣德郎監鄂州在城鹽稅（見於山谷辭免吏部員外郎狀）山谷既得放還以江漲未能下峽（西塡題名云爾）七月自戎舟行省其姑於青神（山谷之姑張祉介卿之母介卿時為眉州青神尉以七月二十一日解舟八月十一日抵青神具與張介卿書今中岩多有八九月間題字）十月改奉議郎簽書寧國軍節度判官（亦見辭免）

狀

十一月自青神復還戎有十一月二十

日與嘉州至樂山王子厚書云到家悲苦滿懷蓋知命歸江南死於

荆州當是初聞其計時也十二月發戎州亦具山谷

免吏部負外郎狀過江安爲石信道挽留

遂作歲於此石諒信道本眉人家於江津女嫁山谷之

子相是歲十二月成親其詳具建中靖國元年註并具與杜拙翁書

贈知命弟離戎州

姪相隨知命舟行

是歲知命自戎歸江南山谷

與範長老怙云知命留此兩

月三月十三日解舟去故與

相詩有燕子日長宜讀書之

句知命竟死荆南見山谷祭文

次韻文少激推官紀贈二首因後

篇附見少激名抗臨邛人時爲戎州幕官予嘗見其家山

谷諸詩真迹

次韻文少激祈雨有感此詩真本云伏

承少激惠示夏日祈雨有感之詩末句云愛民天子似仁

宗時徽考初即位

次韻李任道晚飲鎖江亭詩有西來

雪浪如炰烹之句當是夏中所作

再次韻兼簡履中南玉三首次前

篇

次韻任道食荔支有感三首

山谷有戎州鎖水磨崖留題

云元符三年五月戊寅太守

劉廣之率賓僚來賞鎖江荔

支山谷與姪樸書云初到戎彭道微作守甚有親親之

意道微既去劉滋崇儀作守云云此詩當同

時所作詩有六年怊悵之句

蓋自紹聖二年乙亥入蜀至

元符三年庚辰凡六見荔支

廖致平送綠荔支王公權送荔

支綠酒附前篇

謝楊履道銀茄四首以時序爲次

送石長卿太學秋補詩有漢文新覽天下

圖謂徽考初立山谷有試張通筆帖云戎州城南僦舍中眉山石長卿觀書

次韻文少激甘露降太守居桃葉上　當是秋時所作詩語皆及徽考新政

借景亭　八月在青神尉廳作尉即張祉介卿也祉父閭雅州人娶山谷之姑卒官太常卿　見於山谷所作張子履墓誌

戲贈家安國　從舊次

次韻楊君全送酒

次韻君全送春花

謝楊景山送酒器　君全名琳景山名嵒皆青神人山谷有中巖題字云元符三年九月己巳玉元直携酒帥楊君全景山酌張子謙介卿黃魯直於慈姥之東堂此詩蓋是時所作故有秋入園林花老眼之句綵花及酒當是重陽所送春花言其象春時之花尒

史彥升送春花　附楊君全送花後詩有千林搖落照秋空之句

題石恪畫嘗醋翁　舊次在借景亭後似是青神作

謝應之　即史應之也應之徃歲見山谷於戎嘗有詩戲之此篇當是應之自眉來青神再見山谷叙述徃事故有去年席上蛟龍語未委先生記得無之句　山谷在青神有與眉山程信孺帖云應之在館時接從容賓主相樂也是歲來自眉山可知

第十四卷

走筆謝王朴居士拄杖　王朴字子厚隱居嘉州至樂山此詩當是自青神同舟經途所作詩有六年流落放歸時之語

戲答王居士送文石　次前篇

次韻楊明叔見餞十首　序云予蒙恩東歸明叔作十詩見餞按舊録元符三年十一月癸亥朔黃

庭堅知舒州故此詩有老作同安守之句同安即舒州

次韻石七三六言七首 詩云老境五十六翁又云欲行水繞山圍蓋元符三年將去蜀所作石七三當是石信道家

建中靖國元年辛巳

是歲正月解舟江安 山谷有瀘州中垻葛氏竹林留題云江南黃某自僰道蒙恩放還元符三年十二月道出江安江安宰石諒信道以親親見留作歲建中靖國元年正月丙寅置酒中垻葛氏之竹林 三月至峽州改知舒州

四月至荆南泊家沙市又召以爲吏部員外郎時病癰初愈辭免恩命乞知太平州 具辭免恩命狀 留荆南待命遂踰冬焉

萬州太守高仲本宿約遊岑公洞而夜雨連明戲作二首

萬州下巖二首

又戲題下巖 山谷有萬州西山磨崖題名載高仲本置酒蓋建中靖國元年二月辛酉

戲題巫山縣用杜子美韻 詩有江陵換裌衣之句江陵即荆南山谷度自巫山至此時已初夏矣

和王觀復洪駒父謁陳無已長句

王蕃字觀復沂公之裔官閬中時多以書尺至戎州從山谷問學至是自京師改官復入蜀會山谷于荆州時山谷

病癰初愈 答觀復簡云臥病二十餘日幾死者數矣忽奉手誨歡喜如從天上落也 陳無已元符三年冬爲祕書省正字故此詩有集賢學士見一角之語

以銅壺送王觀復 附前篇

病起荆江亭即事十首 詩有大聖天子初元年及西風吹淚古藤州之句又是歲七月東坡卒於常州而此詩猶未及之當是秋初所作

鄒松滋寄苦竹泉橙麴蓮子湯三首 松滋隸荊南詩有新收千百秋蓮菂之句

次韻答黃與迪

次前韻謝與迪惠所作竹五幅 右二篇從舊次

第十五卷

戲簡朱公武劉邦直田子平五首 朱劉田皆荊南人詩有葵莧秋之語

次韻益修四弟 詩有霜晚菊未花之句

以峽州酒遺益修復繼前韻 附前篇

謝益修四弟送石屏 附前篇

戲答王觀復酴醾菊二首

戲答王子予送淩風菊二首 右四篇以時序爲次子予名雩王獻可補之之次子也時僑寓荊州

謝王子予送橄欖

以椰子小冠送子予 附前篇

呈楊康國

又戲呈康國 二詩皆言黃柑未熟

次韻馬荊州 詩有茱萸菊英同送秋之句

和中玉使君晚秋開天寧節道場 徽考以十月十日誕降爲天寧節開啓蓋九月十日

入窮巷謁李材叟翹叟兼簡田子平三首 詩有紫冠黃鈿網絲窠之句

次韻答馬中玉三首 詩有黃花過後早梅前之句

次韻中玉早梅二首

次韻中玉水仙花二首

王充道送水仙花五十枝

吳君送水仙花并二大本

劉邦直送早梅水仙花四首 右十一詩多從舊次惟王充道送水仙花一詩附見

謝檀敦信送柑子 附前篇

贈李輔聖 元在劉邦直詩後

和高仲本喜相見 從舊次詩有雪滿荊州喜

再逢之句
戲詠暖足餅二首以時序爲次
戲呈聞善二兄詩有草上堦除雪衮風之句
次韻聞善詩有張羅門帶雪之句
謝答聞善二兄九絶句
戲呈聞善右十詩附前篇
題子瞻畫竹石舊題云題全天粹所收云云全璧字天粹山谷在荆州時有與天粹帖又有字說云全璧長林人長林屬荆門軍此詩當附於荆州詩中

戲贈米元章二首米芾字元章爲發運司屬官在江淮間建中靖國之秋東坡北還嘗有手帖與之此詩似亦當時所作蓋詩有滄江書畫舡之句今附於荆州詩中

第十六卷

崇寧元年壬午

是歲春初在荆南既而經岳鄂路歸洪州分寧正月與蘇子由書云某三兩月即拏舟下巴陵出陸至雙井六日尔遂往袁州萍鄉省其兄元明具於書萍鄉廳壁記還至江州與其家相會山谷與洪龜父書曰四十及新婦在荆南已遣十六節推弟往取舡來會江州矣六月赴太平州謝上表云六月初九九日而罷管句洪州玉隆觀山谷與徐師川書曰老舅六月九日領太平事十七日奉朝旨送吏部即日解舡至江口九月至鄂州寓居踰年崇寧二年山谷有南樓詩寄方公悦序云某以云歲九月至鄂

次韻答高子勉十首高荷字子勉荆州人而此詩有春從細草同之句當是春初所作

贈高子勉四首附前篇
再用前韻贈子勉四首附前篇詩有鳥語花中管弦之句春稍動矣
荆南簽判向和卿用予六言見惠次韻奉酬四首附前篇
蟻蝶圖從舊次
謝人送栗鼠尾畫維摩二首從舊次
次韻向和卿行松滋縣與鄒天

第十七卷

舡至江口會洪駒父奉其大母來又爲之留七日閏六月十一日分手將家到荆南謀居（具與徐師川書且云衡東風至蕪湖矣駒父大母李氏山谷之從母也山谷又有太平州後園石室聽楊姝彈琴題名云與郭功甫高大忠同酌桂漿實季夏之丁未蓋六月二十二日也）

次韻子瞻和太白潯陽紫極宮感秋詩韻

潯陽今江州山谷罷太平後徘徊於江州（初欲自此趨荆南然竟留於鄂州）此詩江州所作有蟹肥酒醅熟之句蓋八月也而蜀中雙井後集有此詩跋云崇寧元年八月乙卯蓋初三日

瓊芝軒

軀殼軒

秋聲軒（右三篇皆紫極宮作）

戲效禪月作遠公詠（遠公道揚即今江州廬山東林寺是歲八月庚申山谷有東林題名此詩當是同時所作庚申蓋初八日）

跋子瞻和陶詩（元在紫極宮詩前今附見從舊次）

跋李亮功戴嵩牛圖

追和東坡題李亮功歸來圖（當是與前篇同時作）

次韻徐仲車南郭篇四韻

次韻仲車爲董元達置酒

次韻仲車因妻行父見寄之詩（右三篇元在紫極觀詩後詩有萬里遠歸來煩公問健否之句蓋挽年所作）

武昌松風閣

山谷九月至鄂（已具前註）此詩經途所作（今赤牘中有跋與李德叟書云崇寧元年九月甲申繫舟樊口題）時張文潛冊謫黃州猶未至也故詩有張侯何時到眼前之句黃與武昌

一隔江相望云

次韻文潛

和文潛舟中所題 右二詩並次前篇時文潛已到黃山谷自鄂往見之前詩有風雪牖戸勤塞向之句蓋冬深所作

題君子泉 泉在黃州次前篇

宿黃州觀音院鍾樓上 元在次韻文潛後詩有潘何之語今遷於此爲後詩張本

謝何十三送蟹 從舊次何十三當是何頡之斯舉或其弟兄頡之蓋黃州人事具曾慥端伯詩選

又借答送蟹韻并戲小何

代二螯解嘲

又借前韻見意 右三詩見於脩水集今附見

次韻文潛立春日三絶句

再次韻 按長歷是歲十二月二十一日立明年春時山谷已歸鄂故詩有已發黃州首更回之句

第十八卷

崇寍二年癸未

是歲山谷在鄂州既而謫宜州十二月十九日發鄂渚 見於發鄂渚詩序 至岳陽作歲 過湖以明年二月見於過洞庭青草湖詩 初山谷在荊州作承天院塔記轉運判官陳舉承執政趙挺之風旨摘其閒數語以爲幸災謗國遂除名編隸宜州

夢中和觴字韻 序云崇寍二年正月己丑蓋初九日

次韻吳可權題餘干縣白雲亭 從舊次

次韻廖明略陪吳明府白雲亭宴集 次前篇

病來十日不舉酒二首 詩有回施青春與後生之句春時所作

題小景扇 從舊次

鄂州南樓書事四首 詩有我亦來追六月涼之語山谷在鄂州作夏惟此年尔

第十九卷

短韻奉乞蠟梅 從舊次

以酒渴愛江清作五小詩寄廖明略初和父 詩有將發沔鄂閒之句

四休居士詩三首 從舊次蓋在鄂州所作

十二月十九日夜中發鄂渚曉泊漢陽親舊追送 此以後詩赴宜州貶處時所作山谷有與人帖云某治行已有緒既嫁女別無一事移舟漢陽留數日待親識之在近者耳

次韻陳榮緒別後明日見寄之作 詩中有青草枯松之句皆岳州事蓋榮緒送山谷至岳時尚未過湖也

崇寍三年甲申

是歲二月過洞庭經潭衡永桂等州五六月間至宜州貶所 山谷有跋李資深書卷云崇寧三年十一月余謫處宜州半歲矣官司謂余不當居關城中乃以是月甲戌抱被入宿子城南 其家寓於永州 山谷與長沙崇寍平老帖云骨肉寓永州

過洞庭青草湖 詩有乙丑越洞庭丙寅渡青草之句按長曆二月二十一日乙丑二十二日丙寅

過土山寨 按張舜民南行録湖中有土山巡檢司去黃陵廟十五里

晚泊長沙示秦處度范元實五首 長沙即潭州在洞庭之南

次韻元實病目 從舊次

勝業寺悅亭 從舊次按南行録勝業寺在南嶽廟東屬潭州衡山縣有柳子厚般舟和尚第二碑

離福巖 從舊次按南行録福巖在南嶽依巖架空爲之

花光仲仁出秦蘇詩卷 從舊次花光寺蓋思公道場有三生塔亦屬衡山縣

題花光畫 在衡州經途所作

題花光畫山水

所住堂

題高節亭邊山礬花二首 右五篇並次前詩

第二十卷

崇寍四年乙酉
是歲山谷在宜州九月三十日卒 事具別傳

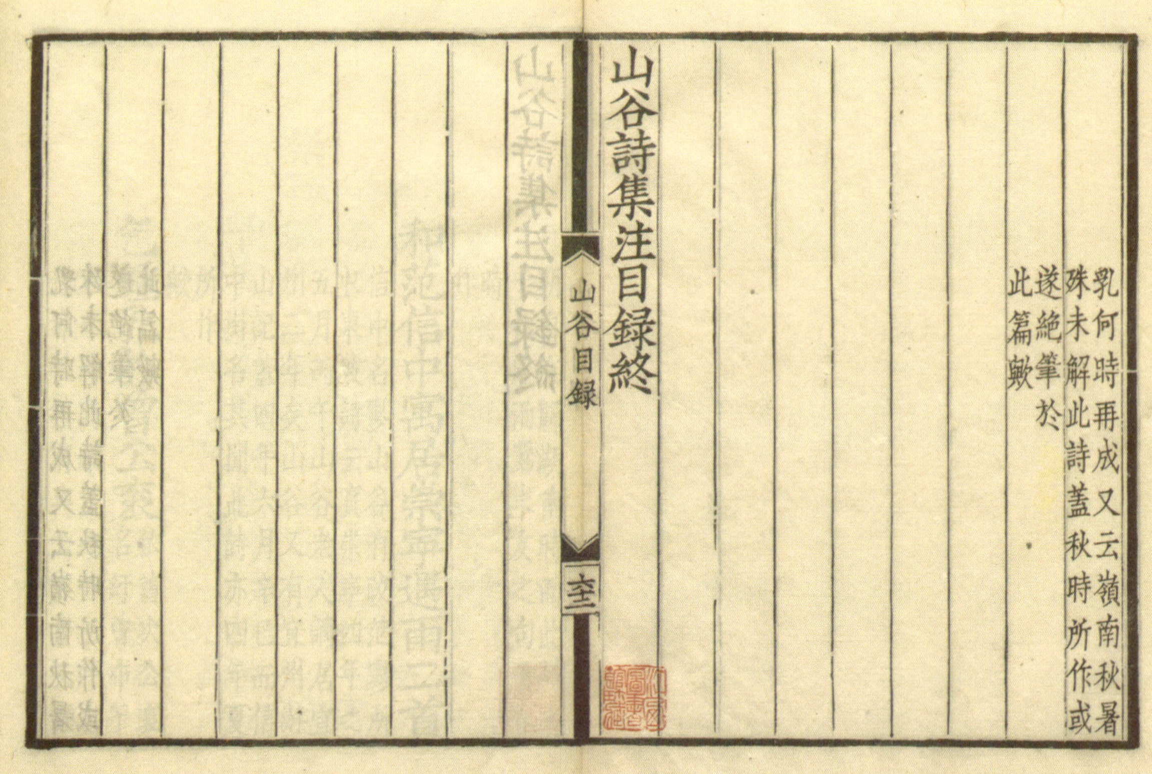

乳何時再成又云嶺南秋暑殊未解此詩蓋秋時所作或遂絶筆於此篇歟

山谷詩集注目録終

山谷詩集注卷第一

豫章黃庭堅魯直　庭堅字魯直號山谷老人

古詩二首上蘇子瞻

前篇梅以屬東坡○東坡報山谷書云古風二首託物引類得古詩人之風其推重如此故置諸篇首云

江梅有佳實託根桃李場　文選古詩云冄冄孤生竹結根太山阿此句倣其體老杜有江梅詩又有詩云欲發照江梅吳淑事類梅賦云亦果中之嘉賓文選趙景真與嵇茂齊書曰壯士之性難以託根場謂場圃寒山子詩曰昨晚何悠悠場中可憐許上為桃李逕下作蘭蓀渚此句並摘其字山谷詩律妙一世用意高遠未易窺測然置字下語皆有所從來孫莘老云老杜詩無兩字無來歷劉夢得論詩亦言無來歷字前輩未嘗用山谷屢拈此語蓋亦以自表見也第恨淺聞未能盡知其源委姑隨所見箋於其下庶幾因指以識月象外之意學者當自得之

桃李終不言朝露借恩光　漢書李廣傳贊曰桃李不言下自成蹊此借用言江梅為桃李所忌文選樂府曰入門各自媚誰肯相為言此用其意白樂天有木詩曰風烟借顏色雨露助華滋文選江淹上書大王惠以恩光顧以顏色此用其字下皆倣此詩意謂東坡見嫉於當世獨為人主所知耳

孤芳忌皎潔冰雪空自香　退之詩異質忌處群孤芳難寄林文選顏

延年祭屈原文云物忌堅芳人諱明絜鮑
明遠詩艷陽桃李節皎絜不成妍樂府陳
蘇子卿梅花落曰只言
花是雪不悟有香来
古来和鼎實此物
升廟廊老杜詩古来才大難為用文選潘
安仁詩王生和鼎實書曰若作和
羹爾惟鹽梅文選古詩曰此物何足貢但
感別經時慎子曰廊廟之材蓋非一木之
枝
歲月坐成晚煙雨青已黃文選古詩曰
思君令人老
歲月忽已晚玉臺新詠鮑照雜詩曰煙雨
交將夕從此遂分形周處風土記云夏至
前雨名黃梅雨初學記曰梅熟
而雨曰梅雨江東呼為黃梅雨
得升桃李
盤以遠初見嘗韓退之李花詩氷盤夏薦
碧實脆韓詩外傳田饒曰
黃鵠無五德君猶貴之以其
所從来者遠矣東坡蓋蜀人
終然不可口
擲置官道傍選詩終然謝夭伐老杜病橘
詩紛然不適口豈只存其皮
莊子曰柤梨橘柚皆可於口李賀詩擲置
黃金解龍馬官道傍用世說王戎不趣道
傍苦李意詩意謂東
坡棄置於外郡也
但使本根在棄捐果
何傷君子之於世視其所立何如不在遇
不遇也左傳曰葛藟猶能庇其本根
文選古詩曰棄捐勿復道努力加
飡食飯○左傳曰一抶女庸何傷

又

後詩松以屬東坡茯苓以屬
門下士之賢者菟絲以自況
青松出澗壑十里聞風聲文選左太冲詠
史詩鬱鬱澗底
松離離山上苗顏延年詩松風遵路急宋
王高唐賦曰不見其底虛聞松聲詩意謂

東坡以大材而沈下僚其
蓋世之名則不可掩也
上有百尺絲下
有千歲苓淮南子說山訓曰千年之松下
有茯苓上有兔絲注云茯苓千
歲松脂也兔絲生其上而無根一名女蘿
又按頻弁詩蔦與女蘿施于松栢注云女
蘿兔絲松蘿也正義則曰陸機疏云今菟
絲蔓連草上生非松蘿松蘿自蔓松上生
事或當然陶隱居注本草菟絲條亦云舊
言下有茯苓上有兔絲今未必爾讀山谷
此句當不以
辭害意也
自性得久要為人制頹齡此
句
指茯苓按本草木部茯苓陶隱居注曰為
藥無朽蛀嘗得昔人所埋計三十年而色
理無異明其真全不朽矣而本經言久服
安魂養神不飢延年圓覺經曰圓覺自性非
性性有曾論曰久要不忘平生
之言陶淵明詩菊為制頹齡
小草有遠
志相依在平生此句以下並指菟絲按菟
絲在本草草部世說桓溫
問謝安遠志又名小草何以一物而有二
名郝隆曰處則為遠志出則為小草此特
借用以指菟絲言其不依附凡木所志
遠矣左傳曰輔車相依平生見上注
醫
和不並世深根且固蔕人言可醫國何用
太早計本草菟絲條掌禹錫注引抱朴子
云菟絲之草下有伏兔之根無此
兔則絲不生實不屬也此詩借用而本經
言菟絲久服明目輕身延年詩意謂依附
賢者足以自樂至其不為當世所知則亦
自重難進而未嘗汲汲也晉語平公有疾
秦伯使醫和視之文子曰醫及國家乎對
曰上醫醫國其次醫人固醫官也老子曰
是謂深根固蔕長生久視之道史記孔子
弟子傳曰孔子皆後之不並世莊子曰且

汝亦太早計

小大材則殊氣味固相似左傳曰今譬於草木寡君在君君之臭味也明皇雜錄高力士詠薺詩曰夷夏雖有殊氣味終不改

醇道得蛤蜊復索舜泉舜泉已酌盡官醞不堪不敢送

青州從事難再得牆底數樽猶未眠商略督郵風味惡不堪持到蛤蜊前世說桓公有主簿善別酒有酒輒令先嘗好者謂青州從事惡者謂平原督郵注云青州有齊郡平原有鬲縣從事謂到齊下督郵謂到鬲上住也漢書李夫人傳曰佳人難再得張籍詩酒盡卧空瓶開元傳信記曰麹生風味不可忘也此反而用之世說孫興公許玄度共在白亭樓商略先往名達

次韻王稚川客舍二首

彭山黃氏有山谷手書此詩云王鉉稚川元豐初調官京師寓家鼎州親年九十餘矣嘗閱貴人家歌舞醉歸書其旅邸壁間云鴈外無書為客久蛩邊有夢到家多畫堂玉佩縈雲響不及桃源欸乃歌余訪稚川於邸中而和之

五更歸夢常苦短一寸客愁無奈多孟郊詩一夕九起嗟夢短不到家文選短歌行曰来日苦短去日苦長庾信愁賦曰且將一寸心能容萬斛愁五更字從黃氏本而別本或作五湖慈母每占烏鵲喜家人應賦扊扅歌黃氏本作慈母不嗔烏鵲語閨人應賦扊扅歌元注曰百里奚仕秦其妻歌曰百里奚五羊皮憶別時烹伏雌炊扊扅今日富貴忘我為又按西京雜記陸生曰乾鵲噪而行人至老杜詩浪傳烏鵲喜

又

身如病鶴翅翎短心似亂絲頭緒多王介甫折翼鶴詩云每憐今日長垂翅却悔當時誤剪翎退之南山有高樹行曰路遠翅翎短不能持汝歸樂府華山畿曰腹中如亂絲老杜詩玉壘題詩心緒亂太白詩繅絲憶君頭緒多坡詩病後空驚鶴瘦此曲朱門歌不得湖南湖北竹枝歌老杜詩為公歌此曲歐公詩朱門歌舞爭新態竹枝歌見下注

王稚川既得官都下有所盼未歸予戲作林夫人欸乃歌二章與之竹枝歌本出三巴其流在湖湘耳欸乃湖南歌也欸音襖乃音藹

黃氏有山谷手寫舊本題云余復代稚川之妻林夫人寄稚川時稚川在都下有所顧盼留連未歸也

花上盈盈人不歸棗下纂纂實已垂黃氏本前章曰花上盈盈人不歸棗下纂纂實已垂尋師訪道魚千里蓋世功名黍一炊按初學記歌門載劉敬叔異苑曰臨川聶包死數年忽詣南豐見沈道襲歌笑每歌輒作

花上盈盈正聞行當歸不聞死復生文選潘岳笙賦歌曰棗下纂纂朱實離離宛其死矣化爲枯枝人生不能行樂死何以虛謚爲李善注引古咄唶歌曰棗下何欑欑榮華各有時棗欲初赤時人從四邊来棗適今日賜誰能仰視之什邡張氏有山谷手書此詩與今本正同唯一二字稍異實已垂作實已稀又有跋云宋時有鬼女至人家歌花上盈盈曲聲悲怨不可聽潘岳閑居賦中歌曰棗下纂纂云云所援引小有抵梧蓋隨所記憶略舉大槩耳

臘雪在時聽馬嘶長安城中花片飛張氏本作聽嘶馬老杜詩一片花飛減却春風飄萬點正愁人長安蓋借言汴京

又

從師學道魚千里蓋世成功黍一炊黃氏本後章曰卧氷泣竹慰毋飢天吴紫鳳補兒衣臈雪在時聽嘶馬長安城中花片飛四句蓋舊所作後方改定今附見於此庶知前輩有日新之功也後漢李固傳步行尋師不遠千里晉書夏侯湛傳曰古之人厥乃千里尋師漢書項羽傳曰力拔山兮氣蓋世莊子曰功蓋天下而似不自已張氏本有山谷跋云魚千里蓋陶朱公養魚法凡魚遠行則肥池中養魚慮其瘦故於池中聚石作九島魚繞之日行千里黍炊即淳于棼夢富貴百年於蟻穴中破夢起坐舍中炊黃粱猶未熟也山谷之說如此予按齊民要術載陶朱公養魚經曰以六畝地爲池池中有九洲六谷求鯉魚内池中云云又按吴越春秋范蠡曰會稽之山有魚池水中有三江四瀆之流九溪六谷之廣

山谷本引用此說特以意加損爾然詩意則謂千里訪道如魚之回旋往復徒自苦耳不若歸而求之有餘師劉向新序丘吾子曰吾有三失少好學問周遍天下還後吾親亡一失也山谷蓋用此意又按異聞集吕翁經邯鄲道上邸舍中有少年盧生自歎其貧困言訖思寐時主人方炊黃粱爲饌翁乃探懷中枕以授生枕兩端有竅生夢中自竅入其家見其身富貴五十年老病而卒欠伸而悟顧吕翁在傍主人炊黃粱尚未熟山谷所引蟻穴夢自是一事亦見異聞集當是記憶不審耳詩意則謂功名政復蓋世豈若菽水奉親之樂耶

日日倚門人不見看盡林烏反哺兒戰國策齊王孫賈之母謂賈曰汝朝出而晚來則吾倚門而望暮出而不還則吾倚廬而望錢起詩曲終人不見文選束晳補南陔詩曰嗷嗷林烏受哺于子李善注云純黑而反哺者烏也老杜詩舟鶂排風影林烏反哺聲

詠史呈徐仲車元注曰仲車以贖弃官拓宗實錄曰徐積楚州人治平四年擢進士第事毋孝篤鄉閭化之積字仲車山谷同年生也

諸葛見益州釋耒荅三顧蜀志諸葛亮傳亮躬耕壠畝先主詣亮三往乃見上疏後主曰先帝不以臣卑鄙猥自枉屈三顧臣於草廬之中先主傳曰建安十九年復領益州牧文選沈休文安陸王碑曰農夫釋耒按鹽鐵論曰儒者釋耒耜而學不驗之語川流恨未平武功原上路

諸葛亮傳建興十二年據武功五丈原與
司馬宣王對於渭南其年八月卒老杜武
侯廟詩曰功蓋三分國名成八陣圖江流
石不轉遺恨失吞吳此借用以不得滅魏
爲恨杜微對諸葛輿致但求去傾心倚經綸
坐上漫書跡蜀志杜微傳微字國輔先主定蜀微常稱聾閉門不出丞
相亮領益州牧選迎皆妙簡舊德以微爲
主簿固辭轝而致之亮以微不聞人語坐
上與書微自乞老病求歸亮又與書曰君
但當以德輔時耳不責君軍事拜爲諫議
大夫以從其志仲車並聾故以此事戲之白鷗渺蒹葭霜鶻在
指呼借問諸葛公如何迎主簿老杜詩白鷗没浩蕩
萬里誰能馴又詩莫作翻雲鶻聞呼向禽
急按通典選舉門陳依梁制諸州迎主簿

山谷一　八

得未壯而仕○何遜詩可憐雙
白鷗朝夕水上遊蒹葭字見詩
宿舊彭澤懷陶令
彭澤今屬江州故城在縣東四
十里昭明太子作陶淵明傳謂
親朋曰聊欲弦歌以爲三徑之
資可乎執事者以爲彭澤令歲
終會郡遣督郵至縣淵明即日
解印綬去職南史隱逸傳曰陶
潛字淵明或云
字深明名元亮
潛魚願深眇淵明無由逃彭澤當此時沉
冥一世豪莊子曰鳥獸不厭高魚鼈不厭深夫全其形生之人藏其身也
不厭深眇而已矣正月詩曰魚在于沼亦
匪克樂潛雖伏矣亦孔之炤箋云池魚之

所樂而非能樂其潛伏於淵又不足以逃
甚炤炤易見以喻時賢者在朝廷道不行
無所樂退而窮處又無所施也揚子曰蜀
莊沉冥宋子京詩云虚負詩中一世豪
司馬寒如灰禮樂卯金刀東晉司馬氏末年禮樂征伐自
劉裕出范文正公作狄梁公碑云武暴如
火李寒如灰漢書王莽傳曰夫劉之爲字
卯金刀也歲晚以字行更始号元亮凄其望諸
葛骯髒猶漢相老杜詩凄其望呂葛蜀志建安二十五年傳聞漢帝
見害先主發喪制服二十六年四月即皇
帝位改元章武以諸葛亮爲丞相後漢趙
壹傳曰伊優北堂上抗髒倚門
邊注云抗髒高亢婞直之貌也時無益州
牧指揮用諸將益州牧見上注老杜詩指揮若定失蕭曹字出陳平

山谷一　九

傳平生本朝心歲月閲江浪南史陶潛傳曰自以曾祖
晉世宰輔耻復屈身後代自宋武帝王業
漸隆不復肯仕所著文章皆題其年月義
熙以前明書晉氏年号自永初以来唯云
甲子而已漢書蕭望之雅意本朝文選孔
文舉論盛孝章書云歲月不居時節如流空餘詩語工落筆九
天上謂非世間語也太白詩欬唾落九天隨風生珠玉此句頗采其意孫子曰
善攻者動於九天之上向来非無人此友獨可尚孟子
曰以友天下之善士爲未足又尚論古之
人頌其詩讀其書不知其人可乎是以論
其世也是尚友也蜀子剛制酒無用酌杯盎書曰矧汝
剛制于酒欲招千歲魂斯文或宜當楚詞宋王有招魂篇

王介甫詩云狂言豈宜當按韓退之詩吁嗟苦鷩緩但懼失宜當

題山谷石牛洞

石牛洞在舒州三祖山皇祐中王荆公通守舒州嘗題詩云水冷冷而北出山靡靡以旁圍欲窮源而不得竟悵望以空歸故山谷亦擬作

司命無心播物祖師有記傳衣灊山在舒州懷寧縣北有九天司命真君祠山谷寺在縣西有三祖僧璨大師塔漢書賈誼賦曰大鈞播物坱北無垠傳燈録達磨傳以袈裟授慧可曰内傳法印以契證心外付袈裟以定宗旨汝今受此衣用以表明其化無礙吾滅後二百年衣止不傳法周沙界

白雲横而不度高鳥倦而猶飛退之詩雲横秦嶺家何在老杜詩野留行地日江入度山雲漢書韓信傳曰高鳥盡良弓藏淵明歸去来辭曰鳥倦飛而知還

題灊峰閣

閣在舒州提刑司

徐老海棠巢上元注云徐佺樂道隱於藥肆中家有海棠數株結巢其上時與客巢飲其間王翁主簿峰菴元注云王道人參禪四方歸結屋於主簿峰上嘗有毛人至其間問道梅蘂破顔冰雪綠

叢不見黄柑樂天詩一放狂歌一破顔東坡和李公擇梅花詩云何人

慰流落嘉蘤天爲種又懷公擇詩云我有同舍郎官居在灊岳遺我三寸柑照坐光卓犖時公擇作淮西憲使治所在舒州

次韻公擇舅

昨夢黄粱半熟立談白璧一雙鷩鹿要須

野草鳴鷗本願秋江黄粱見上注史記虞卿傳曰説趙孝成王一見賜黄金百鎰白璧一雙唐人王建六言詩曰冊見封侯萬户立談賜璧一雙嵇康絶交書曰禽鹿志在豐草

贛上食蓮有感

蓮實大如指分甘念母慈爾雅荷芙蕖其華菡萏其實蓮其根藕其中的的中薏注曰蓮謂房也的蓮中實也南山有臺詩疏引陸機草木疏云枸樹似白楊有子著樹端大如指此借用其字詩意謂梅指也唐本草亦曰冊砂其次大者如梅指晉書王羲之傳曰率諸子抱弱孫含一味之甘割而分之以娛目前○念母字見詩渭陽

共房頭⿰角戢⿰角戢更深兄弟思王子年拾遺記曰西王母見穆天子進素蓮一房百子詩曰其角⿰角戢⿰角戢此借用實中

有幺荷拳如小兒手令我念衆鶵迎門索

梨棗幺荷謂小葉太白詩曰初拳幾枝蕨圖經本草曰菰根歲久者中心生白臺如小兒臂謂之菰手此句頗采其意禰正平鸚鵡賦曰憫衆鶵之無知淵明歸去來曰稚子候門又責子詩曰通子垂九齡但覓梨與栗○公詩有菰芽已作小兒拳

之句張閣見之云此忍人也時閣爲河内推官與通判葛繁皆蔬食誦經故有此語
王直方云今此亦云么荷拳如小兒手兩用皆有妙處蓮心政自苦
食苦何能甘甘飡恐腊毒素食則懷慙爾雅
的中薏注曰中心苦陸機草木疏曰里語云苦如薏是也晉書謝安傳曰正自不能
不爾耳國語曰厚味實腊毒伐檀詩曰不素飡兮蓮生於泥中不
與泥同調維摩經曰譬如高原陸地不生蓮華卑濕淤泥乃生此華選詩
曰異代可同調食蓮誰不甘知味良獨少中庸曰人莫不
飲食也鮮能知味也晉書桓伊歌曰爲臣良獨難吾家雙井塘十
里秋風香安得同袍子歸製芙蓉裳雙井在洪

州分寧縣詩曰豈曰無衣與子同袍此借用王介甫和俞秀老詩亦曰解我葱珩脫
孟勞暮年甘與子同袍離騷曰製芰荷以爲衣集芙蓉以爲裳

秋思寄子由

黃落山川知晚秋小蟲催女獻功裘禮記月令
曰草木黃落春秋考異郵曰立秋促織鳴宋均注曰趣織蟋蟀也立秋女功急故趣
之周禮司裘季秋獻功裘注云人功微麤謂狐青麛裘之屬老松閱世
卧雲壑挽著滄江無萬牛老杜詩雲壑布衣鮐背死又古
栢行大厦如傾要梁棟萬牛回首丘山重

贈別李次翁

利欲薰心隨人翁張國好駿馬盡爲王良
韓退之送高閑序曰利欲鬬進有得有喪易艮之九三曰艮其限列其夤厲薰心老
子曰將欲張之必固翕之盡爲王良言流俗之隨逐世好不能特立獨行也不
有德人俗無津梁莊子苑風曰願聞德人張湛注列子曰體道窮
宗爲世津梁江文通詩曰道喪涉千歲津梁誰能了世說庾亮嘗入佛寺見卧佛曰
此子疲於津梁于時以爲名言德人天遊秋月寒江莊子曰天
之穿之日夜無降人則顫塞其竇胞有重閬心有天遊室無空虛則婦姑勃谿心無
天遊則六鑿相攘寒山子詩曰吾心似秋月碧潭清皎潔映徹萬物玲
瓏八窻言心之虛明如此韻書曰玲瓏明皃禮記明堂位跡引孝經援神契

曰明堂八窻四闥於愛欲泥如蓮生塘處水超然
出泥而香孔竅穿穴明冰其相維乃根華
其本舍光圓覺經曰愛欲爲因愛命爲果維摩經曰示有妻妾婇女而常
樂遠利五欲淤泥又曰譬如高原陸地不生蓮華卑濕淤泥乃生此華超日經曰如
蓮華不着水心清淨超於彼詩曰金玉其相注云相質也竅穴冰相皆謂藕文選崔
子玉座右銘曰在涅貴不緇曖曖内舍光大雅次翁用心不忘
日閒月學旅人念鄉能如斯蓮詎可小康
漢書河間獻王贊曰夫惟大雅卓爾不羣孟子曰必有事焉而勿正心勿忘勿助長
也旅人念鄉言不忘也如鍾儀莊舃之類是已詩曰汔可小康此借用言僅可居安

耳在俗行李寮寮堂堂唐有寮寮堂堂之謠此借用傳燈錄坦然問慧安國師曰如何是自己意師曰當觀寮作用又誌公頌曰丈夫運用堂堂逍遙自在無妨左傳行李之往来供其困乏觀物慈哀蒞民愛莊曾論曰臨之以莊則敬又云不莊以蒞之則民不敬成功萬年付之面墻草衣石質與世低昂欲成遠大事業當如少林之面壁自求已事也雖草衣木食鐵石其心然未甞違世亦與之俯仰聊同其波耳唐黄蘗禪師傳心法要曰懃苦修行草衣木食又權德輿有草衣禪師宴坐記漢書司馬遷書曰故且從俗浮沈與時俯仰楚詞曰服偃蹇以低昂

演雅

桑蠶作繭自纏裹蛛蝥結網工遮邏樂天詩蠋蛾誰救護蠶繭自纏縈呂氏春秋湯祝網曰蛛蝥作網今人學之符子曰公子重耳遊大澤之中見蜘蛛布網曳繩執豕而食之顧舅犯曰此蟲也德薄矣而猶役其智云云燕無居舍經始忙蝶爲風光勾引破詩曰經始勿亟老杜詩傳語風光共流轉又落花詩云影遭碧水潛勾引樂天柳詩勾引春風無限情老鶬銜石宿水飲稃蜂趂衙供蜜課司馬相如上林賦曰雙鶬下注云鶬鴰也梅聖俞詩不比西池老秃鶬樹萱錄曰甞見數鳥銜山間碎石登於樹杪俄復入水又銜石登樹者數四處士楊存素曰是鸛伏卵多入水其體冷濕還取礜石耳按博物志云鸛水鳥也伏卵時卵冷則不

沸取礜石用繞卵以助燥氣陶隱居注本草礜石條亦引此說又按陳藏器本草云鸛巢中以泥爲池含水滿池中養魚及蛇以哺其子山谷以爲老鶬未論禪雅曰蜂有兩衙應潮唐書食貨志曰主户内有課口者爲課户鵲傳吉語安得閑鷄催晨興不敢卧陸賈新語曰乾鵲噪而行人至漢書陳湯傳曰不出五日當有吉語聞炙轂子云鷄一名司晨氣陵千里蠅附驥枉過一生蟻旋磨後漢書曰蒼蠅之飛不過十步若附驥尾日馳千里晉書天文志周髀家云譬之於蟻行磨石之上磨左旋而蟻右去磨疾而蟻遲故不得不隨磨以左廻焉蝨聞湯沸尚血食雀喜宫成自相賀淮南子曰湯沐具而蟣蝨相弔大厦成而燕雀相賀晴

天振羽樂蜉蝣空穴祝兒成蜾蠃蜉蝣詩曰蜉蝣之羽衣裳楚楚注蜉蝣渠略也朝生夕死七月詩曰七月莎鷄振羽法言曰螟蛉之子殪而逢蜾蠃祝之曰類我類我久則肖之矣注謂螟蛉蟲也蜾蠃蒲盧也桑蟲子始生而蒲盧取之於木空中七日祝而化之以變爲己子蛣蜣轉丸賤蘇合飛蛾赴燭甘死禍莊子齊物論注曰蛣蜣之智在於轉丸而笑蛣蜣者乃以蘇合爲貴按爾雅蛣蜣蜣蜋也南史傳亮傳直宿禁中覩夜蛾赴燭作感物賦以寄意井邊蠹李螬苦肥枝頭飲露蟬常饑孟子曰井上有李螬食實者過半矣徐廣雜注曰侍臣加貂蟬取飲露而不食也天螻伏隙録人語射工含沙須影

過本草螻蛄一名蟪蛄一名天螻陶隱居注曰此物頗協神鬼昔人獄中得其力者今人夜忽見出多打殺之言爲鬼所使也博物志曰江南溪水中有射工蟲長一二寸口中有弩形氣射人影不治則殺人春秋莊公十八年有蜮蹟謂含沙射人影

訓狐啄屋真行怪蠨蛸報喜太多可退之射訓狐曰有鳥夜飛名訓狐矜凶挾狡誇自呼乘時陰黑止我屋聲勢慷慨非常麄禮記中庸曰索隱行怪行音下孟反東山詩注曰蠨蛸長踦也蹟云河内人謂之喜母此虫来著人衣當有親客至有喜也嵇康絶交書曰足下旁通多可而少怪

鸕鷀密伺魚蝦便白鷺不禁塵土涴涅槃經曰如人有怨逐伺其便詩義疏曰鷺水鳥也好而潔白謂之白鷺退之詩頹書巖上石勿使塵泥涴老杜詩冷蘂踈枝恐不禁

絡緯何嘗省機織布穀未應勤種播炙轂子曰莎雞古今注一名促織一名絡緯謂其鳴如紡績織緯也老杜詩布穀處處催春種按爾雅鳲鳩鴶鵴注曰今布穀也孟子曰稷降播種

五技鼯鼠笑鳩拙百足馬蚿憐鱉跛荀子曰鼯鼠五技而窮歐公詩衆鳥笑鳴鳩爾拙固無匹不能取巧婦以共營家室博物志曰百足一名馬蚿莊子曰蚿憐蛇楚辭曰駟跛鱉而上山吾固知其不能升荀子曰豈若跛鱉之與六驥足哉

老蚌胎中珠是賊醯雞瓮裏天幾大三輔決錄孔融見韋元將與其父書曰不意雙珠出於老蚌淮南子曰明月之珠蚌之病而我之利莊子田子方篇曰孔子見老聃告顔回曰丘之於道也其猶醯雞與微夫子之發吾覆也吾不知天地之大全也注云醯雞者甕中之蠛蠓比吾全於老聃猶醯雞之與天地矣談苑劉師道詩醯雞舞甕天

螳蜋當轍恃長臂熠燿宵行矜照火特一作怒莊子曰猶螳蜋之怒臂以當車軼則必不勝任矣音義曰軼音轍詩曰熠燿宵行注云熠燐也螢火也

提壺猶能勸沽酒黃口只知貪飯顆提壺鳥名梅聖俞四禽言云提壺蘆沽美酒風爲賓樹爲友山花撩亂目前開勸尒今朝千萬壽家語孔子見羅雀者所得皆黃口小雀曰大雀善驚而難得小雀貪食而易得摭言李白詩飯顆山頭逢杜甫

伯勞饒舌世不問鸚鵡纔言便關鎖七月詩曰七月鳴鵙注云鵙伯勞也劇談錄白居易玉蘂花詩曰不緣啼鳥春饒舌青瑣仙郎何得知曲禮曰鸚鵡能言不離飛鳥劉夢得和樂天鸚鵡詩曰誰遣聰明好顔色事須安置入深籠

春蛙夏蜩更嘈雜土蚓壁蟫何碎瑣七月詩曰五月鳴蜩注蜩蟬也嘈雜疑作嘈囋文選東京賦云奏嚴鼓之嘈囋音才達反孟子曰夫蚓上食槁壤下飲黃泉酉陽雜俎曰張周封言壁上白瓜子化爲白魚韻書曰蟫音淫衣白魚也韓孟聯句竹影金瑣碎

江南野水碧於天中有白鷗閑似我盧仝詩水泛碧天色老杜詩飄零何所似天地一沙鷗○萊公詩野水無人渡

戲和荅禽語

南村北村雨一犁新婦餉姑翁哺兒田中

啼鳥自四時催人脫袴著新衣著新替舊

亦不惡去年租重無袴著東坡樂府曰歸去歸去江上一

犂春雨晉書列女傳謝安曰王郎逸少子不惡汝何恨也前漢食貨志曰租挈重注云收田租之約令也○東坡在黃州日效梅聖俞體作五禽言布穀云南山昨夜雨西溪不可渡溪邊布穀兒勸我脫布袴不辭脫袴溪水寒水中照見催租瘢東坡自注云土人謂布穀爲脫却布袴先生此詩大相類也

贈鄭交

山谷有招清公詩跋云草堂鄭交處士隱處小塘芙蕖盛開使雞伏鴛鴦卵與人馴狎不驚畏老禪延恩長老法安師懷道遯

世清公少時蓋依之數年今觀跋意即此詩但題不同爾鄭交字子通見於山谷書尺及題跋

高居大士是龍象草堂丈人非熊羆大士謂靈

源叟惟清清蓋晦堂之法嗣山谷與歐陽元老帖云清師歸所受業院武寧之高居想甚得所也武寧屬洪州蓮經曰文殊師利語彌勒及諸大士如我惟忖今佛世尊欲說大法傳燈錄達磨傳曰波羅提法中龍象按智度論云龍象言其力大龍水行中力大象陸行中力大故今以負荷大法者比之龍象史記齊世家曰呂尚年老以漁釣千周西伯西伯將獵卜之曰所獲非龍非彲非虎非羆所獲霸王之輔果遇於渭水之陽載與俱歸立爲師按六韜以非虎爲非熊

不逢壞衲乞香

飯唯見白頭垂釣絲上句謂清公未至延恩下句指鄭交四分

律云一切上色衣不得畜當壞作迦沙色智度論云五比丘曰佛當著何等衣佛言應著衲衣金剛經曰爾時世尊食時著衣持鉢入舍衛大城乞食維摩經曰化菩薩以滿鉢香飯與維摩詰老杜詩江邊老病雖無力強擬晴天理釣絲

鴛鴦終日愛水鏡菡萏晚風颭舞衣襄陽記曰司馬德操爲水

鏡晉書樂廣傳衛瓘曰此人之水鏡也趙嘏詩曰紅衣落盡渚蓮愁書曰滄之舞衣

開徑老禪来煑茗還尋密竹逕中歸江淹擬陶

淵明詩云開徑望三益老杜寄贊上人詩云柴荆具茶茗逕路通林丘謝靈運詩連巖覺路塞密竹使徑迷

平陰張澄居士隱處三詩

仁亭

無心經世網有道藏丘山選詩曰世網嬰我身

養生息天黥藝木印歲寒莊子大宗師篇意而子曰庸詎知造物之

不息我黥而補我劓管子曰十年之計樹之以木印謂驗其信然必相符合也○論語歲寒然後知松栢之後凋

德人墻九仞強學窺一斑

莊子曰德人者居無思行無慮不藏是非善惡禮記儒行曰夙夜強學以待問晉書王獻之傳客白此郎管中窺豹時見一斑○論語夫子之墻數仞書爲山九仞孟子掘井九仞

張侯大雅質結髮闖儒關大雅見上注李廣傳

曰臣結髮而與匈奴戰董仲舒傳曰太學賢士之關闖音丑甚反韻書注云馬出門皃退之詩闖然入其户三稱天之言**奇贏忽諧偶老大嘗艱**

難漢書食貨志曰操其奇贏日游都市霍去病傳曰常留落不耦左傳曰險阻艱難備嘗之矣詩意謂張君少年進取如射利者往往逢時遇合既老知世故之多艱遂絕意於仕進也**築亭上雲雨日月轉朱欄**文選頭陀寺碑曰層軒延袤上出雲霓西都賦曰軼雲雨於天半虹霓迴帶於棼楣**牀敷**

聽萬籟我家頗寬閑寶積經偈云亦不爲求天玉女及諸衣食牀敷事又云牀敷綵女資坐具張拙頌云凡聖含靈共我家退之書云耕於寬閑之野**牧牛有坦途亡羊自多端**傳燈錄大安禪師曰安在潙山三十年只看一頭水牯牛若落路入草便牽出若犯人苗稼即鞭撻調伏既久可憐生受人言語如今變作个露地白牛常在面前終日露迴迴地趕亦不去也退之詩近來自說尋坦途猶上青雲跨騄駬列子曰揚子之鄰人亡羊既率其黨又請揚子之竪追之揚子曰嘻亡一羊何追者之衆鄰人曰多歧既反問獲羊乎曰亡之矣曰奚亡之曰歧路之中又有歧焉吾不知所之所以反也公都子曰大道以多歧亡羊學者以多方喪生楚辭曰多端膠加○莊子問臧何事則挾策讀書問穀何事則博塞以遊其爲亡羊則一也**市聲鏖午枕常以此心觀**世故紛紜能亂人意以此心觀之當不戰而勝也漢書霍去病傳曰合短兵鏖皋蘭下注云世俗謂盡死殺人爲鏖糟音意曹反

復庵

春粮出求仁行李彌宇宙久客渺愁人馬

飢僕夫瘦莊子曰適百里者宿舂粮魯論曰求仁而得仁行李見上注詩曰我馬瘏矣我僕痡矣云何吁矣**歸来一丘中萬事不攺**

舊漢書叙傳班嗣曰漁釣於一壑則萬物不奸其志栖遲於一丘則天下不易其樂傳燈錄曰不攺舊時人只攺舊時行履㪅此詩大抵與後卷贈柳展如第八首同意**禾黍鋤其驕牛羊鞭在後**甫田詩無田甫田維莠驕驕莊子曰養生者如牧羊視其後者而鞭之**隱几天籟寒六鑿**

忽通透莊子齊物論曰南郭子綦隱几而坐曰汝聞人籟而未聞地籟汝聞地籟而未聞天籟夫又外物篇胞有重閬心有天游室無空虛則婦姑勃谿心無天游則六鑿相攘司馬彪云謂六情攘奪鑿音在報反

亨泉

水德通萬物發源會時亨伏坎非心願成

川且意行易蒙卦曰山下出泉蒙又曰蒙亨以亨行時中也又坎卦曰有孚唯心亨行有尚彖曰唯心亨乃以剛中也東坡易傳云所遇有難易然而未嘗不志於通是水之心也物之窒我者有盡而是心無已則終必勝之故水之所以至柔而能勝物者維不以力爭而以心通也不以力爭故柔外以心通故剛中劉禹錫詩腰斧上高山意行無舊路此借用**栖遲林丘下欲濯無塵**

纓栖遲見前注杜詩石門斜日到林丘孟子曰滄浪之水清兮可以濯我纓文選
北山移文曰今見解蘭縛塵纓沈休文新安江水詩曰紛吾隔泥滓豈假濯衣巾願
以潺湲水沾君衣上塵杖藜逢載酒一瓢酌餘清莊子
曰原憲杖藜而出漢書揚雄傳曰時有好事者載酒肴從游學逸士傳許由隱箕山
以手捧水飲之人遺一瓢得以操飲選詩容林舍餘清

留王郎世弼

王純亮字世弼山谷之妹壻見於黃氏世譜

河外吹沙塵江南水無津言南北相望之遠文選謝靈運
詩河洲多沙塵風悲黃雲起河曰若涉大水其無津涯骨肉常萬里
寄聲何由頻角弓詩序曰骨肉相怨漢書趙廣漢傳曰界上亭長寄聲
謝我我隨簡書來顧影將一身詩曰畏此簡書曹子建責
躬表曰形影相弔五情愧赧資治通鑑晉李密言吾獨立於世顧影無儔退之詩念
汝將一身西来曾幾年何晏行步顧影見魏志○留我左右手奉
承白頭親晉書邵續傳續諫成都王頴討長沙王乂曰兄弟如左右手
小邦王事略蟲鳥聲無人小邦謂德安鎮詩曰王事靡盬
謝靈運詩曰虛館絕諍訟空庭來鳥雀退之琴操曰四無人聲王甥解鞍
馬夜語雞喚晨爾雅曰姊妹之子爲甥毋慈家人肥
女惠男垂紬禮記禮運曰父子篤兄弟睦夫婦和家之肥也王介甫作

鄆女墓誌曰吾女生惠異甚按惠與慧同禮記玉藻曰童子之節也緇布衣錦緣錦
紳又曰紳垂足有田爲酒事豚韭及秋春酒事謂麴糵事
見下茗事注禮記王制曰庶人春薦韭秋薦黍韭以卵黍以豚生涯得如
此舊學更光新莊子曰吾生也有涯易曰君子以篤實輝光日新其
德索去何草草小留慰艱勤老杜詩問君適萬里取別
何草草百年才一炊六籍經幾秦百年一炊用邯鄲夢
事見上注文選東京賦注曰蓋六籍所不能談李善注引封禪書曰六經載籍之傳王
介甫虔州學記曰周道微不幸而有秦燒詩書殺學士然是心非獨秦也當孔子時
既有欲毀鄉校者矣介甫又梔源行曰天下紛紛經幾秦有要知胷中
有不與迹同陳莊子曰機心存於胷中又天運篇老子曰六經先王
之陳迹也豈其所以迹哉郢人懷妙質聊欲運吾斤莊子
曰莊子過惠子之墓謂從者曰郢人堊漫其鼻端若蠅翼使匠石斲之匠石運斤成
風聽而斲之盡堊而鼻不傷郢人立不失容宋元君聞之召匠石曰嘗試爲我爲之
匠石曰臣則嘗能斲之雖然臣之質死久矣自夫子之死也吾無以爲質矣

送王郎

酌君以蒲城桑落之酒庾信詩蒲城桑落酒灞岸菊花秋按
續古今注云索郎酒桑落時美故因以爲名齊民要術載釀桑落酒法亦以九月或
云桑落河名非也○杜詩坐開桑落酒泛君以湘纍秋菊之

英漢書揚雄作反騷曰欽弔楚之湘纍注謂屈原赴湘死故曰湘纍楚辭曰夕飡秋菊之落英贈君以黟川點漆之墨黟音伊漢舊縣今屬歙州墨譜云江南黟歙之地有李廷珪墨尤佳廷珪本易水人唐末渡江居歙造墨有名蕭子良荅王僧虔書云仲將之墨一點如漆送君以陽關墮淚之聲王維詩勸君更盡一杯酒西出陽關無故人李商隱詩斷腸聲裏唱陽關墮淚碑見晉書羊祜傳酒澆胷次之磊隗世說王遜問王忱阮籍何如司馬相如忱曰阮籍胷中磊隗故須澆之言同相如唯有酒異莊子曰喜怒哀樂不入於胷次菊制短世之頹齡淵明詩菊爲制頹齡班固幽通賦道脩長而世短墨以傳萬古文章之印歌

以寫一家兄弟之情印如釋氏所謂傳佛心印詩曰以寫我憂王仲宣詩冀寫憂思情江山千里俱頭白骨肉十年終眼青山谷此對極有妙處前輩多使之老杜云別来頭併白相對眼終青東坡云讀書頭欲白相對眼終青又曰身更萬事已頭白相對百年終眼青又曰看鏡白頭知我老平生青眼爲君明又曰故人相見尚青眼新貴如今多白頭又曰江山萬里將頭白骨肉十年終眼青其用青眼對白頭非一而工拙各有異耳連床夜語雞戒曉書囊無底談未了文選趙景真荅嵇茂齊書曰鳴雞戒且則飄爾晨征顔師古注急就章曰有底曰囊無底曰槖世說衛玠與謝鯤達旦微言太白詩語笑未了風吹斷有功翰墨乃如

此何恨遠別音書少選詩粲粲翰墨場炒沙作糜終不飽楞嚴經曰若不斷婬修禪定者如蒸砂石欲成其飯經百千刧秪名熱砂何以故此非飯本砂石成故世說曰賓客詣陳太丘使元方季方炊二人听客議論忘著箄皆成糜佛書又云譬如說食終不能飽鏤冰文章費工巧鹽鐵論曰內無其質而外學其文若畫脂鏤氷費日損功考工記曰工有巧要須心地収汗馬孔孟行世日杲杲謂道義戰勝胷中明乃曉然見聖賢用心處史記晉世家文公曰矢石之難汗馬之勞此復受次賞孟子曰子夏子張子游以有若似聖人欲以所事孔子事之曾子曰不可江漢以濯之秋陽以暴之皜皜乎不可尚矣注曰秋陽周之秋夏之五月六月盛陽也

皜皜甚白也皜音杲詩曰其雨其雨杲杲出日山谷荅王雱書曰想以道義敵紛華之兵戰勝久矣古人云并敵一向千里殺將要須心地収汗馬之功讀書乃有味有弟有弟力持家婦能養姑供珍鮭老杜同谷歌云有弟有弟在遠方古樂府曰健婦持門戶南史庚杲之傳任昉戲曰誰謂庾郎貧食鮭常有二十七種鮭音戶佳反切韻曰魚名出吳志兒大詩書女絲麻公但讀書煑春茶禮記曰治其絲麻

次韻劉景文登鄴王臺見思五首

劉孝孫字景文其父平死於趙元昊之難鄴中記魏武於銅雀園立三臺

黃濁歸大壑漣漪遶重城郭璞注爾雅曰河所受渠多衆水溷淆冝其濁黃漢書谷永傳黃濁四塞此借用其字列子曰渤海之東不知幾億萬里有大壑焉實惟無底之谷名曰歸墟八紘九野之水莫不注之詩曰河水清且漣漪西風一横笛金氣與高明杜牧之詩深秋簾幕千家雨落日樓臺一笛風漢書五行志曰金氣病則木沴之老杜詩大火運金氣荆揚不知秋劉禹錫秋螢引曰夜光寂寞金氣靜文選笙賦李善注引淮南子曰寗戚擊牛角而疾商聲歌曲商金聲清故以為曲 王逸注楚辭九辯曰秋天高朗氣清明也歸鴉度晚景落鴈帶邊聲老杜詩輕鳥度層陰文選李陵書曰邊聲四起平生知音處別離空復情知音見後篇注

老杜詩遠送從此別青山空復情按謝玄暉詩嬋娟空復情

又

舊時劉子政憔悴鄴王城把筆已頭白見書猶眼明漢書劉向字子政用以比景文寰宇記故鄴城在相州鄴縣東魏武帝受封於此呼為北都平原秋樹色沙麓暮鐘聲用老杜寄李白詩渭北春天樹江東日暮雲句律平原今德州山谷是時監德州德平鎮寰宇記沙麓在魏州元城縣東即漢書元后傳王翁孺徙居之地今為北京與相州相接歸鴈南飛盡無因寄此情管子桓公曰夫鴻鴈春北而秋南不失其時楚辭曰鴈雝雝而南飛漢書蘇武傳天子射上林中得鴈足

有繫帛書老杜詩相憶無南鴈何時有報章

又

繫匏兩相憶極目十餘城繫匏見魯論文選古詩云下有長相憶楚辭曰目極千里兮傷心悲按德與相俱在河北漢書吾丘壽王傳曰連十餘城之守積潦干斗極山河皆夜明劉禹錫詩積潦搜山趾司馬相如子虛賦曰上干青雲杜牧詩觚稜拂斗極左傳曰恒星不見夜明也白璧按劒起漢書鄒陽傳曰明月之珠夜光之璧以闇投人於道衆莫不按劒相眄者何則無因而至前也朱絃流水聲記曰朱絃疏越一倡而三歎有遺音者矣呂氏春秋伯牙鼓琴意在山鍾子期曰巍巍乎意在水子期曰湯湯乎鍾期死伯牙遂絶絃以世無知音乖逢四時爾木石了無情達人之於窮通猶木石之於寒暑初無喜慍也莊子曰古之得道者窮亦樂通亦樂所樂非窮通也道得於此則窮通為寒暑風雨之序矣。樂天李夫人詩曰人非木石皆有情名士傳曰阮籍了無愧色

又

茗花浮曾坑陸羽茶經曰沫餑者湯之華也華之薄者曰沫厚者為餑輕細者曰花東坡和曾仲錫詩云君家新致雪坑茶自注云近得曾坑茶酒泛酌宜城周禮酒正泛齊注曰泛者成而滓浮泛泛然如宜城醪矣疏云宜城說以為地名故曹植酒賦曰宜城醴醪蒼梧縹清劉香以為酒名未知孰是路

尋西九曲此篇以末句考之蓋追記汴京州西舊游而此句述其經行之地按宋次道東京記閶闔門外福昌坊有九曲子巷山谷所指或當謂此人似漢三明後漢段熲傳熲字紀明與皇甫威明張然明並知名顯達京師稱爲涼州三明范曄賛曰山西多猛三明儷蹤千户非無相後漢班超詣相者相者曰燕頷虎頭飛而肉食萬里侯相後封定遠侯景文將家子故用三明及此事五言空有聲退之石鼎聯句序曰校書郎侯喜新有能詩聲何時郭池晚照影寫閑情蜀中舊本雙井前集絶句中有景文見招會宿州西郭園詩文選王仲宣詩曰日暮遊西園冀寫憂思情曲池揚素波列樹敷丹榮陶淵明有閑情賦此借用其字

又

公詩如美色未嫁已傾城漢書李夫人傳李延年歌曰北方有佳人絶世而獨立一顧傾人城再顧傾人國嫁作蕩子婦寒機泣到明言其中年之詩多哀傷也選詩曰昔爲倡家女今爲蕩子婦北夢瑣言徐月英送人詩云枕前淚與堦前雨隔箇閑窗滴到明○唐人吳融作寒機曉猶織賦此引用緑琴蛛網遍絃絶不成聲傳玄琴賦序曰蔡邕有緑綺琴天下名器也玉臺新詠徐悱贈内詩曰網蟲生錦薦禮記檀弓子夏既除喪而見予之琴彈之而不成聲想見鴟夷子江湖萬里情言未逢知已也杜牧之詩西子下姑蘇一舸逐鴟夷○史記載范蠡佐越王既覇乃乗扁舟浮江湖自号鴟夷子

次韻吳宣義三徑懷友

佳眠未知曉屋角聞晴哢王羲之帖云向宅上靜佳眠都不知足下來門老杜詩紅稠屋角花退之送鄭校理詩曰鳥哢正交加楊花共紛泊○廣記鄭郊謁友人於陳蔡路逢一家有竹兩竿鄭爲詩曰冢上兩竿竹風吹常裊裊冢中賷之曰下有百年人長眠不知曉又古詩春眠不覺曉是處聞啼鳥萬事頗忘懷猶牽故人夢老杜夢李白詩曰故人入我夢明我長相憶又詩春渚日落夢相牽采蘭秋蓬深汲井短綆凍香草蘙於蓬艾冽井窮於短綆言薦引之難也老杜詩君不見才士汲引難恐懼弃捐忍羈旅又詩露井凍銀床○莊子曰綆短不可以汲深起看冥飛鴻乃見天宇空法言曰鴻飛冥冥弋人何慕焉選詩曰昭昭天宇闊甚念故人寒誰省機與綜史記范雎傳須賈曰范叔一寒如此哉又云以綈袍戀戀有故人之意韻書云綜機縷也在者天一方日月老賓送文選蘇子卿詩曰良友遠離别各在天一方書堯典曰寅賓出日寅餞納日注云賓導也餞送也往者不可言古栢守翁仲水經注曰鄗南千秋亭壇廟之東枕道有兩石翁仲南北相對又按魏志明帝景初元年鑄銅人二號曰翁仲此引用言冢間石人也

送劉季展從軍鴈門二首鴈門今代州

劉郎才力能百戰蒼鷹下韝秋未晚東觀漢記曰趙勤字孟卿太守桓虞署爲督郵於是貧今自責還印綬去虞歎曰善吏如使良鷹下韝命中千里荷戈防犬羊十年讀書厭藜莧詩曰荷戈與殳文選劉越石表曰敢肆犬羊李善注引漢名臣奏曰應劭議以爲鮮卑隔在漢北犬羊爲群南史沈攸之曰早知窮達有命恨不十年讀書退之詩肚腸集藜莧試尋北産汗血駒莫殺南飛寄書鴈兩句皆用鴈門事左傳曰冀之北土馬之所生史記蘇秦傳說秦惠王曰北有代馬索隱云代郡無有胡馬之利後漢書王符傳有以貨得鴈門太守者皇甫規問鄉前在郡食鴈美乎老杜詩汝休枉殺南飛鴻史記漢使謂單于曰天子射上林中得鴈足有繫帛書○杜詩驊騮作駒已汗血人生有禄親白頭何能一日無甘饌禮記內則曰由命士以上父子皆異宮昧爽而朝慈以旨甘謂有親而不可無甘旨之奉也禮記曰七十非肉不飽一日無甘饌之句非取此意耶

又

石趺谷中玉子瘦金剛窟前藥草肥寰宇記仙人山在代州五雲縣東南石巖上有人坐跡山腹石上有手跡山下石上有雙脚跡皆西向立張天覺清涼傳曰夢游五臺山金剛窟按寰宇記五臺山在代州五臺縣東北內經以爲清涼山東坡送天覺河東提刑詩曰西登太行嶺北望清涼山餘光入巖石神草出茅菅能令隆指兒虬鬚茁冰顏又詩曰憑君說與埋輪使速寄長松作解嘲皆謂此草也仙家耕耘成白璧道人煑掘起風痱絳囊璀璨思盈斗竹畚香甘要百圍搜神記曰陽雍伯嘗設義漿以給行旅一日有人飲訖懷中取石子一斗與之曰種此可生美玉遂得白璧一雙痱音肥韻書曰風病也百圍謂百束到官莫道無来使日日北風鴻鴈歸老杜詩欲問平安無使来禮記仲秋之月鴻鴈来

題宛陵張待舉曲肱亭

仲蔚蓬蒿宅宣城詩句中三輔決錄注曰張仲蔚平陵人所居蓬蒿沒人淵明詩曰仲蔚愛窮居遶宅生蓬蒿齊書謝脁爲宣城郡守善詩文選贈荅詩中多有脁宣城所作宛陵即今宣州故用此事人賢忘巷陋境勝失途窮論語子曰飯蔬食飲水曲肱而枕之樂亦在其中矣亭名盖取之山谷此句使顔子在陋巷不堪其憂回也一簞食一瓢飲不改其樂夫子曰賢哉回也事盖用此以盡曲肱之意晉書阮籍傳率意獨駕不由徑路車迹所窮輙慟哭而反顔延之五君詠曰途窮能無慟此借用寒葅書萬卷零亂剛直腸言腸中所有惟蔬飯與書相雜新序楚惠王食寒葅而得蛭因呑之偃蹇勲業外嘯歌山水重後漢書蔡邕傳董卓曰我力能族人蔡邕遂偃蹇者不旋踵矣晉書謝鯤曰猶不廢我嘯歌○嘯歌字出毛詩

其嘯也歌晨雞催不起擁被聽松風姚嗣宗詩崆峒山叟笑不語靜聽松風春晝眠南史陶弘景特愛松風

山谷詩集注卷第一

山谷詩集注卷第二

寄裴仲謀

交游二十年義等親骨肉禮記曰交遊稱其信也退之詩譬如親骨肉呂氏春秋曰父母之於子此謂骨肉之親○老杜詩義均骨肉地風雨漂我巢公亦未有屋鴟鴞詩曰予室翹翹風雨所漂搖箋云巢之翹翹而危以其所託枝條弱也寄聲來問安足音到空谷漢書趙廣漢傳曰寄聲謝我禮記文王世子問內竪之御者曰今日安否何如莊子曰逃空虛者聞人足音跫然而喜詩曰在彼空谷我家輦轂下薪桂炊白玉司馬遷書曰待罪輦轂下戰國策蘇秦曰使臣食玉炊桂○張志和曰樵青使薪蘭桂竹裹煎茶在官與影俱衣綻鬢曲局曹子建上責躬詩表曰形影相吊綻音丈莧切衣縫解也采綠詩曰予髮曲局天機行日月春事勤草木文選潘安仁詩曰曜靈運天機四節代遷逝注云曜靈日也按莊子曰天其運乎地其處乎日月其爭於所乎孰主張是孰維綱是孰居無事推而行是意者有機緘而不得已邪意者其運轉而不能自止邪老杜詩溪邊春事幽念公篤行李野飯中道宿一說文云篤馬行頓遲左傳曰亦不使一个行李告于寡君注曰行李行人也○又云行李之往來供其匱乏驚沙卷旍旗烏尾城角譌一作烏尾訛城角文選王子淵四子講德論曰甲士寢而旍旗仆又魏都賦曰旍旗

躍筮按於與旌同後漢靈帝紀注云桓帝之初京都童謡曰城上烏尾畢逋儀禮士虞禮曰祝入尸謖注云謖起也音縮老杜詩城頭烏尾訛騷騷家治具

夫子且歸沐言治具之怱速禮記檀弓曰騷騷爾則野注謂太疾漢書灌夫傳曰魏其夫妻治具注謂辦具酒食○萬石君傳曰每五日洗沐歸謁親作

書寄後乘為我遣臣僕孟子曰後車數百乘書曰我罔為臣僕

起居太夫人并問相與睦元注云相睦兒名老杜詩起居入座太夫人按後漢書岑彭傳曰大長秋以朔望問太夫人起居漢書文帝紀注云列侯妻稱夫人列侯死子復為列侯乃得稱太夫人相字瞭然小字小德睦行第三十三後嫁舒城李去華文伯

寄黄幾復元注云乙丑年德平鎮作

我居北海君南海寄鴈傳書謝不能山谷嘗有跋云幾復在廣州四會子在德州德平鎮皆海濱也按輿地廣記四會舊屬廣州熈寧六年割隸端州此詩元豐末所作猶云廣州蓋欲表見南海之意爾山谷古詩亦云四會有黃令尨傳曰君處北海寡人處南海惟是風馬牛不相及也劉禹錫詩謫在三湘最遠州邊鴻不到水南流按楚辭招魂巫陽曰謝不能王逸注頗失其義若漢書項籍傳陳嬰謝不能則此詩所用之意

桃李春風一杯酒

江湖夜雨十年燈兩句皆記憶往時游居之樂今既十年矣晉書張翰傳曰使我有身後名不如即時一杯酒

持家但有四立壁

治病不蘄三折肱漢書司馬相如傳曰家徒四壁立左傳齊高彊曰三折肱知為良醫此借用言其諳練世故不待困而後知也

想得讀書頭已白隔溪猿哭瘴溪藤東坡詩讀書頭欲白相對眼終青老杜詩殊方日落玄猿哭故國霜前白鴈來四會在廣東故云瘴溪

神宗皇帝挽詞三首

文思昭日月神武用雷霆堯典曰聰明文思易曰神武而不殺

制作深垂統憂勤減夢齡禮記曰周公制禮作樂孟子曰君子創業垂統為可繼也禮記文王世子篇武王曰夢帝與我九齡文王曰我百爾九十吾與爾三焉注云文王以憂勤損壽

孫謀開二聖末命對三靈詩曰貽厥孫謀以燕翼子二聖謂宣仁太后哲宗皇帝元結中興頌曰二聖重歡書顧命曰導揚末命文選班固典引曰答三靈之蕃祉李善注謂三靈天地人出春秋元命苞

今代誰班馬能書汗簡青班馬謂遷固樂天行韓愈制曰立詞措意有班馬之風後漢吳祐傳注曰殺青者以火炙簡今汗取其青易書後不蠹謂之殺青亦謂之汗簡

又

釣築收賢輔天人與聖能杜牧華清宮詩曰釣築乘時用易曰人謀鬼謀百姓與能○釣築用太公釣渭濱傅說築傅嵓事蓋言帝用人如

商高宗周文王也

輝光唐六典度越漢中興百世神宗廟千秋永裕陵元豐三年初改官制至五年頒行上句謂官制一新有光於唐之六典下句言政事法度過於漢宣帝中興也六典唐玄宗時所撰李林甫等所注蓋一代官制也書首載玄宗勑曰法以周令作為唐典取諸簡易所貴易從漢書宣帝贊曰功光祖宗業垂後嗣可謂中興侔德商宗周宣矣楊雄傳贊曰則必度越諸子矣永裕神宗陵名

帝鄉無馬跡空望白雲乘莊子曰千歲厭世而去乘彼白雲至于帝鄉左傳曰周穆王周行天下將必有車轍馬跡

又

昔在基皇極師臣論九疇師臣謂王介甫以武王訪箕子比之也洪範曰皇建其有極又曰天乃錫禹洪範九疇

丘陵或為谷天地不藏舟上句言丘山之頹人將安仰下句言大化推移有形者所不得遯然聖人未嘗喪其存也詩曰高岸為谷深谷為陵莊子曰藏舟於壑藏山於澤謂之固矣然而夜半有力者負之而走昧者不知也藏小大猶有遯若夫藏天下於天下而不得所遯是恒物之大情也故聖人將遊之於物之所不得遯而皆存

河洛功無憾幽燕策未收神廟元豐二年四月命宋用臣導洛通汴以代河渠謂之清汴漕輓遂無留滯嘗有收復幽燕之謀既開端緒而未收功也張舜民小説云神廟於崇政殿後設二十四庫以儲金帛諸路分將置都作院河北設五都倉講好高麗然功未施而上賓是天未欲幽薊之民歸中國乎

嗣皇朝萬國任姒正興周嗣皇謂哲宗初立任姒謂宣仁太后垂簾聽政思齊詩曰思齊太任文王之母思媚周姜京室之婦太姒嗣徽音則百斯男

王文恭公挽詞二首

王珪字禹玉實録有傳

先皇憑玉几末命寄元勳謂神廟顧託書顧命曰皇后憑玉几導揚末命後漢書陳俊傳注賜俊璽書曰將軍元勳大著元豐八年春神廟寢疾二月珪於御榻前請建東宮三月甲午立哲宗為皇太子戊戌珪宣遺制皇太子即皇帝位事具實録

賓日行黃道攀髯上白雲上句謂策立哲宗下句謂未幾而公亦薨也堯典曰寅賓出日注云賓導也晉天文志曰黃道日之所行王介甫作韓魏公挽詩云親扶日轂上天衢漢郊祀志黃帝鑄鼎於荊山下既成有龍垂胡髯下迎黃帝黃帝上騎群臣後宮從上龍七十餘人小臣不得上乃悉持龍髯白雲見上注

四時成歲律五色補天文上句言藏用下句言補衮莊子曰四時殊氣天不私故歲成五官殊職君不私故國治此借用列子曰女媧練五色石以補天闕

不謂堂堂去今成馬鬣墳堂堂見魯論薛能詩青春背我堂堂去禮記檀弓曰徃若斧者焉馬鬣封之謂也注云封築土為壟

又
宥密深黃閣光輝極上台昊天有成命詩曰夙夜基命而
宥密注云宥寬密寧也行寬仁安靜之政然前輩多作機密用之沈約宋書云朱門
洞啓當陽之正色三公與天子禮秩相亞故黃閣以示謙晉書天文志西近文昌二
星曰上台藏舟移夜壑華屋落泉臺藏舟見上注曹子建
詩生存華屋處零落歸山丘劉禹錫酬樂天詩曰華屋坐來能幾日夜臺歸去便千
秋李嘉祐哭韋給事詩仁兄與恩舊想爾泣泉臺雨紼誰為挽寒
笳故作哀儀禮曰弔於葬者必執引若從柩及壙皆執紼注云廟中曰紼
在塗曰引庚中丞昭君辭曰朔障裂寒笳韓退之詩逾梁下坂笳鼓咽老杜吹笛詩

山谷二　六

故作發聲徵傷心具贍地無復袞衣來節南山詩赫赫
師尹民具爾瞻破斧詩曰是以有袞衣兮無以我公歸兮注云謂成王所賷来袞衣

謝送碾壑源揀牙

翕雲從龍小蒼璧元豐至今人未識西京雜記
曰雲外赤內青謂之翕雲雲二色曰翕亦瑞雲也翕音以律反易曰雲從龍按張舜
民小說云淵寧末神廟有旨下建州製密雲龍其品又高於小團壑源包
貢第一春緗奩碾香供玉食第一春謂元豐元年建州
茶以北苑壑源為上沙溪為下書曰厥包橘柚錫貢又曰惟辟玉食眷思殿
東金井欄甘露薦桃天開顏眷思蓋○神宗便殿在垂

拱殿後太白詩絡緯秋啼金井欄按戴延之西征記曰太極殿上有金井闌金博山
鹿盧蛟龍負山於井上陸羽顧渚山記載王智深宋録曰豫章王子尚訪曇濟道人
於八公山道人設茶茗子尚味之曰此甘露也何言茶茗爲老杜詩天顏有喜近臣
知選詩開顏披心肾橋山事嚴庀百局補袞諸公省
中宿史記黃帝葬橋山注曰橋山在上郡此句謂作神宗裕陵也孟子注曰
事嚴喪事急左傳曰官庀其司老杜詩諸公袞袞登臺省魏都賦曰禁臺省中建闥
對廊○詩袞職有闕惟仲山甫補之中人傳賜夜未央雨露
恩光照宮燭庭燎詩曰夜如何其夜未央又蓼蕭箋曰露者天所以潤
萬物喻王者恩澤不為遠則不及也杜詩氣得神仙迥恩承雨露低退之詩宮燭驪

山谷二　七

山醒按周禮官正曰宮中廟中則執燭
右丞似是李元禮好
事風流有涇渭右丞謂李清臣後漢書黨錮傳序學中語曰天下模
楷李元禮元禮名膺事具本傳晉書王微之傳曰似是馬曹老杜詩偶坐似是商山
翁好事見孟子及漢書楊雄傳風流謂得前賢之流風遺俗故前漢書趙充國等贊
曰風聲氣俗自古而然今之歌謠慷慨風流猶存耳嵇康琴賦亦曰體制風流莫不
相襲而李善注引淮南子及仲長統昌言似非佳語善又注沈休文所作謝靈運傳
論曰在下祖習如風之散如水之流蓋此兩字或美或惡隨所用之意何如耳任彥
昇詩伊人有涇渭非余揚濁清按谷風詩注曰涇渭相入而清濁異肯憐天
禄校書郎親敕家庭遣分似漢書楊雄傳校書天禄閣

上敕謂戒敕也退之詩曰寫吾此詩持送似春風飽識太官羊
不慣腐儒湯餅腸春風謂茶國史職官志太官令屬光祿寺掌膳
羞割烹之事老杜詩百年麄糲腐儒食又云老樹飽經霜○漢紀高祖曰腐儒幾敗
乃翁事搜攪十年燈火讀令我胷中書傳香
盧仝茶歌曰三椀搜枯腸惟有文字五千卷退之詩曰炎風日搜攪南史沈攸之傳
曰早知窮達有命恨不十年讀書退之詩燈火稍可親簡編可卷舒北史崔㥄傳鄭
伯猷歎曰胷中貯千卷書使人那得不畏服史記趙奢傳曰括徒能讀其父書傳
已戒應門老馬走客來問字莫載酒莊子曰杖
藜而應門晉李密陳情表曰內無應門五尺之僮又文選司馬遷書曰太史公牛馬
走李善注云走猶僕也言為太史公掌牛馬之僕漢書楊雄傳劉棻嘗從雄學作奇
字又曰有時有好事者載酒肴從游學

以小團龍及半挺贈無咎并詩用
前韻為戲
談苑曰建州茶李氏別令取其乳作片或号曰金挺

我持玄圭與蒼璧以暗投人渠不識書曰禹錫
玄圭周禮曰以蒼璧禮天柳子厚新茶詩圓方麗奇色圭璧無纖瑕暗投見鄒陽傳
具上注渠猶晉人言伊蓋梁陳以来語庚信詩有無事教渠更相失之句老杜憶弟
詩亦云吟詩正憶渠城南窮巷有佳人不索賓郎常

晏食佳人謂無咎山谷後詩有云城南晁正字南史劉穆之少貧好往妻兄江
氏家乞食食畢求檳榔江氏戲之曰檳榔消食君乃常飢何忽須此穆之為丹陽尹
乃令厨人以金柈貯檳榔一斛以進妻兄弟戰國策顔斶曰晚食以當肉赤銅
茗椀雨斑斑銀粟翻光解破顔韓孟聯句曰茗椀纖纖捧
歐公詩輕寒漠漠侵駝褐小雨斑斑作燕泥銀粟謂茗花老杜詩將軍且莫破愁顔
樂天詩一放狂歌一破顔上有龍文下棊局探囊贈君
諾已宿棊局謂團茶下隱隱有此文蓋箋痕莊子曰胠篋探囊此借用其字
魯論曰子路無宿諾此物已是元豐春先皇聖功調
玉燭易蒙卦曰蒙以養正聖功也爾雅曰四氣和謂之玉燭注云道光照晁
子胷中開典禮平生自期莘與渭易繫辭曰觀其
會通以行其典禮此借用言典章文物開陳於胷次也孟子曰伊尹耕於有莘之野
史記齊世家西伯遇太公於渭之陽老杜詩自比稷與契故用澆君磊
隗胷莫令鬢毛雪相似澆胷見上注老杜詩更憶鬢毛斑退
之詩兩鬢雪白趨埃塵劉禹錫詩今宵帝城月一望雪相似曲几團蒲
聽煮湯煎成車聲繞羊腸柳子厚有斬曲几文王介甫詩
獨坐隱團蒲文選魏武苦寒行曰羊腸阪詰曲車輪為之摧注引呂氏春秋九山曰
太行羊腸其山盤紆如羊腸在太原晉陽北樂天詩夢尋来路繞羊腸王立之詩話
曰東坡見山谷此句云黃九恁地怎得不窮故晁無咎復和云車聲出鼎繞九盤如

此佳句誰能識雞蘇胡麻留渴羌不應亂我官焙香本草水蘇一名雞蘇胡麻一名巨勝東坡云即今油麻也俗人煑茶多以此二物雜之拾遺記曰晉有羌人姚馥但言渴於酒群輩呼爲渴羌肥如瓠壺鼻雷吼幸君飲此勿飲酒蜀志張裔傳雍闓假鬼教曰張府君如瓠壺外雖澤而內實麁退之石鼎聯句序曰道士倚墻鼻息如雷鳴元稹詩鼻息吼春雷

和答外舅孫莘老

西風挽不來殘暑推不去晉書鄧攸傳吳人歌曰紞如打五鼓雞鳴天欲曙鄧侯挽不留謝令推不去出門厭韉帽稅駕喜巾屨史記李斯曰吾未知所稅駕方言曰舍車曰稅老杜詩松下丈人巾屨同偶坐似是商山翁柳子厚詩室空無侍者巾屨喜掛壁道山鄰日月清樾深牖户道山見上注鄰日月謂在天上字林曰樾樹陰也淮南子曰盟汙交流喘息薄喉當此之時茯越下則脫然而喜矣注云楚人樹上大本小如車蓋狀爲越言多蔭也詩曰綢繆牖户同舍多望郎閑官無窘步漢書直不疑傳誤持同舍郎金去孫樵作康郎中誌曰駑行望郎錦川星使雖驟曰桀紂之披猖兮夫惟捷徑以窘步注云窘急也劉禹錫詩悠悠關塞內來往無閑步此反而用之少監巖壑姿宿昔廊廟具晉書謝鯤傳曰或問論者以君方庾亮何如荅曰端委廟堂使百僚準則鯤不如亮

一丘一壑自謂過之謝靈運詩巖壑寓耳目阮嗣宗詩宿昔同衣裳老杜詩當今廊廟具創厦豈云缺行趁補衮職黼黻我王度詩衮職有闕仲山甫補之左氏思我王度式如玉式如金此引用歸休飲熱客莊子許由曰歸休乎君子無所用天下爲此借用以言休觴豆愆調護假啓顏録程季明有嘲熱客詩曰今代愚癡子觸熱到人家禮記曰七十觴酒豆肉漢書張良傳曰煩公幸卒調護太子此亦借用浩然養靈根勿藥有神助孟子曰吾善養吾浩然之氣太玄經曰藏心於淵美厥靈根易曰無妄之疾勿藥有喜老杜詩云詩應有神助寄聲舊僚屬訓告及匕箸如古詩上有加餐食之意漢書趙廣漢傳曰界上亭長寄聲謝我蜀志先主傳曰先主方食失匕箸尚憐費諫紙玉唾灑新句樂天詩月慙諫紙二百張歲愧俸錢三十萬玉唾見上注北焙碾玄璧谷簾煑甘露北焙即建溪高品文選劉越石詩握中有玄璧乃自荊山璆張又新煎茶水記云陸羽以廬山康王谷水第一陳舜俞廬山記曰康王谷有水簾飛泉被嵓而下甘露見上注何時臨書几剝芡談至暮韓信傳大王乃肯臨臣退之詩水果剝菱芡東觀漢記曰尹敏與班彪相厚每相與談常晏暮不食晝即至冥夜徹且世說孫安國往殷中軍許共論往反精苦賓主遂至暮忘食

次韻定國聞蘇子由卧病績溪

炎洲冬無氷十月雷虺虺東方朔十洲記曰炎洲在南海
中此借用績溪隸歙州蓋江南之地左傳襄公二十八年春無氷梓慎曰今茲宋鄭
其饑乎終風詩曰虺虺其雷注云暴若震雷之聲虺虺然及春瘧癘行
用人祭非鬼老杜詩瘧癘三秋孰可忍按周禮疾醫曰四時皆有癘疾
注謂氣不和之疾用人蓋楚俗如此如左傳所謂宋公使邾文公用鄫子于次雎之
社注謂殺人而用祭也魯論曰非其鬼而祭之諂也巫師司民命藥
石不入市退之譴瘧鬼詩詛師毒口牙舌作霹靂飛符師弄刀筆冊墨交
橫揮史記扁鵲傳曰其在骨髓雖司命無奈之何此借用周禮曰髻墾薜暴不入市
溪弩潛發機土風甚不美博物志曰江南山谿水中有射

工蟲長一二寸口中有弩形氣射人影不治則殺人傳曰千鈞之弩不爲鼷鼠而發
機左傳鍾儀樂操土風荀子曰人情甚不美蘇子卧江南感歎
中夜起聞道病在牀食魚不知旨陸士衡詩中夜
起歎息老杜詩中夜起坐萬感集又詩身欲奮飛病在牀按李令伯表曰劉嬰疾病
常在牀蓐劉子曰人之將疾者必不甘魚肉之味學記曰雖有嘉肴勿食不知其旨
也寒暑戰胷中士窮有如此老杜詩瘧癘三秋孰可忍
寒熱百日相交戰韓非子喻老篇子夏曰兩者戰於胷中未知勝負故臞此借用禮
記儒行曰其特立有如此者此公天機深爵禄心已死
莊子曰嗜欲深者天機淺此反而用之列子曰黃帝與容成子居空桐之上同齋三

月心死形廢養生遺形骸觀妙得骨髓莊子曰外其形
骸文選何敬祖詩曰奚用遺骨骸忘筌在得魚老子曰常無欲以觀其妙傳燈錄達
磨傳謂門人道育得吾骨慧可得吾髓后皇蒔嘉橘中歲多
成枳士不變於熙豐者鮮矣楚辭橘頌曰后皇嘉樹橘徠服兮受命不遷生南國
兮注言橘受命於江南不可移徙種於北地則化而爲枳也考工記曰橘踰淮而北
爲枳東京賦曰蕢莢爲難蒔也故曠世而不覿佳人何時來爲笑
啓玉齒楚辭曰聞佳人兮召予神異經曰玉女投壺天爲之笑則電故老杜
詩云每蒙天一笑長使物皆春郭璞游仙詩曰靈妃顧我笑粲然啓玉齒湔祓
瘴霧姿朝趁去天咫戰國策汗明說春申君曰今僕居鄙俗之

日久矣君獨無湔祓僕也退之詩繞開還落瘴霧中左傳曰天威不違顏咫尺唐書
城南韋杜去天尺五諸公轉鴻鈞國器方薦砥老杜詩八
荒開壽域一氣轉洪鈞漢書王褒頌曰賢者國家之器用也所任賢則趨舍省而功
施普器用利則用力少而就効衆工人之用鈍器也勞筋苦骨終日矻矻及至巧
冶鑄干將之樸清水淬其鋒越砥斂其咢水斷蛟龍陸剸犀革忽若彗氾畫塗矢
詩寫予心莊語不加綺詩云矢詩不多維以遂歌文選張茂
先詩寫心出中誠莊子曰以天下爲沉濁不可與莊語佛氏口之四業有所謂妄言
綺語退之城南聯句亦云綺語洗晴雪
次韻子由績溪病起被召寄王定

國蘇子由欒城集中有荅王定國問疾詩云五年竄南荒頑質不伏病即此韻也

種萱盈九畹蘇子憂國病嵇叔夜養生論曰合歡蠲忿萱草忘憂離騷曰予既滋蘭之九畹注云十二畝爲畹此句言種萱雖多不足以解蘇子之憂蓋所憂在天下也文選江淹擬潘岳詩曰消憂非萱草永懷寄夢寐

炎蒸臥百戰山立有餘勁老杜詩吾老抱疾病家貧臥炎蒸又詩瘧癘三秋孰可忍寒熱百日相交戰孫子曰百戰百勝非善之善者也禮記玉藻曰山立時行選詩曰石梁有餘勁

斯人廊廟器不合從遠屏蜀志許靖傳評曰蔣濟以爲大較廊廟器也禮記曰屏之遠方歐公表曰亂國之讒已蒙於遠屏

江湖搖歸心毛鬢侵老境左傳曰三國敗諸侯之師乃搖心矣又史記蘇秦傳曰心搖搖然如縣旌而無所終薄禮記曰六十耆指使疏引賀瑒云耆至也至老之境也杜詩人生五馬貴莫受二毛侵

艱難喜歸來如晴月生嶺春秋閔公元年書季子來歸公羊傳云其曰来歸何喜之也初晴之月人所喜見淵明詩素月出東嶺禮記曰月生於西

仍懷阻歸舟風水蛟鱷橫選詩天際識歸舟杜詩蛟之橫出清泚又蛟螭深作橫

補袞諫官能用儒吾道盛詩曰袞職有闕仲山甫補之唐垂拱二年置補闕二員掌供奉諷諫楊子曰如用眞儒無敵於天下○論語曰參乎吾道一以貫之

上書詆平津壹鬱[illegible]記省漢書汲黯傳面觸公孫弘徒懷詐飾智以阿人主取容按弘封平津侯又息夫躬傳上疏歷詆公卿大臣王介甫執政領三司條例上以子由爲之屬介甫欲遣八使子由以書抵介甫及陳陽叔指陳其决不可者且請補外介甫大怒將加以罪陽叔止之奏除河南推官會張文定知淮陽以學官辟云事見穎濱遺老傳

至今民社計非事頰舌競魯論曰有民人焉有社稷焉易咸卦之上六曰咸其輔頰舌象曰滕口說也漢書張良傳曰此難以口舌爭

方來立本朝獻納繼晨瞋易困卦曰朱紱方來注謂能招異方此用其字言自遠方來也孟子曰立乎人之本朝班固兩都賦序曰日月獻納

人材包新舊王度濟寬猛新舊謂欲兼用熙豐人材也嘉祐治平之政近於寬熙寧元豐之政近於猛要當相濟易泰卦曰包荒用馮河左傳曰思我王度式如玉式如金又曰寬以濟猛猛以濟寬政是以和○王直方詩話云先生嘗有詩云人材包新舊王度濟寬猛建中初又曰閑姦有要道新舊隨宜收又云不須要出我門下實用人材是至公大抵言朝廷用人也

必開曲突謀滿慰傾耳聽漢書霍光傳人爲徐生上書曰客有過主人者見其竈直突傍有積薪客謂主人更爲曲突遠徙其薪不者且有火患漢書伍被傳曰天下引領而望傾耳而聽

斯文呂與張泉下亦蘇醒呂謂中丞呂誨獻可張謂監察御史裏行張戩天祺按實錄王安石傳呂誨劉述劉琦錢顗孫昌齡范純

仁呂公着孫覺李常胡宗愈張戩王子部陳襄程顥皆論列變法非是以次罷去山谷詩意謂元祐初召用諸人而猷可天祺皆前死矣然朝廷選用諫官時政一新亦可伸其憤懣之氣於泉下也猷可湛寧四年五月卒天祺亦相繼去老杜詩斯文崔魏徒以我似班揚淮南子注云泉下有黄壚山退之作王適墓誌曰撕坼阤犇民獲蘇醒天聰四門闢國勢九鼎定書說命惟天聰明惟聖時憲舜典闢四門達四聰史記周紀太史公曰武王營洛邑成王使召公卜居居九鼎焉左傳曰武王定鼎於洛邑身得遭太平分甘守閑冷山谷自謂也退之詩太平時節身難遇○孟子曰分定故也晉書謝道韞曰爲天分有限耶分字蓋取此天津十年面想見頎而整謂子由也

劉談録裴晉公度微時羈寓洛中常乘蹇驢入皇城方上天津橋時淮西不庭已數年矣有二老人傍橋柱而立云適憂蔡州未平須待此人爲將僕者聞之具述其事裴公曰見我龍鍾相戲耳其後竟平淮西詩曰猗嗟昌兮頎而長兮注云頎長皃整謂秀整見下注何時及國門休暇過煑茗屈原九章哀郢曰出國門而軫懷其字本出周禮元次山醉歌曰因休暇則載酒於湖上燒燈留夜語鴻鴈看對影對影謂東坡老杜詩鴻鴈影來連峽內太白詩對影成三人此借用但恐張羅地頗復多造請漢書鄭當時傳曰先是下邽翟公爲廷尉賓客亦塡門及廢門外可設雀羅張湯傳造請諸公不避寒暑維此禮部公寒泉甃舊井謫去久

羸瓶召還汲脩綆東坡元豐八年秋召爲禮部郎中易井卦曰汔至亦未繘井羸其瓶凶初六曰井泥不食舊井無禽九五曰井列寒泉食太史公屈原傳亦引此說退之詩曰汲古得脩綆太任決齋宮陛下天統慶太任謂宣仁思齊詩曰思齊太任文王之母漢書刑法志曰宣帝常幸宣室齋居而決事陛下謂指廟漢書高帝紀賛曰協于火德自然之應得天統矣○蔡邕曰群臣與天子言不敢指斥呼陛下者言因卑達尊之意也日月進亨衢經緯寒耿耿日月以言二聖易曰何天之衢亨杜詩日月繼高衢單襄公曰經緯不爽天之象也選詩云秋河曙耿耿西走巳和戎南遷無哀郢左傳魏絳曰和戎有五利無哀郢謂遷客皆還也楚辭屈原九

章有哀郢曰去故鄉而就遠兮遵江夏以流亡又曰揖齊揚以容與兮哀見君而不再得郢蓋楚所都也誰言兩逐臣朝鑾天街並文選君子行曰逐臣尚何有字本出法言晉書天文志曰昴畢之間爲天街○按實録元豐八年子由自績溪召還爲右司諫而東坡亦以是時被召此句蓋喜二公得還朝王子竄炎洲萬死保軀命王子謂定國炎州謂嶺表東方朔十洲記曰炎洲在南海中此借用言定國嘗謫賓州柳子厚詩萬死投荒十二年還家頰故紅信亦抱淵靜東坡與定國書曰君實嘗云王定國瘴煙窟裏五年面如紅玉不知道能如此乎山谷後詩有遥憐鬢綠之句亦同此意文選謝靈運詩曰兼抱濟物性莊子曰抱神以靜形將自正又曰其居也淵而靜

秘屋待車音掃門親篇柄文選曹子建應詔書曰爰暨帝室秘此西墉李善注云秘猶舍也孟子曰百姓聞王車馬之音掃門用漢書魏勃事淮南子曰彗出而授殷人其柄行當懷書傳載酒求是正載酒見上注後漢安帝紀詔五經博士是正文字端如嘗橄欖苦過味方永歐公詩又如食橄欖真味久愈在王立之詩話曰歐陽公謂梅聖俞詩始讀之則歎莫能及後數日乃漸有味何止橄欖回味久方覺永按陸羽茶經注曰味長謂之雋永雋味也永長也

吹韻李之純少監惠硯

黃公山下黃雞秋持節恤刑曾少休寰宇記曰汝州葉縣有黃城山太白詩黃鷄啄黍秋正肥書曰惟刑之恤哉小人負弩得開道掃葉張飲林巖幽山谷溯寧間嘗爲葉縣尉漢書司馬相如傳曰縣令負弩矢先驅又曹參傳曰乃取酒張坐飲相傳有石非地產列仙持来自羅浮周禮曰以地產作陰德此借用漢書司馬相如傳列仙之儒羅浮山記曰羅浮云合躰在曾城博羅二縣之境茅君內傳曰羅浮山之洞周迴五里名曰朱明曜真天酒酣步出雲雨上南撫方城西嵩丘史記藺相如傳秦王飲酒酒酣孟郊遊終南龍池寺詩曰步出白日上坐依清溪邊列子曰化人之宮出雲雨之上而不知下之據寰宇記葉縣有方城山左傳所謂楚國方城以爲城即此也嵩山在西京與汝州西北之境相接林端乃見石空洞猛獸贔屭踞上頭晉書周顗傳曰此中空洞無物吳都賦曰巨鼇贔屭首冠靈山此借用以言石之狀古樂府陌上桑曰東方千餘騎夫壻居上頭老杜詩東山氣濛鴻宮殿居上頭鳥道兎迒謀挽致萬牛不動五丁愁南中八志云交趾郡治龍編縣自興古鳥道四百里李白蜀道難曰西當太白有鳥道爾雅曰兎子拋其跡迒音岡老杜詩萬牛回首丘山重蜀王本紀曰秦王欲伐蜀以路不通乃刻五石牛置金其後蜀人以爲便金王使五丁力士拖牛成道道家蓬萊見仙伯我亦洗湔與清流蓬萊見上注仙伯謂之純老杜詩諸公乃仙伯漢書昌邑王賀傳曰以湔洒大王退之詩懼終莫洗湔吳志賀邵傳曰遂使清流變濁北夢瑣言朱全忠賜裴樞等自盡李振曰此輩自謂清流宜投黃河永爲濁流探囊贈研頗宜墨近出黃山非遠求乃知此山自才美物欲致用當窮搜魯論曰如有周公之才之美易曰備物致用立成器以爲天下利莫大乎聖人迷邦故令成器晚不琢元非匠石羞魯論曰懷其寶而迷其邦老子曰大器晚成莊子曰匠石之齊至乎曲轅

送舅氏野夫之宣城二首

籍甚宣城郡風流數貢毛寰宇記曰宣城本漢舊縣漢順帝立宣城郡即今宣州漢書陸賈傳名聲籍甚注云狼藉甚盛左傳芊尹無宇曰食

士之毛誰非君臣霜林收鴨脚春網薦琴高歐公有謝
梅聖俞寄銀杏詩云鴨脚雖百箇得之誠可珍又云霜野摘林實京師寄時新聖俞
即宣州人琴高鯉魚也列仙傳琴高爲宋舍人後乗赤鯉見其弟子歐公亦有琴高
魚詩○後山嘗有句云霜林堆鴨脚春味薦貓頭今山谷乃有此句雖各極其妙豈
非傚此耶共理須良守今年輟省曹漢書循吏傳宣帝曰
庶民所以安其田里而志歎息愁恨之心者政平訟理也與我共此者其惟良二千
石乎後漢志曰世祖分尚書凡六曹平生割雞手聊試發硎
刀魯論曰割雞焉用牛刀莊子曰刃若新發於硎
又

試說宣城郡停盃且細聽晚樓明宛水春
騎簇昭亭寰宇記宣州漢爲宛陵縣按地理今有宛溪水䆉稏豐
圩戶桁楊卧訟庭杜牧之詩罷亞百頃稻西風吹半黃自注云罷
亞稻名按切韻兩字皆從禾東坡録奏單鍔吴中水利狀曰諸縣高原陸野之鄉皆有
塘圩或三百畝五百畝爲一圩蓋古人停蓄水以灌民田按今宣州有化成惠民圩
等人戶莊子曰桁楊接摺音義云械夾頸及脛者謝靈運詩虛館絶諍訟空庭來鳥
雀謝玄暉詩高閣常畫掩荒堦少諍辭按玄暉嘗守宣城故山谷用此事謝公
歌舞處時對換鵝經言以燕處易榮觀之樂齊書謝朓字玄暉
爲宣城郡太守太白廬山謡曰謝公行處蒼苔没老杜詩回首可憐歌舞地按文選

鮑昭蕪城賦曰歌堂舞閣之基晉書王羲之傳山陰有道士養好鵝云爲寫道德經
當舉群相贈耳

送范德孺知慶州

乃翁知國如知兵塞垣草木識威名乃翁謂文
正公仲淹仁廟時趙元昊反公自請守鄜延徙知慶州又爲環慶路經略安撫使決
策取橫山復靈武而元昊稱臣請和慶曆中爲參知政事楊子法言曰使知國如知
兵則吾以樗里疾爲蓍龜漢書陳勝傳曰今假王驕不知兵權老杜詩一寄塞垣深
唐書張萬福傳德宗曰朕謂江淮草木亦知爾威名乃翁見漢書項羽傳敵人
開戶玩處女掩耳不及驚雷霆孫子曰始如處女敵

人開戶後如脫兔敵不及拒唐書李靖傳曰兵機事以速爲神震霆不及掩耳震霆
魏志作疾雷平生端有活國計百不一試薶九
京文選孫楚與孫皓書曰愛民活國俗本多作治國非是又按南史王廣之子珍
國爲南譙太守高帝手勑云卿愛人活國甚副吾意柳子厚作呂衡州誄曰萬不試
而一出焉猶爲當世甚重禮記晉獻文子曰從先大夫於九京注謂晉卿大夫之墓
地在九原京蓋字之誤阿兄兩持慶州節十年騏驎
地上行阿兄謂文正仲子忠宣公也忠宣名純仁字堯夫神宗凞寧七年
十月知慶州元豐八年哲宗即位又自河中徙慶事具實録及曾子開所作公墓
誌南史張融哭張緒曰阿兄風流頓盡老杜詩肯使騏驎地上行潭潭大

度如卧虎邊頭耕桑長兒女後漢書鄧禹傳沉深有大度退之詩潭潭府中居此借用卧虎言不動聲色爲敵人所畏如北史王羆傳所謂老羆當道卧貉子安得過者也後漢書董宣傳曰京師號爲卧虎此借用老杜詩邊頭公卿仍獨驕又詩別家長兒女前漢書藝文志曰勸耕桑以足衣食食貨志曰爲吏者長子孫高帝紀呂公曰此非兒女子所知

折衝千里雖有餘論道經邦政要渠晏子春秋范昭謂晉平公曰齊未可并吾欲試其君晏子知之吾欲犯其樂太師知之於是輟伐齊謀孔子聞之曰不出樽俎之間而折衝千里之外晏子之謂也書曰兹惟三公論道經邦老杜憶弟詩吟詩正憶渠

妙年出補父兄處公自才力應時須文選曹植求自試表曰終軍以妙年使越楞嚴經彌勤菩薩言今得授記次補佛處漢書司馬遷傳曰願竭其不肖之才力老杜詩竇氏檢察應時須

春風旍旗擁萬夫幕下諸將思草枯旍與旌同文選王子淵四子講德論曰甲士寢而旍旗仆文選李陵書曰涼秋九月塞外草衰張祜詩草枯鷹眼疾按禮記月令孟夏行冬令則草木早枯

智名勇功不入眼可用折箠笞羗胡孫子曰善戰者無智名無勇功世說謝安問殷浩眼往屬萬形萬形入眼否後漢書鄧禹傳光武曰赤眉來東吾折箠笞之竇融傳曰河西斗絶在羗胡中○漢書張良字子房無智名勇功

題王黄州墨跡後

王禹偁字元之咸平中自西掖謫知黄州

掘地與斷木智不如機舂聖人懷餘巧故爲萬物宗易繫辭曰斷木爲杵掘地爲臼杵之利萬民以濟傅暢晉諸公贊曰杜預作連機水碓由此洛下穀米豐賤孟郊城南聯句曰機舂潺湲力考工記曰智者創物巧者述之老子曰淵兮似萬物之宗

世有斲泥手或不待郢工言匠手雖巧亦必待能受之質也莊子曰莊子過惠子之墓謂從者曰郢人堊漫其鼻端若蠅翼使匠石斲之匠石運斤成風聽而斲之盡堊而鼻不傷郢人立不失容宋元君聞之召匠石曰嘗試爲我爲之匠石曰臣則嘗能斲之雖然臣之質已死久矣自夫子之死也吾無以爲質矣吾無與言之矣此篇上六句蓋言黄州鋒頴太甚惜其不能藏用也郢人漢書音義作擾人服虔云擾人古之善塗墍者

往時王黄州謀國極匪躬朝聞不及夕百壬避其鋒漢書昭帝紀詔曰往時令民共出馬禮記四郊多壘注曰辱其謀人之國不能安也易曰王臣蹇蹇匪躬之故晉書傳玄傳玄天性峻急每有奏劾或値日暮捧白簡整帶竦踊不寐坐而待且於是貴游懾氣臺閣生風此句頗采其意書曰何畏乎巧言令色孔壬注謂甚佞也漢書王商傳張匡曰百姦之路塞梅福傳曰莫敢觸其鋒

九鼎安盤石一身轉孤蓬謂國安而身危九鼎見上注荀子富國篇曰國安于盤石壽于箕翼注云盤石盤薄大石也文選曹子建詩轉蓬離本根飄飄隨長風又鮑昭蕪城賦曰孤蓬自振元之

嘗作三黜賦謂貶商睢黃也在黃州作乂樓記曰四年之間奔走不暇未知明年又在何處東坡作元之畫像贊曰元之以雄文直道獨立當世方是時朝廷清明無大姦慝然公猶不容於中耿然如秋霜夏日不可狎玩至於三黜以死蓋元之初爲司諫知制誥謫雪徐鉉貶商州副團召歸爲翰林學士孝章后崩不成服元之以爲非坐訕謗出守滁州召還知制誥撰太祖徽号玉冊語涉輕詆時相不悅奏黜黃州未幾徙蘄州遂卒浮雲當日月白髮照秋空淮南子曰日月欲明而浮雲蓋之蘭芝欲脩而秋風敗之文選古詩曰浮雲蔽白日遊子不顧反諸君發蒙耳汲直與臣同漢汲黯傳淮南王謀反憚黯曰黯好直諫守節死義至說公孫弘等如發蒙耳賈捐之傳曰置之爭臣則汲直

注汲黯方直故世謂之汲直東坡畫贊亦引汲黯公孫弘事太宗嘗面戒元之曰御文章不下韓柳但剛不容物人多沮卿使朕難庇

題王仲弓兄弟巽亭

大隗七聖迷莊子曰黃帝將見大隗乎具茨之山方明爲御昌寓驂乘張若謵朋前馬昆閽滑稽後車至於襄城之野七聖皆迷無所問途踪云大隗至人也按寰宇記大隗山在許州長社縣具茨山在許州陽翟縣址仲弓蓋許人許田連城重春秋鄭伯以璧假許田文選魏文帝與鍾大理送王玦書曰價越萬金貴重連城寰宇記曾城在許州長社縣鄭伯請以太山之祊易許田即此城也里中多佳樹與世作梁棟漢書陳平傳曰里中社平

爲宰左傳曰季孫氏有嘉樹老杜古栢行大厦如傾要梁棟萬牛回首丘山重市門行清渠淇水可抱甕史記貨殖傳刺繡文不如倚市門老杜詩清渠一邑傳按水經曰淇水出河南密縣大隗山東南入于潁說文淇音與職反玉篇淇音夷記反莊子曰漢陰丈人抱甕灌畦翬飛城東南隱几撫群動斯干詩如翬斯飛莊子曰南郭子綦隱几而坐又曰俛仰之間而再撫宇宙淵明詩曰入群動息人境要俱爾我乃得大用傳燈録涿州紙衣和尚問臨濟如何是人境俱不奪曰王登寶殿野老唱歌師曰如何是人境俱奪并汾絶信獨處一方師於言下領旨深入三玄三要之門又仰山云百丈得大用黃檗得大機烏衣之雲孫昆弟不好弄

世說王導曰元規若來吾角巾還烏衣注引丹陽記曰烏衣之起吳時烏衣營處所也江左初立琅琊諸王所住按寰宇記烏衣巷在今建康上元縣爾雅曰仍孫之子爲雲孫注云言輕遠如浮雲左傳夷吾弱不好弄木末風雨來卷箔醉賓從離騷曰搴芙蓉於木末王勃滕王閣序珠簾暮捲西山雨事常超然觀樂與賢者共老子曰雖有榮觀燕處超然南有嘉魚詩序曰太平之君子至誠樂與賢者共之此借用人登斷壠求我目歸鴻送孟子曰有賤丈夫焉必求龍斷而登之以左右望而罔市利注云龍斷謂堁斷而高者也文選嵇康詩曰目送歸鴻手揮五絃溪毛亂錦纈候蟲響機綜左傳曰澗溪沼沚之毛退之詩風蟬碎錦纈鮑昭白

紵曲曰寒光蕭條候蟲急劉禹錫秋聲賦曰夜蟲鳴兮機杼促韻書曰綜機縷也

世紛甚崢嶸肎次欲空洞文選顏延年作陶淵明誄曰遂乃觧躰世紛結志區外李善注引嵇康詩世務紛紜廣雅曰崢嶸高貌楚辭曰下崢嶸兮無地莊子曰喜怒哀樂不入於肎次晉書周顗傳王導嘗枕顗膝而指其腹曰卿此中何所有也荅曰此中空洞無物然足容卿輩數百人讀書開萬卷謀國妙百中老杜詩讀書破萬卷史記養由基射楊葉百發百中儻無斲鼻工聊付曲肱夢斲鼻工見上注魯論曰曲肱而枕之樂亦在其中矣

寄尉氏倉官王仲弓

嘯臺有佳人玄髮鑑笄珥寰宇記阮籍臺在開封陳留縣東南籍每追名賢携酌長嘯登此左傳曰昔有仍氏女生鬒黑而甚美光可以鑑名曰玄妻樂正后夔取之列子曰正蛾眉設笄珥登高歌一曲聽者傾城市漢書李夫人傳李延年歌曰北方有佳人絕世而獨立一顧傾人城再顧傾人國門無行媒迹草木倚憔悴禮記曰男女非有行媒不相知名老杜詩絕代有佳人幽居在空谷自云良家子零落依草木又云天寒翠袖薄日暮倚脩竹史記屈原傳顏色憔悴人物方眇然誰能委圭幣王羲之帖曰蔡公遂委篤深可憂當今人物眇然而艱疾若此令人短氣左傳曰鄭徐吾犯之妹美公孫楚聘之矣公孫黑又使強委禽焉晉禮志太康八年有司奏大婚古者以皮馬為庭實天子加以穀圭諸侯加大璋漢書文帝詔曰朕獲執犧牲珪幣此借用其字

山谷詩集注卷第二

山谷詩集注卷第三

有惠江南帳中香者戲荅六言二
首 洪駒父香譜有江南李主帳中
香法以鵝梨汁蒸沉香用之

百錬香螺沉水寶薰近出江南一穟黄雲
繞几深禪想對同參 選詩豈意百錬剛化
作繞指柔此借用香
螺謂螺甲見下篇注唐本草注曰沉水香
出天竺單于二國木似欅柳重實黒色沉
水者是傳燈録第二十二祖摩拏羅至西
印土焚香而月氏國王忽覩異香成穗按
韻書穗亦作穟法華經曰皆得深妙
禪定傳燈録又曰馬祖同參九人

螺甲割崑崙耳香材屑鷓鴣斑欲雨鳴鳩

日永下帷睡鴨春閑 唐本草曰蠡類生雲
南者大如掌青黄色
取甕燒灰用之今合香多用謂能發香復
來香煙按韻書蠡亦作螺韓鄂四時纂要
載脩甲香方曰取大甲香如崑崙耳者酒
煑蜜漦入諸香等用倦游録云高竇等州
産生結香山民見香木曲幹斜枝以刀斫
成坎經年得雨水漬復鋸取之刮去白木
其香結爲斑點亦名鷓鴣斑禮記月令鳴
鳩拂其羽李商隱詩睡鴨香爐換夕薰

子瞻繼和復荅二首

置酒未容虛左論詩時要指南迎笑天香
滿袖喜公新赴朝參 史記滑稽傳曰齊威
王置酒後宮史記魏
公子無忌傳曰無忌從車騎虛左自迎侯
生東京賦曰幸見指南於吾子李善注引

桓譚上便宜曰管仲桓公之指南老杜
詩頗怪朝參懶樂天詩時暑放朝參

迎燕温風旎旎潤花小雨斑斑一炷煙中
得意九衢塵裏偷閑 禮記月令季夏之月
温風始至此借用韻
書曰旖旎旌旗從風皃此亦借用歐公詩
輕寒漠漠侵駞褐小雨斑斑作燕泥樂天
詩馬入九衢塵又詩
閙徤偷閑且勸飲

有聞帳中香以爲熬蝎者戲用前
韻二首

海上有人逐臭天生鼻孔司南 呂氏春秋
曰人有臭
者其親戚兄弟妻妾無能與居爲自苦而
居海上人有悦其臭者晝夜隨而不去曹

子建與楊德祖書曰海畔有逐臭之夫列
子曰海上有人好鷗鳥者傳燈録南泉云
父母已生了鼻孔在什麽處韓非子曰先
王立司南車以端朝夕注云指南車也

但印香嚴本寂不必叢林徧參 楞嚴經香
嚴童子白
佛言見諸比丘燒沉水香香氣寂然來入
鼻中我觀此氣非木非空非煙非火去無
所着來無所從由是意銷發明無漏如來
印我得香嚴号塵氣倏滅妙香密圓我從
香嚴得阿羅漢祖庭事苑曰梵語貧婆此
云叢林大論云譬如大樹叢聚是名爲林
諸比丘和合故僧聚處得名叢林傳燈録
玄沙傳雪峯召曰備頭陁何不徧參去師
曰達麽不來東土二祖
不往西天雪峯肯之

我讀蔚宗香傳文章不減二班誤以甲爲

淺俗却知麝要防閑南史范曄字蔚宗撰和香方序曰麝本多忌過分必害沉實易和盈斤無傷棗膏昏鈍甲煎淺俗惟無助於馨烈乃彌增於尤疾也詩意謂蔚宗之論失於甲而得於麝詩序曰魯桓公不能防閑文姜二班謂彪固後漢書班彪傳贊曰二班懷文裁成帝墳

謝公擇舅分賜茶三首

外家新賜蒼龍璧北焙風煙天上來明日蓬山破寒月先甘和夢聽春雷外家謂母家史記呂后紀曰呂氏皆以外家惡而幾危宗廟北焙謂建溪北苑官焙後漢竇章傳學者稱東觀爲老氏藏室道家蓬萊山盧仝茶歌曰手閱月團三百片退之詩新月噡半破

又石鼎聯句序云道士倚墻睡鼻息如雷鳴元稹詩鼻息吼春雷

文書滿案惟生睡夢裏鳴鳩喚雨來乞與降魔大圓鏡眞成破柱作驚雷漢書刑法志曰文書盈於几閣文選嵇康書曰人間多事堆案盈机魔以言睡鏡以比茶降魔見佛書如楞嚴經優波離言親見如來降服諸魔制諸外道是也楞嚴經又曰立大圓鏡空如來藏世說曰夏侯玄嘗倚柱讀書時暴雨霹靂破所倚柱玄色無變楚辭曰凌驚雷軼駭電乞字作去聲讀。梁元帝金樓子有人讀書握卷即睡梁人謂書爲黃妳言其怡神養性如乳媼也東坡詩引睡文書信手翻

細題葉字包青箬割取丘郎春信來拚洗一春湯餅睡亦知清夜有蚊雷隋蕭大圜竹花賦曰縹枝承露緗箬來風說文注曰楚謂竹皮曰箬音而勺反玉篇云竹葉也秦少游作李公擇行狀曰次女適郊祀齋郎丘楫詩言此茶本欲留遺其壻今乃見分也退之詩劃取乘龍左耳來選詩清夜游西園漢書中山靖王傳曰聚蟁成雷。柳子厚詩青箬裹鹽歸洞客

送碧香酒用子瞻韻戲贈鄭彥能便糴王丞送酒來。王詵晉卿尚蜀國公主其家酒名碧香彥能名僅

食貧好酒嘗自嘲日給上尊無骨相詩曰三歲

食貧漢賜丞相上尊酒糯米二㪷酒一㪷爲上尊骨相見上注大農部丞送新酒碧香竊比主家釀漢書食貨志曰桑弘羊請置大農部丞數十人分部主郡國東坡詩碧香近出帝子家漢書衛青傳曰季與主家僮衛媼通老杜詩主家陰洞細晉書何充傳云令人欲傾家釀應憐坐客竟無氈更遭官長頗譏謗老杜戲簡鄭廣文詩廣文到官舍繫馬堂階下醉則騎馬歸頗遭官長罵才名四十年坐客寒無氈頗有蘇司業時時與酒錢文選孔文舉書今之少年喜謗前輩或能譏評孝章銀杯同色試一傾排遣春寒出帷帳晉書王衍傳每捉玉柄麈尾與手同色此借用其字老杜詩乾愁要排遣漢書文帝贊曰帷帳無文繡浮蛆

翁翁盃底滑坐想康成論泛盎周禮酒正辨五齊之名一曰泛齊二曰醴齊三曰盎齊鄭康成注云泛者成而滓浮泛泛然如今宜成醪盎猶翁也成而翁翁然蔥白色如今鄭白翁音烏動反重門著關不爲君但備惡客來仇餉周易曰重門擊柝以待暴客漢書陳遵傳曰每大飲賓客蒲堂輒關門元次山集以不飲者爲惡客孟子曰葛伯率其民要其有酒食黍稻者奪之不授者殺之有童子以黍肉餉殺而奪之書曰葛伯仇餉此之謂也

送鄭彥能宣德知福昌縣

往時河北盜橫行白晝驅人取城郭往時見上注橫行見孟子漢書賈誼曰白晝大都之中剽吏而奪之金唯聞不犯鄭冠氏犬卧不驚民氣樂冠氏縣屬大名府後漢岑熙遷魏郡太守人歌曰狗吠不驚足下生氂漢書賈誼傳曰德教洽而民氣樂秪今化民作鋤耰田舍老翁百不憂老杜詩秪今年纔十六七賈誼過秦論曰鉏耰棘矜注云耰摩田器也南史宋武帝紀孝武曰田舍翁得此已爲過矣老杜詩吾知徐翁百不憂唐太宗以鄭公爲田舍翁銅章去作福昌縣山中讀書民有秋漢官儀曰縣令秩六百石銅章墨綬福昌縣屬西京書曰乃亦有秋詩意謂使民安於田里無飢寒之戚必非文俗吏所能也退之詩曰出宰山水縣讀書松桂林福昌愛民如父

母當官不擾萬事舉詩曰豈弟君子民之父母左傳曰當官而行何強之有用才之地要得人眼中虛席十四五不知諸公用心許魯恭卓茂可人否退之詩侍從近臣有虛位公今此去何時歸後漢魯恭爲中牟令專以德化爲理後至侍中司徒卓茂爲密令吏人親愛而不忍欺光武以茂爲太傅

顯聖寺庭枸杞

仙苗壽日月佛界承雨露誰爲萬年計乞此一抔土管子曰百年之計樹之以木漢書張釋之傳曰假令愚民取長陵一抔土何以加其法乎注云抔音步侯反謂手掬之也乞字去聲讀○本草枸杞一名地仙扶踈上翠蓋磊落綴丹乳漢書劉向傳曰梓樹生枝葉扶踈上出屋蜀志先主傳曰桑樹童童如小車蓋陸機詩踈云枸杞子秋熟正赤文選宋玉風賦枳句來巢李善注引司馬彪曰枸子似乳著其葉而生此借用去家尚不食出家何用許本草枸杞條陶隱居注曰俗諺云去家千里勿食蘿摩枸杞言其強盛陰道也政恐落人間采剟四時苦言在僧坊則不用食此故免采剟之害東坡先生後杞菊賦曰吾方以杞爲糧以菊爲糗春食苗夏食葉秋食花實而冬食根庶幾乎西河南陽之壽養成九節杖持獻西王母本草枸杞一名仙人杖一名西王母杖老杜詩安得仙人九節杖拄到玉女洗頭盆按眞誥楊羲夢蓬萊仙翁拄赤

九節杖而視白龍

次韻子瞻贈王定國

遠志作小草，蠹衣生陵屯。但爲居移氣，其實何足言。遠志小草見上注列子曰若蠹爲鶉得水土之際則爲蠹蠙之衣生於陵屯則爲陵舄注云隨所生之處而變者也孟子曰居移氣養移體詩意謂士當特立獨行不以窮達所居之異而易其操定國本貴公子嘗坐東坡累遷謫賓州頗能自處云

名下難爲人，醜好隨手飜。言名士未必有實往往隨世俯仰作賢作佞也史記范蠡曰大名之下難以久居國史纂異閻立本見張僧繇舊畫曰名下定無虛士列子曰賢愚好醜成敗是非無不消滅老杜詩時來展材力先後無醜好又詩飜手作雲覆手雨漢書韓信傳曰公隨手云矣

百年炊未熟，用異聞集邯鄲枕中夢事見上蓋世成功黍一炊注一垤蟻追奔。異聞集載南柯太守淳于棼事云棼疾夢見二使者扶生入宅南古槐穴中前行數十里有大城門樓題曰大槐安國其王以女瑶芳妻生使爲南柯郡守在郡二十年有檀蘿國來伐王命生征之敗績生妻病死王謂生可暫歸生上車行俄出一穴見本里閭巷入其門見已身卧堂廡下發悟如初夢中倏忽若度一世矣遂呼二客尋古槐下穴見大穴洞然明朗有積土壤以爲城郭臺殿之狀有蟻數斛隱聚其中中有小臺二大蟻處之即槐安國都邑也又窮一穴直上南枝亦有土城小樓即南柯郡也宅東一里澗側有大檀樹藤蘿擁織旁有蟻穴檀蘿之國豈非此邪山谷喜用此事故具載之東山詩注曰垤蟻塚也追奔用莊子蝸角蠻觸相戰伏尸逐北之意文選李陵書曰追奔逐北

夏日蓬山永，戎葵茂墻藩。後漢書竇章傳學者稱東觀爲老氏藏室道家蓬萊山爾雅菺戎葵注云今蜀葵也似葵華如木槿華歐陽詹詩云芭蕉一葉妖茙葵一花妍異無朴實貧手植揩墀前漢書揚雄甘泉賦曰電倏忽於墻藩注云藩籬也

王子吐佳句，如蠶絲出盆。晉書胡毋輔之傳王澄曰彥國吐佳言如鋸木屑又孫綽傳作天台山賦示范榮期每至佳句輒云應是我輩語歐公詩問其別後學初若蠶抽緒禮記曰夫人繅三盆手

風姿極灑落，雲氣盡罍樽。晉書王衍傳風姿詳雅江淹擬許徵君詩曰五難既灑落周禮司尊彝注曰山

尊也罍也亦刻而畫之爲山雲之形

蜀有補袞章，自當寵頻煩。司馬溫公嘗薦定國句或指此蜀音之欲反近也左傳曰蜀有宗祧之事於武城詩曰袞職有闕仲山甫補之老杜詩三顧頻煩天下計按漢書王莽傳注曰鄭重猶頻煩也

鄙夫無宅能，上車問寒溫。老杜詩鄙夫行衰謝字出魯論史記孟嘗君傳代舍客馮驩無他伎能通典曰秘書郎自齊梁之末多以貴游子弟爲之無其才實當時諺曰上車不落則著作體中何如即秘書事本出顏氏家訓山谷時在館中故用此事

惟思窮山去，抱犢長兒孫。漢書嚴安傳曰窮山通谷又文選王康琚反招隱詩曰放神青雲外絕迹窮山裏唐人王維歸山歌曰入雲中兮養雞上山頭兮抱犢媿不才兮妨賢嫌既老兮貪

祿山谷蓋采此意按神仙傳王烈入河東抱犢山中見一石室有素書兩卷與嵇康共往讀之而寰宇記載潞州壺關縣有抱犢山道書福地記云抱犢山在上黨東南乙地有石城高十丈有草名王照取其葉服之二三日不飢又按山水志云抱犢山北嶽佐命之山也後魏葛榮亂百姓抱犢於山上因名寒山子詩曰丈夫莫守困無錢即經紀養得一牸牛生得五犢子犢子又生兒積數無窮已寄語陶朱公富與君相似陸龜蒙詩曰五年重到舊山村樹有交柯犢有孫老杜詩自從盛酒長見孫

次韻張詢齋中晚春 詢字仲謀

學古編簡殘懷人江湖永非無車馬客心遠境亦靜書曰學古入官漢書劉歆傳曰經或脫簡傳或間編詩曰嗟我

懷人寘彼周行選詩門有車馬客淵明詩心遠地自偏挽蔬夜雨畦煮茗寒泉井老杜詩夜雨剪春韭易曰井冽寒泉食春去不窺園黃鸝頻三請漢書董仲舒傳三年不窺園老杜詩隔葉黃鸝空好音周禮司儀曰及出車送三請三進再拜立朝無物望補外儻天幸孟子曰立乎人之本朝後漢第五倫傳曰有損事望注云望物望也唐書馬周傳曰或京官不稱職始出補外莊子漁父篇孔子曰今者丘得遇也若天幸然漢書伍被傳曰儻可以僥幸想乘滄浪舡濯髮晞翠嶺楚辭漁父鼓枻而去歌曰滄浪之水清兮可以濯吾纓滄浪之水濁兮可以濯吾足又遠遊曰朝濯髮於湯谷兮夕晞余身乎九陽文選張平子思玄賦曰旦余沐於清

源兮晞余髮於朝陽李善注云晞乾也山東曰朝陽○老子新沐晞髮於庭

次韻荅晁無咎見贈

翕翕一日炎謂權門炙手可熱曾不幾時世說謝安在東山兄弟已有富貴者集翕家門傾動人物韓退之作鄭羣誌曰不爲翕翕熱○詩云翕翕訿訿耽耽萬年永言守正而寡欲可爲不朽計也易頤之六四曰虎視耽耽其欲逐逐無咎注觀其自養則履正察其所養則養陽頤爻之貴斯爲盛矣四海仰首觀一作榮名響六合頃復歸根靜榮華之不可恃如此老子曰萬物並作吾以觀其復夫物芸芸各歸其根歸根曰靜靜曰復命時雨瀉玉除潢流漲天井周禮小祝逆時雨禮記孔子曰天降

時雨山川出雲老杜詩雨瀉暮簷竹除謂殿階選詩曰凝霜依玉除陸士衡詩曰豐注溢脩霤潢潦浸堦除左傳曰潢汙行潦之水退之詩曰是時新晴天井溢誰把長劒倚太行天井蓋水名乃水經注所謂經堯城西流入汾水者也此借用性不耐衣冠人門踈造請世說王丞相性不耐酒南史張敷曰臣性不耐雜造請見上注煮餅卧北窻保此已徼幸陶淵明與子疏曰常言五六月中北窻下卧遇涼風暫至自謂是羲皇上人意識淺罕謂斯言可保日月逝往機巧好踈緜求在昔眇然如何世說劉眞長爲丹陽尹許玄度就劉宿床帷新麗飲食豐甘許曰若此保全殊勝東山劉曰卿若知吉凶由人吾安得保此此詩兼采其意崔寔四民月令曰立秋無食煮餅及水溲餅禮記問喪曰徼幸復

反也

空餘見賢心，忍渴望梅嶺

蜀志諸葛亮傳亮荅先主曰將軍摠攬英雄思賢如渴世說曰魏武帝行失道三軍皆渴帝令曰前有大梅林饒子甘酸可以解渴士卒聞之口皆水出後漢書鍾離意傳曰孔子忍渴於盜泉之水白氏六帖曰大庾嶺上梅南枝落北枝開老杜詩短日行梅嶺

次韻荅張文潛惠寄

文潛有初到都下供職寄黃九詩即此韻文潛名耒

短褐不磷緇

甯戚飯牛歌曰短褐單衣適至骭列子力命篇北宮子曰朕衣則短褐世說注蔡洪與周俊書曰張暢居磨涅之中無緇磷之損其字本出魯論老杜詩亦云但取不磷緇

文章近楚辭

老杜詩縱使盧王操翰墨劣於漢魏近風騷史記屈原傳曰原既死之後楚有宋玉唐勒景差之徒皆好辭而以賦見稱漢書地理志曰故世傳楚辭

未識想風采，別去令人思

退之詩吾未識子時已覽贈子篇寤寐想風采於今已三年按漢書霍光傳天下想聞其風采世說謝太傅云安北見之乃不使人厭然出户去不復使人思安北王坦之也此反其意而用之老子曰五色令人目盲

斯文已戰勝，凱歌偃旍旆

謂文潛試中學官魯論曰天之未喪斯文也韋應物詩曰決勝文場戰已酣周禮大司馬若師有功則左執律右秉鉞以先愷樂獻于社注謂兵樂曰愷司馬法曰得意則愷歌示喜也按字書愷與凱同旍與旌同見上注晉書石勒載記曰偃藏旗幟寂若無人

君行魚上冰，忽復燕喃兒

月令孟春魚上冰文選潘安仁詩我來冰未泮時暑忽隆熾

學省得佳士，催來費符移

文潛元祐初爲太學博士文選沈休文有學省愁卧詩注云學省國學也晉書任愷傳孫倫以淑行致稱爲清平佳士王猛傳郡縣已被符管攝漢書劉歆傳移書太常博士

方觀追金玉，如許遽言歸

以棫樸詩追琢其章金玉其相此引用以言學省作成人材也後漢左慈傳老羝人立而言曰遽如許詩云言旋言歸文潛元韻曰五日長安塵故山夢中歸故此句廣其意

南山有君子，握蘭懷令姿

此句當以屬二蘇文潛蓋其門下士也小雅曰南山有臺北山有萊樂只君子邦家之基漢官儀尚書郎懷香握蘭東坡元祐初爲禮部郎中故山谷用此事謝靈運詩云想見山阿人薛蘿若在眼握蘭勤徒結折麻心莫展李善注曰握蘭以相贈問也末句蓋終此意選詩云煌煌發令姿

但應絜齋俟，勿詠無生詩

宋玉登徒子好色賦秦章華大夫曰臣嘗從容鄭衛溱洧之閒羣女出桑臣觀其麗者因稱詩曰遵大路兮攬子袪贈以芳華辭甚妙於是處子含喜微笑竊視流眄復稱詩曰寤春風兮發鮮榮絜齋俟兮惠音聲贈我如此兮不如無生因遷延而辭避李善注謂贈以芳藥欲結恩情而女不受詩曰知我如此不如無生恨之辭也山谷引用意謂蘭草之芳馨非芳藥凡草之比知我者必以是爲好姑脩絜以俟之可也士之于世政如女之從人不可自獻故山谷以此爲况○龐居士頌大家團欒頭共說無生話

同錢志仲飯籍田錢孺文官舍

帝籍開千畝農功先九州禮記月令曰藏帝籍之收於神倉國語曰宣王即位不籍千畝五經要義曰天子籍田千畝率公卿親耕所以先百姓而致孝敬左傳曰政如農功王孫守耒耜吏隱極風流錢氏蓋吴越王錢鏐之後漢書韓信傳曰吾哀王孫而進食禮記月令孟春之月天子親載耒耜躬耕帝籍汝南先賢傳曰鄭欽吏隱于蟻陂之陽老杜詩吏隱適情性玆焉其窟宅風流見上注永夏豐草木五雲衛郊丘書曰日永星火以正仲夏屈原懷沙曰陶陶孟夏兮草木莽莽孝經援神契曰德至山陵則景雲出景雲五色雲也郊丘謂南郊之圓丘文選石闕銘曰輿建庠序啓設郊丘牛羊卧籬落賔客解衣裘汲井羞熱啜挽溪供甘柔退之詩欲將層級壓籬落謝靈運詩瀲灩代汲井史記張儀傳趙襄子與代王飲陰告厨人曰即酒酣樂進熱啜國語曰公父文伯飲南宮敬叔酒羞鼈焉左傳曰澗溪沼沚之毛退之詩野蔬拾新柔又祭女拏文曰飲食柔甘倒戟收蓮的剖蚌煑鴻頭韻書曰戟韊弓箭室也音叉爾雅曰荷芙蕖其實蓮其中的注云的子也周禮注芡雞頭一名鴈頭退之聯句云鴻頭排剌芡歐公食雞頭詩云剖蚌得珠從海底按蜀志秦宓奏記曰剖蚌求珠野日草光合水風荷氣浮老杜詩野日荒荒白選詩風光草際浮韋應物詩雨微荷氣涼稻畦下白鷺林樾應鳴鳩李嘉祐詩曰漠漠水田飛白鷺陰陰夏木囀黃鸝林樾見上注主人發清賞況

復佳同遊歸扇障小雨眞成一賜休障字作平聲讀南史劉祥傳褚彦回以腰扇障日退之詩天街小雨潤如酥漢律有賜告有予告見漢書馮野王傳又薛宣出教曰日至吏以令休所由來久老杜詩眞成淚出遊

次韻曾子開舍人游籍田載荷花歸

維王調玉燭時夏雨我田爾雅曰四氣和謂之玉燭注云道光照詩曰雨我公田遂及我私壁掛蒼龍骨溜渠故濺濺龍骨謂水車王介甫詩曰龍骨長乾掛梁梠李商隱詩伊水濺濺相背流三推勸根本百穀收阜堅禮記月令孟春之月天子親載耒耜躬耕帝籍天子三推漢書文帝詔曰農天下之本也其開籍田朕親率耕大田詩曰既方既皁既堅既好注實未堅者曰皁官司極齊明崇丘見升煙左傳曰分之官司彝器禮記曰齊明盛服又月令孟春以元日祈穀于上帝注謂以上辛郊祭天也甘泉賦崇崇圓丘隆隱天兮周禮大宗伯注曰燔燎而升煙所以報陽也繫馬西門柳憶聽去夏蟬文選劉琨詩繫馬山下松陸機詩寒蟬鳴高柳剥芡珠走盤鈎魚柳貫鮮退之詩水果剥菱芡博物志曰鮫人泣而成珠蒲盤杜牧注孫子序曰猶丸之走盤石鼓文曰其魚維何維鱮與鯉何以貫之維楊與柳○六一居士雞頭詩剖蚌得珠從海底掃堂延枕簟公子氣翩翩自爾欲繼往阻心如壅泉禮記內則云斂枕簟席史記太史公曰平原君翩

翩濁世之佳公子也。退之詩水紋浮枕簟紫微樂暇日披襟

詠風漣唐開元五年改中書爲紫微省元祐初子開爲中書舍人宋玉風賦

曰有風颯然而至王乃披襟而當之詩曰河水清且漣漪注云風行水上成文曰漣

。孟子壯者以暇日修其孝悌忠信紅粧倚荷蓋水鏡寫明

蠲文選古詩曰娥娥紅粉粧玉臺新詠梁武擣衣詩曰弱翠低紅粧青箱雜紀曹

修已詩荷葉罩芙蓉圓青映嫩紅佳人南陌上翠蓋立春風退之詩曲江千頃秋波

靜平鋪紅蕖蓋明鏡水鏡見上梁元帝從軍行曰山虛和鏡管水淨寫樓舡美

物有佳實翦房助加籩國語曰三女爲粲夫粲美物也衆以粲

美物歸汝而何德以堪之周禮籩人曰加籩之實菱芡㮚脯此以借用珠官

紫貝闕足此水府仙楚辭九歌曰紫貝闕兮珠宮文選木玄虛

海賦曰水府之內極深之庭樂府題解伯牙作水仙操鬱鬱冠蓋宅

追奔易彫年文選古詩曰洛中何鬱鬱冠帶自相索長衢羅夾巷王侯

多第宅又左太冲詩曰冠蓋蔭四術朱輪竟長衢追奔見上注鮑照舞鶴賦曰急景

彫年能從物外賞眞是區中賢文選張平子歸田賦曰苟

縱心於物外又爲知榮辱之所如退之詩窮探極覽頗恣橫物外日月本不忙漢書

司馬相如大人賦曰迫區中之隘狹兮舒節出乎北垠仍聞載後乘

籠燭照嬋娟孟子曰後車數十乘李商隱詩蠟照半籠金翡翠文選西

京賦曰增嬋娟以跐豸注云姿態妖蠱也王立之詩話載此詩一本云令君誠重容

食前頗加籩西漢足膴仕東觀多臞仙何時載尊俎全入觀少年及此歸沐早少休

從事賢傳觴定可醉下筯出嬋娟

送劉士彥赴福建轉運判官

秋葉雨墮來冥鴻天資高樂天詩葉聲落如雨孟郊詩商

葉墮乾雨揚子曰鴻飛冥冥弋人何慕焉零陵先賢傳諸葛亮謂劉巴曰足下天資

高亮車馬氣成霧九衢行滔滔此已下四大率用文選

左太冲詠史詩意所謂濟濟京城內赫赫王侯居冠蓋蔭四術朱輪竟長衢寂寂揚

子宅門無卿相輿是也史記天官書曰車氣乍高乍下騎氣卑而布漢官典職曰正

旦作樂漱水成霧樂天詩馬入九衢塵滔滔見魯論中有寂寞人靈

府扃鎖牢文選郭景純游仙詩曰青溪千餘仞中有一道士漢書揚雄傳

京師爲之語曰惟寂寞自投閣莊子曰不可入于靈府注云靈府者精神之宅淵明

詩曰形迹憑化往靈府長獨閑淮南子曰中扃外閑何事之不節歐公詩始知文景

基扃牢西風持漢節騎從嚴弓刀漢書蘇武傳曰杖漢

節牧羊唐人詩云大雪滿弓刀單于夜遁逃維閩七聚落婷獨

困吏饕周禮職方氏掌七閩之人民莊子曰九落之事䟽云九州聚落之事

書曰無虐煢獨而畏高明按婷與煢同。縉雲氏有不才子天下之民以比四凶謂

之饕餮注曰貪財爲饕貪食爲餮土弊禾黍惡水煩鱗介

勞漢書溝洫志曰且溉且糞長我禾黍退之祭文曰覷鱗介之驚透按周禮大司

徒曰川澤宜鱗物墳衍宜介物汝墳詩注曰魚勞則尾赤樂記土弊則草木不長水
煩則魚鼈不大山谷此兩句蓋本諸此南驅將仁氣百城共
一陶禮鄉飲酒曰天地溫厚之氣始於東北而盛於東南此天地之仁氣也後
漢賈琮傳曰爲冀州刺史百城聞風自然竦震○崔駰達旨坏冶一陶察人
極涇渭閒俗及豚羔文選任彥升哭范僕射詩云伊人有涇渭
非余揚濁清李善注引孫綽曰涇渭殊流雅鄭異調禮記入境問俗周禮庖人曰春
行羔豚膳膏香末句謂求民疾苦委曲詳盡官閒得勝日杖屨
之林皐晉書衛玠傳曰遇有勝日親友時請一言曲禮曰君子欠伸撰杖屨
莊子曰山林歟皐壤歟使我欣欣然而樂此歟人閒閱忠厚物外

訪英豪上句一作功名付簪紱○英豪之士往往隱約於山林
次韻韓川奉祠西太一宮四首春明
退朝錄曰天聖中建西太一宮
萬靈未對甘泉五福閒祀迎年旂旗三斿
半偃風馬雲車闖然漢書郊祀志曰黃帝接萬靈於明廷明廷
者甘泉也又曰武帝定郊祀之禮祠泰一於甘泉就陽位也詩意謂皇家未接萬靈
而特祀五福以爲民祈年之故爾五福謂五福太一蓋十神之一太一金鏡經具載
其詳郊祀志又曰立泰畤壇秋及臘閒祠又曰黃帝爲五城十二樓以候神人名曰
迎年注謂若云祈年也又曰爲伐南越告禱泰一以牡荆畫幡象泰一三星爲泰一

縫旗命曰靈旗顏氏家訓曰按說文㫃者州里所建之旗象其柄及三游之形禮樂
志郊祀歌曰靈之車若玄雲靈之下若風馬退之詩闖然入其戶三稱天之言字出
公羊哀六年傳
白髮下金神節青祝携御鑪香百禮盡修
亳祀九歌不取沉湘晉語曰虢公夢在廟有神人面白毛虎爪
執鉞立於西阿公覺召史嚚占之對曰如君之言則蓐收也注云西方白虎金正之
官青祝謂內出青詞以香薰之乃授祠官使祭告也詩曰以洽百禮漢書郊祀志曰
亳人謬忌奏祠泰一方曰天神貴者泰一泰一佐曰五帝於是天子令太祝立其祠
長安城東南郊王逸楚辭章句曰九歌者屈原所作沅湘之間俗信鬼而好祠歌舞

之樂其辭鄙陋因爲作九歌之曲文選運命論曰屈原以之沉湘○楚辭九歌有東
皇太一有湘君湘夫人豈獨取東皇太一耶
紫府侍臣鳴玉霜臺御史生風官燭論詩
未了知秋自屬梧桐抱朴子曰項曼都自言到天上過紫府金
牀几晃晃昱昱禮記曰行則鳴佩玉崔篆御史箴曰簡上霜凝筆端風起後漢巴袛
與客暗坐不然官燭末句意謂論詩得趣不覺其爲秋夕也世說鄭玄語服子慎曰
吾久欲注春秋傳尚未了王介甫詩只聽蟲聲已無夢五更桐葉強知秋
泰壇下瑞雲黃雨師灑道塵香禮記曰燔柴于泰壇
祭天也下瑞謂降瑞也退之詩生祥下瑞無時期漢書郊祀志武帝迎鼎至甘泉至

中山晏温有黄雲爲東都賦曰雨師汎灑
風伯清塵○唐史天子之行風伯清塵雨
師灑道便面猶承墜露金鉦半吐東牆便面謂扇
見漢書張敞傳西都賦曰抗仙掌以承露
離騷曰朝飲木蘭之墜露東坡詩樹頭初
日掛銅鉦老杜
詩初日翳復吐

次韻王荆公題西太一宮壁二首

風急啼烏未了雨來戰蟻方酣揚大年詩風來玉宇
烏先覺按淮南子曰烏鵲識歲之多風去
喬木而巢扶枝老杜詩啼烏爭引子太白
詩語笑未了風吹斷錢昭度詩白蟻戰酣
山雨來按焦貢易林曰蟻封穴戶大雨將
至韓非子曰楚晉戰于鄢陵
酣戰之時子反渴而求飲
眞是眞非安

在人間北看成南莊子曰彼亦一是非此亦一是非果且有彼是
乎哉果且無彼是乎哉楞嚴曰如人以表
爲中時東看則西南觀成北表體既混心
應雜亂在熙豐則荆公爲是在元祐
則荆公爲非愛憎之論特未定也
晚風池蓮香度曉日宮槐影西白下長干
夢到青門紫曲塵迷言荆公厭京洛風塵而思金陵山水公詩
蓋云三十六陂煙水白頭想見江南法華
經曰如清淨池蓮花莊嚴涅槃經曰如日
垂没山陵堆阜影現東移理無西逝此詩
采其意反而用之王摩詰輞川有宮槐陌
寰宇記白下縣故城在金陵上元縣城西
本江乘縣白石壘齊武帝移琅邪居之文
選吳都賦曰長干延屬李善注云江東謂
山岡間爲干建鄴之南有山其間平地吏

民居之故号爲干按今金陵城南門外有
長干寺荆公詩有白下長干何可見風塵
愁殺庾蘭成之句故此詩引用唐人樂府
云紫陌青門三十六宮春晝永三輔黄圖
曰長安城東出南頭第一門曰霸
城門民見門色青名曰青城門

有懷半山老人再次韻二首荆公所居

在鍾山之半
故号半山

短世風驚雨過成功夢迷酒酣追念熙寧間一時建
立之事今已墮渺茫如醉鄉夢至其所可
傳則有不朽者在後兩句終此意班固幽
通賦曰道脩長而世短文選運命論曰風
驚塵起散而不止老杜詩村晚驚風度庭
幽過雨霑左太冲
詩酒酣氣益振
草玄不妨準易論詩終

近周南上句謂其經學下句謂其詩漢書
揚雄傳曰雄方草創太玄有以自
守贊曰以爲經莫大於易故作太玄文選
左太冲詩曰寂寂揚子宅門無卿相輿言
論準仲尼辭賦擬相如魯論曰人而不
爲周南召南其猶正牆面而立也歟
啜羹不如放麑樂羊終愧巴西韓非子曰樂羊爲魏
將而攻中山中山之君烹其子而遺之羹
樂羊坐於幕下而啜之盡一杯文侯謂諸
師贊曰樂羊以我故而食其子之肉荅曰
其子而食之且誰不食樂羊罷中山文侯
賞其功而疑其心韓非子又曰孟孫獵得
麑使秦西巴載之持歸其母隨之而啼秦
西巴弗忍而與之孟孫大怒逐之居三月
復召以爲子傅曰夫不忍于麑又且忍吾
子乎故曰巧詐不如拙誠樂羊以有功見
疑秦西巴以有罪益信按吕惠卿叛荆公

發其私書有刎使上知之語山谷意謂惠
卿之忍政如欒羊判公之過當與西巴同
科也蘇子由彈惠卿章蓋云放麑違命也
推其仁則可以託國食子徇君也推其忍
則至於弒君西巴他
書或作巴西非是欲問老翁歸處帝鄉
無路雲迷莊子曰千歲厭世而去乘彼白
雲至於帝鄉神考眷遇判公終
始不衰升遐之一年而公亦薨詩意謂神
考威靈在天公當從之非讒邪所能間也

和荅錢穆父詠猩猩毛筆雞林志
云高麗
筆蘆管黃毫健而易乏舊云猩
猩毛或言是物四足長尾善緣
木蓋狖毛或
鼠鬚之類耳

愛酒醉魂在能言機事踈猩猩事通典於
哀牢國言之甚
詳蓋出於華陽國志及水經注唐文粹載
裴炎猩猩說大率本此其畧云阮研使封
溪見邑人云猩猩在山谷間數百爲羣人
以酒設於路側又愛着屐里人織草爲屐
更相連結猩猩見酒及屐知里人設張則
知張者祖先姓字乃呼名罵云奴欲張我
捨之而去復自再三相謂曰試共嘗酒及
飲其味逮乎醉因取屐而著之乃爲人所
擒獲刺其血染毳罽隨鞭箠輸之至於一
斗退之詩愁狖酸骨死怪花醉魂馨曲禮
曰猩猩能言不離禽獸
易曰幾事不密則害成平生幾兩屐身後
五車書上句已具前注晉書阮孚傳曰未
知一生能着幾兩屐下句謂作筆
寫書晉書張翰傳曰使我有身後名不如
即時一杯酒莊子曰惠施多方其書五車
物色看王會勳勞在石渠列仙傳曰關令
尹知老子當過

物色而留之昭明太子集文選諸賦有物
色門若雪月之類是也汲冢周書有王會
篇鄭玄曰王城既成大會諸侯及四夷也
唐書黠戞斯傳李德裕上言貞觀時顏師
古請如周史臣集四夷朝事爲王會篇今
黠戞斯大通中國宜爲王會圖以示後世
以松扇詩考之猩毛筆蓋穆父使高麗所
得禮記曰昔者周公旦有勳勞於天下班
固西都賦曰天祿
石渠典籍之府拔毛能濟世端爲謝楊
朱孟子曰楊氏爲我拔一毛而利天下不
爲也列子楊朱篇禽子問楊朱曰去子
躰之一毛以濟一世汝爲之乎楊子曰
世固非一毛之所濟選詩端爲誰苦辛

戲詠猩猩毛筆山谷有此詩跋云
錢穆父奉使高麗
得猩猩毛筆甚珍之惠子要作
詩蘇子瞻愛其柔健可人意每
過予書案下筆不能休此時二
公俱直紫微閣故予作二詩前
篇奉穆父後
篇奉子瞻

桄榔葉暗賓郎紅朋友相呼墮酒中花間
集歐
陽炯南鄉子詞曰路入南中桄榔葉暗蓼
花紅本草桄榔生嶺南山谷賓郎生南海
墮酒中
見上注政以多知巧言語失身來作管城
公老杜鸚鵡詩紅觜謾多知退之詩惜哉
此子巧言語又毛穎傳曰封諸管城號
管城子易曰臣不密則失身按劉夢得和
樂天鸚鵡詩曰誰遣聰明好顏色爭須安
置入深籠與此詩意
同而山谷語尤工
明窻脫帽見蒙茸醉着青鞋在眼中謂去
其管

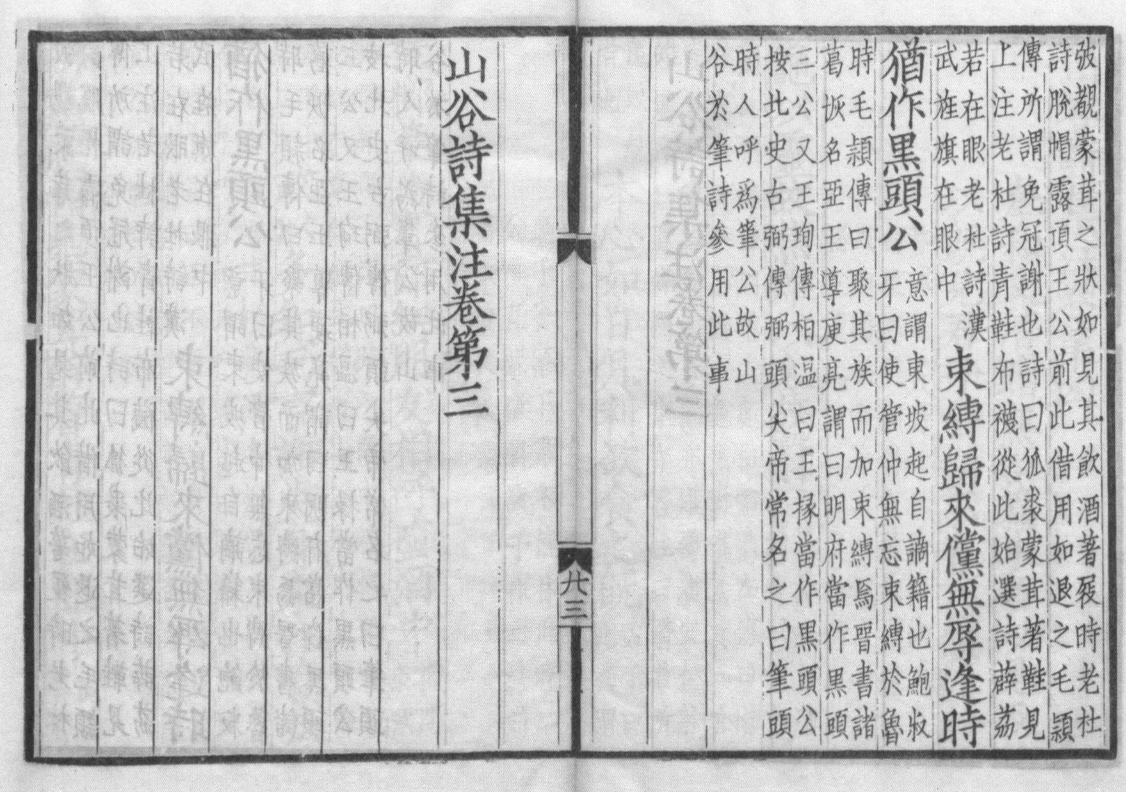

張覩蒙茸之狀如見其飲酒著屐時老杜詩脫帽露頂王公前此借用如退之毛穎傳所謂免冠謝也詩曰狐裘蒙茸著鞋見上注老杜詩青鞋布襪從此始選詩薜荔若在眼老杜詩漢武旌旗在眼中

束縛歸來儻無辱逢時

猶作黑頭公

意謂東坡起自謫籍也鮑叔牙曰使管仲無忘束縛於魯時毛穎傳曰聚其族而加束縛焉晉書諸葛拯名亞王導庾亮謂曰明府當作黑頭三公又王珣傳桓溫曰王掾當作黑頭公按北史古弼傳弼頭尖帝常名之曰筆頭時人呼為筆公故山谷於筆詩參用此事

六三

山谷詩集注卷第三

山谷詩集注卷第四

奉和文潛贈無咎篇末多以見及以既見君子云胡不喜為韻

山谷嘗寫荅邢居實詩及此詩與徐師川曰後八詩頗得意者故謾錄往或與潘洪諸友讀之

龜以靈故焦雉以文故翳

老杜詩漆有用而割膏以明自煎此用其意周禮天龜曰靈屬左傳曰衛侯將如五氏卜過之龜焦爾雅素質五采皆備成章曰翬注云翬亦雉屬潘安仁射雉賦序曰習媒翳之事李善注曰翳者所隱以射者也

本心如日月利欲食之既

孟子曰此之謂失其本心寒山子詩吾心似秋月碧潭清皎潔退之送高閑序曰利欲鬬進有得有

山谷四　一

喪春秋桓公四年襄公二十四年皆書日有食之既杜預注云既盡也劉原父請觀歐陽永叔五代史詩曰仲尼日月也薄食為之既論語曰君子之過也如日月之蝕焉東坡謂本心者道心也

後生玩華藻照影終没世

魯論曰後生可畏揚子曰今之學者非獨為之華藻也又從而繡其鞶帨文選潘正叔詩云玩爾清藻味爾芳風博物志曰山雞有美毛自愛其色終日映水目眩則溺死漢書司馬遷書曰鄙没世而文采不表於後没世字本出魯論

安得八紘罝以道獵衆智

文選張平子思玄賦曰結典籍而為罟兮敺儒墨以為禽此用其意曹子建與楊德祖書曰吾王設天網以該之頓八紘以掩之楊子曰

獵德而得德蓋學道者悪衆智之為害故欲獵而去之

談經用燕説束棄諸儒傳此句指熙寧經學穿鑿之弊韓非子曰先王有郢書而後世多燕説又曰郢人有遺燕相國書者當是時夜書火不明因謂持燭者曰舉燭云而過書舉燭舉燭非書意也燕相受書而説之曰舉燭者尚明也尚明者舉賢而用之燕相白王大説國以治治則治矣非書意也今世學者多此類退之詩春秋五傳東高閣

濫觴雖有罪末派瀰九縣言非荆公之罪諸儒穿鑿遂至失其本源明皇孝經序曰濫觴於漢按家語曰夫江始出於岷山其源可以濫觴及其至江津不舫舟不避風不可以涉非惟下流多故耶退之詩東都漸瀰漫派别百川導後漢書光武賛曰九縣飆回三精霧塞

張侯眞理窟堅壁勿與戰晉書劉惔傳簡文帝曰張憑勃窣爲理窟漢書項羽傳漢王堅壁不與戰

難以口舌爭水清石自見漢書張良傳曰此難以口舌爭也古樂府艷歌行曰夫壻從門來斜倚西北眄語卿且勿眄水清石自見

野性友麋鹿君非我同群潘岳關中記曰辛孟年七十與麋鹿同群遊世謂之鹿仙陸暢詩野性從來偏愛月劉孝標絶交論懽與麋鹿同群

文明近日月我亦不如君言張侯文采可以入侍易曰文明以止人文也漢書蕭曹賛曰依日月之末光蜀志龐統傳曰陶冶世俗甄綜人物吾不及卿論帝王之祕策攬倚伏之要最吾似有一日之長此頗采其意

十載

長相望逝川水沄沄逝川見魯論退之詩浪波沄沄去松栢在高崗

何言談絶倒茗椀對鑪薰選詩何言相遇易此歡信可珍晉書衛玠傳王澄每聞玠言輒歎息絶倒語曰衛玠談道平子絶倒韓孟聯句曰茗椀纖纖捧應劭漢官儀曰尚書郎入直女侍史二人執香爐燒薰以從

北寺鎖齋房塵鑰時一啓晁張跫然來連璧照書几北寺謂汴京酺池寺山谷寓几研於此酺池見下注金縢曰啓鑰見書莊子曰夫逃虛空者藜藋柱于鼪鼬之徑踉位其空聞人足音跫然而喜矣又況乎昆弟親戚之謦欬其側者乎晉書夏侯湛傳湛與潘岳同輿接茵時謂連璧

庭栢鬱葱葱紅榴鑄多子後漢光武紀曰氣佳哉鬱鬱葱葱蜀都賦曰榛栗罅發此借用其字北史魏收傳曰石榴房中多子

時蒙吐佳句幽處萬籟起吐佳句見上注唐人常建詩竹徑通幽處莊子齊物論子游曰敢問天籟子綦曰夫吹萬不同而使其自已也咸其自取怒者其誰耶老杜詩萬籟眞笙竽

先皇元豐末極厭士淺聞實録呂公著傳曰時科舉專用王安石經義士無自得學而朝廷文詞之官漸艱其選神宗以荅高麗書不稱旨蓋嘗以爲言又東坡荅張文潛書亦曰近見章子厚言先帝晚年甚患文字之陋欲稍變取士法特未暇爾漢書儒林傳序曰小史淺聞弗能究宣

只今舉秀孝天未喪斯文元祐元年四月詔執政大臣各舉文學政事行

誼之臣可充館閣之選者三人於是畢仲游及晁補之張耒等皆召試學士院晉書孔坦傳曰秀孝到不策試普加除署秀孝謂秀才孝廉也此借用魯論曰天之未喪斯文也老杜詩只今未醉已先悲**晁張班馬手崔蔡不足云**班馬謂遷固崔蔡謂瑗邕劉禹錫作柳子厚集序云韓退之曰雄深雅健似司馬子長崔蔡不足多也文選沈休文恩倖傳論曰西京許史蓋不足云**當今橫筆陣一戰靜楚氛**法書衛夫人有筆陣圖老杜詩筆陣獨掃千人軍左傳曰一戰而覇又曰楚氛甚惡**張侯窘炊玉僦屋得空壚**戰國策曰蘇秦之楚三日乃得見王曰楚國之食貴於玉薪貴於桂今使臣食玉炊桂漢書司馬相如傳注曰賣酒

之處累土爲壚以居酒甖形如鍛壚據張文潛集有初到都下供職寄黃九詩曰僦舍酒家樓推壚卷其旗鼠壞敗晨炊守翁嘯群兒**但見索酒郎不見酒家胡**此句以戲文潛老杜詩馬上誰家白面郎臨階下馬坐人床不通姓字麁豪甚指點銀瓶索酒嘗玉臺新詠載辛延年羽林詩曰昔有霍家姝姓馮名子都依倚將軍勢調笑酒家胡胡姬年十五春日獨當壚**雖肥如瓠壺肖中殊不麁**漢書張蒼傳曰身長大肥白如瓠蜀志張裔傳雍闓假鬼教曰張府君如瓠壺外雖澤而內實麁不足殺令縛與吳晉書王湛傳王濟曰臣叔殊不癡**何用知如此文采似於菟**穀梁曰何用見其是齊侯也又後漢鄧晨傳光武曰何用知非僕耶漢書司馬遷傳曰鄙沒世而文采不表於後左傳曰楚人謂虎於菟**荆公六藝學妙處端不朽**王安石字介甫元豐三年封荆國公初熙寧六年三月命知制誥呂惠卿修撰經義以安石提舉子雱同修撰八年所撰詩書周禮義成送國子監鏤板頒行之元豐三年八月安石又上改定誤字焉世說司馬太傅問謝車騎惠子五車何以無一言入玄謝曰當是妙處不傳左傳叔孫豹曰其次立言雖久而不廢此之謂不朽**諸生用其短頗復鑿戸牖**世說曰周弘叔巧於用短杜方叔拙於用長此借用其字孔安國注魯論曰吾黨之小子於大道妄作穿鑿以成文章明皇孝經序曰希升堂者必自開戸牖注云言穿鑿也**譬如學捧心初不悟已**

醜莊子師金曰西施病心而矉其里其里之醜人見而美之歸亦捧心而矉其里其里之富人見之堅閉門而不出貧人見之挈妻子而去之**王石恐俱焚公爲區別不**書曰火炎崑崗玉石俱焚魯論曰譬諸草木區以別矣**吾友陳師道抱獨門掃軌**陳師道字履常一字無已徐州人文行甚高來京師樞密章惇欲一見之而不可退之詩曰吾友柳子厚其人藝且賢淵明詩曰顧我抱茲獨僶俛四十年後漢書杜密傳曰劉勝閉門掃軌無所干及**晁張作薦書射雉用一矢**易旅之六五曰射雉一矢亡終以譽命王弼注云射雉以一矢而復亡之明雖有雉終不可得矣此云用一矢言爲

國之有人材猶射雉之有矢也世說注引虞預晉書陸機薦戴淵於趙王倫曰蓋聞繁弱登御然後高墉之功顯孤竹在肆然後降神之樂成按易公用射隼于高墉之上獲之無不利繁弱弓名也山谷蓋用此意但改射隼爲射雉繁弱爲一矢耳吾聞舉逸民故得天下喜魯論曰舉逸民天下之民歸心焉○雲漢詩天下喜於王化復行兩公陣堂堂此事可摩壘兩公謂晁張孫子曰勿擊堂堂之陣左傳曰致師者御靡旌摩壘而還注云摩近也老杜詩氣摩屈賈壘目短曹劉墻

次韻荅邢敦夫敦夫名居實邢恕和叔之子少能文諸公多稱之

爲山不能山過在一簣止魯論曰譬如爲山未成一簣止吾止也注云簣土籠也渥洼騏驎兒墮地志千里漢書元鼎四年馬生渥洼水中韻書曰騏驎白馬黑脊傳玄豫章行曰男兒當門户墮地自生神此借用東坡作王大年哀詞云驥墮地走兎生而斑魏武帝歌曰老驥伏櫪志在千里岷江初濫觴入楚乃無底書禹貢曰岷山導江濫觴見上注列子曰渤海之東有大壑焉實惟無底之谷將升聖人堂道固有廉陛魯論曰由也升堂矣未入於室也漢書賈誼傳曰陛九級上廉遠地則堂高意謂學者不當躐等而升進道必以漸也邢敦夫好大略小幼日便爲塗遠之計山谷書其文卷論之詳矣邢子好少年如世有

源水南史何妃傳曰楊郎好年少此借用孟子曰原泉混混不舍晝夜盈科而後進放乎四海有本者如是注云有原本也方求無津涯不作蛙井喜書曰若涉大水其無津涯莊子秋水篇公子牟曰子獨不聞夫埳井之蛙乎謂東海之鼈曰擅一壑之水而跨跱埳井之樂此亦至矣兒中兀老蒼趣造甚奇異退之詩田巴兀老蒼憐汝矜爪觜晋書向秀傳曰發明奇趣過閟王公門袖中有漫刺漢書鄒陽傳何王之門不可曳長裾後漢禰衡傳陰懷一刺旣無所之適至於刺字漫滅別來阻河山望遠每障袂淵明詩情通萬里外形迹滯江山宋玉高唐賦曰其少進也若姣姬揚袂障日而望所思斯文尚千載有志

常寡遂陶淵明詩曰道喪向千載魏文帝與吳質書曰德璉才學足以著書美志不遂良可痛惜漢書武帝策董仲舒曰群生寡遂後生文楚楚照影若孔翠言玩末而忘本詩曰蜉蝣之羽衣裳楚楚照影見上注楚辭曰孔蓋兮翠旌注云孔雀之羽爲車蓋不應太玄草晞價咸陽市漢書揚雄傳曰雄方草太玄有以自守泊如也史記呂不韋傳著呂氏春秋布咸陽市門懸千金其上有能增損一字者予千金雨作枕簟秋官閑省中睡夢不到漢東茗椀乃爲祟柳子厚詩清泠集濃露枕簟淒已知文選沈休文有學省愁卧詩此借用左傳漢東之國隨爲大時和叔謫隨州敦夫侍焉左傳楚昭王有疾卜之曰河爲祟聞君肺

渴減頗復佳食寐讀書得新功來鴈寄一字 敦夫病肺嘔血山谷嘗有詩云肺熱今好否微涼生井桐樂府伊州歌曰征人去日殷勤囑歸鴈來時早寄書○老杜詩親朋無一字○東坡詩一哦肺渴減再讀頭風痊

和邢惇夫秋懷十首

殘暑已俶裝好風方來歸 張平子思玄賦曰簡元辰而俶裝李善注云俶始也春秋閔公元年書季子來歸左傳曰嘉之也 未能踈團扇且復製秋衣 班婕好怨詞行曰裁爲合歡扇團圓似明月常恐秋節至涼風奪炎熱弃捐篋笥中恩情中道絶豳詩曰七月流火九月授衣楚詞曰製芰荷以爲衣

高蟬遽如許長吟送落暉 後漢左慈傳老羝人語曰遽如許文選陸士衡擬古詩曰大耋嗟落暉 相戒趣女功莎蟲能表微 春秋考異郵曰立秋促織鳴宋均曰趣織蟋蟀也立秋女功急故趣之豳詩曰五月斯螽動股六月莎雞振羽十月蟋蟀入我床下箋云言此三物之如此著將寒有漸非卒來也檀弓曰季武子寢疾蟜固不說齊衰而入見曰斯道也將云矣士唯公門說齊衰武子曰不亦善乎君子表微注云表猶明也此詩借用言莎蟲戒寒如履霜之辨早

曩時高唐客莫雨朝行雲 宋玉高唐賦曰先王嘗游在於高唐夢見一婦人曰妾巫山之女也爲高唐之客聞君游於高唐願薦枕席王因幸之去而辭曰妾在巫山之陽高丘之阻旦爲朝雲暮爲行雨朝朝暮暮陽臺之下

陰居懷天匹楚觀夢紛紜 文選洛神賦曰雖潛處於太陰長寄心於君王李善注云太陰衆神之所居賦又云歎匏瓜之無匹兮詠牽牛之獨處謝惠連詩雲漢有靈匹彌年闕相從高唐賦曰楚襄王與宋玉遊於雲夢之臺又曰上至觀側地蓋底平本草人參條注藥性論云患人虛而多夢紛紜

我欲覩光儀齋明炷爐薰 選詩曰胍胍阻光儀禮中庸曰齋明盛服劇談録曰唐昌觀有女子折玉蘂花騰空而去嚴休復有詩曰終日齋心禱玉宸魂銷眼冷未逢眞 天高萬物肅誰爲帝子魂 文選張景陽雜詩曰龍蟄暄氣凝天高萬物肅楚詞湘夫人曰帝子降兮北渚目渺渺兮愁予李善注高唐賦引襄陽耆舊傳赤帝女曰姚姬未行而卒葬於巫山之陽山谷此詩意若思古人而不得見故託興於此

七均師無聲五和常主淡 唐志祖孝孫定律一宮二商三角四變徵五徵六羽七變宮其聲由濁至清爲一均淮南子曰無音者聲之大宗也又曰無聲而五音鳴焉無味而五味和焉禮記王制曰五味異和和音胡卧反揚雄解嘲曰大味必淡 芸芸觀此歸一德貫眞濫 老子曰夫物芸芸各歸其根又曰萬物並作吾以觀其復魯論曰一以貫之退之詩古聲久埋没無由見眞濫

夢臨秋江水魚蝦避窺瞰明月本無心誰令作寒鑑 言本無意於當世人忌其照見之也如明月之

鑑物豈其心哉退之鏡潭詩魚蝦不用避
只是照蛟龍又寄盧仝詩每騎屋山下窺
瞰渾舍驚怕走折趾東坡晩年詩亦曰明
月本自明無心孰爲境挂空如水鑑寫此
山河影

王度無畦畛包荒用馮河王度見上注漢書韓安國傳曰
聖人以天下爲度莊子曰彼且無町畦亦
與之爲無町畦又曰汎汎乎其若四方之
無窮其無所畛域退之詩丈夫終莫生畦
畛易泰卦之九二包荒用馮河不遐遺朋
亡得尚于中行注謂包含荒穢受納馮河
者也用心弘大無所遐棄故曰不遐遺也

秦收鄭渠成晉得楚材多亦前詩人材包新舊之意○漢
書溝洫志韓聞秦之好興事欲罷之無令
東伐使水工鄭國間說秦令鑿涇水以溉

田中作而覺秦欲殺鄭國鄭國曰始臣爲
間然渠成亦秦之利也秦以爲然卒使就
渠○左傳聲子使於晉還如楚令尹子木
與之語問晉大夫與楚孰賢對曰雖楚有
材晉實用之子木曰夫獨無族姻乎對曰雖有而用楚材實多

用人當其物不但軸與薖莊子曰言而當物則終日言而盡道此借用考槃詩
曰考槃在阿碩人之薖注云薖寛大皃一
云飢意又曰考槃在陸碩人之軸注云軸
進也一云病也

六通而四闢玉燭四時和莊子曰六通四
闢於帝王之德此借用以言當如舜之闢
四門廣致衆賢也玉燭見上注漢書劉向
傳曰衆賢和於朝則萬物和於野

相如用全趙留侯開有漢史記藺相如傳曰事趙惠文王

留侯世家曰漢六年封張良爲留侯

名登太山重功略天下半史記藺相如傳太史公曰藺相如名重太山其處智勇可謂兼之矣留侯世家
高帝曰運籌帷幄中決勝千里外此子房
功也呉都賦曰灌注乎天下之半此借用

讓頗封韓彭事成群疑泮相如傳曰相如爲上卿位在廉
頗右廉頗宣言曰我見相如必辱之相如
聞不肯與會每朝時常稱病不欲與廉頗
爭列相如出望見廉頗引車避匿曰吾所
以爲此者先國家之急而後私讎也留侯
世家曰漢王問良吾欲捐關以東棄之誰
可與共功者良曰黥布彭越此兩人可急
使韓信可屬大事即欲捐之捐之此三人
則楚可破卒破楚者此三人力也易曰遇
雨之吉群疑亡也北史儒林傳序曰積滯群疑渙然冰釋詩曰迨冰未泮

天道當曲全小智鶩後患老子曰曲則全枉則直莊子曰小智間間
又曰不忍一時之傷而鶩萬世之
患此詩與前篇皆救朋黨之漸

慶州參子忠勇橫八區慶州謂范德孺見上注漢書蕭育傳
以育名父子著材能文選辯亡論曰忠勇
百世又左太冲詠史詩曰英名擅八區老杜
詩直氣橫乾坤

許身如稷契初不學孫吳老杜詩許身一何愚
自比稷與契晉書山濤傳不學孫吳而闇與之合

荷戈去防秋面皺鬢欲疎荷戈見上注老杜寄董嘉榮詩曰
聞道君牙帳防秋近赤霄楞嚴經
波斯匿王曰迫於衰耄髮白面皺

雖折千里衝豈若秉事樞折衝
見上注退之南海廟碑詩曰胡不均弘俾
執事樞○范文正公篤於忠亮雖喜功名而

不爲朋黨早歲排呂申公勇於立事其徒因之矯厲過直公不喜也自睦州還朝出領西事恐申公不爲之地無以成功乃爲書自咎解仇而去其後以參知政事安撫陝西申公既老居鄭相遇於塗文正身歷中書知事之難有悔過之語於是申公欣然相與語終日申公問何爲亟去朝廷文正言欲經略西事耳申公曰經制西事莫如在朝廷之便文正爲之愕然事見蘇黄門龍川志知此然後知山谷之詩有味也

謝公蘊風流詩作鮑照語謝公當是師厚師厚名景初南陽人南史鮑照字明遠文辭贍逸嘗爲古樂府文甚遒麗絲虫縈草紙筆力挾風雨言遺藁雖爲蛛絲所縈而翰墨英特之氣終不可掩西京雜記淮南王著鴻烈自云字中皆挾風霜老杜詩筆落驚風雨萬里投諫書石交化豹虎世方用賢髦先成泉下土師厚爲成都路提刑坐燕飲事爲言者所攻熙寧五年遂以罪廢觀此詩語似有所因蘇秦傳曰此所謂棄仇讎而得石交者也班固漢書張耳陳餘述曰張陳之交游如父子據國爭權還如豹虎文選張孟陽七哀詩曰昔爲萬乘君今爲丘山土今日呂虢州堂堂古遺直虢州未詳左傳孔子曰叔向古之遺直許國輸九死補天鍊五色晉書周札傳王導議札與臣等便以身許國死而後已文選曹子建表曰輸能於明君楚辭曰雖九死其猶未悔列子曰天地亦物也物有不足故昔者女媧鍊五色石以補其闕頽修諫貧鉄人壽無金石文選古詩曰人生非金石豈能長壽考

西風壯夫淚多爲程顥滴韓絳作明道程先生墓誌曰伯淳諱顥元豐八年六月卒自元豐以來論賢士大夫宜在天子左右者君必預焉實録曰御史中丞呂公著薦顥授太子中允權監察御史裏行後謫監汝州酒稅哲宗即位召爲宗正丞未行以疾卒顥深有經濟之意不幸早死士大夫識與不識莫不哀傷按實録顥與李常孫覺熙寧中嘗言青苗不便皆外任云

吾友陳師道抱瑟不吹竽退之詩曰吾友柳子厚其人藝且賢又答陳商書曰齊王好竽有求仕於齊者操瑟而往立王之門三年不得入客罵之曰王好竽而子鼓瑟瑟雖工如王不好何文章似揚馬欬唾落明珠謂揚雄司馬相如後漢趙壹歌曰埶家多所宜欬唾自成珠固窮有膽氣風摯嘯於菟固窮見上注退之送張道士詩曰臣有膽與氣不忍死茅茨老杜詩將軍膽氣雄歐公病暑賦云陰摯慘慘多悲風秋來入詩律陶謝不枝梧老杜詩曰詩律群公問儒門舊史長又曰陶謝不枝梧風騷共推激陶謂淵明謝謂靈運邢子臥北窗吟秋意少悰卧北窗見上注漢書廣陵厲王胥傳歌曰出入無悰爲樂亟注云悰亦樂也讀書用意苦嘔血驚乃翁老杜詩更覺陰何苦用心左傳曰伏弢嘔血漢書項籍傳高祖曰必欲烹乃翁幸分我一杯羹安得和扁輩爲浣學古肓醫和見左傳扁鵲見史記扁鵲傳曰上古俞跗湔浣腸胃滌洗五藏書曰學古入官肺

熱今好否微涼生井桐鮑照詩時危各奔命終然肝肺熱老杜詩高秋蘇肺氣魏明帝詩雙桐生空井

謝公定和二范秋懷五首邀予同作

西風一葉脫迹已不可掃淮南子曰見一葉落而知歲之將暮謝莊月賦曰洞庭始波木葉微脫文選北山移文曰或飛柯以折輪低枝而掃迹此引用言秋葉之變衰不復可掃迹也巷有白馬生朝回焚諫草後漢書張湛常乘白馬光武每見湛輒言白馬生且復諫矣老杜詩朝回日日典春衣又詩避人焚諫草騎馬欲雞棲唐書馬周焚章表曰管晏暴君之過取身後名吾不爲也魏志陳群傳注曰前後密陳得失每上封事輒削其草表子

曰夫仁者愛人施於君謂之忠施於親謂之孝其本一也故君親有過諫而不入求之反覆不得已而言不忍宣也君子謂陳群於是乎長者矣誰云事君難是亦父子間所要功補袞不言能犯顏意已見上注禮記檀弓曰事親有隱而無犯事君有犯而無隱注云隱謂不稱揚其過失無犯謂不犯顏而諫○語曰爲君難爲臣不易又曰事君難進而易退詩曰袞職有闕惟仲山甫補之四會有黃令學古著勳多謂有功於此道也四會縣隸端州黃令名介字幾復山谷爲作誌銘書說命曰學于古訓乃有獲曾子建書曰豈徒以翰墨爲勳績此反其意而用之風俗通曰蓋嚴揚惲勳著王室白頭對

紅葉奈此搖落何宋玉九辯曰悲哉秋之爲氣也蕭瑟兮草木搖落而變衰古詩水流何太急深宮盡日閑慇懃謝紅葉好去到人間雖懷斲鼻巧有斧且無柯斲鼻見上注伐柯詩注曰柯斧柄也安得五十絃奏此寒士歌言其聲之悲也漢書郊祀志曰黃帝命素女鼓瑟帝悲不止故破五十絃爲二十五絃莊子曰曾子居衛捉衿而肘見納屨而踵決曳屣而歌商頌聲滿天地若出金石南史劉祥傳褚彥回曰寒士不遜采蓮涉江湖采菊度林藪言用心之苦也古樂府詩曰江南可采蓮選詩曰涉江采芙蓉淵明詩曰采菊東籬下班固典引曰餚核仁義之林藪插鬢不成妍誰憐飛蓬首言無知己也若杜佳人詩

曰摘花不插髮采柏動盈掬選詩曰皎潔不成妍詩曰自伯之東首如飛蓬豈無膏沐誰適爲容山谷受知於謝師厚從之學詩作此詩時師厚已死平生耦耕地風雨深稂莠耦耕字見魯論南史陶淵明傳夫耕於前妻鋤於後山谷前娶師厚之女先死矣詩云不稂不莠○劉向封事稂莠與蓬蒿並興謝公遂如此永袖絕絃手王羲之帖云蔡公遂委篤晉書王廙字世將廙卒明帝曰世將復至於此退之祭子厚文曰大匠傍觀縮手袖間呂氏春秋曰鍾期死伯牙遂絕絃以世無知音往日孫陽翟才可任遺補張方回家本有山谷自注云孫賁字公素○陽翟縣屬許州唐書百官志武后置左右補闕拾遺掌供奉諷諫溫造

傳舒元褒曰遺補雖卑侍臣也擊強如摧枯食蘗不知苦
後漢龐參傳曰拔薤欲吾擊強宗漢書異姓侯王表曰摧枯朽者易爲力樂天詩三
年爲刺史歛冰復食蘗屬著鈇諫垣時論或未許漢書
李尋傳曰屬者頗有變改注云屬者謂近時也音之欲反舊唐書元稹傳既居諫垣
不欲碌碌自滯退之會合聯句曰君才誠倜儻時論方洶溶儻可假一
邦使民作鄒魯一邦見魯論秘閣法帖有李斯篆曰使父子爲鄒魯
按脩水集有山谷跋孫陽翟公素十詩云世笑予詩論公素不實曰公素能擊強則
請聞命至於使民作鄒魯則吾不知也予告之曰公素之擊強亦以其害善良奪長
吏之柄耶將不及閭阜白幷擊無罪爾然則以令之偷一切以規自免萬事決於老

吏之口者爲能使斯民作鄒魯邪
用智常恨耄用決常恨早用人要當及其壯時元祐之用
諸老熈寧之用新進皆不免有遺恨也十二國史曰齊子奇年十八齊君任爲東阿
旣行矣而君悔焉使人追之使者不追還曰臣見子奇所與同載者白首矣夫老者
之智少者之決此必能理東阿左傳劉子曰諺所謂老將至而耄及之者其趙孟之
謂乎推轂天下士誠心要傾倒漢書鄭當時傳曰其推轂
士及官屬丞史誠有味其言也世說庾公謂孫興公曰衛永風韻雖不及卿諸人傾
倒處亦不近海宇日清明廟堂勤洒掃書曰永清四海
詩曰會朝清明又曰子有廷內弗洒弗掃此借用○語曰洒掃進退抑末也何

爲陳師道白髮三徑草陳師道已見上注嵇康高士傳曰蔣
元卿還杜陵荆棘塞門舍中有三逕不出按三輔决録蔣詡字元卿
送謝公定作竟陵主簿竟陵縣隸復州
謝公文章如虎豹至今斑斑在兒孫謝公謂師
厚公定蓋其子也東坡作王大年哀詞曰驥墮地走虎生而斑視其父子以考我言
文選七命曰拉虎摧斑李善注云斑虎文也上林賦曰被斑文老杜詩終老無兒孫
○論語棘子成曰君子質而巳矣奚以文爲子貢曰虎豹之鞟猶犬羊之鞟晉書此
郎管中窺豹時見一斑歐公歸田録云時号文中虎竟陵主簿極多
聞萬事不理專討論多聞見魯論後漢書胡廣傳萬事不理問

伯始魯論曰世叔討論之此借用以言專意問學澗松無心古須
鬣天球不琢中粹溫文選張景陽詩鬱鬱澗底松酉陽雜俎曰
松言五粒者粒當言鬣自有一種名鬣皮無鱗甲而結實多書曰天球河圖在東序
禮記曰大圭不琢琢音篆刻也文選顔延年陶徵士誄曰貞夷粹溫落筆塵
沙百馬奔劇談風霆九河飜老杜詩觀我落筆中書堂
又詩塵沙立暝途又詩奔騰歘荔支百馬死山谷文選七發曰沌沌渾渾狀如奔馬
漢書揚雄傳曰口吃不能劇談晉書郭象傳王衍每云聽象語如懸河瀉水注而不
竭退之詩淚如九河飜胷中恢踈無怨恩當官持廉且
不煩老子曰天網恢恢踈而不失此摘其字用之史記范雎傳一飯之德必償

睚眦之怨必報退之聽琴詩昵昵兒女語
恩怨相爾汝左傳曰當官而行何強之有
退之盧丞誌銘曰能持廉名
漢書翟方進傳居官不煩苛
吏民欺公亦
可忍慎勿驚魚使水渾
漢書曹參傳屬其
後相曰以齊獄市
爲寄慎勿擾也淮南子曰使葉落者風搖
之使水濁者魚撓之老杜詩汲多井水渾
漢濱耆舊今誰存駟馬高蓋徒紛紛安知
四海習鑿齒拄笏看度南山雲
襄陽在漢
上習鑿齒
作襄陽耆舊傳云漢末嘗有四郡守七都
尉二卿兩侍中朱軒高蓋會山下因名冠
蓋山里曰冠蓋里按晉書習鑿齒襄陽人
爲桓温主簿温曰徒三十年讀書不如一
詣習主簿桑門釋道安與鑿齒初相見道
安曰彌天釋道安鑿齒曰四海習鑿齒人

謂佳對又王徽之傳以手板拄頰云西山
朝來致有爽氣此借用○漢書于公曰少
高大門閭令容駟馬高蓋車
老杜詩世上餘子徒紛紛

奉荅謝公定與榮子邕論狄元規
孫少述詩長韻

謝公遂如此宰木已三霜
謝公謂謝師厚
已見上注公羊
傳曰若爾之年者宰上之木拱矣注云宰
冢也老杜詩十暑岷山葛三霜楚戶砧
無人知句法秋月自澄江
老杜詩佳句法
如何山谷作黃
氏二室墓誌云庭堅之詩卒從謝公得句
法按玄暉詩云澄江靜如練故用以屬師
厚盧仝詩曰謝朓澄江今
夜月也應憶着此山夫
二子學邁俗窺

杜見牖窻
二子謂狄孫文選石季倫思歸
引序曰余少有大志夸邁流俗
元稹作杜子美墓誌曰李白尚不能歷其
藩翰况堂奧乎魯論曰窺見室家之好舒
元輿悲剡藤文曰今九牧士人自言
能見文章戶牖者其數與麻竹相多
試斲
郢人鼻未免傷手創
言二子猶未極其妙
手也斲鼻見上注退
之祭子厚文曰不善爲斲血指汗顏
老子曰代大匠斲者希不傷其手矣
蠏胥
與竹萌乃不美羊腔
言二子尚有好奇之
病如嗜異饌而弃常
珍也周禮庖人共祭祀之好羞注曰謂若
荆州之鱃魚青州之蟹胥按說文曰胥蟹
醢也爾雅曰筍竹萌
退之詩酒壺綴羊腔
自往見謝公論詩得
濠梁
往謂往日得濠梁言有所悟入也晉
書王坦之傳謝安曰常謂君粗得鄙

趣者猶未悟之濠上邪按莊子與惠子遊
於濠梁之上莊子曰鯈魚出游從容是魚
樂也惠子曰子非魚安知魚之樂莊子曰
子非我安知我不知魚之樂惠子曰我非
子固不知子矣子固非魚也子之不知魚
之樂全矣莊子曰請循其本子曰汝安知
魚樂云者既已知吾知之而問我我知之
濠上也○杜詩谷口應相得濠梁同見招
世方尊兩耳未敢築受降
張平子東京賦
曰客所謂末學
膚受貴耳而賤目者也李善注引桓子新
論曰世咸尊古卑今貴所聞賤所見漢書
曰武帝遣公孫敖築塞外受降城
又按唐書張仁愿築三受降城
丹穴鳳
凰羽風林虎豹章
言文章有種性也蜀志
秦宓曰虎生而文炳鳳
生而五色豈以五采自飾畫哉山海經曰
丹穴之山有鳥名曰鳳凰老杜詩風林纖

月落易曰雲從龍風從虎小謝有家法聞此不聽冰後漢書儒林傳序曰各以家法教授不聽冰言其不疑也述征記曰河冰合須狐聽而行漢書文帝紀注曰狐之爲獸其性多疑每渡冰河且聽且渡故言疑者稱狐疑冰字韻與章字韻不協蓋詩人旁用他韻如退之此日足可惜詩是也又按玉臺新詠徐幹雜詩曰沈陰結愁憂愁憂爲誰興念與君生別各在天一方良會未有期中心摧且傷不聊憂飡食慊慊常飢空端坐無爲髣髴君容光此詩與與方空皆不同韻蓋古詩多如此相思北風惡歸雁落斜行言無因寄書也文選古詩客從遠方來遺我一書札上言長相思下言久離別唐人王建詩就中一夜東風惡老杜詩落雁浮寒水○張祜詩萬人齊指處一雁落寒空

贈送張叔和塤字叔和洛中人張燾龍圖之後娶山谷季妹

張侯温如鄒子律能令陰谷黍生春劉向別録曰燕有谷地美而寒不生五穀鄒衍吹律而温至黍生今名黍谷有齊先君之季女十年擇對無可人山谷父名庶字亞夫終於大理寺丞有四女嫁叔和者其季也采蘋詩有齊季女注云齊敬也左傳曰則猶有先君之適若而人後漢書梁鴻傳孟光擇對不嫁禮記孔子曰管仲遇盜取二人焉上以爲公臣曰其所與遊辟也可人也又見蜀費禕晉桓温傳箕帚掃公堂上塵家風孝友故相親漢高帝紀呂公曰臣有息女願爲箕帚妾後漢曹世叔妻傳遺令曰執箕箒於曹氏注云言主賤役事舅姑詩曰張仲孝友廟中時薦南澗蘋兒女衣袴得補紉召南采蘋序曰大夫妻能循法度也其詩曰于以采蘋南澗之濱又曰于以奠之宗室牖下注云宗室大宗之廟也左傳曰蘋蘩蘊藻之菜可薦於鬼神禮記內則曰衣裳綻裂紉箴請補綴兩家俱爲白頭計察公與人意甚眞言以歲寒相期漢書鄒陽傳曰有白頭如新傾蓋如故老杜詩甚知丈人眞退之詩與人常不款吏能束縛老姦手要使鰥寡無顰呻退之上李實書曰老姦宿贓消縮摧沮顰呻謂顰蹙頻愁歎○退之韓弘碑曰察其頻呻但回此光還照己平生倦學皆日新世出世間本無二致能束縛老姦者竟是誰耶傳燈録雲居義能曰回光

返照看身心是何物書曰德日新我提養生之四印君家所有更贈君宗門有三印謂印空印水印泥山谷作雲峯悅禪師語録序云不受然燈記別自提三印正宗今云四印亦猶此意謂忍默平直也黃庭經曰子能守一萬事畢子自有之持勿失此云君家所有亦其意也先德蓋云是汝屋裏事百戰百勝不如一忍孫子曰百戰百勝非善之善者也晉書朱伺傳曰兩敵共對惟當忍之彼不能忍我能忍是以勝耳老蘇先生權書曰一忍可以支百勇○書曰必有忍其乃有濟萬言萬當不如一默史記龜策傳曰十言十當十戰十勝傳曰十語九中不如一默無可簡擇眼界平三祖信心銘曰至道無難唯嫌簡擇但莫憎愛洞然明白心經曰無

眼界乃至無意識界圓覺經云譬如眼光照了前境其光圓滿得無憎愛**不藏**

秋毫心地直楞嚴經曰十方如來同一道故出離生死皆以直心言直故如是乃至終始地位中間永無委曲之諸相傳燈錄十七祖偈曰心地本無生秋毫見孟子

我肱三折得此醫自覺兩踵生光輝言涉世既久始信此理自覺入道有漸也左傳曰三折肱爲良醫華嚴經夜摩天宮偈讚品曰爾時世尊從兩足趺上放百千億光明李長者論曰十信足下輪中放光十住足指端放一光此十行之中足趺上明次第隨位昇進一光本踵作種或引乾峯示衆云法身有三種病二種光須是一一透得始解穩坐殊失此詩本意文選范彦龍詩傳瑞生光輝莊子眞人之息以踵東坡詩八部猶光輝

團蒲日靜鳥吟時爐薰一炷試觀之欲其清心以觀四印之妙用團蒲見上注傳燈錄宗永禪師頌曰南臺靜坐一爐香亘日凝然萬慮忘歐公詩宴坐忘言一炷香

送顧子敦赴河東三首

頭白書林二十年印章今領晉山川後漢儒林傳序曰孝和亦數幸東觀覽閱書林河東古晉地也

紫參可掘宜包貢青鐵無多莫鑄錢本草云人參主補五藏安精神定魂魄生上黨山谷注云潞州太行山所出謂之紫團參按潞州即上黨屬河東又按河東大通監西冶歲煉青鐵十餘萬事見韓魏公家傳紫參按本草別載一條功用極少上注乃言人參故指爲潞州所產又紫團參乃壯蒙之一名也

勸課農桑誠有道折衝樽俎不臨邊後漢張堪爲漁陽守勸農桑折衝樽俎見晏子春秋具上注文中子曰折衝樽俎可矣何必臨邊也

要知使者功多少看取春郊處處田欲其務本業以厚民

家在江東不繫懷愛民憂國有從來月斜汾沁催驛馬雪暗岢嵐傳酒杯左傳曰有自來矣水經曰汾水出太原汾陽縣北管涔山又曰沁水出上黨洹縣謁戾山按輿地廣記管涔山在今憲州沁水縣在今澤州漢書文帝紀詔太僕見馬遺財足餘皆給傳置注云傳置驛也退之詩翻翻走驛馬輿地廣記河東有岢嵐軍蓋因岢嵐山水爲名老杜詩舊日重陽日傳杯不放杯

塞上金湯唯粟粒胷中水鏡是人才漢書食貨志鼂錯言神農之教曰有石城十仞湯池百步帶甲百萬而亡粟弗能守也後漢書光武贊曰金湯失險杜牧之阿房宮賦曰釘頭磷磷多於在庾之粟粒水鏡見上注

遙知更解青牛句一寸功名心已灰言學道有得忘懷於功名也老子曰功成名遂身退天之道按關令內傳曰尹喜嘗登樓望東極有紫氣曰應有聖人過京邑果見老君乘青牛車來過張文潛感遇詩亦曰我師青牛書不争忌處先灰心見莊子杜詩丹心一寸灰

攬轡都城風露秋行臺無妾護衣篝後漢范滂傳滂爲清詔使登車攬轡慨然有澄清天下之志應劭漢官儀曰尚書郎入直臺中

女侍史二人執香爐燒薰以從入臺中給使護衣服說文曰篝落也可薰衣北魏有行臺尚書謂在外不在朝廷也虎頭墨妙能頻寄馬乳蒲萄不待求老杜詩何年顧虎頭滿壁畫滄洲按歐陽詢藝文類聚引世說顧愷之爲虎頭將軍然今世說不載而歷代名畫記云愷之小字虎頭未知孰是晉書愷之傳云尤善丹青江文通別賦云淵雲之墨妙嚴樂之筆精退之蒲萄詩若欲蒲盤堆馬乳莫辭添竹引龍鬚按本草蒲萄注蜀本圖經云子有似馬乳者○白樂天云燕姬酌蒲萄謂太原出蒲萄酒也上黨地寒應強飲兩河民病要分憂上黨今潞州周禮考工記曰強飲強食兩河謂河東河北猶聞昔在軍與日一馬人間費十牛元豐四年陝西用兵河東困於征調故十耕牛之費僅給一戰馬淮南子曰殺罷牛可以贖良馬之死莫之爲也殺牛必亡之數山谷略采此意亦欲子敦愛惜民力

山谷詩集注卷第四

山谷詩集注卷第五

司馬文正公挽詞四首

元祐開皇極功歸用老成詩曰雖無老成人尚有典刑惟深萬物表不令四時行魏志曹爽傳注引魏氏春秋何晏嘗曰惟深也故能通天下之志夏侯太初有焉按此語本出易繫辭孟郊詩迥出萬物表按文選北山移文曰亭亭物表魯論曰其身正不令而行又曰天何言哉四時行焉按晉書褚裒傳謝安曰裒雖不言而四時之氣亦備日者傾三接天乎奠兩楹言入對未久遽爾薨謝爲可哀也左傳曰日衛不睦注云往日也漢書高帝紀立吳王詔曰日者荆王兼有其地易晉卦曰晉晝日三接左傳姜氏哭而過市曰天乎仲爲不道禮記檀弓子夏曰天乎予之無罪也檀弓又載孔子曰予夢坐奠兩楹之間予殆將死也堂堂盌復有埋玉慟佳城東坡祭韓魏公文曰魏魏堂堂盌復有之晉書庾亮傳將葬何充歎曰埋玉樹於土中使人情何能已西京雜記滕公駕至東都門馬不肯前以足跑地滕公使掘地得石槨有銘曰佳城鬱鬱三千年見白日吁嗟滕公居此室國在多艱日人如大雅詩訪落詩曰未堪家多難漢書贊曰夫惟大雅卓尔不群河間獻王近之矣注謂明哲保身此引用蓋以仲山甫比公非特取明哲保身而已○毛詩國步多艱忠清俱沒世孝友是生知沒世言至死不改○哲廟題溫公碑首曰清忠粹德之碑加璧延諸老

櫜弓撫四夷公爲宰相招聘諸儒如程頤等自布衣爲講讀又戒勑西
鄙不生邊事漢書申公傳上使使束帛加璧迎申公詩曰載櫜弓矢漢書陳平傳曰
宰相外鎭撫四夷內親附百姓公身與宗社同作太平基
謂宗廟社稷之靈相之於幽而公助之於明也南山有臺詩序曰得賢則能爲邦家
立太平之基
獻納無虛日居然迹已陳班固兩都賦序曰日月獻納左
傳曰府無虛月三都賦曰居然而辨八方按文子云形之與名居然別矣王羲之蘭
亭序曰俛仰之間已爲陳迹清班區玉石寶曆順星辰上言
流品不雜下言樊理有方書脩征曰玉石俱焚魯論曰區以別矣堯典曰曆象日月

星辰更化思鳴鵙遺書似獲麟漢書董仲舒曰更化則可
善治豳詩曰七月鳴鵙此引用言以農桑爲王業根本遺書謂資治通鑑言可配春
秋也杜預春秋左傳序余以爲感麟而作作起獲麟則文止於所起易名無
異論今代兩三人易名謂作謚檀弓曰請所以易其名者本朝謚
文正惟王曾范仲淹及公爾溫公嘗駁夏竦謚云文正謚之至美無以復加雖以周
公之才不敢兼取況如竦者豈易克當
毀譽蓋棺了于今名實尊言人死則毀譽亦隨而泯獨公
死後其名尤重老杜詩丈夫蓋棺事始定孟子曰先名實者爲人也哀榮有
王命終始酌民言朝廷用公於父外恤公於旣歿皆取天下之公

論也魯論子張問子貢曰夫子之得邦家者其生也榮其死也哀○禮記曰上酌民
言蟬冕三公府深衣獨樂園公心兩無累
憂國愛元元言公無窮達之異其心一於憂國愛民而已選詩曰咄此
蟬冕客按漢官云侍中冠惠文冠加金貂附蟬爲文貂毛爲飾謂之貂蟬公依禮記
作深衣每出朝服乘馬用皮薦貯深衣隨其後入獨樂園則衣之事具邵氏聞見録
公有獨樂園記曰熙寧四年迂叟始家洛六年買田二十畝於尊賢坊北闢以爲園
命之曰獨樂戰國策蘇秦曰制海內子元元
次韻子瞻武昌西山東坡集此詩序云元祐元
年十一月二十九日與翰林承旨鄧聖求會宿玉堂偶話舊事

聖求嘗作元次山窪樽銘刻之巖石因爲此詩請聖求同賦
漫郎江南酒隱處古木參天應手栽元次山自
釋曰始自稱猗玕子將家瀼濵乃自稱浪士及有官時人以爲浪者亦漫爲官乎蒙
呼爲漫郎及家樊上漫遂顯焉又自注曰言郎者爲作尚書郎樊在武昌縣西五里
按寰宇記武昌今屬鄂州孟郊詩隱士多隱酒此言信難刋文選曹子建詩荆棘上
參天石坳爲尊酌花鳥自許作鼎調鹽梅元次
山杯樽銘曰郎亭西乳有聚石石臨樊水漫叟創石顛以爲亭石有窊顛者因脩之
以藏酒命爲杯樽作銘云云老杜詩春來花鳥莫深愁書曰若作和羹爾惟鹽梅
平生四海蘇太史酒澆不下胷崔嵬東坡嘗爲

直史館故云太史晉書習鑿齒傳曰四海習鑿齒酒澆見上注黃州副使坐閑散諫疏無路通銀臺東坡嘗責授黃州副團退之進學解曰投閑置散乃分之宜○國朝會要云銀臺司掌受天下奏狀東京記云淳化四年八月置 知銀臺通進司鸚鵡洲前弄明月江妃起舞襪生埃寰宇記鸚鵡洲在鄂州江夏縣大江之東按黃州與鄂州相望小說載鬼詩曰城市多囂塵還山弄明月文選蜀都賦曰娉江妃與神游曹子建洛神賦曰凌波微步羅襪生塵史記項羽傳項莊拔劍起舞次山醉魂招髣髴步入寒溪金碧堆退之詩怪花醉魂馨楚辭有宋玉招魂寰宇記云樊山在鄂州西山東十步有岡岡下有寒溪文選陸機連珠曰金碧之

叢少辱鳳舉之使靈仝詩青空鑿出黃金堆洗湔塵痕飲嘉客笑倚武昌江作罍誰知文章照今古野老爭席漁爭隈莊子曰舍者與之爭席爾雅隩隈郭璞注云今江東呼為浦淮南子曰漁者不爭隈鄧公勒銘留刻畫剗剔銀鈎洗綠苔鄧潤甫字聖求後更名溫伯嘉祐中為武昌令樂天詩題詩此巖壁雲覆莓苔封退之石鼓歌剜苔剔蘚露節角琢磨十年煙雨晦摸索一讀心眼開琢磨謂聖求所刻銘晉賢書曹娥碑後云漢議郎蔡邕聞之來觀夜闇手摸其文而讀之國史纂異許敬宗曰若遇曹劉沈謝暗中摸索亦可識後漢書王常傳曰聞陛下即位河北心開目明歐公石篆詩曰見之但

覺心眼開謫去長沙憂服入歸來杞國痛天摧東坡謫黃州凡七年元豐八年召還時裕陵已成漢書賈誼為長沙傅三年有服飛入誼舍不祥鳥也誼既已適居自傷悼乃為賦以自廣列子曰杞國有人憂天地崩墜玉堂却對鄧公直北門喚仗聽風雷翰林志凡當直之法著為條例題于北廳之西門唐書百官志曰乾封以後始号北門學士五代史李琪傳曰唐故事御紫宸殿乃自正衙喚仗由閤門而入百官隨以入見謂之入閤風雷 以言號令見周易山川悠遠莫浪許富貴崢嶸今鼎來穆天子傳西王母為天子謠曰白雲在天山陵自出道里悠遠山川間之將子無死尚能復來天子荅之曰子歸東土和理諸夏萬民均平

吾願見汝比及三年將復而野此句頗采其意朝野僉載唐咸亨中謠曰莫浪語阿婆瞋老杜亦云將詩莫浪傳漢書匡衡傳曰無說詩匡鼎來注云鼎方也又賈捐之傳曰石顯鼎貴萬壑松聲如在耳意不及此文生哀萬壑松聲何豫富貴者事情因文生自爾感槩言東坡詩語之妙足以動蕩如此也蓋東坡首章曰請公作詩寄父老往和萬壑松風哀左傳曰言猶在耳又曰孤始願不及此世說孫楚除服作詩示王武子王曰未知文於情生情於文生覽之悽然增伉儷之重此用其意謂情於文生也

子瞻詩句妙一世乃云效庭堅體

蓋退之戲效孟郊樊宗師之比以

文滑稽耳恐後生不解故次韻道之子瞻送楊孟容詩云我家峨眉陰與子同一邦即此韻

我詩如曹鄶淺陋不成邦（鄭氏詩譜云周武王封叔振鐸於曹今濟陰定陶是也檜國居溱洧之間祝融氏名黎其後八姓惟妘姓檜者處其地焉左傳季子觀樂自鄶以下無譏焉注曰季子聞鄶曹二國歌不復譏之以其微也周禮大宗伯注云子男不執圭者未成國衛門詩注曰言淺陋也）公如大國楚吞五湖三江（周禮職方氏楊州其川三江其浸五湖左太沖吳都賦曰或吞江而納漢伽藍記王肅曰羊比齊魯大邦魚比邾莒小國此詩略用其意）

赤壁風月笛玉堂雲霧窻（謂東坡無窮達之異也東坡謫黃州凡五年嘗游赤壁有前後賦按鄂州蒲圻縣有赤壁山黃州亦有之杜牧之詩何人教我吹長笛與倚春風弄月明元祐元年東坡自中書舍人遷翰林學士玉堂見上注太白詩歸來桃花巖得憩雲窻眠退之詩雲窻霧閣事恍惚○山谷題東坡贊曰東坡之酒赤壁之笛又東坡赤壁賦曰客有吹洞簫者赤壁之笛意取此乎）句法提一律堅城受我降（老杜詩覓句新知律退之樊宗師銘曰由漢迄今用一律此借用其字言自提一家之軍律也受降城見上注）

枯松倒澗壑波濤所春撞萬牛挽不前公乃獨力扛（枯松以自況太白蜀道難曰枯松倒掛倚絕壁退之詩洪濤春撞禹穴幽按禮記學記注曰春容謂重撞擊也老杜古柏行曰大厦如傾要梁棟萬牛回首丘山重漢書鄒陽傳曰使有自悔不前之心退之詩龍文百斛鼎筆力可獨扛）

諸人方嗤點渠非晁張雙（老杜戲為絕句曰今人嗤點流傳賦不覺前賢畏後生按干寶晉紀總論曰蓋共嗤點以為灰塵則可以而相詬病矣晁無咎張文潛皆蘇公門下士）袓懷相識察牀下拜老龐（選詩一心抱區區懼君不識察蜀志龐統傳注引襄陽記曰諸葛孔明為卧龍龐士元為鳳雛司馬德操為水鏡蓋皆龐德公題品之語也德公襄陽人孔明每至其家獨拜於牀下）

小兒未可知客或許敦龐誠堪壻阿巽買紅纏酒缸（終上句相知之意且欲為其子求婚於蘇氏抑東坡或嘗以此許之也山谷在黔中與王瀘州帖云小子相今年十四骨氣差厖厚以此帖觀之在京師時三四歲矣阿巽蓋蘇邁伯達之女東坡之孫山谷雖有此言其後契闊竟不成婚嫁范子功之孫淇淇字箕叟敷文學士蘇符仲虎伯達之子也其言云爾左氏成十六年傳曰民生敦厖漢書匈奴傳曰願壻漢氏以自親說文曰缸瓶也老杜詩茗飲蔗漿携所有瓷罌無謝玉為缸今人定婚者多以紅綵纏酒壺云）

柳閎展如蘇子瞻甥也其才德甚美有意於學故以桃李不言下自成蹊八字作詩贈之

柳君文武甚睍視萬人豪公羊傳伍子胥挾弓而去楚以干闔廬闔廬曰士之甚武之甚左傳楚子西曰光又甚文老氣鼓不作

卷旗解弓刀老杜詩老氣橫九州左傳曰一鼓作氣退之送鄭尚書序曰府帥必左握刀右屬弓矢

上爲朝陽桐下爲澗溪毛言必爲世用隨所遇何如耳朝陽桐謂可作琴瑟以薦清廟卷阿詩曰梧桐生矣于彼朝陽注曰梧桐本生山岡太平而後生朝陽左傳曰澗溪沼沚之毛可薦于鬼神可羞于王公

囊中有美實期子種蟠桃期之以遠太不欲其汲汲於人知也東坡和山谷詩蓋云期君蟠桃枝千歲終一嘗山海經曰東海有度索山上有大桃樹蟠盤三千里曰蟠桃漢武帝故事西王母以桃七枚獻帝帝欲留核種之王母笑曰此桃一千年生華一千年結實

浮陽愧嘉魚荀子曰儵鉢者浮陽之魚也胠於沙而思水則無逮矣汪云謂此魚好浮於水上就陽也說苑宓子賤爲單父宰陽晝謂曰夫扱綸錯餌迎而吸之者陽橋也其爲魚也薄而不美若存若亡若食不食者魴也其爲魚也厚味希子識之宓子賤曰善於是未至單父有軒蓋迎之者交接於道子賤曰車驅之車驅之夫陽晝之所謂陽橋者至矣詩曰南有嘉魚烝然罩罩

道傍多苦李晉書王戎傳戎與群兒戲於道側見李樹多實等輩競趣戎獨不往曰樹在道邊而多子必苦李也世說以道邊爲道傍

古來賢達人不爭咸陽市老杜詩古來賢達士寧受外物牽咸陽市用史記呂不韋著呂氏春秋事見上

注

吾子富春秋儀禮冠禮曰願吾子之教之也注云吾子相親之辭子男子之美稱漢書齊襄王傳曰皇帝春秋富注云比之於財方未匱竭

日月東趨水言年少當惜日也孔文舉論盛孝章書曰歲月不居時節如流尚書大傳曰百川趨於東海一本作東逝水按老杜詩不見堂前東逝波蓋用魯論逝川意

潛聖有玉音聞道而已矣潛聖謂孔子易曰潛龍勿用下也王弼注曰龍潛而勿用必窮處於下也文王明夷則主可知矣仲尼旅人則國可知矣正義亦曰言聖人於此潛龍之時在卑下也孟子曰孔子之謂集大成金聲而玉振之司馬相如長門賦曰得尚君之玉音魯論曰朝聞道夕死可矣〇詩曰無金玉爾音而有遐心

霜威能折綿風力欲冰酒太白詩天霜下嚴威醫書謂大寒唯酒不冰西京雜記曰漢天子以酒爲書滴取其不冰此詩謂綿可折而酒可冰霜風之慘可知也

勤子來訪道[illegible]然我何有勤謂勞煩左傳曰子母勤姑歸惠子謂莊子曰剖之以爲瓢則瓠落無所容非不呺然大也吾爲其無用而掊之

寢興與時俱由我屈伸肘傳燈録大寂禪師曰只如今行住坐臥應機接物盡是道又法眼禪師曰出家人但隨時及節便得寒即寒熱即熱欲知佛性義當觀時節因緣〇又僧問棗山請師直指師乃垂足曰舒縮一任老僧此詩皆采其意詩曰載寢載興

飯羹自知味如此是道不中庸曰人莫不飲食也鮮能知味也傳燈録道明禪師曰如人

飲水冷暖自知

任世萬鈞重載言以爲軒魯論曰士不可以不弘毅任重而道遠漢書司馬遷傳子曰吾欲載之空言不如見之行事之深切著明也揚子曰天之道不在仲尼乎仲尼駕說者也左傳注曰軒大夫車空文誤來世

聖達欲無言魯論又曰予欲無言。左傳曰聖達節咸池浴日

月深宅養靈根淮南子曰日出於暘谷浴於咸池黃庭曰後有密户前生門出日入月呼吸存灌溉五華植靈根七液洞流衝廬閭。唐史取日虞淵洗光咸池

胷中浩然氣一家同化元浩然氣見孟子張拙悟道於石霜作頌曰光明寂照遍河沙凡聖含靈共我家莊子曰同於大通此謂坐忘注

云與變化爲體而無不通也太白詩心將元化并盧仝詩盤礴化元搜萬類挼撈嚴經曰研究化元

陸沉百世師寄食魯柳下莊子曰方且與世違而心不屑與之俱是陸沉者也注云人中隱者是無水而沉也孟子曰聖人百世之師也伯夷柳下惠是也唐書宰相世系表曰柳氏出自姬姓魯孝公子夷伯展無駭生禽字季爲魯士師謚曰惠食采於柳下遂姓柳氏我今見諸孫風味窺

大雅老杜詩且復尋諸孫穀梁僖元年傳江熙曰風味之所期古猶今也又世說注高逸沙門傳曰支遁居會稽晉哀帝欽其風味○漢書贊曰夫惟大雅卓爾不群

大雅久不作圖王忽成霸太白詩大雅久不作吾衰竟誰陳王風委蔓草戰國多荆榛桓譚新論曰圖王不成亦可以覇偉哉居

移氣蘭鮑在所化莊子曰偉哉夫造物者將以予爲此拘拘也居移氣見孟子家語子曰與善人居如入芝蘭之室久而不聞其香即與之化矣與不善人居如入鮑魚之肆久而不聞其臭亦與之化矣

聖學魯東家恭惟同出自邴原別傳曰原遊學詣孫崧崧曰君捨鄭君所謂以鄭爲東家丘也原曰君謂僕以鄭爲東家丘必以爲西家愚夫耶左傳曰則我周之自出老杜贈盧五丈詩恭惟同自出妙選異高標此借用乘

流去本遠遂有作書肆賈誼鵩鳥賦曰乘流則逝莊子曰悲夫百家往而不返必不合矣揚子曰好書而不要諸仲尼書肆也日中駕

肩來薄晚常掉臂史記孟嘗君傳馮驩曰朝趨市者平旦側肩爭門而入日暮之後掉臂而不顧所期物忘其中文選鮑照蕪城賦曰車掛轊人駕肩

徒嚚終無贏歸矣求己事後句言奔走勢利之途終無所得不如講求爲己之學也左傳曰賈而欲贏而惡嚚乎孟子曰子歸而求之有餘師傳大士十勸曰生死已事須汲汲傳燈録僧問道吾已事未明乞和尚指示師良久曰不如且各合口免相累及

清潤玉泉冰選詩清如玉壺冰晉書衛玠傳曰婦翁冰清女壻玉潤十洲記瀛洲有玉膏山出泉如酒味高明秋景晴宋玉九辯曰泬寥兮天高而氣清李善注云秋天氣朗體清明也妙年勤翰墨銀鈎

爛縱橫晉書索靖草書狀曰草書之爲狀也婉若銀鉤漂若驚鸞藍田生美璞未琢價連城思爲萬乘器柱下貴晩成京兆記曰藍田出美玉如藍故曰藍田江表傳孫權見諸葛恪奇之謂其父瑾曰藍田生玉眞不虛也漢書鄒陽傳曰蟠木根柢輪囷離奇而爲萬乘器者以左右先爲之容也老子曰大器晩成按神仙傳老子周武王時爲柱下史連城見上注八方去求道渺渺困多蹊淮南子曰天地之間九州八極注云八方之極也列子曰大道以多歧亡羊學者以多方喪生歸來坐虛室夕陽在吾西孟子曰子歸而求之有餘師莊子曰虛室生白此借用其字法眼禪師金剛經四時般若頌曰理極忘情謂如何有喻齊到頭霜夜月任運落前溪菓熟兼猿重山長似路迷舉頭殘照在元是住居西此用其意謂道在邇而求之遠也君今秣高馬夙駕先鳴雞漢廣詩言秣其馬老杜詩高馬勿捶面定之方中詩星言夙駕箋云夙早也○退之盤谷亭云膏吾車兮秣吾馬愼勿取我語親行乃不迷趙州語云自作活計莫取我語陶淵明詩曰願君取我言此反而用之欲其躬行而允蹈也退之祭田橫文曰苟余行之不迷

戲詠蠟梅二首

山谷書此詩後云京洛間有一種花香氣似梅花五出而不能晶明類女功撚蠟所成京洛人因謂蠟梅木身與葉乃類蒴藋竇高州家有灌叢能香一園也王立之詩話云蠟梅山谷初見之戲作二絶緣此盛於京師

金蓓鎖春寒惱人香未展雖無桃李顏風味極不淺集韻曰蓓蕾始華也蓓音倍蕾音磊樂天詩愁鎖鄉心掣不開老杜詩韋曲花無賴家家惱殺人桃李顏本作桃杏紅後改之太白詩松栢本孤直難爲桃李顏風味見上注晉書庾亮曰老子於此處與復不淺體薰山麝臍色染薔薇露披拂不滿襟時有暗香度林逋梅詩小園煙景正凄迷陣陣寒香壓麝臍陶隱居注本草云麝形似麞食柏葉或有夏食蛇蟲多至寒香滿入春患急痛自以脚剔出人有得之者此香絶勝霤公云用蹄尖彈臍此香價與明珠同楊文公談苑云金陵宮中人挼薔薇水染生帛一夕志收爲濃露所漬色倍鮮翠按今嶺南薔薇露染衣輒黃莊子曰風起北方一西一東孰居無事而披拂是文選陸士衡詩循形不盈衿林逋梅花詩暗香浮動月黃昏披拂不滿襟一本作不盈懷按文選古詩云馨香盈懷袖路遠莫致之

蠟梅

天公戲翦百花房奪盡人工更有香埋玉地中成故物折枝鏡裏憶新粧翦花房謂其作蠟樂天詩點綴花房小樹頭末句蓋有所寄駙馬都尉王詵晉卿尚蜀國公主公主下世故有埋玉之句新粧用壽陽公主梅花粧之意風俗通云張伯偕仲偕兄弟形皃相

類仲偕妻新粧鏡中忽見伯偕問曰今日粧飾好否此略采其意

從張仲謀乞蠟梅

聞君寺後野梅發香蜜染成宮樣黃不擬折來遮老眼欲知春色到池塘寺謂官寺老杜詩江路野梅香傳燈錄僧問藥山爲什麽看經師曰我只圖遮眼老杜詩皇天無老眼謝靈運詩池塘生春草此引用言仲謀當有詩興

賈天錫惠寶薰乞詩予以兵衛森畫戟燕寢凝清香十字作詩報之十字蓋韋應物詩山谷云天錫作意和香自然有富貴氣覺諸人家香殊寒乞也

險心游萬仞躁欲生五兵隱几香一炷靈臺湛空明莊子曰人心險於山川陸士衡文賦曰精騖八極心游萬仞詩意謂躁欲之害攻伐正性故曰生五兵周禮夏官司兵掌五兵五盾注謂戈盾戟酋矛夷矛莊子曰南郭子綦隱几而坐又曰不可內於靈臺注云心也陶淵明詩云夜景湛虛明退之祭文云航北湖之空明

畫食鳥窺臺宴坐日過砌俗氛無因來煙霏作輿衛鳥窺臺謂作生臺以施食日過砌謂僧律過中即不食也文選謝靈運詩兼抱濟物性而不纓垢氛李善注謂世事皆悪不相纓繞不雜塵霧劉孝標廣絕交論曰煙霏雨散注引陸機賦騰煙霧之霏霏易大畜之九三曰閑輿衛利有攸往山谷意謂香煙隔去俗氛便足以當兵衛耳輿猶衆也不用古易師說

石蜜化螺甲榠樝煑水沉博山孤煙起對此作森森山谷有此十詩跋云賈天錫意和其法斫沉水如小博投以榠樝液漬之三日乃煑去其液温水沐之螺甲磨去齟齬以胡麻膏熬之色正黃則以蜜湯劆洗又屑紫檀青木香稍入婆律膏及麝以棗肉合之作摹如龍涎香狀按本草石蜜條陶隱居注云即崖蜜也唐本草云蠡類生雲南者大如掌青黃色取甕燒灰用之今合香多用謂能發香復來香煙須酒蜜漬方可用本草木瓜條陶隱居注曰榠樝大而黃可進酒圖經云道家生壓汁和甘松等作濕香唐本草注曰沉水香出天竺單于二國與青桂雞骨棧香同是一樹葉似橘經霜不凋木似櫸柳重實黑色沉水者是漢故事曰諸王出閤則賜博山香爐呂大臨考古圖云爐象海中博山下盤貯湯使潤氣蒸香以象海之四環古詩云博山爐中百和香鬱金蘇合與都梁對此作森森謂博山百和之香與此寶薰對燒有森然畏敬之意歐公詩孤煙起晴嵐文選懷舊賦栢森森以攢植

輪囷香事已郁郁著書畫誰能入吾室脫汝世俗械漢書天文志曰若煙非煙若雲非雲郁郁芬芬蕭索輪囷是謂慶雲此借用以言香之煙莊子大宗師篇子桑戶死孔子曰彼又烏能憒憒然爲世俗之禮以觀衆人之耳目哉子貢曰然則夫子何方之依孔子曰丘天之戮民也注

云以方内爲桎梏韻書云摵桎梏也

賈侯懷六韜家有十二戟天資喜文事如我有香癖（賈侯當是將家子按太公兵法有六韜凡戟天子二十四諸侯十二唐制三品已上門列棨戟史記商君贊曰天資刻薄人也穀梁云有文事者必有武備晉杜預有左傳癖）

林花飛片片香歸銜泥燕閉閤和春風還尋蔚宗傳（老杜詩林花着雨燕支落又詩風吹花片片鄭谷燕詩曰閑机硯中窺水淺落花徑裏得泥香選詩曰思爲雙飛燕銜泥巢君室山谷書小宗香云南陽宗茂深閉閤焚香蔚宗傳見上注）

公虛采蘋宮行樂在小寢香光當發聞色敗不可稔（上句言其悼亡采蘋詩序曰大夫妻能循法度也禮記玉藻曰大夫退然後適小寢釋服注云小寢燕寢也公羊注亦云諸侯皆有三寢一曰高寢二曰路寢三曰小寢漢書楊惲傳曰人生行樂耳楞嚴經大勢至法王子云如染香人身有香氣此則名曰香光莊嚴我本因地發聞字見書呂刑左傳萇弘曰毛得必云是昆吾稔之日也注云稔熟也惡積與桀同誅此借用以言聲色之禍）

床帷夜氣馥衣桁晚煙凝瓦溝鳴急雪睡鴨照華燈（孫子曰夜氣歸此借用老杜詩翡翠鳴衣桁樂天詩倏如瓦溝霜李商隱詩睡鴨香爐換夕薰楚詞華燈錯些）

雉尾映鞭聲金爐拂太清班近聞香早歸來學得成（退之元日朝回詩曰金爐香動螭頭暗玉珮聲來雉尾高古今注曰殷高宗有雉雊之徵服飾多用翟尾故有雉尾扇鞭聲謂警蹕道家有三清太清其一也老杜詩朝罷香煙攜滿袖樂天詩十三學得琵琶成）

衣篝麗紈綺有待乃芬芳當念真富貴自薰知見香（說文曰篝落也可薰衣樂府梁王筠行路難曰已繰一繭催衣縷復擣百和薰衣香漢書班固自叙曰在於綺襦紈袴之間麗謂香氣附著之莊子曰列子御風此雖免乎行猶有所待者也選詩云言笑吐芬芳樂天詩爲報高蓋車恐非真富貴圓覺經曰自薰成種佛書有解脫知見香）

次韻張仲謀過酺池寺齋（詢）

十年醉錦幄酴醾照金沙欹眠春風底不去留君家（王介甫詩云酴醾一架最先來夾水金沙次第栽濃綠扶疎雲對起醉紅撩亂雪爭開）是時應門兒紫蘭茁其牙只今將弟妹嬉戲索羊車（應門兒見上注退之馬少監誌曰幼子娟好靜秀瑤環瑜珥蘭茁其牙退之詩少長聚嬉戲不殊同隊魚晉書衛玠傳總角乘羊車入市）忽書滿窗紙整整復斜斜（劉禹錫詩小兒弄筆不能嗔涴壁書窗且賞勤盧仝添丁詩閑來案上翻墨汁塗抹詩書如老鴉杜牧之臺城曲云整整復斜斜隨旗簇晚沙）平生悲歡事頭緒亂

如麻太白詩纍絲憶君頭緒多漢書天文志死人如亂麻苟祿無補報幾成來食嗟荀子曰偷合苟容以持祿養交漢書貢禹傳曰非復能有補益所謂素餐尸祿之臣也禮記檀弓曰齊大飢黔敖爲食於路以待餓者而食之有餓者蒙袂輯屨貿貿然來黔敖左奉食右執飲曰嗟來食揚其目而視之曰予唯不食嗟來之食以至於斯也從而謝焉終不食而死喜君崇名節青雲似有涯漢書樓護傳論議常依名節又後漢書許劭傳少峻名節選詩努力崇明德史記范雎傳須賈曰賈不意君能自致於青雲之上莊子曰吾生也有涯我夢江湖去釣舩刺蘆花莊子曰漁父刺舡而去延緣葦間江濱開園宅畦蔗蒔梨柤周禮載師曰以場圃任園地以宅田任近郊之地張平子南都賦曰其園圃則有藷蔗薑蕃莊子曰柤梨橘柚皆可於口夢驚如昨日炊玉困京華文選潘安仁詩念此如昨日郭璞詩京華游俠窟炊玉見上注公來或藜羹愛我不疵瑕莊子曰孔子窮於陳蔡之間藜羹不糝左傳曰予取予求不汝疵瑕深念煩鄰里忍窮禁貧賒言不欲稱貸以治具退之詩枚皐即召窮且忍周禮泉府曰凡賒者祭祀無過旬日喪紀無過三月凡民之貸者以國服爲之息夜談簾幕冷霜月動金蛇張蟠漢記曰永昌太守鑄黃金爲蛇獻梁冀此借用以形容簾之飾月也○東坡詩夜談空說劒即是桃李月春蟲語交加談笑之歡溫然似春選詩艷陽桃李節退之送鄭校理詩鳥哢正交加楊花共紛泊我亦無酒飲一室可盤蝸魏志邴原傳注魏略曰焦先作一瓜牛廬淨掃其中營木爲床布草蓐其上裴松之云瓜當作蝸蝸牛螺虫之有角者也俗或呼爲黃犢要公共文字朱墨勘舛差退之詩不如覷文字丹鉛事點勘按北史蘇綽制文案程式朱出墨入之法此借用文選蜀都賦曰舛錯縱横非復少年日聲名取嫮姱漢書韓安國傳嫮鄙小縣注曰嫮夸姹也諸阮有二妙能詩定自嘉何時來煮餅蠏眼試官茶晉書阮咸傳曰諸阮居道北此詩用其字二妙謂阮渾阮咸以比仲謀子姪也按阮籍之子渾少慕通達籍曰仲容兄豫此流汝不得復爾咸字仲容籍之兄子也又衛瓘傳云與索靖俱善草書時號一臺二妙此借用丗說王含作廬江王敦曰家兄在郡定嘉又謝太傅舉酒勸謝景重曰故自佳故自佳○東坡煎茶詩蟹眼已過魚眼生

山谷詩集注卷第五

山谷詩集注卷第六

常父惠示丁卯雪十四韻謹同韻賦之

春皇賦上瑞來寧黃屋憂王子年拾遺曰伏犧以木德稱王故曰春皇是謂太昊文選謝惠連雪賦曰盈尺則呈瑞於豐年漢書高帝紀曰紀信乘王車黃屋左纛注謂天子車以黃繒爲蓋裏○文選范曄詩黃屋非堯心又漢書堯以天下爲憂下令走百神大雲庇九丘史記管仲傳曰下令於流水之源詩云懷柔百神佛經曰慈意妙大雲又京房易飛候曰視西方有大雲五色其下賢人隱也書序曰九州之志謂之九丘丘聚也風聲將

仁氣艷艷生瓦溝仁氣見禮記退之詩威風挾惠氣又詩屋角月艷艷樂天詩富貴來不久倏如瓦溝霜寒花舞零亂表裏照皇州韓詩外傳曰凡草木花多五出雪花獨六出宋書曰大明中元日雪花降殿庭上以爲嘉瑞太白詩我舞影凌亂選詩曰春色滿皇州千門委圭璧曉日不肯收文選謝惠連雪賦曰既因方而爲圭復遇圓而成璧元年冬無澤穴處長螟蝨後漢明帝詔曰冬無宿雪春不燠沐桓帝詔曰頃兩澤不沾漢書五行志曰辟不思導利茲謂無澤此借用其字翼奉傳曰巢居知風穴處知雨○爾雅釋虫曰食心曰螟食根曰蟊食葉曰蟘食節曰賊兩宮初旰食補袞獻良籌兩宮謂仁太后及宣哲廟漢書灌夫傳曰辟睨兩宮間左傳伍負曰楚君大夫其旰食乎詩曰袞職有闕仲山甫補之有道四夷守無征萬邦休左傳曰天子有道守在四夷書曰萬邦咸休耆年秉國論涇渭極分流書文侯之命曰罔或耆壽俊在厥服予則罔克文選王元長曲水序曰耆年闕市井之遊此借用漢書薛宣傳曰謀王體斷國論元祐初宰輔多老成故云爾涇渭分流言流品不雜也已見上注老杜詩濁涇清渭何當分輟耒入班品逸民盡歸周輟耒謂起自田里如莘野之事楚辭九辯曰農夫輟耕而容與皇甫湜祭柳子厚文云驟閣班品拔通典自魏以下官有九品而梁又更定十八班歸周用伯夷太公事見孟子股肱共一體間不容戈矛文選王褒四子講德論曰君爲元首臣爲股肱明其一體相須而成前漢枚乘書曰間不容髮晉書閻纘傳曰一日不朝其間容刀書費誓曰鍛乃戈矛

人材如金玉同美異剛柔金柔玉剛要皆美材當兼收而並用也政須衆賢和乃可踈共吺漢書劉向曰衆賢和於朝則萬物和於野共謂共工吺謂驩兜古文驩作鵃兜作吺書舜典曰流共工于幽州放驩兜于崇山改弦張敝法病十九已瘳漢書董仲舒曰琴瑟不調甚者必解而更張之乃可鼓也爲政而不行甚者必變而更化之乃可理也退之詩癘疫每潛遘十家無一瘳王指要不匿蝕非日月羞盤庚曰王播告之修不匿厥指孟子曰古之君子其過也如日月之食民皆見之及其更

也民皆仰之桑林請六事河水問九疇呂氏春秋曰昔
殷湯尅夏而大旱湯乃身禱於桑林剪其髮劘其手自以爲犧用求福於上帝淮南
子注曰桑山之林能興雲致雨故禱之後漢書周舉傳曰成湯遭災以六事尅已注
引帝王紀曰湯伐桀後大旱七年使人持三足鼎祝於山川曰政不節邪使人疾邪
苞苴行邪讒夫昌邪宮室營邪女謁行邪何不雨之極也書洪範王訪于箕子箕子
乃言曰我聞在昔鯀陻洪水汩陳其五行鯀則殛死禹乃嗣興天乃錫禹洪範九疇
天意果然得玄功與吾謀漢書息夫躬傳曰民心說而天
意得矣吳融雪詩曰自憐曾末至聊復賦玄功此物有嘉德占年
在麥秋左傳曰謂其上下皆有嘉德無羊詩曰大人占之衆維魚矣實維豐

年禮記月令孟夏麥秋至近臣知天喜玉色動冕旒儒
館無他事作詩配崇丘老杜詩天顏有喜近臣知玉色見禮
記玉藻詩小雅曰崇丘萬物得極其高大也有其義而亡其辭文選束晳有補亡崇
丘詩

詠雪奉呈廣平公宋盈祖

連空春雪明如洗忽憶江清水見沙上句舊作
春空晴碧來飛雪沙以喻雪劉禹錫浪淘沙辭曰卷起沙堆似雪堆退之詩山淨江
空水見沙夜聽踈踈還密密曉看整整復斜斜
淵明詩密密堂前柳杜牧之栽竹詩云歷歷羽林影踈踈煙露姿又臺城曲云整整

復斜斜隨旗簇晄沙風回共作婆娑舞天巧能開頃
刻花共字舊作解又作尔○曹子建洛神賦曰飄飄兮若流風之回雪老杜詩
急雪舞回風詩東門之枌注云婆娑舞也本事詩陸暢雪詩曰天人寧底巧剪水作
飛花沈玢續仙傳殷七七詩云解醖逡巡酒能開頃刻花政使盡情寒
至骨不妨桃李用年華退之詩無心花裏鳥更與盡情啼又
詩感謝情至骨歐公雪詩應憐鐵甲冷徹骨四十餘萬屯邊兵

次韻宋楙宗僦居甘泉坊雪後書懷

漢家太史宋公孫漫逐班行謁帝閽揚雄甘泉
賦曰選巫咸兮叫帝閽燕頷封侯空有相蛾眉傾國

自難昏後漢班超傳相者曰生燕頷虎頸飛而食肉萬里侯相也離騷曰衆
女嫉余之蛾眉兮謠諑謂余以善淫漢書李延年歌曰北方有佳人絕世而獨立一
顧傾人城再顧傾人國家徒四壁書侵坐馬聳三山
葉擁門漢書司馬相如傳曰家徒四壁立元稹望雲騅歌曰胯聳三山尾株
直山谷此句用官清馬骨高之意僧無可詩開門落葉深劉禹錫詩風驅葉擁堦
安得風帆隨雪水江南石上對窪尊老杜詩一
日過海收風帆雪浪見上雪水注元結有窪尊銘今在武昌其詳具上注

和荅子瞻和子由常父憶館中故事

東坡詩序大抵謂近歲館中同舍不復飲酒賦詩之樂詩用屏字韻

二蘇上連璧三孔立分鼎二蘇時分掌內外制連璧見上
汪三孔謂文仲經父武仲常父平仲毅父
元祐間俱進用三孔新淦人兄弟皆有名
當世漢書蒯通傳曰三分天下鼎足而立
此借用東坡詩蓋云自君兄弟還鼎立知
有補柳子厚文
𢽾仲鼎列天下少小看飛騰中年嗟遠屏
選詩曰少小嬰憂患老杜詩飛
騰無那故人何遠屏見上注風撼鶺鴒
枝波寒鴻鴈影常棣詩曰鶺鴒在原兄弟
急難禮記兄弟之齒鴈行
老杜詩鴻鴈影連來峽
內鶺鴒聲急到沙頭天不椓斯文俱來
集臺省魯論曰天之未喪斯文也正月詩
曰夭夭是椓汪謂椓破之老杜詩
諸公袞袞
登臺省日月黃道明桃李春晝永晉天
文志

云黃道日之所行也老杜詩
閶闔開黃道衣冠拜紫宸時平少犴獄
地禁絕鼃黽晉書張載榷論曰時平則才
伏韓詩外傳曰鄉亭之獄曰
犴朝廷之獄曰獄退之釋言曰職親而地
禁國語范蠡對王孫曰吾鼃黽之與同渚
周禮蟈氏
掌去鼃黽頗懷修故事文會陳果茗漢書
魏相
傳曰好觀漢故事魯論曰以文會友晉書
陸納傳謝安詣納納所設惟茶果而已
當時群玉府人物殊秀整穆天子傳曰群
玉山先王之所
謂策府世說曰李元禮風格秀整高自標
持柳子厚文森然炳然若開群玉之府
下直馬闐闐杯盤具俄頃下直見上注蜀
都賦曰車馬雷
駭轟轟闐闐老杜送王評事詩曰家貧無
供給客位但箕帚俄頃羞頗珍寂寥人散

後
共醉淩波襪誰窺投轄井淩波襪見上
汪漢書陳遵
傳每大飲賓客滿堂輒
關門取客轄投井中天網極恢疎道山
非簿領何曾歸閉門燈火坐寒冷老子曰
天網
恢疎而不失文選劉公幹詩曰沈迷簿領
書回回自昏亂○蓬萊道山天帝圖書之
府
也欲觀太平象復古望公等唐書牛僧孺
傳曰太平無
象詩曰車攻宣王復古也史記平原君傳
曰公等錄錄老杜詩致君堯舜付公等
賤子託後車當煩煮湯餅漢書樓護傳王
邑稱賤子上壽
文選魏文帝與吳質書曰文學託
乘於後車○老杜詩賤子請具陳
雙井茶送子瞻雙井在洪州分寧
縣山谷所居也

人間風日不到處天上玉堂森寶書梁四
公記
曰羅子春爲梁武帝入龍洞求珠得食如
花藥膏飴食之香美齎食至京師得人間
風日乃堅如石不可食此句全用其字龍
濟頌云日月不到處特地好乾坤玉堂見
上注文選江淹擬休上人詩曰寶書爲君
掩李善注引道學傳曰夏禹撰眞靈之云
要集天官
之寶書想見東坡舊居士揮毫百斛瀉
明珠蘇公元豐二年謫黃州築室於東坡
自號東坡居士老杜八仙歌曰揮毫
落紙如雲煙盧綝四注起事曰張
方刼晉帝西遷輦眞珠百餘斛我家江
南摘雲腴落磑霏霏雪不如神仙傳太眞
夫人曰九轉
丹四名朱光雲碧之腴文選苦寒行雪落
何霏霏李善注引詩曰雨雪霏霏老杜詩

新詩錦不如爲君喚起黃州夢獨載扁舟向五湖老杜詩衆鵝爛熳睡喚起霑盤飧杜牧詩十年一覺揚州夢贏得青樓薄倖名越語曰范蠡乘輕舟以浮於五湖此云獨載言不與西子俱也

和荅子瞻

一月空回長者車報人問疾遣兒書文選陶淵明詩窮巷隔深轍頗回故人車顏延年詩林閭時晏開亟回長者轍按漢書陳平傳曰門多長者車轍山谷以病目不出故云維摩經曰佛告文殊師利汝行詣維摩問疾老杜詩愛竹遣兒書翰林貽我東南句窻間默坐得玄珠靜女詩云貽我彤管玄珠以比東坡之詩東坡謝山谷餽雙井茶詩

末句云明年我欲東南去畫舸何時宿太湖莊子曰黃帝遊乎赤水之北還歸遺其玄珠使知索之而不得使離朱謑詬索之而不得也乃使象罔象罔得之故園溪友膾腹腴遠包春茗問何如禮記少儀曰羞濡魚者進尾冬右腴注曰腴腹下也老杜設鱠歌曰偏勸腹腴愧年少玉堂下直長廊靜爲君滿意說江湖翰林誌曰每下直出門相諢謂之小三昧出銀臺乘馬謂之大三昧西京賦曰長廊廣廡退之書云敢避其煩黷懷不滿之意於受恩之地哉

子瞻以子夏丘明見戲聊復戲荅子瞻詩云誦詩得非子夏學紬史正作丘明書天公戲人亦薄相故遣幻醫生明珠

化工見彈太早計端爲失明能著書史記賈誼傳曰造化爲工莊子曰且汝亦太早計見卵而求時夜見彈而求鴞炙漢書司馬遷書曰左氏失明厥有國語史記曰虞卿非窮愁亦不能著書邇來似天會事發淚睫見光能隕珠盧仝月蝕詩曰蝦蟇敢將天眼瞎又云當時常星沒星雨如拼漿似天會事發叱喝誅姦強桓子新論曰孟嘗君淚下承睫博物志曰鮫人泣而成珠老杜詩目眩隕雜花喜公新賜紫琳腴上清虛皇對夂如眞誥詩曰漱此紫瓊腴又曰玉華餞琳腴黃庭內景經曰上清紫霞虛皇前太上大道玉晨君務成子注云虛皇者紫清

太素高虛洞曜三光元道君內號也對夂如謂奏對夂之南有嘉魚詩烝塵也塵然猶言夂如也維摩經曰舍利弗言天止此室其已夂如王介甫詩看雲坐夂如請天還我讀書眼願載軒轅訖鼎湖雲溪友議載王梵志詩曰還爾天公我還我未生時東坡詩讀書眼如月鑄隙靡不照軒轅謂神宗時山谷修實錄史記封禪書曰黃帝鑄鼎於荊山之上鼎既成有龍垂胡髯下迎黃帝後代因名其處曰鼎湖漢書司馬遷傳贊曰接其後事訖于天漢揚雄傳曰太史公記六國歷楚漢訖麟止

省中烹茶懷子瞻用前韻

閤門井不落第二竟陵谷簾定誤書舊本云閤

門井似谷簾水可憐不載竟陵書。東京記曰文德殿兩掖有東西上閤門予嘗聞故老云東上閤門之東有井絶佳傳燈録潙山曰思而知之落在第二頭唐書陸羽傳羽字鴻漸復州竟陵人羽嗜茶著經三篇陳舜俞廬山記曰康王谷有水簾飛泉被巖而下者二三十泒其高不可計其廣七十餘尺陸鴻漸茶經嘗第其水爲天下第一按張又新煎茶水記載爲李季卿論水次第有二十種以廬山康王谷水第一歐公作大明水記頗疑其與羽經相反云

思公煑茗共湯鼎蚯蚓竅生魚眼珠退之集彌明石鼎聯句曰時於蚯蚓竅微作蒼蠅鳴茶經候湯有三沸如魚目微有聲爲一沸選詩魚目笑明月李善注引雒書曰秦失金鏡魚目入珠

置身九州之上腴爭名焱中沃焚如上腴謂京師班固西都賦曰華實之毛則九州之上腴法華經曰澍甘露法雨滅除煩惱焰夫朝市爭名之士肝肺内熱何異爲烈焰焚炙哉易離卦之九四曰突如其來如焚如

但恐次山胷磊磈終便酒舫石魚湖元注云元次山石魚湖歌曰石魚湖似洞庭夏水欲滿君山青疾風三日作大浪不能廢人運酒舫詩意謂東坡無爭名之病不用飲茶而胷中磊磈政須以酒澆之耳磊磈用阮籍事見上注便字作平聲讀

以雙井茶送孔常父

校經同省並門居無日不聞公讀書故持茗椀澆舌本要聽六經如貫珠按實録元祐元年五月以秘書省正字孔武仲爲校書郎古樂府東飛伯勞歌曰誰家女兒對門居晉書殷仲堪傳曰三日不讀道德經便覺舌本間強樂記曰歌者纍纍乎端如貫珠

心知韻勝舌知腴何似寶雲與眞如史記呂不韋傳曰子楚心知所謂文選頭陁寺碑曰道勝之韻虛往實歸歐公雙井茶詩曰寶雲日注非不精爭新棄舊世人情。柳文脫細故於胷中味道腴於舌端

湯餅作魔應午寢慰公渴夢吞江湖作魔謂睡魔也傳燈録降魔藏禪師傳秀師曰此無山精木怪汝翻作魔耶唐文粹有何諷夢渴賦曰奔九江走五湖末句曰以吾此夕之一夢見自古不足者之心左太冲吳都賦曰或吞江而納漢

常父答詩有煎點徑須煩緑珠之句復次韻戲答

小鬟雖醜巧粧梳掃地如鏡能檢書老杜詩檢書燒燭短

欲買娉婷供煑茗我無一斛明月珠老杜詩曰喚人看騕褭不嫁惜娉婷嶺表録異曰昔梁氏女有容皃石季倫爲交趾採訪使以眞珠三斛買之即緑珠也此句以答緑珠之戲用韻極工

知公家亦闕掃除但有文君對相如掃除謂箕帚妾漢書司馬遷書曰爲掃除之隷樂府題解云司馬相如將聘茂陵人女爲妾文君作白頭吟以自絶相如乃止

政當爲公乞如願作牋遠寄宮亭

湖戲謂當求之於神録異傳曰廬陵歐陽明從賈客道經彭澤湖每以舡中所有
投湖中後忽見一人來候明云是青洪君
明甚怖吏曰無可怖青洪君感君前後有
禮故要君必有重遺君勿取獨求如願爾
明既見青洪君乃求如願使逐明去如願
者青洪君婢也明將歸所願輒得數十年
大富荆州記曰宫亭即彭蠡澤也謂之彭
澤湖○初學記載查道元與天公牋言其
奴高安云云此借用祕閣王獻之帖云政
當隨事
鑿之

戲呈孔毅父

管城子無食肉相孔方兄有絶交書退之毛穎
傳曰秦皇帝使蒙恬賜之湯沐而封諸管
城號管城子後漢班超傳相者曰飛而食

肉萬里侯相晉書魯褒錢神論曰親之如
兄字曰孔方文選有嵇康與山濤絶交書
文章功用不經世何異絲窠綴露珠文選應璩
百一詩曰文章不經國史記伯夷傳曰功
用既興然後授政莊子曰其不可與於經
世亦遠矣退之聯句云絲窠掃
還成文選別賦曰秋露如珠
校書著作
頻詔除猶能上車問何如忽憶僧床同野
飯夢隨秋鴈到東湖按實録山谷元豐八年四月爲校書郎元
祐二年正月爲著作佐郎漢書谷永傳曰
免不正之詔除上車何如見上注曾子固
徐孺子祠堂記曰按豫章圖記章水北
歷南塘其東爲東湖豫章蓋山谷鄉里

謝黃從善司業寄惠山泉使善名降一名隱

錫谷寒泉撱石俱并得新詩蠆尾書張又新煎
茶水記載劉伯芻較水之與茶宜者凡七
等以無錫惠山寺石泉爲第二法書苑索
靖草書絶代名曰銀鈎蠆尾撱音妥圓而
長曰撱撱石所以澄水也山谷有從人乞
楊華店井水帖云取井傍
十數石置瓶中令水不濁急呼烹鼎供茗
事晴江急雨看跳珠晉書孔群曰今年田得七百石米不足了
麴糵事此云茗事亦其比也
東坡詩白雨跳珠亂入舡是功與世滌
羶腴令我屢空常晏如唐常景使西蕃烹茶帳中謂蕃人曰
滌煩療渴所謂茶也屢空見魯論
漢書揚雄傳無儋石之儲晏如也安得左
轄清潁尾風爐煑餅卧西湖漢書景帝紀長吏千石至

六百石朱左轓注云轓車之蔽也漢書灌
夫傳曰潁水清灌氏寧左傳楚子狄于潁
尾杜預注云潁水之尾按今潁州有西湖
陸羽茶經曰風爐以銅鑄之如古鼎形凡
四窻以備通
飆漏燼之所

次韻奉酬劉景文河上見寄

省中岑寂坐雲窻忽有歸鴻拂建章省中謂祕
書退之詩雲窻霧閣事恍惚建
章漢宫名選詩曰玉繩低建章珍重多情
惟石友琢磨佳句問潛郎老杜詩領客珍
重意文選潘岳
詩曰投分寄石友淇澳詩注云如玉石之
見琢磨張平子思玄賦曰尉厖眉而郎潛
遥憐部曲風沙裏不廢平生翰墨場部曲翰墨

場並見下注老杜詩縞素漢漢開風沙想見哦詩葼春茗向人懷抱絶關防晉書劉惔傳曰今日作此面向人耶劉禹錫詩曰忘銜去機關老杜詩延州秦北户關防猶未已

見諸人唱和酴醾詩輒次韻戲詠

梅殘紅藥遲此物共春歸謝玄暉詩紅藥當階翻名字因壺酒風流付枕幃王立之詩話云酴醾本酒名也世所開花本以其顔色似之故取其名按唐書百官志良醖署令進御則供酴醾桑落之酒韻書曰幃囊也今人或取落花以爲枕囊墜鈿香徑草飄雪淨垣衣玉臺新詠吴均採蓮詩歸帶雜花鈿○酉陽雜俎辨瓦松曰博雅云

在屋曰昔邪在垣曰垣衣玉氣晴虹發沉材鋸屑霏虹氣及沉香皆見上注晉書胡毋輔之傳曰彦國吐佳言如鋸木屑霏霏不絶直知多不厭何忍摘令稀老杜詩不厭傷多酒入脣又詩可忍醒時雨打稀○李泌傳曰種瓜黄臺下瓜熟子纍纍一摘使瓜好再摘使瓜稀摘稀字取此也常恨金沙學顰時正可揮謂金沙俗悪如里人效西施之顰也王介甫詩故作酴醾架金沙祇漫我似矜顔色好飛度雪前開揚子曰倚門墻則麾之揮與麾同

次韻秦覯過陳無已書院觀鄙句之作覯字少章即少游之弟無已蓋陳後山舊字

陳侯大雅姿四壁不治第漢書司馬相如傳曰家徒四壁立霍去病傳曰上爲治第令視之大雅見上注碌碌盆盎中見此古罍洗儀禮士冠禮注曰洗承盥洗者棄水器也水器尊卑皆用金罍及大小異東坡詩置之盆盎間薄飯不能羹墻陰老春薺王介甫詩薄飯午不羹空爐夜無炭又詩獨飯墻陰轉本草薺味甘陶隱居注曰葉作葅羹亦佳詩云誰謂荼苦其甘如薺是也惟有文字性萬古抱根柢維摩經曰文字性離此借用言其天資能文蓋自夙世也漢書鄒陽傳曰蟠木根柢輪囷離竒我學少師承坎井可窺底范曄後漢書儒林傳序曰若師資所承宜標名爲證者乃著之云圭峯禪師作禪門師資承襲

圖亦云若要辨諸宗師承須知有傍有正莊子曰子獨不聞夫埳井之蛙乎音義云埳音坎何因蒙賞味相享當牲醴言秦君賞味其詩如享之以牲醴也南史謝覽傳武帝目送良久自此仍被賞味左傳曰王享有醴薦又曰王享晉侯醴試問求志君文章自有體無已有求志齋文選魏文帝典論曰文以氣爲王氣之清濁有體不可以力強而致後漢書伏湛侯霸傳論曰誠知宰相自有體玄鑰鑠靈臺渠當爲君啓文選頭陁寺碑曰玄關幽鍵感而遂通莊子曰不可内於靈臺注云靈臺者心也書金縢曰啓籥見書劉禹錫贈會禪師詩曰靜見玄關啓欣然與心會

陳留市隱并序

陳留江端禮季共曰陳留市上有刀鑷工年四十餘無室家子姓惟一女年七歲矣日以刀鑷所得錢與女子醉飽則簪花吹長笛肩女而歸無一朝之憂而有終身之樂疑以為有道者也陳無已為賦詩庭堅亦擬作

市井懷珠玉往來人未逢秉肩嬌小女邂逅此生同懷珠玉見下注往來一本作賈胡按後漢書馬援傳曰伏波類西域賈胡談苑曰江南掘得石記有詩云東鄰嬌小女騎虎踏河氷養性霜

刀在閲人清鏡空時時能舉酒彈鑷送飛鴻漢書梅福傳常讀書養性為事又蓋寬饒傳仰視屋而歎曰此如傳舍所閲多矣陸士衡歎逝賦曰世閲人而為世又演連珠曰鏡無畜影故觸形則照清鏡見上注嵇康詩曰目送歸鴻手揮五弦

晁張和荅秦覯五言予亦次韻

山林與心違日月使鬢換文選沈休文詩江海事多違嵇叔夜幽憤詩事與願違遘茲淹留儒衣相詬病文字奉娛玩禮記儒行篇魯哀公問孔子曰夫子之服其儒服歟云云孔子曰衆之命儒也妄常以儒相詬病漢書司馬遷書曰文史星歷近乎卜祝之間主上所戲弄俳優畜之自古非一秦六籍蓋多難見上六籍經幾秦注漢書陳勝傳曰秦末云而誅趙王將相家屬此生一秦左傳司馬侯曰或多難以固其國詩書或發冢熟念令人惋莊子曰儒以詩禮發冢晉書王羲之傳遺殷浩書曰此可熟念後漢書馮衍傳曰愁令人不賴生王羲之帖亦云令人短氣韓非子曰外內悲惋老杜詩感時撫事增惋傷秦君銳本學驥子巳血汗山谷有荅少章帖云學問之本以自見其性為難老杜詩別養驥子憐神俊又詩驊騮作駒巳汗血按顏延年天馬狀曰降靈驥子又按漢書大宛國多善馬汗血言其先天馬子也相期驂天衢伯樂嘗一眄易曰何天之衢亨春秋後語曰蘇代欲見齊王謂淳于髡曰人有駿馬欲賣

之見伯樂曰比三旦立於市人莫與言願子還而視之去而顧之臣請獻一朝之價伯樂如其言一旦而馬價十倍今臣欲以駿馬見於王莫臣先後足下有意為臣伯樂乎士為欲心縛寸勇輒尺懦魯論曰棖也慾焉得剛老子曰不敢進寸而退尺要當觀此心日照雲霧散扶疎萬物影宇宙同璀璨易云聖人以此洗心退藏於密楞嚴經不知色身外洎山河虛空大地咸是妙明中所現物而圓覺經亦有六塵緣影之說司馬相如傳曰雲布霧散又曰垂條扶疎文選琦樹璀璨置規豈惟君亦自警弛慢楚語曰其以規為瑱也又曰吾憖寘之於耳文選嵇叔夜書曰吾自以不如嗣宗之賢而有弛慢之闕

劉晦叔洮河緑石研晦叔名昱洮州唐臨洮郡後陷吐蕃熈寧中收復

久聞岷石鴨頭緑可磨桂溪龍文刀莫嫌文吏不知武要試飽霜秋兎毫岷州本臨洮縣地太白詩遥看漢水鴨頭緑桂溪在閩越境上曹毗魏都賦曰劒則龜文龍藻漢書曰可謂文吏老杜鵰賦曰至如千年孽狐三窟狡兎恃古冢之荆棘飽荒城之霜露法書苑曰歐陽通以象牙犀角爲筆管貍毫爲心覆以秋兎翰飽照飛白書銘曰秋毫精勁霜素凝鮮法書苑王羲之題筆陣圖後曰紙者陣也筆者刀矟也故此詩暗用以足上句之意

以團茶洮州緑石研贈無咎文潛

晁子智囊可以括四海張子筆端可以囬萬牛漢書晁錯號智囊賈誼過秦論曰囊括四海韓詩外傳避文士之筆端老杜古柏行曰萬牛囬首丘山重自我得二士意氣傾九州言足以強人之意歐公詩自吾得二生粲粲獲雙珙史記晏嬰傳曰意氣揚揚甚自得也此借用其字道山延閣委竹帛清都太微望冕旒道山見上注劉歆七略曰武帝廣獻書之路百年之間書積如丘山故外有太常博士之藏內則延閣廣內秘室之府列子曰穆王以爲清都紫微鈞天廣樂帝王之居史記天官書曰太微三光之廷其內五星五帝座貝宮胎寒

弄明月天綱下罩一日收楚辭九歌曰貝闕兮珠宮左思吳都賦曰蚌蛤珠胎與月虧全太平廣記鬼詩還山弄明月文選曹子建與楊德祖書曰人人自謂握靈蛇之珠家家自謂抱荆山之玉又曰吾王設天網以該之頓八紘以掩之老子曰天網恢恢疎而不失詩曰烝然罩罩此地要須無不有紫皇訪問冨春秋此地謂館閣晉書杜預傳朝野稱美號曰杜武庫言其無所不有也紫皇謂哲廟晉書天文志曰紫微宮鉤陳口中一星曰天皇大帝漢書齊襄王傳曰皇帝春秋冨任云比之於財方未匱竭晁無咎贈君越侯所貢蒼玉璧可烹玉塵試春色澆君胷中過秦論斟酌古今來活國越侯謂建州守臣建州即閩越之地蒼璧謂團茶周禮春官曰以蒼璧禮天樂天詩曰新茶碾玉璧澆君胷中見上注過秦論見賈誼新書詩曰酌先祖之道以養天下周語曰而後王斟酌焉班固典引曰斟酌道德之淵源活國見上注張文潛贈君洮州緑石含風漪能淬筆鋒利如錐請書元祐開皇極第入思齊訪落詩退之簟詩曰卷送八尺含風漪此借用言洮研之溫潤樂天詩曰紫毫筆尖如錐兮利如刀晉書祖納傳曰汝潁之士利如錐山谷作溫公挽詞云元祐開皇極功歸用老成思齊以比宣仁太后訪落以比哲宗按思齊詩曰思齊太任文王之母訪落序曰嗣王謀於廟也箋謂成王始即政故於廟中與群臣謀政事班固西都賦曰第從臣之嘉頌

謝王仲至惠洮州礪石黃玉印材仲至名欽臣

洮礪發劒虹貫日印章不琢色蒸栗莊子曰刀刃若新發於硎漢書鄒陽傳曰荆軻慕燕丹之義白虹貫日禮記曰大圭不琢魏文帝與鍾繇書曰玉書稱玉黃侔蒸栗磨礲頑鈍印此心佳人持贈意堅密漢書梅福傳曰爵禄者天下之砥石高祖所以厲世磨鈍也此借用觀佛三昧海經曰住念佛者心印不壞傳燈録曰馬祖密受心印〇漢書晁錯傳曰甲不堅密與袒裼同見上佳人鬢彫文字工藏書萬卷肯次同日臨天閑豢眞龍新詩得意挾雷風歐公表曰風霜所迫鬢髮彫殘劉禹錫詩會書團扇上知君文字工周禮校人天子十有二閑馬六種國語史墨曰古有豢龍氏此借用以言群牧老杜驄馬行曰天廏眞龍此其亞西京雜記淮南王著鴻烈傳自云字中皆挾風霜我貧無句當二物看公倒海取明月太白詩曰回山倒海不作難退之詩婆娑海水南簸弄明月珠

次韻文潛同遊王舍人園王舍人名欑字才元

移竹淇園下買花洛水陽漢書溝洫志曰下淇園之竹以爲揵按淇澳詩曰綠竹猗猗說詩者以爲王芻非今竹蘇子由作詩傳從漢書說歐陽公有洛陽風俗記載牡丹事甚詳風煙二十年花竹可迷藏樂天詩等閑栽樹木隨分占風煙老杜詩山扉花竹幽樂天又有詩云十三行坐事調品不肯迷頭白地藏玉溪生有美一人賦曰豈不懷於羞遊恐致恨於迷藏九衢流車馬相值各怱忙樂天詩舟辭三峽雨馬入九衢塵後漢馬后傳曰車如流水馬如游龍老杜詩無乃太怱忙豈有道邊宅靜居如寶坊後漢曹褒傳明帝曰諺言作舍道邊三年不成楞嚴經曰譬如人靜居華嚴合論云大集經在於欲界上色界下安立寶坊集諸人天幅巾延客酒妙歌小紅裳後漢符融傳幅巾奮褎談辭如雲主人有班綴衣拂御爐香歐公詩玉殿霜清綴曉班賈至詩衣冠身染御爐香常恐鶗鴂鳴百草爲不芳離騷曰使鶗鴂之先鳴兮百草爲之不芳故作龜曳尾頗深漆園方莊子曰莊子釣於濮水楚王使大夫二人往先焉曰願以境内累子矣莊子曰楚有神龜死已三千歲矣王巾笥而藏之廟堂之上此龜者寧其死爲留骨而貴乎寧其生而曳尾於塗中二大夫曰寧生而曳尾塗中莊子曰往矣吾將曳尾於塗中按史記莊子傳嘗爲蒙漆園吏莊子雜篇曰天下之治方術者多矣初開蝸牛廬中置師子牀蝸牛廬用焦先事智度論云佛爲人中師子凡佛所坐若牀若地皆名師子座楞嚴經云即時如來將罷法座於師子牀攬七寶几〇維摩經云其室廣博悉皆包容三萬二千師子座舍利佛言如是小室乃容受此

高廣之座買田宛丘間江漢起濫觴宛丘今陳州濫觴見上注言爲歸老之漸也今此百畝宮冬溫夏清涼記曰儒有一畝之宮東坡超然臺記夏涼而冬溫身閑閱世故宇靜發天光漢書蓋寬饒仰視屋歎曰此如傳舍所閱多矣文選潘正叔迎大駕詩云世故尚未夷莊子曰宇泰定者發乎天光安肯聲利場牽黃臂老蒼言不獵取聲利也文選鮑明遠詩五都矜財雄三川養聲利南史張充方出獵左臂鷹右牽狗遇張緒舳至便放紲鞲東坡樂府曰老夫聊發少年狂左牽黃右擎蒼○史記李斯謂子曰牽黃犬出上蔡東門張侯筆瑞世三秀麗齋房作詩盛推賞明珠計斛量掃

花坐晚吹妙語益難忘楚辭九歌曰采三秀於山間注云芝也漢志芝房歌曰齋房產草九莖連葉王立之漢詩話云張文潛先與李公擇輩來予家作長句後數日再同東坡來東坡讀其詩數息云此不是喫煙火食人道底言語蓋其間有汲井消午醉掃花坐晚涼衆綠結夏帷老紅駐春粧之句也故山谷次韻亦云掃花坐晚吹妙語益難忘立之名直方棫之子也文選劉公幹詩投翰長歎息綺麗不可忘玉臺新詠相逢狹路間易知復難忘重游樊素病捧心不能粧晁無咎謝王立之送蠟梅詩芳菲意淺姿容淡憶得素兒如此梅自注云立之家小鬟雲溪友議云白居易有妓樊素善歌小蠻善舞爲詩曰櫻桃樊素口楊柳小蠻腰此借用以比素兒捧心見上注○曾端伯詩選載李商老云王

直方高貲有園在城南事諸名流具杯盤出聲妓以娛客故山谷詩云重來樊素病捧心不能粧張文潛云執板歌一聲坐客無留觴皆爲皓齒蛾眉設來日猶可追聽我歌楚狂楚狂接輿歌曰往者不可諫來者猶可追此特借用其語

臥陶軒元注云爲晁無咎作

陶公白頭臥宇宙一北窻但聞窻風雨平陸漫成江淵明與子儼等疏曰吾年過五十少而窮苦又曰五六月中北窻下臥遇涼風暫至自謂是羲皇上人平陸成江謂陵谷變遷當晉宋之際乎淵明停雲詩曰八表同昏平陸成江卯金扛九鼎把菊醉胡床

劉裕盜晉之神器故曰扛九鼎左傳楚子問鼎大小輕重漢書曰項羽力能扛鼎昭明太子作淵明傳曰嘗九月九日出宅邊菊叢中坐久之滿手把菊忽值王弘送酒至即便就酌而醉歸晉書栢伊傳下車踞胡床城南晁正字國器無等雙漢書韓安國傳曰天子以爲國器史游急就章曰像飾刻畫無等雙日月麗宸極大明朝萬邦易曰日月麗乎天文選劉越石勸進表曰宸極失御禮記曰大明生于東書曰協和萬邦假版未通班曉嚴夢逢逢晉書華譚傳曰謹奉還所假左丞相軍諮祭酒版文選陸機有謝內史表李善注云凡王封拜謂之板官又按隋百官志陳有板諮議參軍板長史之類假板蓋班品之卑者隋志又言梁武帝定九品十八班此詩言未通班蓋

列於隅品也老杜詩通籍微班忝劉子玄史通忤時篇曰僕少小從仕早躡通班曉嚴謂戒曉嚴警之鼓樂天詩曰閶闔曉嚴旗鼓出退之詩不踏曉鼓朝安眠聽逢逢萬卷曲肱裏胷中湛秋霜文選袁陽源詩云義分明於霜李善注引仲長統昌言曰黎若清氷嚴若秋霜亦有好事人叩門提酒缸用楊雄事見上注欲眠不遣客佳興更難忘南史淵明曰我醉欲眠卿可去東坡作醉眠亭詩曰醉中有客眠何害須信淵明若未賢

次韻寄晁以道以道名説之濟北人

河漢牛與女咫尺不得語歡然共秋盤以

茲不忘故文選古詩云迢迢牽牛星皎皎河漢女又云盈盈一水間脉脉不得語左傳天威不違顏咫尺前漢董仲舒傳驩然有恩以相愛北史楊播傳曰吾兄弟同盤而食我友在天末問天許見否雲雨隔九關日月不我與上八句言以道留落於外相望不啻牛女之遠安得見之也文選陸士衡詩曰借問歎何爲佳人眇天末楚詞招魂曰虎豹九關啄害下人些盧仝茶歌曰天上群仙司下土地位清高隔風雨魯論陽虎曰日月逝矣歲不我與注謂年老歲月已往念公坐臞禪守心如縛虎此以下言以道從事禪學未能超脫也魏志呂布傳縛虎不得不急老杜詩身猶縛禪寂遺教經心之可畏甚於惡獸頗思携法喜舉桉饁南

畝○維摩經曰有菩薩問維摩詰言居士父母妻子親戚眷屬悉爲是誰維摩詰以偈荅曰智度菩薩母方便以爲父一切衆導師無不由是生法喜以爲妻慈悲心爲女善心成實男畢竟空寂舍肇法師注云法喜謂見法生內喜也世人以妻色爲悅菩薩以法喜爲悅後漢梁鴻傳妻子爲具食不敢仰視舉按齊眉左傳曰冀缺耨其妻饁之相敬如賓詩曰同我婦子饁彼南畝不聞犯齋收猶聞畫眉詡後漢周澤字稚都爲太常卧疾齋宫其妻哀澤老病闚問所苦澤大怒以爲干犯齋禁收送詔獄漢書張敞傳爲婦畫眉長安中傳張京兆眉憮孟康注云憮音詡北方人謂媚好爲詡良爲鼻祖來渠伊爲伴侶漢書揚雄傳反離騷曰有周氏之蟬嫣兮或鼻祖於汾隅注云鼻始也此句借用言

心爲萬法之祖而以道於法喜愛着之深若曰與心俱生不可弃去然不知爲法所縛則有人有法二見未忘未免於封執之病故末句爲破除之使超然獨立不與萬法爲侶也詹玠唐宋遺史曰張崇帥盧州計口率渠伊錢楞嚴經偈曰心如工技兒意如和技者五識爲伴侶妄想觀技衆按寒山子詩云我貴天然物獨一無伴侶覓他不可見出入無門戶故學道者要當不存一法乃可我有桂溪刀聊憑東風去斷其法執故以刀爲喻婆娑論曰佛言我聖弟子能以慧刀斷諸結縛文選李陵書曰時因北風復惠德音樂天枯樹詩幸有西風易憑仗

次以道韻寄范子夷子默正平正思二范蓋文正公諸孫

鼓缶多秦聲琵琶作胡語是中非神奇根

器如此故言范君根器不同有所從來也史記藺相如傳曰趙王聞秦王

善爲秦聲請奉盆缻秦王以相娛樂又漢書楊惲傳曰家故秦也能爲秦聲仰天拊

缶而歌烏烏劉熙釋名曰琵琶本胡中馬上所鼓老杜古跡詩曰千歲琵琶作胡語

分明怨恨曲中論莊子曰神奇化爲臭腐臭腐復化爲神奇根器字出釋氏書如守

護國界主陁羅尼經云如來悉知彼衆生種種根器范公秉文德斷國

極可否范公謂文正公詩曰濟濟多士秉文之德漢書薛宣傳曰謀王體斷

國論極可否此謂獻可替否不詭隨也至今管樞機大度而

少與此句當蜀忠宣公按實録元祐元年二月范純仁同知密院少與言其不

黨漢書蓋寛饒傳曰多仇少與蟬嫣世有人風鏨嘯兩虎

兩虎謂二范君蟬嫣見前篇汪應劭曰嬋嫣連也言與周氏相連也楚辭曰虎嘯而

谷風至歐公病暑賦曰陰蟄慘慘多悲風史記陳軫傳兩虎方且食牛小心

學忠孝鄙事能壠畝魯論曰吾少也賤故多能鄙事持論

不蘧蒢奉身謝誇詡漢書嚴助傳曰朔臯持論不根新臺詩箋

云蘧蒢口柔常觀人顔色而爲之辭故不能俯左傳曰臣之禄君實有之義則進否

則奉身而退漢書揚雄傳曰尚泰奢麗誇詡頗知城南園文會

英俊侶何當休沐歸懷著就煎去魯論曰以文會

友漢書枚臯傳曰與英俊並游又張安世傳曰休沐未嘗出老杜詩強飯蓴添滑端

居著續煎

僧景宣相訪寄法王航禪師

抱牘稍退鳧鶩行倦禪時作橐駝坐退之藍田

丞廳壁記曰文書行吏抱成案詣丞鳧鶩行以進東陽夜怪録云王洙避雪佛廟見

一老僧着皁裘背及肋有搭白補處明旦視之乃橐駝也忽憶頭陁雲

外人閉門作夏與僧過文選王簡棲有頭陁寺碑李善注云

頭陁斗藪也言斗藪煩惱也前人詩云頭陁雲外僧氣多圓覺經曰若經夏首三月

安居一絲不掛魚脫淵萬古同歸蟻旋磨傳燈

録南泉問陸亘十二時中作麼生陸云寸絲不掛師云猶是堦下漢老子曰魚不可

脫於淵此特借用其語以言航游戲自在如魚之脫於鈎絲也晉書天文志周髀家

云天旁轉如推磨而左行故日月實東行而天牽之從西没譬之於蟻行磨石之上

磨左旋而蟻右去磨疾而蟻遲故不得不隨磨以左回焉山谷借用意謂沉迷世故

隨物所牽如蟻之旋磨今古皆然視雲外超脫之人良可歎也山中雨熟

瓜芋田喚取小僧休乞錢張方回家本山谷自注云智航

道人任嵩山法王寺數遣小僧景宗到都城因宗還寄之○景宣蓋法王化主老杜

詩楊枝晨在手豆子雨已熟言贊公道力深妙楊枝揮洒便能致雨以熟豆田山谷

意謂法王亦當如是不必遣化也蜀都賦曰瓜疇芋區老杜詩徑轉山田熟

次韻子瞻送顧子敦河北都運二首

儒者給事中顧公甚魁偉漢書百官表曰給事中亦加官
所加或大夫博士議郎掌顧問應對史記張良世家太史公曰予以爲其人計魁梧
奇偉經明往行河商略頗應史漢書平當傳曰以經明禹
貢使行河又薛宣傳曰湛自知罪臧皆應記世說孫興公許玄度共商略先往名達
勞人又費之國計安能已元豐中河決大吳神宗知故
道不可復因導之北流水性已順至元祐初文潞公呂汲公王回河之議勞民費財
竟無益也事具蘇子由潁濱遺老傳荀子富國篇曰上下俱富交無所藏之是知國
計之極也成功渠有命得人斯可喜孟子曰若夫成功則
天也似聞阻飢餘惡少驚邑里書曰黎民阻飢漢書尹賞

傳曰舉雜長安中輕薄少年惡子退之詩隔墻惡少惡難似○南史陳方泰與諸惡
少年群聚游逸無度云啓鑰探珠金奪懷取姝美啓鑰
見上注莊子曰將爲胠篋探囊發匱之盜而爲守備則必攝緘縢固扃鐍穀梁傳云
猶曰取之其毋之懷中而殺之云爾詩曰靜女其姝注云姝美色也部中十
盜發一二書奏紙漢書咸宣傳曰盜發覺而弗捕吏恐不能得坐
課累府府亦使不言西連魏三河東盡齊四履史記貨殖
傳曰昔唐人都河東殷人都河周人都河南夫三河在天下之中若鼎足王者所
更居也文選宣德皇后令曰地狹乎四履李善注引左傳管仲曰賜我先君履東至
于海西至于河南至于穆陵北至于無棣此豈小事哉何但行

治水使民皆農桑乃是眞儒耳魏志荀彧傳注引獻
帝春秋太祖曰此豈小事而吾志之前漢書地理志曰豳詩言農桑衣食之本甚備
揚子曰用眞儒無敵於天下
今代顧虎頭骨相自雄偉顧虎頭見上注退之詩自歎虞
翻骨相也不令長天官亦合丞御史唐光宅元年改吏部
爲天官漢書百官表曰御史有兩丞秩千石一曰中丞能貧安四壁
無慍可三已左傳曰貴而能貧魯論曰令尹子文三仕爲令尹無喜色
三已之無慍色○司馬相如家徒四壁立昨來立清班國士相
顧喜樂天詩早接清班登玉陛左傳曰國士在且厚不可當也何因將

使節風日按千里周禮掌節曰凡邦國之使節老杜詩六月風日
冷漢書魏相傳曰按治郡國汲黯不居中似非朝廷美
漢書汲黯傳曰以數直諫不得久留內又曰臣願爲中郎出入禁闥補過拾遺臣之
願也太任録萬事御坐留諫紙太任見上注舜典曰納于
大麓注云麓録也納舜使大録萬機之政樂天詩諫紙忽盈箱對之終自愧發
政恐傷民天步薄冰履孟子曰今王發政施仁又曰文王視
民如傷天步履冰並見詩蒼生憂其魚南畝多被水左傳
曰微禹吾其魚乎詩曰饁彼南畝公行圖安集信目勿信
耳鴻鴈詩序曰萬民離散不安其居而能勞來還定安集之高士傳孔子曰吾之

信顏回非獨今日所信者目目猶不可信漢書趙充國傳曰百聞不如一見

慈孝寺餞子敦席上奉同孔經父

八韻

日永知槐夏雲黃喜麥秋歐陽公詩話載趙師民詩云麥天晨氣潤槐夏午陰清王介甫詩繰成白雪桑重緑割盡黃雲稻正青禮記月令麥秋至同朝國士集賜沐吏功休孟子曰得侍同朝甚喜漢書薛宣傳曰日至吏以令休祇園冠蓋地清與耳目謀梵云祇園此言勝氏梵云僧伽藍摩此云衆園由祇陁太子園造佛精舍因以爲名栁子厚小丘記曰清泠之狀與目謀瀯瀯之聲與耳謀晴雲浮茗椀

飛雹落文楸陸羽茶經曰沫餑者湯之華也如晴天爽朗有浮雲鱗鱗然茗椀見上注飛雹謂棊聲文楸謂棊局比夢瑣言日本國王子入貢出本國如楸玉局冷暖棊子蓋玉之蒼者如楸木色一客衆主人醉此顧禮記曾子問曰衆主人卿大夫士房中皆哭不踊此借用其字虎頭虎頭持龍節排河使東流周禮掌節曰澤國用龍節孟子曰排淮泗而注之江厥田惟上上桑麻十數州計功不汗馬可封萬戶侯禹貢雍州厥田惟上上左傳曰諸侯言時計功漢書蕭何傳曰上以何功最盛先封爲鄼侯食邑八千戶功臣皆曰蕭何未有汗馬之勞頤居臣等上何也又李廣傳曰令當高祖世萬戶侯豈足道哉

次韻張昌言給事喜雨

三雨全清六合塵詩翁喜雨句凌雲爾雅注曰雨三日以上爲霖文選潘岳閑居賦曰微雨新晴六合清朗東都賦曰雨師汎灑風伯清塵○司馬相如賦飄飄然有凌雲之氣垤漂戰蟻餘追北柱擊乖龍有裂文學記曰蛾子時術之注云蛾蚍蜉也微虫爾時術其功乃成大垤也東觀漢記曰沛獻王輔善易永平五年少雨上以易林占之其繇曰蟻穴封戶大雨將至上以問輔云云古今五行記曰後魏顯宗天安元年兗州有黑赤蟻鬬赤蟻斷頭而死時齊明帝自立大爲魏軍所破賈誼過秦論曰追亡逐北世說夏侯泰初倚柱作詩霹靂破柱神色無變退之樹雞詩云劄取乖龍左耳來

北夢瑣言曰世言乖龍苦於行雨而多竄匿爲雷神捕之或在古木及簷楹之內○孟郊詩厚冰無裂文減去鮮肥憂玉食偏宗河嶽起鑪薰上句謂朝廷以旱故減常膳孟郊詩豪人飫鮮肥書曰惟辟玉食下句謂徧走群望以禱雨雲漢詩曰靡神不宗聖功惠我豐年食未有消埃可報君老杜詩未有消埃荅聖朝

山谷詩集注卷第六

山谷詩集注卷第七

送李德素歸舒城 李楶字德素隱舒州龍眠山

僧夏莫問途麥秋宜煑餅 僧夏他本或作槐夏非是韋應物詩曰安居同僧夏清夜諷道言莊子曰七聖皆迷無所問途 北寺旬休歸長廊六月冷簟鱗寒江浪茶破蒼壁影 北寺即酺池寺退之簟詩曰卷送八尺含風漪坡詞簟紋如水帳如煙山谷謝送碾壑源揀芽矞雲從龍小蒼璧 李侯為我來遽以歸期請青衿廢詩書白髮違定省荒畦當鉏灌蠹簡要籤整挽衣不可留決云事幽屏 此數句大抵用退之送張道士詩意退之又有詩云胡為久無成使以歸期告子衿詩注云青衿青領也學子之所服禮父母在衣純以青曲禮曰昏定而晨省莊子曰漢陰丈人方將為圃畦鑿隧而入井抱甕而出灌穆天子傳曰暴蠹書於羽陵老杜詩書籤藥裹封蛛網 天恢獵德網日鐫養賢鼎 老子曰天網恢恢揚子曰獵德而得德此借用言網羅賢俊也易鼎卦曰聖人大亨以養聖賢洞酌詩曰可以餴饎饎注云饎酒食也音熾 此士落江湖熟思令人瘦 南史劉之遴傳曰之遴時落侯景所孟郊詩長安日下影又落江湖中漢書趙充國傳曰但思惟兵利害至熟悉也魏志賈逵傳注曰逵與典農校尉爭公事不得理乃發憤生癭 肯中吉祥宅膜外榮辱境 莊子曰瞻彼闋者虛室生白吉祥止止又曰辨乎榮辱之境又德充符注夫至足者不以憂患驚神若皮外而過去醫書曰膈膜自心肺之下與脊腹相着以遮蔽濁氣膜外一本作券外莊子曰券內者行乎無名券外者志乎期費注云券分也華嚴經云瞻仰吉祥宅 婆娑萬物表藏刃避肯綮 萬物表見上注莊子庖丁為文惠君解牛曰批大郤導大窾因其固然技經肯綮之未嘗而況大軱乎又曰提刀而立為之四顧為之躊躇滿志善刀而藏之音義曰肯綮猶結處也綮音苦挺反 人生要當學安宴不徹警 左傳曰宴安酖毒不可懷也又曰軍衛不徹警 古來惟深地相待汲脩綆 易繫辭曰夫易聖人之所以極深而研幾也惟深也故能通天下之志脩綆見上注

詠李伯時摹韓幹三馬次蘇子由韻簡伯時兼寄李德素

太史瑣窻雲雨垂試開三馬拂蛛絲 太史當謂子由作起居郎居左史之任文選鮑照詩玉鉤隔瑣窻老杜趙公堂詩落架垂雲雨此引用言其在天上也文選江淹擬張華詩云玉臺生網絲李善注引論衡曰蜘蛛輕絲以網飛蟲 李侯寫影幹翰墨自有筆如沙畫錐 書訣墨藪褚河南曰用筆當如印印泥如錐畫沙欲其藏鋒畫乃沉著當其用鋒常欲透過紙背 絕塵超日精爽緊若失其一望路馳 西京雜記文帝有良馬九匹一名絕塵王子年拾遺曰周穆王八龍之駿

四名越影逐日而行老杜詩魏侯骨聳精爽緊莊子徐無鬼曰天下馬有成材若卹若失若喪其一若是者超軼絕塵不知其所選詩四牡向路馳馬官不語臂指揮乃知仗下非新羈言其馴服如此必非新自西極㸚者老杜詩馬官廝養森成列臂指揮即無羊詩所謂麾之以肱莊子徐無鬼曰吾相馬直者中繩曲者中鉤方者中矩圓者中規是國馬也而未若天下馬也山谷蓋用此意唐書李林甫傳曰不見立仗馬乎終日無聲而飫三品芻豆新羈之馬見文選吾嘗覽觀在坰馬駑駘成列無權奇史記封禪書曰俊有君子得以覽觀焉駉詩曰駉駉牡馬在坰之野漢書天馬歌曰志俶儻精權奇籋浮雲晻上馳紖懷胡沙英妙質一雄可將

十萬雌漢書天馬歌曰天馬來從西極涉流沙九夷服文選西征賦曰終軍山東之英妙此借用老杜天育驃騎歌曰當時四十萬疋馬張公歎其材盡下故獨寫真傳世人見之座右久更新決非皁櫪所成就天驥生駒人得之元次山詩曰豈欲皁櫪中爭食粃與贊漢書元鼎四年馬生渥洼水中作天馬之歌顏延之赭白馬賦曰漢道亨而天驥呈才漢書西域傳曰大宛國多善馬馬汗血言其先天馬子也孟康注曰言大宛國有高山其上有馬不可得因取五色母馬置其下與集生駒皆汗血因號曰天馬子云家語孔子曰久遺弓人得之此借用詩意若曰老於中朝之士與來自釣築者其英傑之氣故自不同如仗下馬與渥注之驥也千金市骨今何有戰國策郭隗謂燕昭王曰

古之人君遣使者齎千金市千里馬於他國未至馬已死買其首五百金以歸天下知君之好也於是朞年而千里之馬至者三馬王誠欲致士先從隗始隗且見事況賢於隗者乎文選孔文舉書曰燕君市駿馬骨乃欲以招絕足也士或不價五羖皮史記秦本紀曰繆公聞百里奚賢欲重贖之恐楚人不與乃請以五羖羊皮贖之楚人遂與之李侯盡隱百僚底初不自期人誤知老杜詩有才無命百僚底王維詩夙世謬詞客前身應畫師不能捨餘習偶被時人知戲弄丹青聊卒歲亦如閱世老禪師謂其得游戲三昧文選謝惠連詩丹青蹔雕煥李善注引張綱集曰圖形丹青詩曰優哉游哉聊以卒歲漢書蓋寬饒傳曰此如傳舍閱人多矣老杜詩勢閱人代速代即世也避諱故云

次韻子瞻和子由觀韓幹馬因論伯時畫天馬

于闐花驄龍八尺看雲不受絡頭絲西河驄作蒲萄錦雙瞳夾鏡耳卓錐東坡九馬圖贊引云元祐初熙河游師雄擒猾羌大首領鬼章青宜結以獻時西域貢馬首高八尺龍顱而鳳膺虎脊而豹章出東華門入天駟監振鬣長鳴萬馬皆瘖明年羌溫溪心有良馬願以饋太師潞國公詔許之蔣之奇爲熙河帥西蕃有貢駿馬汗血者之奇爲請乞不以時入事下禮部軾時爲宗伯判其狀云朝廷方却走馬以糞正復汗血亦何

所用事遂寢軾嘗私請於承議郎李公麟畫當時三駿馬之狀而使𩲡章青宜結效之藏於家伯時公麟字也按漢書西域傳于闐國王治西域通典云在葱嶺之北二百餘里西河當謂熙河之地周禮曰馬八尺以上爲龍老杜高都護驄馬行曰青絲絡頭爲君老何由却出横門道謝莊舞馬賦曰養雄神於綺文西京雜記曰霍光妻遺淳于衍蒲萄錦顔延之赭白馬賦曰雙瞳夾鏡兩權協月傳燈録仰山傳香嚴曰去歲無卓錐之地**長楸落日試天步知有四極無由馳**選詩走馬長楸間詩曰天步艱難爾雅四極注曰四方極遠之國老杜天育驃騎歌曰鳴呼徙步無由騁**電行山立氣深穩可耐珠鞲白玉羈**崔豹古今注曰秦始皇有名馬躡景追電顔延之赭白馬賦曰異體峯生殊相逸發山立字見禮記玉藻老杜畫馬圖引曰顧視清高氣深穩談苑曰劉鋹自結真珠鞍勒爲戲龍之狀**李侯一顧歎絕足領略古法生新奇**春秋後語蘇代曰人有駿馬欲賣之見伯樂曰比三旦立於市人莫與言願子還而視之去而顧之臣請獻一朝之價伯樂如其言一旦而馬價十倍魏文帝與孫權書曰中國雖多馬其知名絕足亦少世說康僧淵忽往殷深源許遂及義理語言辭旨自若領略粗舉一往參詣又曰支道林才藻新奇花爛映發**一日真龍入圖畫在坰群雄望風雌**老杜丹青引贈曹霸云詔謂將軍拂絹素意匠慘澹經營中斯須九重真龍出一洗萬古凡馬空真龍蓋用新序葉公事**曹霸弟子沙苑丞喜作肥馬人笑之**丹青引云弟子韓幹早入室亦能畫馬窮殊相幹惟畫肉不畫骨忍使驊騮氣彫喪張彦遠畫記曰韓幹官至太府丞尤工鞍馬初師曹霸後自獨擅此云沙苑丞未詳**李侯論幹獨不爾妙畫骨相遺毛皮**晉書王獻之傳謝安問君書何如君家尊荅曰故當不同安曰外論不爾荅曰人那得知高僧支道傳謝安曰九方歅之相馬略其玄黃而取其駿逸退之詩自歎虞翻骨相屯又詩未能去毛皮**翰林評書乃如此賤肥貴瘦渠未知**老杜詩云書貴瘦硬方通神而東坡詩曰杜陵評書貴瘦硬此論未公吾不憑**況我平生賞神駿僧中云是道林師**高僧傳支道林字道林嘗養馬人有譏之者曰愛其神駿聊復畜爾見世說

次韻荅王眘中

有身猶縛律傳燈録誌公歌曰律師持律自縛杜詩身猶縛禪寂**無夢到行雲**宋玉高唐賦曰昔者先王嘗游高唐晝寢夢見婦人曰妾在巫山之陽高丘之阻朝爲行雲暮爲行雨朝朝暮暮陽臺之下**俗裏光塵合眘中涇渭分**老子曰和其光同其塵退之與崔群書曰懼足下以爲吾不致黑白於眘中涇渭見上注老杜詩濁涇清渭何當分**我搴江南秀一見空馬群**離騷曰朝搴阰之木蘭注云搴取也退之送温造序云伯樂一過冀北之野而馬群遂空**夸士慕鍾鼎寒儒守典墳**言所見之偏也漢書賈誼服烏賦曰夸者死權文選劉孝標廣絕交論曰書玉

牒而刻鍾鼎左傳臧武仲曰作彝器以銘其功烈注謂鍾鼎爲宗廟之常器此句引
用言夸士徇功名也文選江文通擬鮑照詩曰堅儒守一經左傳曰左史倚相讀三
墳五典吾欲超萬古乃如負山蚊莊子曰猶涉海鑿河
而使蚊負山也能來商略此趺坐對爐芬商略見上注蓮
經云結加趺坐文選江文通擬古詩云膏爐絶沉燎注云爐薰爐也取其芬香故加
之膏

子瞻去歲春侍立邇英子由秋冬
間相繼入侍作詩各述所懷予亦
次韻四首仁宗乾興初日御殿之西廡詔孫奭馮元等勸

講　祖宗故事以雙日延見儒臣至此雖隻日亦令執經入侍
景祐二年正月癸丑詔置邇英延藝二閣書無逸篇于屏邇英
在迎陽門之北東向事具實録東京記曰崇政殿西有邇英閣
東有延藝閣講諷之所又按國朝春二月至端午秋八月至
冬至遇隻日邇英閣輪官講讀

赤壁歸來入紫清、堂堂心在鬢彫零太白春日
行曰深宮高樓入紫清按上皇玉帝吟玉清之隱書曰上景發晨暉金霄鬱紫清翰
林志云時以居翰苑者謂凌玉清遡紫霄漢書蕭望之贊曰望之堂堂折而不撓歐
公表曰風霜所追鬢髮彫殘江沙踏破青鞋底却結絲

約侍禁庭寒山子詩曰浪行朱雀門踏破麻鞋底老杜詩青鞋布襪從此
始周禮屨人注曰屨有約有繶有純者飾也約謂之拘著舄屨之頭以爲行戒按經
筵中皆繫絲鞋故云樂天詩却着青袍侍玉除
肯蟠萬卷夜光寒筆倒三江硯滴乾言筆力有
餘傾倒三江之水不足以供其翰墨如漢書朱安世所謂南山之竹不足受我辭也
禹貢曰三江既入西京雜記曰以玉爲研以酒爲滴隋書鄭譯傳上令李德林立作
詔書高熲戲謂譯曰筆乾劉禹錫詩莫怪詩成無淚滴盡傾東海也須乾大似
不蒙稽古力只今猶着侍臣冠言其猶未大用後漢
桓榮爲太子少傅大會諸生陳其車馬印綬曰今日所蒙稽古之力也

對掌絲綸罷記言職親黃屋傍堯軒絲綸謂中
書令舍人翰林學士取禮記王言如絲其出如綸之意記言謂起居郎及舍人即古
之左右史禮記曰動則左史書之言則右史書之又曰左史記言右史記事東坡自
右史遷中書舍人翰林學士相繼子由自左史爲舍人唐昭宗時封舜卿從子渭對
掌內外制文選范曄詩黃屋非堯心杜牧之詩几席延堯舜軒墀立禹湯鴈行
飛上猶回首不受青雲富貴吞劉禹錫寄楊給事詩
曰青雲直上無多地却要斜飛取勢回盧仝月蝕詩柰何萬里光受此吞吐厄
樂天名位聊相似却是初無富貴心只欠
小蠻樊素在我知造物愛公深東坡詩云定似香山

老居士世緑終淺道根深自注曰出處老
少大略似樂天雲溪友議載樂天詩曰櫻
桃樊素口楊柳小蠻
腰蓋其家二姬也

冄次韻四首

隆儒殿閣對橫經咫尺清都雨露零春明退朝
録曰隆儒殿在邇英閣後叢竹中謝承後
漢書曰董春橫經捧手李白上裴長史書
曰橫經籍書左傳曰天威不違顏咫尺列
子曰穆王及化人之宫以爲清都紫微鈞
天廣樂帝之所居雨露見上注
詩曰零雨其濛又曰零露泥泥見說文星
環北極人間無路仰天庭老杜詩南斗避
文星史記天官
書曰中宫天極星環之匡衛十二星藩臣
皆曰紫宫曹子建詩衆星環北辰漢書楊

雄解嘲曰未仰天庭又法言曰
仰天庭而知天下之居卑也哉
風櫺倒影日光寒堯日當中露正乾退之
詩暑
夕眠風櫺揚雄甘泉賦曰歷倒影而絕飛
梁注云在日月之上日月返從下照故其
影倒史記堯紀曰就之如日詩曰湛湛露
斯匪陽不晞注云晞乾也諸侯唯天子賜
爵肅敬承命有
似露見日而晞殿上給扶鳴漢履螭頭簪
筆見秦冠兩句皆紀述經筵事給扶謂當
時元老簪筆謂左右史退之作
韓弘碑曰進見上殿拜跪給扶贊漢書鄭
崇傳每見曳革履哀帝笑曰我識鄭尚書
履聲唐百官志云起居郎及舍人若仗在
紫宸内閤則夾香案分立殿下直第二螭
首和墨濡筆即坳處時號螭頭漢書趙充
國傳曰張安世持橐簪筆秦冠見柱後惠

文注後漢志法冠一曰柱後執法
者服之或謂之獬豸冠此借用耳
萬國歸心天不言諸儒爭席異臨軒魯論
曰天
何言哉四時行焉百物生焉又曰天下之
民歸心焉後漢戴憑傳光武正旦朝會畢
令群臣說經者更相難詰有不通者輒奪
其席以益通者憑遂重坐五十餘席莊子
曰舍者與之爭席矣異臨軒言講道雍容
兆若軒陛之嚴分也漢書史丹傳曰天子
自臨軒檻上隤銅丸以擿鼓又晉書輿服
志曰臨軒大會則陳乘輿車輦於殿庭
聖功典學形歌頌更覺曹劉不足吞書說
命念
終始典于學歌頌指二蘇詩曹植劉楨皆
魏文帝時文士元稹作老杜墓銘序曰言
奪蘇李氣吞曹劉老
杜詩犬戎何足吞

延和西路古槐陰不隔朝宗夙夜心東京
記曰
崇政殿南有延和殿東坡作延和殿奏新
樂賦曰邇英傍矚念故老之不來又謝賜
御書詩注云邇英閣前有雙槐樛枝屬地
如龍形書曰江漢朝宗于海詩云夙夜匪
懈以事一人詩意謂講筵
親近可傾盡忠赤之心也公有肖中五色
線平生補衮用功深杜牧之郡齋獨酌詩
曰平生五色線願補
舜衣裳退之書曰用
功深者其收名也遠

次韻子瞻題郭熙畫山郭若虛圖
畫見聞誌
云郭熙河陽温人熙寧初爲
御書院藝學工畫山水寒林

黄州逐客未賜環江南江北飽看山元豐
二年

東坡責授黃州團練副使本州安置史記李斯傳曰乃除逐客之令荀子曰聘人以珪問士以璧召人以瑗絕人以玦反絕以環陶淵明詩飢寒飽所更**玉堂卧對郭熙畫發興已在青林間**鑾坡遺事淳化二年十月太宗飛白書玉堂之署賜學士承旨蘇易簡按翰林誌時以居翰苑者謂凌玉清遡紫霄亦曰登玉署玉堂焉元祐元年秋東坡遷翰林學士老杜詩雲山已發興玉佩仍當歌歐公詩行歌招野叟共步青林間

郭熙官畫但荒遠短紙曲折開秋晚江村煙外雨腳明歸鴈行邊餘疊巘山谷有跋惠崇九鹿圖云得意於荒寒平遠亦翰墨之秀也短紙言所畫但小景未盡江南之勝故下句云云漢書李廣傳欲上書報天子曲折老杜詩錦里煙塵外江村八九家又詩雨腳如麻未斷絕選詩連郭疊巘崿公劉詩注曰巘小山別於大山也

坐思黃柑洞庭霜恨身不如鴈隨陽米芾書史曰唐人模王右軍一帖云奉橘三百顆霜未降未可多得韋應物詩云書後欲題三百顆洞庭更待滿林霜蓋謂此也老杜詩君看隨陽鴈亦有稻粱謀按書禹貢注曰隨陽之鳥鴻鴈之屬

熙今頭白有眼力尚能弄筆映窗光孟郊詩傾盡眼中力抄詩過與人歐公詩眼力雖已疲心意殊未倦退之寄盧仝詩往年弄筆嘲同異謗辭驚衆怪不已韓偓詩窗裏日光飛野馬

畫取江南好風日慰此將老鏡中髮江南蓋山谷鄉里樂天詩春城好風日退之詩白髮忽滿鏡

但熙肯畫寬作程十日五日一水石老杜戲題山水圖歌曰十日畫一水五日畫一石能事不受相促迫王宰始肯留真跡

題郭熙山水扇

郭熙雖老眼猶明便面江山取意成漢書張敞傳以便面拊馬注云若今沙彌所持竹扇

一段風煙且千里解如明月逐人行言扇雖小而畫有風煙千里之勢扇中江山常與人俱如月在天處處皆逢也老杜詩烱如一段清冰出萬壑又詩風煙含越鳥西都賦閭閻且千蘇味道詩明月逐人來

題惠崇畫扇

郭若虛圖畫見聞誌云僧惠崇建陽人工畫鵝鴈鷺鷥尤工小景善爲寒汀煙渚蕭灑虛曠之象

惠崇筆下開江面萬里晴波向落暉梅影橫斜人不見鴛鴦相對浴紅衣老杜丹青引曰將軍下筆開生面向落暉謂日將暮林逋梅詩曰疎影橫斜水清淺暗香浮動月黃昏錢起詩曲終人不見杜牧之齊安後池絕句曰鴛鴦相對浴紅衣山谷意謂此清絕之境人所不到雙鴛擅而有之

題鄭防畫夾五首

惠崇煙雨歸鴈坐我瀟湘洞庭欲喚扁舟歸去故人言是丹青王介甫詩畫史紛紛何足數惠崇晚出吾

最許旱雲六月漲林莽移我倏然墮洲渚老杜山水障歌曰悄然坐我天姥下耳邊已似聞春猿柳渾詩曰汀州采白蘋日落江南春洞庭有歸客瀟湘逢故人丹青見上注

能作山川遠勢白頭惟有郭熙欲寫李成驟雨惜無六幅鵝溪南史竟陵王子良之孫賁扇上圖山水咫尺之內便覺萬里爲遙郭熙見上注名畫評曰李成營丘人世業儒能畫山水林木當時稱第一有於曹武惠王第見成山水圖愛之不已作詩曰六幅冰綃挂翠屏危峯疊嶂鬬崢嶸山谷跋郭熙山水曰熙因爲蘇才翁家摹六幅李成驟雨從此筆墨大進鵝溪在今潼川畫絹所出

徐生脫水雙魚吹沫相看晚圖莊子曰魚不可脫於淵莊子曰泉涸魚相與處於陸相呴以濕相濡以沫不若相忘於江湖老矣箇中得計作書遠寄江湖山谷託以自況莊子曰於魚得計古樂府曰枯魚過河泣何時復還入作書與魴鱮相教慎出入

折葦枯荷共晚紅榴苦竹同時睡鴨不知飄雪寒雀四顧風枝老杜詩菱荷枯折隨風濤莊子曰爲之四顧退之竹詩風枝未飄吹露粉先含淚又柳子厚詩風枝散陳葉

子母猿號槲葉山南山北危機世說曰桓公入蜀至三峽中部伍有得猿子者其母緣岸哀號集韻曰槲樕木名音穀後漢法眞傳曰將在北山之北南山之南矣文選趙景眞書曰常恐風波潛駭危機密發蕭大圜云北山之北弃絕人間南山之南超踰世網

世故誰能樗里縠中皆是由基世故見下注史記樗里子傳滑稽多智秦人號曰智囊淮南子說山訓曰楚王有白蝯王自射之則搏矢而熙使養由基射之始調弓矯矢未發而蝯擁柱號矣莊子曰遊於羿之縠中中央者中地也然而不中者命也

戲題小雀捕飛蟲畫扇

小蟲心在一啄間得失與世同輕重莊子曰澤雉十步一啄百步一飲

丹青妙處不可傳輪扁斲輪如此用世說司馬太傅問謝車騎惠子五車何以無一言入玄謝曰當是妙

處不傳莊子曰桓公讀書於堂上輪扁斲輪於堂下曰以臣之事觀之斲輪徐則甘而不固疾則苦而不入不徐不疾得之於手而應於心口不能言有數存焉於其間古之人與其不可傳也死矣然則君之所讀者古人之糟粕已

題畫孔雀

桄榔暗天蕉葉長終露文章嬰世網歐陽炯南鄉子曲曰路入南中桄榔葉暗蓼花紅老杜古柏行不露文章世已驚○選詩世網嬰我身

故山桂子落秋風無因雌雄青雲上文選謝靈運詩故山日已遠風波豈還時樂天詩注曰杭州天竺寺每歲中秋月中有桂子墮玉臺新詠吳邁遠樂府曰可憐雙白鶴雙雙絕塵氛連翩弄光景交頸遊

青雲逢羅復逢繳雌雄一旦分又按李太白白紵詞曰願爲天池雙鴛鴦一朝飛去青雲上

睡鴨

山雞照影空自愛孤鸞舞鏡不作雙博物志曰山雞有美毛自愛其色終日映水目眩則溺死王介甫詩山雞照綠水自愛一何愚異苑曰罽賓國王得一鸞三年不鳴夫人懸鏡照之覩影悲鳴中宵一奮而絕言孤鸞見影以謂其雌乃歌舞庾信詩曰青田樹上一黃鶴相思樹下兩鴛鴦無事教渠更相失不及從來莫作雙天下眞成長會合兩鳧相倚睡秋江徐陵鴛鴦賦曰山雞映水那相得孤鸞照鏡不成雙天下眞成長會

合無勝比翼兩鴛鴦山谷非蹈襲者以徐語弱故爲點竄以示學者爾至其末語用意尤深非徐所及唐人吳融池上雙鳧詩曰可怜翡翠歸雲髻莫羨鴛鴦入畫圖幸是羽毛無取處一生安穩老菰蒲意雖佳而語陋山谷兼用二人之長政如臨淮王用郭汾陽部曲一經號令氣色益精明云

小鴨

小鴨看從筆下生幻法生機全得妙王維畫山水墨訣曰春夏秋冬生於筆下樂天畫竹詩曰不根而生從意生不筍而成由筆成楞嚴偈曰非幻成幻法列子曰萬物皆出於機皆入於機注云生於此者或死於彼死於彼者或生於此楞嚴經曰生機全破此借用其字自知力小畏滄

波睡起晴沙依晚照老杜小鵝詩翅開遭宿雨力小困滄波又詩前軒頹晚照

題劉將軍鴈二首

滕王蛺蝶雙穿花東丹胡馬歎長沙名畫記曰嗣滕王湛然善畫蝴蝶王建宮詞云内中數日無呼喚寫得滕王蛺蝶圖蓋謂此也老杜詩穿花蛺蝶深深見劉道醇聖朝名畫評曰古今爲蕃馬者亦數胡瓌得其肉東丹得其骨注云東丹王贊華契丹人郭若虛圖畫見聞誌曰東丹王善畫本國人物鞍馬然而馬尚豐肥筆乏壯氣按五代史四夷附錄曰契丹阿保機攻勃海取其扶餘一城以爲東丹國以其長子突欲爲東丹王後奔于唐明宗賜其姓爲東丹而

更其名曰慕華後賜姓李名贊華工畫頗知書穆天子傳時人歌曰黃之池其馬歕沙黃人威儀祁連將軍一筆鴈生不並世俱名家漢書匈奴傳有祁連將軍田廣明又按霍去病傳注曰祁連連山即天山也匈奴呼天爲祁連今引用以比劉君退之詩曰吾與東野生並世如何復躡二子蹤按史記孔子弟子傳曰孔子皆後之不並世漢書藝文志云傳齊論者唯王陽名家

將軍一矢萬人看雪灑晴空碎羽翰乞與失群沙宿鴈筆閒千頃暮江寒言劉君悔其射鴈有慈哀不忍之心寓於丹青以見意焉乞字作去聲讀張祜詩萬人齊指處一鴈落寒空班固西都賦曰風毛雨血灑野蔽天戰國策曰鴈從東方來更羸以虛發而下之

日飛徐者故瘡痛也鳴悲者久失群也老杜詩宿鴈聚圓沙又詩波濤萬頃堆琉璃

題劉將軍鵝

箭羽不霑春水籀文時印平沙想見山陰書罷舉群驅向王家樂天放鴈詩云拔汝翅翎爲箭羽大篆蓋周宣王時史籀所作談藪吳均詩鴈足印黃沙老杜詩平沙列萬幕晉書王羲之傳山陰道士好養鵝羲之求市之道士云爲寫道德經舉群相贈爾羲之欣然寫畢籠鵝而歸

題晁以道雪鴈圖

飛雪灑蘆如銀箭前鴈驚飛後回眄憑誰

說與謝玄暉莫道澄江靜如練李太白烏棲曲銀箭金壺漏水多此借用又詩解道澄江靜如練令人長憶謝玄暉此反而用之言不若於此景物中道出一句也

次韻子瞻題無咎所得與可竹二首粥字韻戲嘲無咎人字韻詠竹

十字供籠餅一水試茗粥晉書何曾傳蒸餅上不拆作十字不食朝野僉載曰侯思止食籠餅必令縮葱加肉籠餅即饅頭蔡君謨茶録曰建安鬭茶以水痕先者爲負耐久者爲勝故較勝負之說相去一水兩水又云茶古不聞晉宋已降吳人採葉煑之名茗粥忽憶故人來壁間風動

竹唐李益竹窻聞風詩開簾風動竹疑是故人來舍前粲戎葵舍後荒苜蓿戎葵見上注漢西域傳漢使采蒲萄苜蓿種歸○閬川名士傳薛令之詩曰初日上團團照見先生盤盤中何所有苜蓿長闌干此郎如竹瘦十飯九不肉東坡詩可使食無肉不可使居無竹無肉令人瘦無竹令人俗晉書王獻之傳此郎管中窺豹

地下文夫子風流絕此人能和晚煙色幻出歲寒身文同字與可妙於墨竹老杜詩地下蘇司業又哭李嶧詩一代風流盡修文地下深傳燈録七佛偈曰身從無相中受生猶如幻出諸形象馬

鬣松成拱鵝溪墨尚新禮檀弓子夏曰昔者夫子言之曰吾見封之若堂者矣見若坊者矣覆夏屋者矣見若斧者矣從若斧者焉馬鬣封之謂也左傳曰爾墓之木拱矣與可嘗有詩曰擬將一段鵝溪絹掃取寒梢萬尺長鵝溪見上注應懷斲泥手去作主林神斲泥見上注華嚴經世主妙嚴品有十主林神所謂布華如雲主林神及擢幹舒光生苐發耀吉祥淨業垂布燄藏清淨光明可意雷音光香普遍妙光迥曜華葉光味主林神論曰主林神是法王子住主力波羅密明說法如林廣多覆蔭故是法師位也

次韻文潛休沐不出二首

風塵車馬逐得失兩關心惟有張仲蔚門前蓬藋深仲蔚見上注莊子曰夫逃虛空者藜藋柱乎鼪鼬之徑藋音徒

弔反自公及歸沐畢願詩書林詩曰退食自公晉書魏舒傳叔父衡歎曰舒堪數百户長我願畢矣揚雄長揚賦曰并苞書林墻東作瘦馬萬里氣駸駸張方回家本有山谷自注云文潛喜畫馬○用生烈子曰伯樂相馬採之於瘦聖人相士取之於踈詩曰載驟駸駸與丗自少味閑關非有心退之詩吾老丗味薄後漢馬援傳曰過是欲少味矣文選顏延年五君詠曰劉伶善閑關懷情滅聞見文中子或問陶元亮子曰放人也歸去來有避地之心焉五柳先生傳則幾於閉關矣喻藏身也戎葵一笑槃露井百尺深上句並見上注古詩曰桃生露井上盧仝詩轆轤無繩井百尺著書洒風雨枯筆東如林

老杜詩筆落驚風雨又詩丗亂戟如林蘇公歎妙墨逼人太駸駸法帖衛夫人書云衛有弟子王逸少甚能學衛真書咄咄逼人筆勢洞精字體遒媚南史王僧虔傳子敬謂中令云弟書如騎騾駸駸常欲度驊騮前

奉同子瞻韻寄定國

風雲開古鏡淮海熨冰紈退之詩長安雨洗新秋出極目古鏡開塵函言天宇開明也謝玄暉詩澄江靜如練樂天繚綾詩曰金斗熨波刀剪紋漢書地理志曰齊地織作冰紈書曰淮海惟揚州定國時爲揚倅王孫醉短舞羅襪步微瀾楚辭曰王孫遊兮不歸陶岳零陵記曰長沙定王入朝於上前自爲短舞曰臣國小地狹不足回旋曹子建洛神賦曰凌波微步羅

襪生塵老驥心雖在白鷗盟已寒魏武帝歌曰老驥伏櫪志在千里烈士暮年壯心不已文選謝玄暉詩翻浪揚白鷗列子曰海上有人好鷗鳥者旦而之海上從鷗鳥游鷗鳥至者百數其父曰吾聞鷗從汝游試取來吾從玩之曰諾明旦之海上鷗鳥舞而不下文選江文通雜體詩曰亹亹玄思清曾中去機巧物我俱忘懷可以狎鷗鳥而李白鳴皐歌曰白鷗兮飛來長與君兮相親山谷諸詩多用此意左傳曰盟若可尋亦可寒也斯人氣金玉視丗一鼠肝漢書天文志曰下有積泉金寶上皆有氣不可不察地鏡圖曰黃金氣赤黃千萬斤以上光大若鏡盤禮記曰君子於玉比德焉氣如白虹天也莊子曰偉哉造化將以汝爲鼠肝乎以汝爲虫臂乎南歸脫蟲蠱入對

隨孔鸞退之永貞行曰蠱虫群飛夜撲燈又和張十一憶昨行曰踐蛇茹蠱不擇死忽有飛詔從天來又詩明庭集孔鸞曷取於梟鷙按司馬相如上林賦曰道孔鸞促鵷儀又按山海大荒南經曰南方有鸞鳥有翠鳥有孔鳥注云孔雀也忽以口語去鼓船下驚湍東坡以十科薦定國其後言者謂定國謟事東坡遂自宗正丞出倅揚州事具東坡奏議漢書司馬遷傳曰僕以口語遇遭此禍文選褚淵碑曰鼓棹則滄波振蕩潘安仁詩驚湍激巖阿收身薄冰釋置枕太山安退之詩收身歸關東期不到死迷詩曰如履薄冰老子曰渙若冰將釋楚辭曰故高枕而自適○漢書枚乘傳曰易於反掌安於大山后土花藥麗海門天水寬王禹偁瓊花詩序云揚州

后土廟有花一株潔白可愛俗謂之瓊花東坡樂府云后土祠中玉蘂蓬萊殿後鞓紅淵明時運詩云花藥分別此借用其意○張舜民南遷録云潤州甘露寺東眺海門北見揚州退之詩天水涕相圍伐木思我友知人良獨難伐木詩見小雅知人見皐陶謨晉書桓伊傅撫箏歌怨詩曰爲君既不易爲臣良獨難蓋曹子建所作遥憐鬚鬢緑猶復耐悲歡孟郊詩酒人皆倚春鬢緑病叟獨藏秋髮白○文選任彦昇詩悲歡不自持

次韻王定國揚州見寄

清洛思君晝夜流北歸何日片帆收未生白髮猶堪酒垂上青雲却佐州神廟元豐中導洛水入汴河謂之清汴揚州水所過之地也詩意謂相思之心與水無極盧仝聞貶韓職方有感詩曰力小垂垂上天高又不登飛雪堆盤鱠魚腹明珠論斗煮雞頭老杜設鱠歌曰無聲細下飛碎雪有骨已剁觜春蔥偏勸腹腴愧年少軟炊香飯緑老翁落碪何曾白紙濕放筯未覺金盤空退之詩火齊磊落堆金盤本草雞頭實一名芡圖經曰其形類雞頭故以名之劉夢得泰娘歌曰斗量明珠鳥傳意平生行樂自不惡豈有竹西歌吹愁行樂不惡並見上注杜牧之詩斜陽竹西路歌吹是揚州

往歲過廣陵值早春嘗作詩云春風十里珠簾卷髣髴三生杜牧之紅藥梢頭初繭栗揚州風物鬢成絲今春有自淮南來者道揚州事戲以前韻寄王定國二首杜牧之贈別詩娉娉嫋嫋十三餘荳蔻梢頭二月初春風十里揚州過卷上珠簾揔不如又有詩云觥船一棹百分空十載青春不負公今日鬢絲禪榻畔茶煙悠颺落花中紅藥謂揚州芍藥禮記王制曰祭天地之牛角繭栗此借用以言花苞之小末句謂風物如此惜其身之老也

淮南二十四橋月馬上時時夢見之揚州屬淮南杜牧之寄揚州韓判官詩曰二十四橋明月夜玉人何處教吹簫文選樂府曰遠道不可思夙昔夢見之想得揚州醉年少正圍紅袖寫烏絲醉年少謂定國開元天寶遺事曰申王冬月令宮女密圍而坐謂之妓圍異聞集霍小玉傳云取朱絡縫綉囊中出越姬烏絲欄素叚三尺以授李生生素多才思援筆成章日邊置論誠深矣聖處時中乃得之言不必求入帝城第日飲無何可也劉昭幼童傳曰晉明帝紹元帝子元帝問長安何如日遠荅曰日遠不聞人從日邊來只聞人從長安來居然可知帝異之明日又以日爲近帝問何故荅曰舉頭不見長安只見日以是知近置論謂置而不論莊子曰言之淺

矣不言深矣魏志徐邈傳趙達問以曹事邈曰中聖人達言之太祖太祖甚怒鮮于輔進曰平日醉客謂清者爲聖人濁者爲賢人邈性脩慎偶醉言耳後文帝幸許昌問邈曰頗復中聖人否邈對曰時復中之帝大笑退之詩不到聖處寧非癡孟子曰以意逆志是爲得之莫作秋蟲促機杼貧家能有幾絇絲欲其緩於追科也王介甫促織詩只向貧家促機杼幾家能有一絇絲

次韻錢穆父贈松扇穆父名勰按本傳元豐七年使高麗松扇蓋奉使時所得王雲雞林志云高麗松扇揭松劗柔者緝成文如椶心亦染紅間之或言水栘皮也

銀鉤玉唾明蠒紙松箑輕涼并送似銀鉤見上

注太白詩欬唾落九天隨風生珠玉法書要録王羲之蘭亭序用蠶繭帋鼠鬚筆揚雄方言曰扇自關而東謂之箑退之誰氏子詩曰寫吾此詩持送似可憐遠度幘溝婁魏志東夷傳曰高句麗漢時賜鼓吹伎人常從玄菟郡受朝服衣幘高句麗令主其名籍後稍驕恣不復詣郡於東界築小城置朝服衣幘其中歳時來取之今胡猶名此城爲幘溝婁溝婁者句麗名城適堪今時襶襶子初學記載程曉伏日詩云今世襶子觸熱到人家摇扇髀中疼流汗正滂沱李白贈王屋山人魏萬詩亦云五月造我語知非儓儗人按儓儗謂癡人而襶襶謂不曉事人襶音耐襶音戴見集韻此句山谷以自道丈人玉立氣高寒文選桓温薦譙元彦表曰抗節玉立誓不降辱退之作劉統軍墓誌曰仍世北邊樂其高寒三韓持節見神山使高麗必從海道通典曰馬韓後漢時通馬有三種一曰馬韓二曰辰韓三曰弁韓其後皆爲百濟新羅所并史記封禪書曰自威宣燕昭使人入海求蓬萊方丈瀛洲此三神山者其傳在海中諸僊人及不死之藥皆在焉合得安期不死藥使我蟬蛻塵埃間薛能詩賴有詩情合得嘗封禪書又云李少君言上曰臣嘗游海上見安期生後漢書逸民傳論曰蟬蛻囂埃之中按史記屈原傳曰蟬蛻於濁穢退之詩未免捶楚塵埃間

戲和文潛謝穆父松扇

猩毛束筆魚網紙松柎織扇清相似山谷有猩

毛筆詩蓋亦穆父高麗所得雞林志云高麗有楮紙光白可愛號白硾紙博物志曰漢桓帝時蔡倫始擣魚網造紙此借用柎當作柿說文削木札樸者也音芳廢反動揺懷袖風雨來想見僧前落松子文選班婕好怨歌行曰出入君懷袖動揺微風發老杜雙松圖歌曰葉裏松子僧前落張侯哦詩松韻寒六月火雲蒸肉山謂詩雖清寒如松風之韻而體則肥熱如肉山之蒸退之藍田丞廳壁記曰對樹兩松日哦其間此因松扇故及之初學記載盧思道納涼賦曰火雲赫而四舉楞嚴經曰爲綻爲爛爲大肉山有百千眼無量咂食文潛頗肥故山谷詩有雖肥如瓠壺陳後山有詩人要瘦君則肥之句傳燈録載一通判禮一僧問宗旨僧曰不要你肉山倒地持贈

小君聊一笑不須射雉彀黃閒戲謂文潛之肥如賈大夫之陋漢書東方朔傳歸遺細君注曰朔自比於諸侯謂其妻曰小君左傳曰昔賈大夫惡取妻三年不言不笑御以如皐射雉獲之其妻始笑文選潘安仁射雉賦曰捧黃間以密彀注云黃間弩名

謝鄭閎中惠高麗畫扇二首

閎中名穆雞林志云高麗疊紙爲扇銅獸瓕環加以銀飾亦有畫人物者

會稽內史三韓扇分送黃門畫省中晉王述王羲之皆爲會稽內史按職官志諸王國以內史掌太守之任此引用以屬閎中元豐三年守越州告老元祐初入爲國子祭酒事具實録本傳越州即會稽也三韓見上注晉志曰給事黃門侍郎俱管門下衆事或謂之門下省蔡質漢官典職曰尚書省中皆以胡粉塗壁畫古賢列女此借用按實録元祐五年十月詔移秘書省國史案就見今置局處專掌國史實録編修日曆以國史院爲名隷門下省山谷時爲史官故云

海外人煙來眼界全勝博物注魚蟲文選曹子建詩千里無人煙心經曰乃至無眼界退之詩爾雅注虫魚定非磊落人

蘋汀游女能騎馬傳道蛾眉畫不如詠扇中所畫如此柳渾詩汀州采白蘋碩人詩曰螓首蛾眉王介甫詩眉目分明畫不如

寶扇眞成集陳隼史臣今得殺青書陳隼見上注劉向戰國策叙曰皆定以殺青書可繕寫應劭風俗通按劉向別録曰殺青者直用青竹簡書耳

山谷詩集注卷第七

山谷詩集注卷第八

次韻王炳之惠玉版紙

王侯鬚若緣坡竹哦詩清風起空谷王襃髯奴辭曰離離若緣坡之竹鬱鬱若春田之苗王立之詩話曰潘十云炳之得此詩大以爲憾古田小紙惠我百信知溪翁能解玉古田隷福州晉書何曾傳人有小紙爲書者敕記室勿報唐舒元輿弔剡藤文曰剡溪上多古藤溪中多紙工刀斧斬伐無時鳴碪千杵動秋山裹糧萬里來輂轂裹糧一作裹囊碪與砧同擣繒石也詩曰乃裹餱糧于橐于囊司馬遷書曰待罪輦轂下儒林丈人有蘇公相如子雲再生蜀晉書王沉傳裴秀爲儒林丈人蘇公謂東坡漢書司馬相如揚雄皆蜀郡成都人往時翰墨頗橫流此公歸來有邊幅南史庾肩吾傳曰文章橫流一至於此李陽冰作李白集序曰盧黃門云陳拾遺橫制頹波天下質文翕然一變左傳曰富如布帛之有幅後漢隗囂傳論曰坐飾邊幅小楷多傳樂毅篇法書苑云右軍樂毅論智永以爲正書第一梁世模出天下珍之高詞欲奏雲門曲退之詩高詞媲皇墳周禮大司樂注曰雲門黃帝之樂莊子曰黃帝張樂於洞庭之野其卒無尾其始無首變化齊一不主故常天機不張而五官皆備此之謂天樂不持去掃蘇公門乃令小人今拜辱漢書高五王傳魏勃常獨

掃齊相國舍人門外舍人怪之勃曰欲以求見相君曲禮注云自外來而拜拜見也自內來而拜拜辱也去騷甚遠文氣卑畫虎不成書勢俗老杜詩縱使盧王操翰墨劣於漢魏近風騷魏文帝典論曰文以氣爲主又曰孔融體氣高妙此反而用之後漢馬援傳曰畫虎不成反類於狗晉書衛恒傳爲四體書勢退之石鼓歌曰羲之俗書趁姿媚董狐南史一筆無誤掌殺青司記録左傳太史書曰趙盾弒其君孔子曰董狐古之良史也書法不隱又崔杼弒莊公太史書曰崔杼弒其君崔子殺之其弟嗣書而死者二人南史氏聞太史盡死執簡以往聞既書矣乃還一筆無猶撫言載皇甫湜書所謂詩未有駱賓王一句也風俗通曰殺青作簡書之新竹有汗後皆蠹故作簡者於火上炙乾之山谷時爲史官故云雖然此中有公議或辱五鼎榮半菽言史之所書富貴者或辱而貧賤者反榮漢書主父偃傳曰丈夫生不五鼎食死則五鼎烹耳注謂牛羊豕魚麋項羽傳曰卒食半菽頗公進德使見書不敢求公米千斛退之答元稹書曰足下年尚強嗣德有繼將大書特書不一書而已也易曰君子以進德脩業文選張景陽詩君紳宜見書晉書陳壽謂丁儀丁廙子曰可覓千斛米當爲尊公作佳傳

謝王炳之惠石香鼎

薰鑪宜小寢鼎製琢晴嵐香潤雲生礎煙明虹貫巖江文通擬休上人詩曰膏鑪絕沉燎李善注云鑪熏鑪也歐公

詩曰孤煙起晴嵐淮南子曰山雲蒸柱礎潤傳燈録慧忠國師化去有白虹貫于巖壑吕温詩空巖起白虹

法從空處起人向鼻端參

宗鏡録曰若離此眞空之門無有一法建立楞嚴經香嚴童子言見諸比丘燒沉水香香氣寂然來入鼻中我觀此氣非木非空非煙非火去無所著來無所從由是意銷發明無漏如來印我得香嚴號又孫陁羅難陁言世尊教我觀鼻端白此借用

一炷聽秋雨何時許對談

維摩經曰令二大士文殊師利維摩詰共談必說妙法雪竇頌前三三話曰誰謂文殊是對談○按傳燈録語僧問法眼禪師云維摩與文殊對談何事

次韻柳通叟寄王文通

故人昔有淩雲賦何意陸沉黃綬閒

淩雲賦見上注後漢景丹傳曰何意二郡良爲我來莊子則陽篇仲尼曰是陸沉者也注曰人中隱者譬無水而沉也漢書朱博傳注曰丞尉職卑皆黃綬云

頭白眼花行作吏兒婚女嫁望還山

老杜詩頭白眼晴坐有胝肉黃皮皺命如綫又詩眼花落井水底眠嵇康絶交書曰一行作吏此事便廢後漢書向長字子平男女婚嫁畢遂恣意游五岳名山

心猶未死杯中物春不能朱鏡裏顔

上句言飲與未衰也淵明詩曰天運茍如此且進杯中物樂天詩白髮逐梳落朱顔辭鏡去又云獨有病眼花春風吹不落此用其意

寄語諸公肯湔祓割雞令得近鄉關

文選廣絶交論曰翦拂使其長鳴李善注云與湔祓同割雞謂爲令宰北史庾信傳常有鄉關之思○割雞字見魯論

送張天覺得登字

張侯起巴渝翼若垂天鵬

莊子曰鵬之背不知其幾千里也怒而飛其翼若垂天之雲古樂有巴渝舞巴渝蜀地也天覺蓋蜀人

歷詆漢諸公霜風拂觚稜

漢書伍被傳上疏歷詆公卿大臣霜風謂天覺熙寧中嘗爲監察御史裏行崔篆御史箴曰簡上霜凝筆端風起西都賦曰設璧門之鳳闕上觚稜而棲金爵

去國行萬里淡如雲水僧

天覺自御史得罪監荆南商稅周易流演題曰雲水僧仁英撰又僧問鷲嶺如何是境中人師云大殿毗盧佛堂中雲水僧

歸來頭亦白小試不盡能

天覺除開封推官議役法不合乞外任乃除河東路提刑史記孫武傳曰可以小試勒兵乎

湖海尚豪氣有人議陳登

魏志張邈傳曰陳登字元龍劉表與劉備共論天下人許汜曰陳元龍湖海之士豪氣不除

持節三晉邦典刑寄哀矜

三晉謂韓魏趙河東蓋晉之故地書曰象以典刑注謂法用常刑魯論曰如得其情哀矜而勿喜

公家有閒日禪窗問香燈

左傳曰公家之利知無不爲法華經經行禪窗

因來叙行李斬寄老崖藤

肇法師荅劉遺民書曰君與法師當數有文集因來何少又曰冀行李數有承問舒元輿悲剡谿古藤文曰剡谿多

會此引用以蜀王揚休能澆茗椀湔祓我風袂欲挹浮丘翁湔祓見上注文選郭璞游仙詩云左挹浮丘袖右拍洪崖肩李善注引列仙傳曰浮丘公接王子喬以上嵩高山吾宗落筆賞幽事秋月下照澄江空落筆見上注老杜詩幽事頗相關又云幽事亦可悅秋月澄江言詩之清絕如此家山鷹爪是小草敢與好賜雲龍同山谷家於雙井歐公雙井茶詩云西江水清江石老石上生茶如鳳爪此云鷹爪亦其比也小草見上注周禮天官玉府曰凡王之好賜共其貨賄注謂有所善則賜予之不嫌水厄幸來辱寒泉湯鼎聽松風夜堂朱墨小燈籠伽藍記曰王濛好茶人至輒飲之士大夫甚以爲苦每欲候濛必云今日有水厄東坡試院煎茶詩曰蟹眼已過魚眼生颼颼欲作松風鳴北史蘇綽制文案程式朱出墨入之法此借用南史宋武帝紀壁上掛葛燈籠惜無纖纖來捧椀惟倚新詩可傳本韓孟聯句云茗椀纖纖捧

再答冕仲

丘壑詩書雖數窮田園芋栗頗時豐老子曰多言數窮此借用○老杜詩錦里先生烏角巾園收芋栗不全貧小桃源口雨繁紅春溪蒲稗沒鳧翁小桃源在雙井山谷所居之地李賀詩桃花亂落如紅雨選詩云蒲稗相因依史游急就章云春草雞翹鳧翁濯顏

師古注曰鳧者水中之鳥翁頸上毛也東坡詩新苗未沒鶴投身世網夢歸去摘山鼓聲雷隱空選詩曰世網嬰我身秋堂一笑共燈火與公草木臭味同左傳曰今譬於草木寡君在君君之臭味也安用茗澆磊隗胷他日過飯隨家風買魚貫柳雞著籠磊隗胷見上注漢書鮑宣傳曰俱過宣一飯去晉書夏侯湛傳潘岳作家風詩老杜詩稱家隨豐儉魚貫柳見上注更當力貧開酒椀走謁鄰翁稱子本力貧猶言力疾魏志曹爽傳注司馬宣王謂李勝曰今當與君別因欲自力設薄主人退之祭李使君文曰雖掾俸之酸寒要拔貧而爲富世說江虨奴直喚人取酒自飲一椀老杜詩邊酒排金盌稱子本謂稱貸於鄰家以治具孟子曰又稱貸而益之漢書貨殖傳曰齎貸子錢家退之作柳子厚墓誌曰其俗以男女質錢約不時贖子本相侔則沒爲奴婢

戲答陳元輿實錄元祐二年八月陳軒爲主客郎中軒字元輿

平生所聞陳汀州蝗不入境年屢豐漢書高帝紀曰平生所聞劉季奇怪富貴後漢魯恭公沙穆皆蝗虫避境周頌桓詩曰屢豐年東門拜書始識面鬢髮幸未成老翁退之送石洪序曰拜受書札於門內此借用當是拜詣於東上閤門魏文帝與吳質書曰志意

古藤谿中多紙工
刀斧斬伐無時

次韻徐文將至國門見寄二首

槐催舉子著花黃來食邯鄲道上粱 秦中歲時記云進士下第當年七月復獻新文求解故語曰槐花黃舉人忙 邯鄲事見上注漢書文帝指慎夫人新豐道曰此走邯鄲道也

便欲掃床懸麈尾

正愁喘月似燈光 上句謂拂榻以待共談故懸麈尾也世說滿奮畏風在晉武帝坐上有琉璃屏實密似疏奮有寒色帝笑奮荅曰臣如吳牛見月而喘謂吳牛畏熱見月疑是日所以喘也老杜詩今夕復何夕共此燈燭光世說殷中軍爲庾公長史下都王丞相自起解帳帶麈尾語殷曰身今自當與君共談析理既

共清言遂達三更丞相歎曰正始之音正當爾耳山谷意謂欲與文將夜語恐其觸暑而來畏見燈光如見月而喘也

千頭剖蚌明珠熟百尺垂絲鱠縷長 歐公食鷄頭詩云剖蚌得珠從海底千頭借用襄陽記李衡千頭甘橘事潘岳西征賦曰華魴躍鱗素鱮揚鬐饔人縷切鸞刀若飛應刃落俎靃靃霏霏

柳下石門君

有此可能衝熱厭清涼 意謂徐君何苦舍林泉之樂奔走於名利之途孟子曰不賢者雖有此不樂也此用其字

博士王揚休碾密雲龍同事十三
人飲之戲作

亂雲蒼璧小盤龍貢包新樣出元豐 並見上注

王郎坦腹飯牀東太官分物來婦翁 晉書王羲之傳郗鑒使門生求女婿於王導導令就東廂徧觀子弟門生歸曰一人在東牀坦腹食獨若不聞鑒曰正此佳壻邪訪之乃羲之也遂妻之國史職官志翰林司掌供果實茶茗屬太官令

棘圍深鎖武成宮談天進士雕

虛空 國朝試進士多在武成王廟熙豐間進士高談性命溺於虛無元祐初其習猶在史記荀卿傳曰騶衍之術迂大而閎辯騶奭文具難施故齊人頌曰談天衍雕龍奭佛氏婆沙論曰欲畫虛空令成五色只益自勞

鳴鳩欲雨喚

雌雄南嶺北嶺宮祉同 言程文聲調一律也歐公詩曰天將陰鳴鳩逐婦鳴中林鳩婦怒啼無好音

午窗欲眠視濛濛喜君

開包碾春風注湯官焙香出籠 官焙即建谿北焙

非

君灌頂甘露椀幾爲談天乾舌本 蓮經偈云世尊慧燈明我聞受記音心歡喜充滿如甘露見灌華嚴經頌云則蒙十方一切佛手以甘露灌其頂甘露及舌本並見上注晉書蔡謨傳謝尚曰卿讀爾雅不熟幾爲勸學死

荅黃冕仲索煎雙井并簡揚休 冕仲名裳

江夏無雙乃吾宗同舍頗似王安豐 後漢黃香傳博學能文章京師號曰天下無雙江夏黃童老杜詩吾宗老孫子李邕詩亦云吾宗固神秀漢書直不疑傳曰其同舍有告歸晉書王戎封安豐侯善發談端賞其要

何時復類昔日已成老翁但未白頭耳官饕同盤厭腥膩茶甌破睡秋堂空周禮天官外饔掌賓客飡饔之事自言不復蛾眉夢枯淡頗與小人同詩曰螓首蛾眉退之詩旅宿夢婉娩藥山云一切處放教枯淡去但憂迎笑花枝紅夜窻冷雨打斜風秋衣沉水換薰籠太白詩妾似井底花開花向君笑樂天詩蕭蕭暗雨打窻聲顏師古注急就章曰篝一名簝亦以為薰籠銀屏宛轉復宛轉意根難拔如薤本樂天長恨歌曰珠箔銀屏迤邐開釋民有六根之說意根其一也後漢龐參傳曰拔大本薤者欲吾擊強宗

再荅元輿

君不能入身帝城結子公又不能擊強有如諸葛豐漢書陳咸傳與陳湯書曰幸蒙子公力得入帝城死不恨又諸葛豐傳為司隸校尉剌舉無所避擊強見前篇注法當憔悴百寮底五十天涯一禿翁晉書石勒載記勒嘗聞酈食其勸立六國後大驚曰此法當失何得遂成天下老杜詩冠蓋滿京華斯人獨顦顇百寮底見上注漢書灌夫傳曰與長孺共一禿翁注謂無官位版授問君何自今為郎便殿作賦聲摩空漢書馮唐傳文帝曰父老何自為郎李賀高軒過曰殿前作賦聲摩空偶然樽酒相勞苦牛鐸

調與黃鍾同漢書張敖傳曰勞苦如平生歡晉書荀勗傳及掌樂乃曰得趙之牛鐸則諧矣北史長孫紹遠傳曰聞浮屠上鐸鳴雅合黃鍾牛鐸山谷以自況黃鍾以比元輿謂貴賤雖異調韻則同安得朱轓各憑熊江南樓閣白蘋風勸歸啼鳥曉窻籠朱轓見上注後漢輿服志曰公列侯安車朱斑輪倚鹿較伏熊軾柳惲詩曰汀洲採白蘋日落江南春宋玉風賦曰風起於青蘋之末古樂府前溪歌曰當曙與未曙百鳥啼窻籠男兒邂逅功補袞鳥倦歸巢葉歸本意謂功名之會時來則偶為之初不必經意至於稅駕之地則不可不早計也詩曰邂逅相遇適我願兮陶淵明歸去來辭曰鳥倦飛而知還韓詩外傳曰詩云代馬依北風飛鳥棲故巢皆不忘本之謂也文選鮑明遠詩別葉早辭風李善注引翼氏風角曰木落歸本水流向東

次韻晁仲考進士試卷

少年迷翰墨無異蟲蠹木智論云佛言善說無失無過佛語諸外道中設有好語如虫蝕木偶然成文諸生程藝文承詔當品目文選韋弘嗣博弈論曰設程試之科李善注引說文曰程品也前漢書有藝文志文選沈休文恩倖傳論曰品目少多隨事俯仰牀敷設箱篚賦納忽數束牀敷見上注書曰敷納以言左氏僖二十七年傳作賦納以言注云賦猶取也退之詩止攜一束書變名溷甲乙謄寫

失句讀謂糊名謄録莫知某甲某乙也史記任少卿曰某子甲何爲不來乎
漢書藝文志曰俗師失其讀公羊序亦曰失其句讀晝窻過白駒夜
几跋紅燭莊子曰人生天地之間如白駒之過郤忽然而已郤亦作隙曲
禮曰燭不見跋劉禹錫詩最宜紅燭下鉤深思嘉魚攻璞頑
良玉易曰鉤深致遠詩曰南有嘉魚又曰它山之石可以攻玉漢書董仲舒傳
曰良玉不琢談天用一律呻訊厭重複一作佔畢厭重
複○談天見上注退之樊宗師銘曰由漢迄今用一律學記曰今之教者呻其佔畢
多其訊注謂今之師自不曉經之義但吟其所視簡之文多其難問也絲布
澁難縫快意忽破竹樂府緑珠懊儂歌曰絲布澁難縫令儂十

指穿史記李斯傳曰快意當前適觀而已矣晉書杜預傳曰譬如破竹數節之後皆
迎刃而解聖言裨曲學割裂綴邪幅漢書轅固傳曰無曲
學以阿世采菽詩曰赤芾在股邪幅在下南史陸厥傳沈約曰以洛神比陳思他賦
有似異手之作士衡雖云煥若縟錦寧有濯色江波其中復有一片是衛文之服此
句用其意注金無全巧竊發或中鵠莊子曰以金注者昏
考工記梓人注曰鵠所射也以皮爲之射義曰射者各射已之鵠射中則得爲諸侯
翟公辟廱老薪槱茂棫樸棫樸詩序曰棫樸文王能官人
也詩芃芃棫樸薪之槱之謂山林茂盛萬民得而薪之賢人衆多國家得用蕃興
御史威降霜行私不容粟崔篆御史箴曰簡上霜嚴筆端

風起漢書孫寶謂侯文曰今鷹隼始擊以成嚴霜之威吏部提英鑒
片善蒙采録唐書高季輔爲吏部侍郎帝賜金背鏡一以况其清鑒退
之進學解曰占小善者率以録博士刈其楚銓量頗三復
漢廣詩言刈其楚注謂以喻取女之尤高絜者三復見魯論因人享成
事賤子眞碌碌史記平原君傳毛遂曰公等碌碌所謂因人成事者
也漢書樓護傳王邑稱賤子上壽
王聖美三子補中廣文生聖美名子部
王家人物從來遠今見諸孫揔好賢王氏最盛
於江左三級定知魚尾進一鳴已作鴈行連

三秦記河津一名龍門兩傍有山水陸不通江海大魚薄集龍門下上則爲龍不得
上點額暴腮魏志鄧艾傳將士魚貫而進北里志名妓萊兒呼趙光遠爲一鳴先輩
按史記滑稽傳齊威王曰此鳥不飛一飛冲天此鳥不鳴一鳴驚人禮記曰兄弟之
齒鴈行○雪竇頌三級浪高魚化龍癡人猶戽野塘水愧無藻鑒能
推轂願卷囊書當贈錢老杜詩持衡留藻鑑按晉太康制云
藻鑑銓衡漢書鄭當時傳曰其推轂士誠有味其言也歸去雄誇向
兒姪舍中犢子贐狂顛老杜詩憶年十五心尚孩徤如黃犢
走復來晉書石季龍載記少時數彈人石勒將白母王殺之王曰快牛爲犢子時多
能破車汝當小忍之青箱雜記張師錫老兒詩曰長思當弱冠悔不贐狂顛

次韻游景叔聞洮河捷報寄諸將四首

景叔名師雄張舜民作种誼墓誌云初王師拓土至枹罕始建州縣唃氏餘種董氈尚存退保青唐其首領鬼章誘殺知河州景思立董氈遂復其國王師亦不復西　神宗命李憲攻鬼章十餘年不能得竟以漢爵縻之歲有廩賜元祐初鬼章有窺覦故土之心與夏國陰相結連約分其地自引兵城洮州結屬羌爲内應知岷州种誼刺得其情條具攻取十利聞于朝朝廷遣將作監丞游師雄就商利害師雄議與誼合帥臣劉舜卿不得已從之乃遣總管姚兕統熙河軍趨講朱城誼出哥龍兕敗賊于邦令谷追奔至洮州賊入城拒守晨霧蔽野誼親鼓之鬼章坐佛寺拱手就執捷報至遣近侍奏告　裕陵命以鬼章檻車送京師

千仞溪中石轉雷漢家萬騎擣虛回孫子曰如轉圓石於千仞之山者勢也太白蜀道難曰崩崖轉石萬壑雷史記衛青傳曰去病將萬騎出隴西有功孫武傳孫臏曰批亢擣虛呂氏春秋決積水於千仞之溪定知獻馬胡雛入看即稱觴都護來禮記曰獻車馬者執策綏晉書石勒載記王衍曰向者胡雛吾觀其聲視有奇志後漢書班超傳上疏曰臣超竊冀西域平定陛下舉萬年之觴其後超爲都護

中原日月九夷知不用禽胡釁鼓旗書曰通道于九夷八蠻○老杜詩禍轉亡胡歲勢成禽胡月左傳知罃曰二國治戎臣不勝其任以爲俘馘執事不以釁鼓使歸即戮君之惠也更向天階舞干羽降書剩破一年遲鬼章雖就擒其子孫部族猶足以陸梁於邊阿里骨及溫溪心皆未臣順恐諸將狃勝儌功故欲以文德來之也東坡奏議述其事甚詳書曰舞干羽于兩階七旬有苗格楚辭曰攀天階而下視樂天詩此中來較十年遲

漢得洮州箭有神斬關禽敵不逡巡後漢書耿恭傳以毒藥傅矢虜中矢者瘡皆沸大驚曰漢兵神眞可畏也孫子曰小敵之堅大敵之禽也賈誼過秦論曰秦人開關延敵九國之師逡巡而不敢進

將軍快上屯田計要納降胡十萬人漢書趙充國傳爲蒲類將軍先零反充國馳至金城圖上方略上屯田奏曰萬人留田順天時因地利以待可勝之虜此坐支解羌虜之具也明年充國奏言羌本可五萬人軍凡斬首七千六百級降者三萬一千三百人請罷屯兵振旅而還後漢書皇甫規傳曰高可以滌患下可以納降

遥知一炬絕河津生縛青宜不動塵張舜民作游師雄墓誌云分兵爲兩道姚兕將而左攻講朱城斷黃河飛橋青唐十萬之衆不得度种誼將而右破洮州禽鬼章及大首領九人此詩所云青宜即鬼章青宜結也

晉書王濬傳吳人以鐵鏁絕江濬作火炬燒之融液斷絕舡無所礙漢書曹參等傳皆有絕河津之語老杜詩黃門飛鞚不動塵

付與山河印如斗忍爲鼠子腹心人 言鬼章嘗受爵命乃與夏國相結有窺故土之意晉書周顗傳曰取金印如斗大繫肘吳志孫權傳注魏帝詔曰此鼠子自知不能保爾許地也後漢書寇恂傳曰隗囂將高峻遣皇甫文出降恂斬之曰文峻之腹心殺之則峻亡其膽

和游景叔月報三捷

漢家飛將用廟謀復我匹夫匹婦讎 漢書李廣傳匈奴號爲飛將軍孟子曰湯居亳與葛爲鄰葛伯仇餉爲其殺是童子而征之四海之內皆曰非富天下也爲匹夫匹婦復讎也

真成折箠禽胡月 折箠已見上卷注老杜北征詩曰勢成禽胡月

不是黃榆牧馬秋 賈誼過秦論曰胡人不敢南下而牧馬史記云秦却匈奴樹榆爲塞

幄中已斷匈奴臂軍前可飲月氏頭 漢書張良傳曰運籌帷幄之中西域贊曰通西域以斷匈奴右臂張騫傳匈奴破月氏王以其頭爲飲器

願見呼韓朝渭上諸將不用萬户侯 漢宣帝甘露三年呼韓單于來朝上登渭橋咸稱萬歲李廣傳文帝曰令廣當高祖世萬户侯豈足道哉○老杜詩願見北地傳介子老儒不用尚書郎

次韻崔伯易席上所賦因以贈行

二首 別本云次韻潁守崔伯易席上贈別諸同舍

迎新與送故渠已不勝勤 別本云傾城迎五馬財力已三勤○漢書黃霸傳曰數易長吏送故迎新之弊及姦吏緣絕簿書盜財物所易新吏又未必賢三勤見穀梁謂民勤於力勤於財勤於食法言曰民有三勤此借用其字

民賣腰間劍公寬柱後文 漢書龔遂傳爲渤海太守民有帶持刀劍者使賣劍買牛賣刀買犢曰何爲帶牛佩犢又張敞傳弟武曰吏民彫敝且當以柱後惠文治之耳秦時獄法吏冠柱後惠文武意欲以刑法治梁

諸郎投賜沐高會惜臨分 別本云同僚欣賜沐張飲惜臨分○漢書石奮傳曰長子建爲郎中令少子慶爲內史每五日洗沐歸謁親入子舍高會見上注謝承後漢書曰王奐爲漢陽太守范丹於道候別之奐曰可共到前亭宿息以叙分隔退之詩臨分不汝詎有路即歸田

去國雖千里分憂即近君 別本云看即追嚴助還疑借寇君○能爲天子分憂即與在朝廷無異老杜同元使君舂陵詩序曰當天子分憂之地劉禹錫詩受譴時方久分憂政未成

又

老惜交情別追隨車馬勤 老杜詩惜別到文場漢書鄭當時傳翟公曰一死一生乃知交情追隨見上注

臨朝思共理治郡復斯文 漢書成帝紀曰臨朝淵默黃霸傳功名損於治郡時共理字見上注斯文謂以儒雅飾吏

訟息常休吏民貧更勸分 漢書薛宣

傳曰及日至休吏左傳曰振廩勸分西湖十頃月自比漢封
君歐陽自楊還潁有詩曰都將二十四橋月換得西湖十頃秋史記貨殖傳曰齊
魯千畝桑麻渭川千畝竹此其人皆與千户侯等又曰今有無秩禄之奉爵邑之入
而樂與之比者命曰素封漢書貨殖傳曰秦漢之列侯封君食租稅千户之君則二
十萬

同子瞻韻和趙伯充團練

金玉堂中寂寞人仙班時得共朝真言伯充宗
室子居富貴而自處如寒素也老子曰金玉滿堂莫之能守富貴而驕自遺其咎
兩宮無事安磐石萬國歸心有老臣兩宮謂
宣仁哲廟漢書竇嬰傳曰有如兩宮奭將軍老臣謂文呂諸公萬國歸心用孟子二
大老意磐石見上注家釀可供開口笑侍兒工作捧
心顰晉書何充傳劉惔云見次道飲令人欲傾家釀莊子盜跖曰其中開口而
笑者一月之中不過四五日而已矣捧心顰見上注醉鄉乃是安身
處付與升平作幸民醉鄉見上注左傳曰善人在上則國無幸
民此借用樂天詠興詩序曰頹然自適蓋河洛間一幸人也

戲答趙伯充勸莫學書及爲席子
澤解嘲叔盎延賞

平生飲酒不盡味五鼎餽肉如嚼蠟選詩賓飲

不盡觴孟子曰繆公之於子思也亟問亟餽鼎肉子思不悅摽嚴曰當横陳時味如
嚼蠟我醉欲眠便遣客三年窺墻亦面壁南史
陶潛傳曰潛若先醉便語客云我醉欲眠卿可去朱玉登徒子好色賦曰此女登墻
闚臣三年至今未許也傳燈録達磨寓止嵩山少林寺面壁而坐終日默然此借用
空餘小來翰墨場松煙兔潁傍門窻選詩粲粲
翰墨場鮑照飛白書銘曰沾此瑶液染彼松煙兔潁見退之毛潁傳也偶隨
兒戲洒墨汁衆人許在崔杜行漢書周亞夫傳文帝
曰鄉者霸上棘門如兒戲耳盧仝示添丁云忽來案上翻墨汁塗抹詩書如老鴉按
王子年拾遺記云浮提國獻神通善書二人出肘間金壺壺中有墨汁如淳漆灑地
及石皆成篆隸科斗之字羅叔景逍元嗣者與伯英並時見稱於西州而矜巧自與
衆頗惑之故伯英自稱上比崔杜不足下方羅趙有餘崔謂崔瑗杜謂杜度晉書王
義之傳自稱我書比鍾繇當抗行比張芝草猶當鴈行也老杜詩沈鮑得同行晚
學長沙小三昧幻出萬物眞成狂國史補曰長沙
僧懷素自言得草聖三昧傳燈録毗婆尸佛偈曰身從無相中受生猶如幻出諸形
像龍蛇起陸雷破柱自喜奇觀繞繩床陰符
經曰地發殺機龍蛇起陸世說曰夏侯玄常倚柱讀書時暴雨霹靂破所倚柱衣服
焦然玄色不變讀書如故此並借用以言草書之變態墨藪云蔡邕得用筆法大叫
歡喜晉書劉毅傳嘗聚摴蒲擲雉大喜褰衣繞床叫太白作懷素草書歌曰吾師醉

後倚繩床須臾掃盡數千行家人罵笑寧有道汚染黃素敗粉墻書斷曰張芝字伯英性好書凡家之衣帛皆書而後練北史盧詢祖於黃素楷書勳簿東坡詩書窻涴壁常遭罵任華懷素草書歌曰粉壁摇晴光素屏凝曉霜待師揮灑兮不可忘誠不如南鄰席明府蛛網鎖硯蝸書粱席君蓋京師醫者與山谷寓舍相鄰山谷書帖中所謂席三即其人也文選左太冲詩南鄰擊鍾磬漢書龔遂傳曰明府且止頽有所白文選張景陽詩曰蜘蛛網四屋杜牧之詩蝸涎蠹畫粱老杜詩云虫書玉佩蘚懷中探丸起九死才術頗似漢太倉漢書尹賞傳曰相與探丸爲彈此借用史記扁鵲傳曰臣非能生人也此當生者越人能使之起耳

楚辭曰雖九死其猶未悔史記太倉公淳于意受公乘陽慶禁方爲人治病決死生多驗感君詩句喚夢覺邯鄲初未熟黃粱喚夢覺熟黃粱並見上注身如朝露無牢強玩此白駒過隙光漢書蘇武傳曰人生如朝露何久自苦如此維摩經曰是身如芭蕉中無有堅遺教經曰世實危脆無牢強者柳子厚書曰前過三十七年與瞬息無異後所得者其不足把翫亦已審矣從此永明書百卷自公退食一爐香傳燈録杭州永明寺智覺禪師延壽著宗鏡録一百卷其序曰舉一心爲宗照萬法如鏡編聯古製之深義撮略寶藏之圓詮云云羔羊詩曰自公退食傳燈録守安禪師頌曰南臺靜坐一爐香亘日凝然萬慮忘

謝景叔惠冬笋雍酥水梨三物

玉人憐我長蔬食走送廚珍自不嘗晉書衛玠傳見者以爲玉人老杜詩鳴鞭走送煩漁父又詩御廚絲絡送八珍此借用魯論曰不敢嘗秦牛肥膩酥勝雪漢苑甘寒梨得霜秦牛謂犛牛也見漢書西南夷傳三秦記曰漢武帝御宿園有大梨如五升瓶落地則破名含消梨老杜詩紅梨迥得霜冰底斲春生筍東豹文解籜饌寒玉退之詠笋詩看皮虎豹存選詩云初篁苞綠籜樂天詩聲聲麗曲敲寒玉老杜詩分明饌玉恩按左思吳都賦云矜其宴居則珠服玉饌見他桃李憶故園饞獠應殘遶窻竹古今詩話唐人

詩曰見他桃李樹思憶故園春山谷此詩舊本云惠文綠籜包一束園丁破凍取寒玉堅冰封節春未回不怕南風吹作竹蓋用樂天食笋詩且食勿踟躕南風吹作竹之意

再答景叔

女三爲粲當獻王三珍同盤乃得嘗國語周語曰三女奔密康公公母曰必致之王夫粲美物也衆以美物歸女而何德以堪之周禮曰獻賢能之書于王世說桓公曰同槃時尚不相助況復危難此借用其字薛能詩頗有詩情合得嘗甘寒下澆藜莧腸令我詩句挾風霜並見上注小人食珍敢取足都城一飯炊

白玉左傳曰願以小人之腹爲君子之心屬饜而已禮記曰庶人無故不食珍前漢食貨志曰錢金以鉅萬計皆取足大農退之荅元稹書曰勤已取足炊玉見上注賜錢千萬民猶飢雪後排簷凍銀竹實錄元祐二年十二月乙酉以大雪寒出錢百萬令開封府賜貧民亦見蘇子由奏議太白詩白雨映寒山森森似銀竹

次韻幾復和荅所寄

海南海北夢不到會合乃非人力能退之送李正字序曰離十三年幸而集處得燕而舉一觴此天也非人力也孟子曰非人之所能爲也地褊未堪長袖舞夜寒空對短檠燈漢書長沙定王傳注曰景帝後二年諸王來朝有詔更前稱壽歌舞定王但張袖小舉手左右笑其拙上怪問之對曰臣國小地狹不足回旋史記范睢傳贊曰長袖善舞退之有短檠歌言書生寒苦之狀也相看鬢髮時窺鏡曾共詩書更曲肱作箇生涯終未是故山松長到天藤言其未能歸隱文選謝靈運詩故山日月遠

寄上叔父夷仲三首

少年有功翰墨林中歲作吏幾陸沉選詩寄辭翰墨林陸沉見上注庖丁解牛妙世故監市履豨知民心解牛言其游刃有餘地也見莊子晉書桓石秀傳謝安訪以世務嘿然不荅或問之石秀曰卅事此公所諳吾尚何言哉文選潘正叔迎大駕詩曰卅故尚未夷莊子曰正獲之問於監市履豨也每下愈況注云豨大豕也監市之履豕以知其肥瘦者愈履其難肥之處愈知豕肥之要此借用言知民之肥瘠也萬里書來兒女瘦十月山行冰雪深夢魂和月繞秦隴漢節落毛何處尋楊文公談苑載普薩蠻詞有月和殘夢圓之句漢書蘇武傳杖漢節牧羊卧起操持節旄盡落蔡琰胡笳曰生死不相知兮何處尋艱難聞道有歸音部曲霜行壁月沉漢書李廣傳曰無部曲行陳南史張貴妃傳璧月夜夜滿

王春正月調玉燭使星萬里朝天心春秋書春王正月杜預注曰周王之正月也玉燭見上注後漢李郃傳和帝遣二使到益部投候館吏李郃舍郃問二君發京師時知朝廷二使耶問何以知之郃指星云前有二星向益州分野頗令山海藏國用乃見縣官恤民深漢書吳王濞贊曰擅山海之利韓詩外傳曰王者藏於天下按漢昭帝時賢良文學願罷鹽鐵無與民爭利桑弘羊以爲家人有寶器尚猶柙而藏之况天地之山海乎文學曰庶人藏於家諸侯藏於國天子藏於海內是以王者不蓄下藏於人縣官謂天子見漢書霍光傳注禮記曰冢宰制國用必於歲之杪經心隴蜀封疆守必有人材備訪尋晉書謝道韞傳嘗譏謝玄學殖不進曰爲塵務經心爲天分有限邪

又退之書曰前古之興亡未嘗不經於心史記天官書曰中國山川其維首在隴蜀

闗寒塞雪欲嗣音燕鴈拂天河鯉沉 老杜詩天寒闗塞深詩曰子寧不嗣音燕鴈用蘇武事見上注老杜詩長歌燕鴈燈前落河鯉用文選古詩呼童烹鯉魚中有尺素書之意詩曰豈其食魚必河之鯉東都賦曰旌旗拂天

百書不如一見面幾日歸來兩慰心 終上句之意漢書趙充國傳曰百聞不如一見世傳退之與大顛帖曰所示廣大深迥如此讀來一百遍不如親面而對之詩曰以慰我心

弓刀陌上望行色兒女燈前語夜深 退之送鄭尚書序曰府帥必戎服左握刀右屬弓矢帕首袴鞾迎于郊古樂府有陌上桑莊子曰車馬有行色老杜詩云厨人語夜闌退之詩悄悄深夜語

更懷父子東歸得手種江頭柳十尋 漢書疏廣傳謂兄子受曰豈如父子相隨出闗歸老故鄉晉書桓温傳見少時所種柳皆已十圍慨然曰木猶如此人何以堪況懷遠南越志曰宋昌縣有竦竹長十尋

山谷詩集注卷第八

山谷詩集注卷第九

考試局與孫元忠博士竹間對窻夜聞元忠誦書聲調悲壯戲作竹枝歌三章和之 劉禹錫竹枝辭引曰余來建平里中兒聯歌竹枝吹笛擊鼓以赴節含思宛轉有淇濮之艷昔屈原居沅湘其民迎神辭多鄙陋乃爲作九歌故余亦作竹枝辭九篇

南窻讀書聲吾伊北窻見月歌竹枝 古樂府東飛伯勞歌曰南窻北牖桂月光樂録曰諸調曲皆有辭有聲辭者其歌詩也聲者若羊吾羊吾夷伊那何之類也近世郭茂倩編樂府於相和歌辭叙引中亦載此語

我家白髮問烏鵲他家紅粧占蛛絲 山谷太夫人於時無恙故東坡試院中詩有云羨君懷中雙橘紅西京雜記陸生云乾鵲噪而行人至蜘蛛結而百事喜老杜詩浪傳烏鵲喜深負脊令詩

屋山啼烏兒當歸玉釵罥蛛郎馬嘶去時燈火正月半階前雪消萱草齊 退之寄盧仝詩每騎屋山下窺瞰蜀志姜維傳注孫盛雜記曰維得母書令求當歸老杜詩螢鑑緣帷徹蛛絲罥鬢長麗情集鶯鶯傳楊巨源詩曰清潤潘郎玉不如中庭蕙草雪銷初

勃姑夫婦喜相喚街頭雪泥即漸乾已放游絲高百尺不應桃李尚春寒 歐公詩曰病識陰晴

似勃姑又曰天雨止鳩呼婦還鳴且喜老
杜詩街頭酒價常苦貴庾信燕歌行曰洛
陽游絲百丈連黃河春氷千
片穿又云數尺游絲即橫路

觀伯時畫馬禮部試院作

儀鸞供帳饕蝨行翰林濕薪爆竹聲風簾
官燭淚縱橫上三句言供擬之寒陋也供
張弊壞卒徒以爲卧具故有
貪饕之蝨行於其間國朝會要曰儀鸞司
在拱宸門外嘉平坊掌奉供帳之事翰林
司在大寧門內掌供御酒茗湯菓及游幸
宴會內外延設神異經曰山𤢖畏爆竹聲
後漢巴祗與客暗坐不燃官燭李商隱詩
曰風簾殘燭隔霜清老杜詩曰四座淚縱
橫
木穿石槃未渠透坐窻不遨令人瘦貧
馬百蕢逢一豆言鏁宿甚久出院未有期
鬱鬱自苦如貧馬之得瘦
眞誥曰太極老君與傳先生木鑽使穿一
石盤厚五尺許積四十七年而石穿遂得
神丹庭燎詩注曰夜未央猶言夜未渠央
也音義曰渠音其遽反元次山詩曰豈欲
皂櫪中爭食粃與蕢自汪云麩糠中可食
者下沒反牛馬食餘草節曰蕢下諫反按
集韻蕢音何間反
餘草也又侯襉反坐
眼明見此玉花驄徑
思着鞭隨詩翁城西野桃尋小紅老杜詩
吾與汝
曹俱眼明又丹青引曰先帝天馬玉花驄
畫工如山貌不同一本作五花驄按老杜
高都護驄馬行曰五花散作雲滿身晉書
劉琨傳曰常恐祖生先吾著鞭詩翁謂東
坡老杜詩點注
桃花舒小紅

題伯時畫揩痒虎

猛虎肉醉初醒時揩磨苛痒風助威俗言虎
食狗則
醉禮記內則曰疾痛苛痒注云苛
疥也退之畫記馬有痒磨樹者
枯楠未
覺草先低木末應有行人知老杜有枯楠
詩樂府勑勒
歌曰風吹草低見牛羊老杜詩我行巳水
濱我僕猶木末此詩謂行人居高見風生
草低因覺
其有虎也

題伯時畫觀魚僧

橫波一網腥城市日暮江空煙水寒退之
詩長
網橫江遮紫鱗歐公作蘇子美墓誌載
御史劉元瑜語曰爲相公一網打盡
當
時萬事心巳死猶恐魚作故時看列子曰
同齋三
月心死形廢山谷舊跋此畫爲玄沙長影
圖按傳燈錄玄沙宗一大師姓謝氏幼好
垂釣年甫三十忽慕出塵乃
弃釣舟落髮後得法於雪峯

題伯時頓塵馬

竹頭槍地風不舉文書堆案睡自語戰國
策秦
王謂唐且曰布衣之怒免冠徒跣以頭槍
地耳司馬遷書亦曰見獄吏則頭槍地元
稹詩蒲眼文書堆案邊眼昏偷得暫時眠
元次山寱論曰寐中寱言非所知也韻書
云寱睡
語也
忽看高馬頓風塵亦思歸家洗袍
袴老杜詩高馬勿捶面韋應物詩亂髮思
一櫛垢衣思一換時山谷在試院中故

有思歸之語

題伯時畫嚴子陵釣灘

後漢書逸民傳嚴光字子陵少與光武同游學及光武即位使聘之三反而後至除爲諫議不屈乃耕於富春山後人名其釣處爲嚴陵瀨焉

平生久要劉文叔不肯爲渠作三公

魯論曰久要不忘平生之言亦可以爲成人矣注云久要舊約也後漢帝紀光武諱秀字文叔

能令漢家重九鼎桐江波上一絲風

汲黯曰夫以大將軍有揖客反不重耶此句蓋用此意漢書宣帝曰漢家自有制度史記平原君傳曰毛遂使趙重於九鼎大呂嚴光傳注曰桐廬縣南有嚴子陵漁釣處按桐廬今屬嚴州東漢多名節之士賴以久存迹其本原政在子陵釣竿上來耳

題伯時畫松下淵明

此篇與上卷卧陶軒詩大抵同意洪州本無山字一韻而以彈字爲第二韻疑脫誤也

南渡誠草草長沙慰艱難

南渡謂晉元帝渡江太白金陵詩曰晉家南渡日此地舊長安退之桃源行曰羣馬南渡開新主晉書陶侃傳蘇峻平敗封長沙郡公薨後成帝下詔曰作藩于外八州肅清勤王于內皇家以寧昭明太子作陶淵明傳曰曾祖侃晉大司馬又云自以曾祖晉世宰輔耻復屈身後代自宋武帝王業漸著不復肯仕

終風霾八表半夜失前山

張淵方回家本有此兩句蓋言晉宋市朝之變也詩曰終風且霾注謂終日風爲終

風霾土雨也淵明詩曰八表同昏平陸成江莊子曰藏山於澤夜半有力者負之而走蜀中舊本元作平生夢管葛採菊見南山言淵明初名元亮本慕諸葛孔明有當世志晚年耻屈身異代始自放於山林也蜀志諸葛亮傳曰自比管仲樂毅淵明詩曰採菊東籬下悠然見南山

遠公香火社遺民文字禪

高僧傳曰彭城劉遺民豫章雷次宗等依遠遊山遠乃於精舍無量壽像前建齋立社共期西方乃令遺民著其文又陳舜俞廬山記曰遺民與什肇二師好揚榷經論文義之華一時所挹樂天詩本結菩提香火社維摩經曰有以音聲語言文字而作佛事傳燈録達磨傳道副曰如我所見不執文字不離文字而爲道用東坡寄辯才詩有臺閣山林況無異故應文字不離禪之句

雖非老翁事幽尚亦可觀

下句蜀中舊本作幽況亦可觀今本當是後來所改蓋詩意謂陶雖不入社然常往來其間以諸人志尚幽遠亦有可觀故也廬阜雜記曰遠師結白蓮社以書招淵明陶曰弟子性嗜酒若許飲即往矣遠許之遂造焉因勉令入社陶攢眉而去廬山記曰陶元亮居栗里山阿陸脩靜亦有道之士遠師嘗送此二人與語道合不覺過虎溪淵明傳又曰時周續之入廬山事釋惠遠彭城劉遺民亦遁迹匡山淵明又不應徵命謂之潯陽三隱退之詩豈敢尚幽獨與世實參差魯論曰雖小道必有可觀者焉

松風自度曲我琴不須彈

用左太冲招隱詩非必絲與竹山水有清音之意文選顏延年詩松風遵路急漢書元帝贊曰自度曲被歌聲淵明傳曰不解音律而畜無弦素琴一張每酒酣適輒撫弄以寄意

客來欲開說觴至不得言

漢書曹參傳曰度客欲有言復飲酒終不得開說梁孝王傳曰有所關說於帝

出禮部試院王才元惠梅花三種皆妙絕戲答三首

邵氏辨誣云王棫京師人有口辯與邢恕共謀誣造諸人廢立事其子直方不以父為然每與士大夫言父晚年病心云棫字才元直方字立之

城南名士遣春來三月乃見臘前梅定知鎖著江南客故放綠陰春晚回

山谷有此詩跋云州南王才元舍人家有百葉黃梅妙絕禮部鎖院不復得見開院之明日才元遣送數枝蓋是歲大雨雪寒甚故梅亦晚開耳又一跋云元祐初鎖試禮部阻春雪還家已三月王才元舍人送紅黃多葉梅數種為作三詩付王家素素歌之宗室趙子澋家有此錄本惜其翰墨不可復見因附于此鄭谷詩曰坐中亦有江南客莫向春風唱鷓鴣

舍人梅塢無關鎖携酒俗人來未曾

用韓退之竹洞詩意嚴維詩柳塘春水慢花塢夕陽遲元稹崔徽歌曰吏感徽心關鎖開文選嵇康書曰不喜俗人

舊時愛菊陶彭澤今作梅花樹下僧

此句山谷自道言其持律不飲無復把菊待酒之意元稹詩禪僧偶向花前定滿樹狂風滿樹花

病夫中歲屏杯杓百葉緗梅觸撥人拂殺官黃春有思滿城桃李不能春

史記項籍紀曰沛公不勝杯杓不能辭說文緗字注云帛淺黃色也觸撥字一本作料理王立之詩話曰觸撥字初作故惱其後改焉按樂天榴花詩香塵擬觸坐禪人又詩撐撥詩人興勾牽酒客歡官黃謂黃本官書退之詩杏花兩株能白紅又曰廉纖晚雨不能晴

王立之承奉詩報梅花已落盡次韻戲答

南枝北枝春事休榆錢可穿柳帶柔

白氏六帖云大庾嶺頭梅南枝落北枝開漢書食貨志注應劭曰漢鑄莢錢今民間榆莢錢是也

定是沈郎作詩瘦不應春能生許愁

南史沈約傳謝玄暉善為詩任彥昇工於筆約兼而有之約以書陳情於徐勉言已老病百日數旬革帶常應移孔以手握臂率計月小半分欲謝事求歸老之秩本事詩李白戲杜甫曰借問別來太瘦生摠為從前作詩苦庾信愁賦云攻許愁城終不破盪許愁門終不開

乞姚花二首

歐公牡丹釋名曰姚黃者千葉黃花出於民姚氏家

正是風光嬾困時姚黃開晚落應遲

老杜詩春

光嬾困倚微風東坡梅詩曰也知早落坐先開此句反其意用之欲雕好句乞春色日曆如山不到詩（言方脩史未暇苦思雕刻詩語也文選任彥昇作王文憲集序曰豈直雕章縟采而已哉唐貞元之末朝廷政令著於日曆國史職官志云著作郎及著作佐郎掌修撰凡宰執時政記左右史起居注所書會集修纂以爲一代之典按實録章悖言先帝日曆始自熙寧二年正月至三年終係元祐中祕書省官孔武仲黃庭堅司馬康修纂劉歆七畧曰武帝廣獻書之路百年之間書積如丘山）

青春日月鳥飛過汗簡文書山疊重（樂天詩百年青天過鳥翼下句意見前篇注後漢吳祐傳注曰殺青者以火炙簡令汗取其青易書復不蠹謂之殺青亦謂之汗簡文選沈休文詩山嶂遠重疊笛賦曰峉巘疊重）

乞取好花天上看宮衣黃帶御爐烘（天上謂史局李賀詩宮衣水濺黃賈至詩衣冠身染御爐香烘音呼公反説文燎也）

效王仲至少監詠姚花用其韻四首

映日低風整復斜綠王眉心黃袖遮（古樂府王僧孺朱鷺曲曰映日上金堤又敕勒歌曰風吹草低見牛羊杜牧之詩云整整復斜斜隨旗簇晚沙庾信武媚娘詩云眉心濃黛直點額角輕黃細安）大梁城裹雖罕見心知不是牛家花（大梁即汴京歐公牡丹釋名曰牛黃亦千葉出於民牛氏家比姚黃差小史記呂不韋傳曰子楚心知所謂）

九疑山中萼綠華黃雲承韈到羊家眞筌虫蝕詩句斷猶託餘情開此花（眞誥曰萼綠華降羊權家云是九疑山得道女羅郁也黃雲非本事止以形容此花如前詩黃袖後詩黃鵠爾文選謝靈運擬阮瑀詩曰風悲黃雲起李善注引淮南子曰黃泉之埃上爲黃雲）

仙衣襞積駕黃鵠草木無光一笑開（司馬相如上林賦曰鄭女曼姬被阿錫揄紵縞襞積褰縐蘙椃鎩谷注謂即今之裙襴漢書烏孫公主歌曰願爲黃鵠兮歸故鄉樂天長恨歌曰回眸一笑百媚生六宮粉黛無顏色）

人間風日不可柰故待成陰葉下來（人間風日見上注杜牧之詩綠葉成陰子滿林）

湯沐冰肌照春色海牛壓簾風不開（後漢百官志公主所食湯沐曰國縣莊子曰肌膚若冰雪郭璞爾雅注曰冰雪脂膏也長恨歌曰春寒賜浴華清池溫泉水滑洗凝脂杜牧之詩金槃犀鎮帷）直言紅塵無路入猶傍蜂須蝶翅來（蓋以戲仲至老杜詩花藥上蜂須又詩塵沙傍蜂蠆）

寄杜家父二首

紅紫爭春觸處開九衢終日犢車雷言看花者之多車聲如雷漢書雋不疑傳曰有一男子乘黃犢車司馬相如長門賦曰雷隱隱而響起聲象君之車音閑情欲被春將去鳥喚花驚只麼回淵明有閑情賦退之詩鳥喚昏不醒傳燈録永嘉證道歌曰不可得中只麼得云

風塵點汙青春面自汲寒泉洗醉紅徑欲題詩嫌浪許杜郎覓句有新功上兩句謂挽花水中老杜詩畫圖省識春風面又示宗武詩覓句新知律○山谷答洪駒父書曰想鉤深索隱有日新之功

王才元舍人許牡丹求詩

聞道潛溪千葉紫主人不翦要題詩欲搜佳句恐春老試遣七言賒一枝歐陽牡丹釋名曰潛溪緋以地著又云左花千葉紫花出民左氏家末句言詩成倉卒未足以當此花之價李涉詩冥搜得詩窟

謝王舍人翦狀元紅狀元紅亦牡丹名

清香拂袖翦來紅似繞名園曉露叢欲作短章憑阿素緩歌誇與落花風老杜詩名園依綠水王立之詩話曰山谷與余詩云欲作短歌憑阿素丁寧誇與落花風其後改歌字作章字改丁寧字作緩歌字按顏延之五君詠曰頌酒雖短章深衷自此見樂府隋丁六娘十索詩曰寄語落花風莫吹花落盡阿素謂王立之家小鬟素素也已見上注退之詩清歌緩送感行人

戲答陳季常寄黃州山中連理松枝二首龍丘子陳慥季常本眉山人家於黃州岐亭

故人折松寄千里想聽萬壑風泉音誰言五鬣蒼煙面猶作人間兒女心老杜詩萬壑樹聲滿千巖秋氣高文選頭陁寺碑曰崖谷共清風泉相喚酉陽雜俎曰世言松五粒者粒當言鬣自有一種名鬣皮如鱗甲而結實多新羅多此種史記呂公謂呂媼曰非兒女所知

老松連枝亦偶然紅紫事退獨參天退之詩黃黃蕪菁花桃李事已退老杜古柏行曰黛色參天二千尺金沙灘頭鏁子骨不妨隨俗蹔嬋娟傳燈録僧問風穴如何是佛穴曰金沙灘頭馬郎婦世言觀音化身未見所出按續玄怪録昔延州有婦人頗有姿皃少年子悉與之狎昵數歲而歿人共葬之道左大曆中有胡僧敬禮其墓曰斯乃大慈悲喜捨世俗之欲無不徇焉此即鎻骨菩薩順緣已盡爾衆人開墓以視其骨鉤結皆如鏁狀爲起塔焉馬郎婦事大率類此

次韻子瞻送李豸李豸字方叔陽翟人素爲東坡

所知元祐三年東坡知貢舉得程文異之謂必方叔擢置第一既開牓非是東坡悵然作詩送方叔有與君相從非一日筆勢翩翩疑可識之句

驥子墮地追風日未試千里誰能識東坡作王大年哀詞曰驥墮地走虎生而斑崔豹古今注曰秦始皇七馬有追風躡景習之實録葬皇祖斯文如女有正色李翺字習之作皇祖楚金實録乞銘於韓退之其文瑰奇具見於集中山谷引李氏事以比方叔法言曰女有色書亦有色乎曰有女惡華丹之亂窈窕也書惡淫辭之溷法度也○莊子曰孰知天下之正色哉今年持橐佐春官遂失此人

難塞責漢書趙充國傳張安世本持橐簪筆唐書王勃傳武后見駱賓王檄曰宰相安得失此人漢書公孫弘傳曰終無以報德塞責雖然一關有奇偶博懸於投不在德射利於市得失有命如六博之投勝負偶然初不豫人之賢否也法言曰一関之市必立之平漢書李廣傳大將軍陰受上指以爲李廣數奇注云言命隻不耦合也史記蔡澤曰博者或欲大投或欲分功注引班固弈指云博懸於投不必在行君看巨浸朝百川此豈有意潢潦前莊子曰大浸稽天而不溺書曰江漢朝宗于海退之詩潢潦無根源朝蒲夕已除老杜詩此豈有意仍騰驤願爲霧豹懷文隱莫愛風蟬蛻骨仙言無以速化爲事列女傳陶荅子妻

曰南山有玄豹霧雨七日不下食者何也欲以澤其毛衣而成其文章故藏以遠害選詩蕭瑟含風蟬夏侯湛東方朔畫贊曰蟬蛻龍變棄俗登仙

次韻宋楙宗三月十四日到西池

都人盛觀翰林公出遨翰林公謂東坡東坡詩中有和宋肇遊西池即此韻金狨繫馬曉鶯邊不比春江上水船金狨謂狨毛金色○國朝禁從皆跨狨韉老杜詩曰百丈誰家上水船又按摭言朱梁時姚洎爲學士一日梁祖問及裴延裕曰頗知其人思敏洎曰向在翰林號下水船梁祖曰卿便是上水船也洎甚懽此詩頗用其意人語車聲喧法曲花

光樓影倒晴天唐書禮樂志初隋有法曲其聲清而近雅玄宗酷愛法曲選坐部伎子弟三百教於梨園文選天台賦序曰或倒影於重溟李善注謂山臨水而影倒老杜渼陂臺詩曰顛倒白閣影宋子京詩樓影壓池天人間化鶴三千歲海上看羊十九年神仙傳蘇仙公者桂陽人有數十白鶴降于門遂昇雲漢而去後有白鶴來止郡城東北樓上人或挾彈彈之鶴以爪攫樓板似漆書云城郭是人民非三百甲子一來歸吾是蘇君彈我何爲按洞仙傳仙公即蘇耽此引用以言東坡蓋神仙中人漢書蘇武傳匈奴徙武北海上武杖漢節牧羊留匈奴十九歲此引用以言東坡黄州之謫老杜詩蘇武看羊陷賊庭還作遨頭驚俗眼風流文物屬蘇仙蜀人

喜游樂謂成都帥爲遨頭此借用東坡樂府云身閑誰有酒試問遨遊首老杜詩文采風流今尚存左傳曰文物以紀之蘇仙見前注今郴州之東有蘇仙山

韓獻肅公挽詩三首

獻肅其先眞定人其祖魯公葬於許父忠憲公始居太廟之通衢事具李清臣所作韓太保墓表

鬱鬱高陽里生才世不孤 後漢書光武紀曰氣佳哉鬱鬱葱葱又荀淑傳有八子時人謂之八龍苑康改其里曰高陽里謂高陽氏有才子八人也獻肅蓋忠憲公億之子忠憲八子曰綱綜絳繹維縝緯紓多爲聞人絳縝皆爲丞相維爲門下侍郎魯論曰德不孤必有鄰○晉書𨶒門之德不孤

八龍歸月旦三鳳繼天衢 八龍見首句注後漢書許劭傳曰與從兄靖共覈論鄉黨人物每月輒更其品題汝南俗有月旦評焉三鳳謂絳縝維也唐書薛收傳元敬收德音號河東三鳳易曰何天之衢亨

梁壞吾安仰人亡道固臞 檀弓子貢曰太山其頹則吾將安仰梁木其壞哲人其萎則吾將安放夫子殆將病也蓋寢疾七日而沒下句謂老成云亡後生無所師法利欲戰於胷中而道不勝故如子夏之臞也韓非子曰子夏見曾子曾子曰何肥也對曰戰勝故肥也吾入見先生之義則榮之出見富貴之樂又榮之兩者戰於胷中未知勝負故臞今先生之義勝故肥

空令湖海士愁絕莫生芻 湖海士山谷自謂魏志徐邈傳曰陳元龍湖海之士豪氣不除後漢書徐穉傳郭林宗母死穉往弔之置生芻一束於廬前而去林宗曰詩不云乎生芻一束其人如玉吾無德以堪之○老杜詩放歌頗愁絕

物產元希世風流更折衝決疑京兆尹富國大司農 文選魏都賦曰山川之卓詭物產之魁殊靈光殿賦曰邈希世而特出折衝見上注漢書雋不疑爲京兆尹有一男子自謂衛太子不疑曰昔蒯聵違命出奔輒拒而不納春秋是之衛太子得罪先帝此罪人也遂送詔獄獻肅英宗朝權知開封府決日除三司使○按范純仁所作公墓誌云公任開封府權官有男子冷清自稱皇太子言其母常得幸掖庭有娠出而生清都人聚觀洶洶吏收捕不敢急一府驚疑莫知所決清竟止流近郡公上疏引方遂詐稱戾太子事論奏甚切

天子遣中使獨以問公追清伏誅

遠業終三事仁聲達九宗 後漢書伏湛等贊曰中興以後名相以任職取名者豈非先遠業後小數哉三事謂三公詩曰三事大夫獻肅哲宗即位檢校太傳進封康國公仁聲見孟子左傳曰懷姓九宗注云懷姓唐之餘民九宗一姓爲九族太玄經聚首亦曰九宗之好此引用蓋取莊子澤及三族之意又按拾遺記漢王溥積粟十庾九族宗親皆仰其衣食

方祈酌周斗何意輟秦春 行葦詩酌以大斗以祈黃耇史記商鞅傳趙良曰五羖大夫死秦國春者不相杵選詩任昉哭范雲曰輟春哀國鈞後漢書景丹傳曰何意三郡良爲吾來

淚盡才難日斯人遽隕傾冰枝憂木稼食

昴恨長庚漢書五行志春秋成公十六年雨木冰或曰今之長老名木冰爲木介舊唐書寧王卧疾引諺語曰木稼達官怕必大臣當之吾其死矣已而果然春秋佐命期曰蕭何稟昴星而生漢書鄒陽傳曰衛先生爲趙畫長平之事太白食昴○韓魏公將薨京師木稼陝西道中山崩覆居民數十家今於上有龖山大王祠是也故荆公作魏公挽詩有曰木稼惟聞達官怕山頽果見哲人萎最爲絕唱令公詩亦曰冰枝憂木稼同記此事也惟梁壞吾安仰亦必有記特人不知耳名與具茨重心如潁水清具茨山及潁水皆在今許州具茨見上注太白郎官湖詩曰風流若未滅名與此山俱漢書灌夫傳曰潁水清灌氏寧又鄭崇傳曰臣心如水堂堂萬夫表直作閑佳城並見上注老杜詩直作鳥窺籠

次韻子瞻以紅帶寄王宣義王淮奇字慶源眉之青神人東坡叔丈人也晚以累舉恩得官

參軍但有四立壁初無臨江千木奴四壁見上注襄陽記李衡於武陵龍陽洲上種橘千樹臨死敕兒曰吾州里有千頭木奴不責汝衣食歲上一疋絹亦足用矣白頭不是折腰具桐帽棕鞵稱老夫老杜詩黃帽映青袍非供折腰具郭若虛圖畫見聞誌曰隋朝用桐木黑漆爲巾子裹於幞頭之内曲禮曰大夫七十而致仕若不得謝適四方乘安車自稱曰老夫嘗見山谷荅蜀人楊明叔簡云桐帽本蜀人作以桐木作而漆之如今之帽三十年前猶見之棕鞵本出蜀中今南方叢林亦作盖野夫黃冠之意明叔寫此詩貧於山谷故其言云爾○按蘇叔黨所作王元直墓表云季父慶源官於雅州以論事不合取官長怒憂以罪去謀於公公笑曰古人不肯束帶見督郵彼何人哉慶源服其語即謝病去滄江鷗鷺野心性陰壑虎豹雄牙須言山林之遂性不受制於人也文選任彦昇詩滄江路窮此老杜詩盤渦鷺浴底心性又詩云陰壑生虛籟月林散清影退之詩又嘗疑龍蝦果誰雄牙鬚鷫鷞作裘初服在猩血染帶鄰翁無西京雜記司馬相如以鷫鷞裘貰酒説文云鷫鷞西方神鳥離騷曰進不入以離尤兮退將復修吾初服唐文粹裴炎猩猩説云刺其血染毳罽隨鞭箠輸之至於一斗其説出於華陽國志昨來杜鵑勸歸去更待把酒聽提壺梅聖俞四禽言子規云不如歸去春山云暮萬木兮參雲蜀天兮何處人言有翼可歸飛安用空啼向高樹又提壺云提壺蘆沽美酒風爲賔樹爲友山花撩亂目前開勸爾今朝千萬壽當今人材不乏使天上二老須人扶時文潞公呂申公皆以大老平章軍國重事左傳曰日君乏使使臣斯司馬老杜詩云此生已愧須人扶○韓洪碑進見上殿拜跪給扶兒無飽飯尚勤書婦無複褌且着襦退之詩云詩書勤乃有世説韓康以絹與范宣云人寧可使婦無褌晉書韓伯傳伯數歲母爲作襦令提熨斗而謂之曰且着襦尋當作複褌伯曰不復須火在斗中而柄尚熱今既着襦下

亦當媛社甕可漉溪可漁更問黃雞肥與瘦杜牧之詩社甕爾來嘗昭明太子陶淵明傳曰取頭上葛巾漉酒太白詩白酒初熟山中歸黃雞啄黍秋正肥林間醉着人伐木猶夢官下聞追呼聞伐木喧譟之聲猶以為追呼也唐人詩云漁翁醉着無人喚史記郅都傳曰身固當奉職死節官下萬釘圍腰莫愛渠富貴安能潤黃壚隋書楊素傳賜萬釘寶帶列子曰死後餘名豈足潤枯骨淮南子曰上際九天下契黃壚高誘注云泉下有壚山聽宋宗儒摘阮歌唐書元行沖傳有人破古冢得銅器似琵琶身正圓行沖曰此阮咸所作器也命易以木弦之

其聲清亮樂家遂謂之阮咸翰林尚書宋公子文采風流今尚爾翰林尚書當是宋景文公老杜丹青引曰文采風流今尚存自疑耆域是前身囊中探丸起人死高僧傳耆域天竺人周流華竺靡有常所神奇任性迹行不常汝南滕永文兩脚攣屈不能起行域取淨水一杯楊柳一枝拂水舉手向永文而呪如此者三因以手搦永文膝令起即行如故老杜詩囊中藥未陳餘見上注皃如千歲枯松枝落魄酒中無定止盧仝與馬異詩曰此骨縱横奇又奇千歲萬歲枯松枝樂天詩曰皃將松共瘦心與竹俱空漢書酈食其傳家貧落魄無衣食業得錢百萬送酒

家一笑不問今餘錢昭明太子作陶淵明傳曰顔延之留二萬錢與淵明淵明悉遣送酒家稍就取酒漢書疏廣傳問其家金餘尚有幾所趣賣以共具手揮琵琶送飛鴻促絃聒醉驚客起嵇康詩曰目送歸鴻手揮五弦寒蟲催織月籠秋獨鴈叫群天拍水此以下四韻皆形容曲聲爾雅蟋蟀蛬注云今促織也杜牧之詩曰煙籠寒水月籠沙退之詩一一叫群猿又云海氣昏昏水拍天楚國纍臣放十年漢宮佳人嫁千里史記屈原傳曰令尹子蘭短屈原頃襄王怒而遷之楚辭大招序曰屈原放流九年漢書匈奴傳元帝以後宮良家子王嬙字昭君賜單于按琴曲有沉湘及昭君云深閨洞房語恩

怨紫燕黃鸝韻桃李文選江文通別賦云慙幽閨之琴瑟楚辭曰姱容脩態亘洞房退之聽穎師琴詩昵昵兒女語恩怨相爾汝樂天琵琶引曰間關鶯語花底滑幽咽泉流冰下難楚狂行歌驚市人漁父拏舟在葭葦魯論曰楚狂接輿歌而過孔子莊子曰漁父杖拏而引其船又曰刺船而去延緣葦間孔子待水波定不聞拏音而後敢乘問君枯木著朱繩何能道人意中事樂天琵琶引曰低眉信手續續彈說盡心中無限事後漢禰衡傳黃祖曰處士此正得祖意如祖腹中之所欲言也君言此物傳數姓玄璧庚庚有横理文選劉越石詩握中有玄璧乃自荆山璆横理謂若琴之斷文漢書文帝紀曰代王卜之

兆得大橫占曰大橫庚庚予爲天王注云庚庚橫皃閉門三月傳國工身今親見阮仲容周禮考工記輪人曰可規可萬謂之國工注云國之名工此借用謂傳於教坊樂工也晉書阮咸字仲容我有江南一丘壑安得與君醉其中曲肱聽君寫松風一丘壑見上注按琴曲有風入松

自門下後省歸臥酺池寺觀盧鴻草堂圖元豐八年以門下中書外省爲後省唐書隱逸傳盧鴻字顥然盧嵩山玄宗備禮徵之辭還山賜隱居服官營草堂

黃塵逆帽馬辟易歸來下簾臥書空不知

繡鞍萬人立何如盧郎駕飛鴻逆謂迎也漢書項籍傳曰人馬俱驚辟易數里注云開張而易其本處王吉傳叙曰嚴君平得百錢足自養則閉肆下簾而授老子晉書殷浩傳雖被放黜口無怨言但終日書空作咄咄怪事四字而已談苑曰宰相使相賜繡寶相花鸂鶒參政副樞繡盤鳳雜花鸂鶒文選陸士衡詩曰思駕歸鴻羽郭璞游仙詩曰赤松臨上游駕鴻乘紫煙

題子瞻寺壁小山枯木張方回家本云題子瞻酺池寺予書齋旁畫木石壁兩首

爛腸五斗對獄吏白髮千丈濯滄浪金樓子般洪遠云周旦腹中有三斗爛腸此云五斗未詳或字誤耳漢書周勃傳曰安知獄吏之貴對獄吏謂東坡元豐間下御史臺獄太白詩白髮三千丈緣愁似个長濯滄浪見上注謂謫黃州時却來獻納雲臺表小山桂枝不相志文選謝玄暉詩獻納雲臺表功名良可收李善注引後漢書肅宗詔賈逵入講尚書南宮雲臺楚辭淮南王劉安有招隱士亭曰淮南小山之所作也其詞曰攀援桂枝兮聊淹留

又

海內文章非畫師能回筆力作枯枝豫章從小有梁棟也似鄭公雙鬢絲老杜詩海內文章伯又詩湏張與筆力唐書閻立本傳閣外傳呼畫師閻立本文選曹顏遠詩曰棲鳥去

枯枝南史王儉傳袁粲見之曰栝柏豫章雖小已有棟梁氣矣老杜贈鄭虔詩鄭公樗散鬢成絲酒後猶稱老畫師詩意謂東坡豫章梁棟之材亦效鄭公樗櫟之散木游戲於小筆也

題子瞻枯木

折衝儒墨陣堂堂書入顏楊鴻鴈行折衝見上注○荀子禮論曰儒者使人兩得之也墨者使人兩喪之也是儒墨之分也孫子曰勿擊堂堂之陣顏謂魯公楊謂凝式晉書王羲之傳自稱我書比鍾繇當抗行比張芝草猶當鴈行也第一句元作文章日月與爭光後改焉胷中元自有丘壑故作老木蟠風霜此兩句元作筆端放浪有江海臨深

枯木飽風霜晉書謝鯤傳曰或問論者以君方庾亮何如答曰端委廟堂使百僚準則鯤不如亮一丘一壑自謂過之漢書鄒陽傳曰蟠木根柢輪囷離奇世說注引支氏逍遥論曰至人乘天正而高興遊無窮於放浪

和子瞻戲書伯時畫好頭赤

李侯畫骨不畫肉筆下馬生如破竹老杜丹青引曰幹惟畫肉不畫骨此反而用之破竹言其神速晉書杜預傳曰今兵威已振譬如破竹數節之後皆迎刃而解秦駒雖入天仗圖猶恐真龍在空谷立仗馬見上注岑參詩云曉隨天仗入暮惹御香歸老杜丹青引云斯須九重真龍出一洗萬古凡馬空白駒詩曰皎皎白駒在彼空谷精神

權奇汗溝赤有頭赤烏能逐日後漢馬援傳注銅馬相法曰汗溝欲深長前漢書渥洼馬歌曰霑赤汗沫流赭志俶儻精權奇薛綜赤烏頌曰赫赫赤烏惟日之精此借用言馬頭赤如日中烏故能逐日也王子年拾遺記曰周穆王八駿四名越影逐日而行○東坡詩序言御馬好頭赤安得身爲漢都護三十六城看歷歷後漢西域傳曰武帝時西域内屬有三十六國漢置使者校尉領護之宣帝改曰都護退之詩歷歷想行店○歷字韻東坡莫教優孟卜葬地厚衣薪槱入銅歷黃門黃金絡頭依圉人俛聽北風懷所歷山谷詩又如此興寄各異而奇

詠伯時畫太初所獲大宛虎脊天馬圖漢書禮樂志天馬歌曰天馬徠出泉水虎脊兩化若鬼

筆端那有此千里在胷中四蹄雷電去一顧馬群空老杜畫馬贊曰四蹄雷電一日天地崔豹古今注曰秦始皇有馬名追電退之送温造序曰伯樂一過冀北之野而馬群遂空誰能乘此物超俗駕長風世說注魏氏春秋曰時謂王戎未能超俗也南史宗慤曰願乘長風破萬里浪逸材歸轡勒歲在執徐同漢武帝太初三年貳師將軍李廣利伐宛得其善馬四年春還京師按是歲庚辰爾雅歲在辰曰執徐故天馬歌云天馬徠執徐時伯時畫此馬蓋在元祐三年戊辰

詠伯時畫馮奉世所獲大宛象龍

圖

上黨良家子挽強如屈肘三十學春秋豈爲莎車首漢書馮奉世上黨良家子選爲郎年三十餘學春秋本始中擊莎車莎車王自殺傳其首長安得其名馬象龍而還周勃傳注曰如今挽強司馬左傳戟手注曰屈肘如戟形誰言馮光禄不如甘延壽雖無千户封乃得六龍友宣帝議封奉世蕭望之獨以其矯制違命不宜受封上以奉世爲光禄大夫奉世死後甘延壽以誅郅支單于封爲列侯於是杜欽上疏追訟奉世前功上以先帝時事不復録漢志渥洼馬歌曰今安匹龍爲友易乾卦曰時乘六龍以御天也

題竹石牧牛 并引

子瞻畫叢竹怪石伯時增前坡牧兒騎
牛甚有意態戲詠

野次小崢嶸幽篁相倚綠阿童三尺箠御
此老觳觫楚辭曰余處幽篁兮晉書羊祜傳阿童復阿童此借用莊子曰
一尺之捶日取其半萬世不竭觳觫見孟子石吾甚愛之勿遣
牛礪角牛礪角尚可牛鬬殘我竹左傳子皮曰愿
吾愛之不吾叛也此用其語律退之石鼓歌曰牧童敲火牛礪角唐人李涉詩云無
柰牧童何放牛喫我竹

題伯時天育驃騎圖二首老杜有天育驃
騎歌天育唐廐名也

玉花照夜今無種櫪上追風亦不傳明皇別傳
曰上乘照夜白玉花驄老杜丹青引曰先帝天馬玉花驄畫工如山貌不同又觀畫
馬圖引曰曾貌先帝照夜白又徒步歸行曰須公櫪上追風驃想見真龍
如此筆蒺藜沙晚草迷川丹青引曰斯須九重真龍出一
洗萬古凡馬空末句歎此物埋沒於沙草荒凉之地蒺藜蓋同州沙苑監所出本草
所謂生馮翊平澤或道傍馮翊即今同州老杜詩沙晚鶺鴒寒
明窻槃礴萬物表寫出人間真乘黃邂逅

今身猶姓李可非前世江都王畫史槃礴見上注老
杜觀畫馬圖引曰國初已來畫鞍馬神妙獨數江都王將軍得名三十載人間又見
真乘黃按名畫記江都王緒霍王元軌之子伯時與王皆李姓王維詩曰夙世謬詞
客前生應畫師

姨母李夫人墨竹二首米芾畫史云朝議大
夫王之才妻南昌縣君李氏尚書公擇之妹能臨松竹木石等
畫見本即爲之卒難辨山谷蓋公擇甥也

深閨靜几試筆墨白頭腕中百斛力老杜詩三
尺角弓兩斛力榮榮枯枯皆本色懸之高堂風動

壁文選魏都賦曰英辯榮枯又顏延年詩俛仰見榮枯唐書柳仲郢傳曰醫有本
色官老杜山水圖歌曰挂君高堂之素壁張彥遠畫記言僧宗偃畫樹石曰重質隱
地清飈蕭堂此言風動壁亦兼用李益竹窻聞風詩開門風動竹之意○文選阮嗣
宗詩回風吹四壁

小竹扶疎大竹枯筆端真有造化鑪漢書司馬
相如賦曰垂條扶疎後漢五行志桓帝初童謠曰小麥青青大麥枯此用其語律韓
詩外傳曰避文士之筆端老杜詩勝決風塵際功安造化鑪按莊子曰今一以天地
爲大鑪造化爲大冶人間俗氣一點無健婦果勝大
丈夫退之王仲舒墓誌曰公所爲文章無世俗氣僧貫休東林寺詩曰田地更

無塵一點古樂府隴西行曰健婦持門户勝一大丈夫○老杜詩縱有健婦把鋤犂

次韻子瞻子由題憩寂圖二首

任氏舊注元無此詩但存其目爾今以楊氏補注增入

松含風雨石骨瘦法窟寂寥僧定時楊曰圓覺經曰深禪定窟李侯有句不肯吐淡墨寫出無聲詩補注詩意謂伯時寄詩於畫用東坡韓幹丹青不語詩之意

龍眠不似虎頭癡補注伯時自號龍眠居士顧愷之小字虎頭時稱癡絕東坡詩誰知癡虎頭楊曰山谷題伯時憩寂圖云或言子瞻目伯時爲前身畫師流俗人不領便是語病伯時一丘一壑不減古人誰當作此癡計子瞻此語是眞相知筆妙天機可並時楊曰杜詩劉侯天機精愛畫入骨髓按王維畫思入神至山水平遠雲勢石色繪工以爲天機所到學者不及補注吳沈友善屬文有口辯兼武事時言其筆之妙舌之妙力之妙蘇仙漱墨作蒼石應解種花開此詩補注借用仙傳蘇仙翁字以言東坡

卆六

山谷詩集注卷第九

山谷詩集注卷第十

次韻答曹子方雜言

酺池寺湯餅一齋盂曲肱懶著書寰宇記曰酺池在開封府浚儀縣西北古大梁城內梁孝王作按浚儀後更名祥符東晳餅賦曰充虛解戰湯餅爲最時山谷持戒律甚嚴故有齋盂之句曲肱用邊韶書眠意史記虞卿傳曰非窮愁亦不能著書○論語飯疏食飲水曲肱而枕之樂亦在其中矣騎馬天津看逝水滿船風月憶江湖按東京記崇濟坊西有天漢橋橋南朱雀門與宣德門相直此詩云天津蓋唐之洛都有天津橋因借用爾○傳燈録船子和尚詩云滿船空載月明歸往時盡醉冷卿酒侍兒琵琶春風手冷卿如因話録以祠部爲水曹老杜以廣文爲冷官之類以下句考之謂光祿卿也按實録元祐三年十月文及爲光祿少卿及蓋潞公之子此詩所指豈其人耶漢書爰盎傳注曰侍兒婢也王介甫明妃曲曰黃金捍撥春風手豫章外集又有和子方雜言亦及此事或云冷姓也竹間一夜鳥聲春明朝醉起雪塞門鳥聲春謂琵琶啄木聲也録異傳曰大雪丈餘洛陽令至表安門無有行路退之詩藍田十月雪塞關當年聞說冷卿客黃須鄴下曹將軍魏志任城威王彰太祖之子大破烏丸歸功諸將太祖喜持彰鬚曰黃鬚兒竟太奇也老杜有觀曹將軍畫馬圖引此借用○曹植居鄴下一時從其游者名鄴下之學挽弓

山谷十　一

石八不好武讀書卧看三峯雲唐書張弘靖傳士挽兩石弓左傳顏高之弓六鈞注云六鈞百八十斤老杜詩挽弓當挽強又詩將軍不好武稚子總能文蘇子美詩卧看青天行白雲華山記云其三峯直上晴霽可覩

誰憐相逢十載後釜裏生魚甑生塵退之詩樽酒相逢十載後我爲壯夫君白首後漢書范丹字史雲爲萊蕪長所止單陋有時絶粒窮居自若閭里歌之曰甑中生塵范史雲釜中生魚范萊蕪

冷卿白首太官寺樽前不復如花人按通典太官掌百官之饌屬光祿卿太白詩金屏笑坐如花人

曹將軍江湖之上可相忘春鋤對立鶖鶩雙無機與游不亂行何時

解纓濯滄浪莊子曰魚相忘於江湖爾雅曰鷺春鋤文選江淹擬張綽詩曰亹亹玄思清胷中去機巧物我俱忘懷可以狎鷗鳥盖用列子事莊子山木篇曰孔子逃於大澤入獸不亂群入鳥不亂行濯纓見上注

喚取張侯來平章烹茶煮餅坐僧房張侯似是張仲謀言欲與之共往僧房商略歸計也按外集有送曹子方兼簡張仲謀詩唐書郭正一傳曰平章事自正一等始此借用其字老杜詩隨意宿僧房

次韻子瞻和王子立風雨敗書屋

有感王適字子立蘇子由婿從其婦翁學

婦翁不可撾王郎非嬌客後漢第五倫傳光武戲謂倫曰聞君爲吏篣婦翁寧有之耶魏志武帝紀令曰第五伯魚三娶孤女謂之撾婦翁按今俗間以婿爲嬌客

十年爲從學苦淡共陘厄漢書叔孫通傳曰呂后與陛下攻苦食淡左傳曰困窮陘厄

燕雀豈鴻漸犬羊睨麟獲此以下指子由漢書陳勝傳曰燕雀安知鴻鵠之志易曰鴻漸于木春秋哀公十四年西狩獲麟

遇逢涇渭分昨夢春冰釋涇渭春冰並見上注○東坡亦有此詩釋字韻云我琴終不絃無攫故無釋各極其妙也

平生五車書才吐二三策莊子曰惠施多方其書五車二三策見孟子

巳作謗薰天金朱果何益子由在臺諫數論事不爲當世所喜老杜詩北里富薰天按揚雄甘泉賦曰燎薰皇天此借用其字法言曰紆朱懷金之樂不如顏氏子之樂

君窮一窻下風雨更削跡此以下述子立莊子山木篇孔子曰吾再逐於魯伐木於宋削跡於衛又見盗跖篇

詩工知學進詞苦見意迫庾信哀江南賦序曰不無危苦之詞惟以悲哀爲主

俗情傲秦贅婦舍不煖席漢書賈誼傳曰秦人家貧子壯則出贅老杜詩倚著如秦贅淮南子曰墨突不暇黔孔席不及煖

南冶從東家不聞被嘲劇魯論南容三復白圭孔子以其兄之子妻之又曰子謂公冶長可妻也以其子妻之東家見上注蜀都賦曰劇談戲論南史謝靈運傳輕薄少年凡人士並爲題目皆加苦言劇句

師儒並世難日月過箭疾周禮天官曰師以賢得民

儒以道得民史記仲尼弟子列傳曰孔子數稱藏文仲柳下惠然皆後之不並世樂天詩年光同激箭老杜詩破敵過箭疾公今未有田把筆耕六籍後漢班超傳注曰安能久事筆耕乎

嘲小德

中年舉兒子漫種老生涯晉書王羲之傳謝安曰中年以來傷於哀樂史記孟嘗君傳曰君所以不舉五月子者何莊子曰吾生也有涯學語囀春鳥塗窻行暮鴉一作學語春蟲聒書窻秋雁斜○老杜詩驥子好男兒前年學語時樂府柳顧言陽春歌曰春鳥一囀有千聲按周禮羅氏仲春羅春鳥劉禹錫詩小兒弄筆不能嗔涴壁書窻且賞勤盧仝示添丁云忽來

案上飜墨汁塗抹詩書如老鴉行音胡剛反欲嗔王母惜稍慧女兒誇爾雅父之妣為王母時山谷母夫人無恙解著潛夫論不妨無外家一作待渠能小艇伴我釣煙沙○後漢王符傳曰安定俗鄙庶孽而符無外家為鄉人所賤隱居著書以譏當世失得不欲章顯其名故號曰潛夫論

戲答張祕監饋羊

細肋柔毛飽臥沙煩公遣騎送寒家同州沙苑監有佳羊俗謂之細肋臥沙曲禮羊曰柔毛老杜詩大官喜我來遣騎問所須○文選魏文帝書曰今遣騎到鄴世說王經母曰汝本寒家子忍令無罪充

庖宰留與兒童駕小車孟子曰若無罪而就死地則牛羊何擇焉韓孟鬭雞聯句曰義肉恥庖宰晉書衛玠傳總角乘羊車入市見者以為玉人漢書車千秋傳朝見得乘小車○法華經火宅喻長者語其子有鹿車羊車大白牛車

戲答王定國題門兩絕句

非復三五少年日把酒償春頰生紅摭言薛逢語新進士曰老婆三五少年時也曾東塗西抹來退之嘲少年曰直把春償酒都將命乞花○又華山女云白咽紅頰長眉青白鷗入羣頗相委不謂驚起來賓鴻莊子曰入獸不亂羣委謂諳識也世說司馬徽人有委認徽猪者退之與柳中丞書亦曰與賊不相諳委禮記月令季秋鴻鴈來賓此句

當是山谷往見定國不遇而姬妾有避之者來鴻或是其名字頗知歌舞無竅鑿我心塊然如帝江山海經曰天山有神狀如黃囊赤如丹火六足四翼渾沌無面目是識歌舞實惟帝江或作鴻江也莊子曰日鑿一竅而渾沌死又曰彫琢復樸塊然獨以其形立花裏雄蜂雌蛺蝶同時本自不作雙李義山柳枝詞曰花房與蜜脾蜂雄蛺蝶雌同時不同類那復更相思老杜詩並帶芙蓉本自雙此反其意不作雙見上注

清人怨戲效徐庾慢體三首

秋水無言度荷花稱意紅選詩曰涉江采芙蓉王介甫詩

荷花稱意紅按漢書倪寬傳奏事稱意主人敬愛客催喚出房籠選詩云公子敬愛客終宴不知疲老杜詩遣人向市賒香粳喚婦出房親自饌梁元帝巫山詩無因謝神女一爲出房籠一斛明珠曲何時落塞鴻一斛珠見上注禮記曰歌者纍纍乎端如貫珠鮑照京洛篇霜歌落塞鴻莫藏春筍手且爲剥蓮蓬杜牧之微吟曰骰子巡巡裏手拈無因得見玉纖纖東坡樂府曰指尖露春筍纖長翡翠釵梁碧石榴帬褶紅庾信蕩子賦珮珠翠的釵梁粟鈿樂府黃門歌曰點黛方初月縫裙學石榴隙光斜斗帳香字冷薰籠樂府魏收永世樂曰綺窗斜影入上客酒須添又吳融秋閨怨曰斜

光隱西壁暮雀上南枝又長樂佳曰紅羅複斗帳四角垂明璫香字謂香篆薰籠見上注王建宮詞曰紅顏未老恩光斷斜倚薰籠坐到明聞道西飛燕將隨北固鴻古樂府曰東飛伯勞西飛燕黃姑阿母時相見江摠歌南飛鳥鵲北飛鴻弄玉蘭香時會同按寰宇記北固山在潤州丹徒縣北此云北固鴻未詳恐字誤鴛鴦會獨宿風雨打船蓬終上句之意東山詩敦彼獨宿老杜詩雨來霑席上風急打船頭杜牧之詩春半平江雨圓多破蜀羅聲眠蓬底客寒過釣來蓑○老杜詩合歡尚知時鴛鴦不獨宿障羞羅袂薄承汗領巾紅南史劉瑀傳曰羞面見人扇障何益玉臺新詠雜詩曰舉袖且障羞回梳理亂髮文選洛神賦曰抗羅袂以掩涕方

言曰帍褑謂之被巾注云婦人領巾○退之詩白布長衫紫領巾晚風斜蠆髮逸艷照窗籠都人士詩曰卷髮如蠆注蠆螯虫也尾末捷然似婦人髮末曲上卷然文選鮑照詩娥眉蔽珠櫳玉鉤隔瑣窗胡琴抱明月寶瑟陣歸鴻劉禹錫泰娘歌曰低鬟緩視抱明月纖指破撥生胡風言其善琵琶也此借用文選沈休文詩曰象筵鳴寶瑟劉禹錫傷秦姝行言其善箏曰玫瑰寶柱秋鴈行按瑟亦有柱文子謂膠柱調瑟是也倚壁生蛛網年光如轉蓬言琴瑟久不御也文選江淹擬張司空詩曰蘭徑少行迹玉臺生網絲淮南子曰聖人觀轉蓬而爲車此借用以言年運而往如車轂之轉傷美人之遲暮也

呈外舅孫莘老二首

九陌黃塵烏帽底五湖春水白鷗前三輔舊事曰長安城中八街九陌退之詩子雲秖自守奚事九衢塵又詩雖有九陌無塵埃樂府讀曲歌曰不知烏帽郎是誰越語曰范蠡遂乘輕舟以泛於五湖老杜詩時危兵甲黃塵裏日短江湖白髮前此頗用其語律扁舟不爲鱸魚去收取聲名四十年晉書張翰傳齊王冏辟爲掾因見秋風起乃思吳中菰菜蓴羹鱸魚鱠曰人生貴得適志何能羈官數千里以要名爵乎遂命駕而歸俄而冏敗人謂見幾老杜詩夫子獨聲名又贈鄭虔詩才名四十年甓社湖中有明月淮南草木借光輝沈存中筆

談曰嘉祐中楊州有一珠甚大天晦多見初出于天長縣陂澤中後轉入甓社湖後又在新開湖中九十餘年居民行人常常見之珠大如拳爛然不可正視十餘里間林木皆有影如日初照此詩引用以比華老桉華老高郵軍人高郵本屬楊州云漢書鄒陽傳曰明月之珠夜光之璧**故應剖蚌登王府不若行沙弄夕霏**用莊子龜寧曳尾之意蜀志秦宓奏記曰剖蚌求珠周禮鄉大夫曰登于天府又天府掌共王之佩玉珠玉書曰王府則有歐公鸊鵜螺詩曰紅螺行沙夜生光又曰一螺千金價誰量豈若泥下追含漿文選謝靈運詩曰雲霞收夕霏李善注霏日氣也

以天壇靈壽杖送華老

王屋千霜老紫藤扶公休沐對親朋異時四馬安車去拄到天壇願力能王屋山在絳州垣曲縣千霜謂經千歲之星霜老杜詩三霜楚戶砧禮記大夫七十而致仕適四方乘安車自稱曰老夫老杜詩云安得仙人九節杖拄到玉女洗頭盆太白寄王屋山人孟大融詩曰願隨夫子天壇上閒與仙人掃落花圓覺經曰皆依無始清淨願力李通玄華嚴論曰地前菩薩是凡夫故有地前成佛者推爲誓願力能兆本法故詩言老而益健能爲方外之游蓋由願力所致

戲答俞清老道人寒夜三首

王立之詩話山谷云金華俞清老字子中二十年前與余共學於淮南元

豐甲子相見於廣陵自云荊公欲使之脫逢掖着僧伽黎奉香火於半山寺予之僧名紫琳字清老無妻子之累云去作半山道人似不爲難事然生龜脫筒亦難堪忍後數年見之儒冠自若也因嘗戲和清老詩云云按山谷跋此詩云子瞻屢哦此詩以爲妙也

索索葉自雨月寒遥夜闌樂天詩乾葉不待黃索索飛下來又云葉聲落如雨月色白似霜楚詞曰靚杪秋之遥夜老杜詩夜闌更秉燭○兩當如春秋雨螽之雨從去聲非葉聲落如雨故前輩論深院無人杏花雨兆四雨數**馬嘶車鐸鳴群動不遑安**晉書荀勗傳逢趙賈人牛鐸識其聲淵明詩曰日入群動息文選束皙南陔詩曰心不遑安**有人夔超俗去髮脫儒冠平明視清鏡政爾良獨難**言其未能志形也超俗見上注退之詩猶思脫儒冠又詩脫冠翦頭髮項羽傳平明漢軍乃覺之樂天詩晨興照清鏡形影兩寂寞曹子建集怨歌行曰爲臣良獨難**聞道一稊米出身縛簪纓**莊子河伯曰聞道百以爲莫已若者我之謂也又北海若曰計四海之在天地不以稊米之在太倉乎音義曰小米也一曰稊草也北山移文曰令見解蘭縛塵纓○文選詩云出身蒙漢恩**懷我伐木友寒衾夔丁丁**伐木丁丁見詩小雅**富貴但如此百年半曲肱**退之詩人生但如此朱紫安足惜下句用邯鄲夢事

見上注曲肱見魯論

早晚相隨去松根有伏苓唐趙嘏詩早晚粗酬身事了水邊歸去一閑人老杜詩知子松根長伏苓遲暮有意來同賛

牧羊金華山早通玉帝籍神仙傳曰皇初平年十五家使牧羊有道士將至金華四十餘年其兄初起見之問羊何在初平叱白石皆起成羊數萬頭皇字他書或作黃山谷先世居金華故云漢元帝紀令從官給事宮司馬中者得爲大父母父母兄弟通籍樂天詩但恐長生須有籍仙臺試爲撿名看○漢書通籍金闥

至今風低草⿰角戢⿰角戢見白石樂府敕勒歌曰天蒼蒼野茫茫風吹草低見牛羊無羊詩曰爾羊來思其角⿰角戢⿰角戢音阻立反角堅皃亦作濈

金華風煙下亦有君履迹何爲紅塵裏

頷鬚欲雪白金華屬婺州清老亦金華人班婕妤賦曰思君兮履綦注云綦履迹也西都賦曰紅塵四合樂天詩滿頷白髭鬚

祕書省冬夜宿直寄懷李德素山谷有題薛醇老家李西臺書云德素舒城李楽也浮沉於俗操行如古人往往時隱龍眠山駕青牛往來皖公三祖自燒古松作墨云云故此詩末句有占少微之語

曲肱驚夢寒皎皎入牖下文選古詩明月何皎皎又詩安寢北堂下明月入我牖

出門問何祥岑寂省中夜左氏僖十六年傳隕石于宋五六鷁退飛過宋都宋襄公曰是何祥也吉凶焉在文選舞鶴賦去帝鄉之岑寂漢書招帝紀共養省中注引蔡邕云本爲禁中孝元皇后父名禁改曰省中

姮娥携青女一笑粲萬瓦李商隱詩青女素娥俱耐冷月中霜裏鬭嬋娟王充論衡曰羿請不死之藥於西王母羿妻姮娥竊以奔月託身於月是爲蟾蜍淮南子曰至秋三月青女乃出降以雪霜注曰青女天神青媄玉女主霜雪也穀梁傳曰軍人粲然皆笑注云粲然盛笑貌宋景文筆記云粲明也知萬衆皆啓齒齒既白以粲義包之

懷我金玉人幽獨秉大雅晉書王戎傳戎目山濤如璞玉渾金人皆欽其寶莫知名其器楚詞曰幽獨處乎山中大雅見上注

古來絕朱弦蓋爲知音者見上注

同床有不察而況子在野文選張華女史箴曰苟違斯義則同衾以疑此句略采其意言世無知音雖在傍近猶不識察況遠外乎山谷作羅漢贊又曰我觀閻浮提衆生同床猜忌若冰炭史記田叔傳曰田仁與任安二人同床臥書曰君子在野

獨立占少微長懷何由寫魯論曰他日又獨立隋書天文志少微四星在太微西士大夫之位也一名處士明大而黃則賢士舉楚詞曰情慨慨而長懷文選張茂先詩寫心出中誠

歲寒知松柏魯論曰歲寒然後知松柏之後凋也

群陰彫品物松柏尚桓桓易曰品物流形書曰勗哉夫子尚桓桓注云桓武貌

老去惟心在相依到歲寒文選陸機演連珠曰勁陰殺節不彫寒木之心歐公詩老去自憐心尚在霜嚴

御史府雨立大夫官漢書朱博爲御史大夫其府列柏樹崔篆御史箴曰簡上霜凝筆端風起文選嘯賦曰騁羽則嚴霜夏彫應劭漢官儀秦始皇封太山逢暴雨賴得抱樹因封其樹爲五大夫松史記滑稽傳優旃曰陛楯郎汝雖長何益幸雨立

犧象溝中斷徽弦爨下殘莊子曰百年之木破爲犧尊青黃而文之其斷在溝中美惡有間矣其於失性一也左傳曰犧象不出門謂犧尊象尊也後漢蔡邕傳吳人有燒桐以爨者邕聞火烈之聲知其良木請而爲琴時號焦尾琴晉書陶潛傳畜素琴一張絃徽不具莊子曰純樸不殘孰爲犧尊○退之木居士詩爲神詎比溝中斷遇賞還同爨下餘

光陰一鳥過翦伐萬牛難文選別賦曰明月白露光陰往來杜牧之詩長空碧杳杳萬古一飛鳥選詩人生瀛海內忽如鳥過目老杜詩身輕一鳥過甘棠詩曰勿翦勿伐老杜古柏行大廈如傾要梁棟萬牛回首丘山重

春日輝桃李蒼顏亦豫觀言老成坐閱新進也太白詩松柏本孤直難爲桃李顏歐公醉翁亭記曰蒼顏白髮頹然乎其間

東觀讀未見書後漢黃香傳京師號曰天下無雙江夏黃童肅宗詔香詣東觀讀所未嘗見書

漢規群玉府東觀近寢居穆天子傳曰群玉山先王之所謂策府通典曰後漢圖書在東觀按和帝紀永元十三年幸東觀覽書林閱篇籍文選曰景屬宸居漢書東方朔傳曰令規以爲苑

詔許無雙士來觀

未見書見題注

皇文開萬卷家學陋三餘魏略曰董遇字季真善左氏傳從學者云苦渴無日遇言當以三餘或問三餘之意遇言冬者歲之餘夜者日之餘陰雨者又月之餘

竹帛森延閣星辰繞直廬文選曹子建求自試表曰名稱書於竹帛李善注字出墨子漢書藝文志注引七略曰內則有延閣廣內祕室之府外則有太常太史博士之藏老杜詩聽履上星辰又云乾坤繞漢宮西都賦曰周廬千列注云直宿曰廬

諸生起孤賤天子自吹噓後漢班超傳相者曰祭酒布衣諸生耳而當封侯萬里之外黃香上疏曰江淮孤賤愚蒙小生老杜詩唯待吹噓送上天按魏志鄭渾曰孔公緒能清談高論噓枯吹生○柳子厚詩雲風相吹噓

頗以多聞力論思補帝裾說命曰王人求多聞時惟建事班固西都賦序曰朝夕論思日月獻納補帝裾用補袞意魏志辛毗傳言冀州民不可徙帝不答起入內毗隨而引其裾此借用其字

被褐懷珠玉文選阮籍詠懷詩曰被褐懷珠玉顏閔相與期按家語子路問孔子曰有人於此被褐而懷玉何如孔子曰國無道可也國有道則袞冕而執玉

國士懷珠玉通津不易扛國士見史記豫讓傳不易扛言其重慎之至也禮記曰執玉不趨又曰受珠玉者以掬淵明詩彈冠乘通津但懼時我遺

櫝藏心有待褐短義難降子貢曰有美玉於斯韞匵

而藏諸求善賈而沽諸子曰沽之哉沽之哉我待賈者也義難降言不可屈○孟子
雖褐寬博吾不惴焉寗戚歌短布單衣長止骭寶唾歸青簡晴虹
貫夜窻韓孟城南聯句曰寶唾拾未盡按後漢趙壹傳曰欬唾自成珠又吳
祐傳父恢守南海欲殺青簡以寫經書禮記曰君子於玉比德氣如白虹天也直
言方按劒豈是故迷邦按劒見上注魯論陽貨謂孔子曰懷
其寶而迷其邦可謂仁乎彈雀輕千仞連城買一雙莊子
曰以隋侯之珠彈千仞之雀世必笑之選詩曰連城既僞往荆玉以眞還謂秦以十
五城易趙璧也史記虞卿說趙孝成王一見賜白璧一雙安知籃縷胝
明月弄寒江左傳曰莫敖篳路籃縷以啓山林明月珠見上注漢志曰

日月如合璧莊子曰藏珠於淵左傳曰子犯投其璧於河
欵塞來亭元祐三年夏人遣使謝封冊故以命題按漢書
宣帝紀曰欵塞來享注云叩塞門來服從也
前朝夏州守來欵塞門西五代史李仁福傳唐僖宗時有
拓跋思敬者爲夏州偏將後以與破黃巢功賜姓李氏拜夏州節度使思敬卒弟思
諫立思諫卒子彝昌立彝昌爲其將所殺軍中迎仁福立之不知其於思諫爲親踈
也其子彝超彝興繼立世有夏銀綏宥靜等五州之地至元祐元年夏國主秉常卒
子乾順承襲聖主敷文德降書付狄鞮書曰帝乃誕敷
文德舞干羽于兩階七旬有苗格禮記王制曰西方曰狄鞮北方曰譯注云狄之言

知也氊裘瞻日月剺面帶金犀史記蘇秦傳曰燕必致旃
裘狗馬之地後漢耿秉傳匈奴聞秉卒舉國號哭或至黎面流血注云黎即剺割也
音力私反此借用以言祈哀請命漢書匈奴傳文帝遺單于黃金犀毗一注云要中
大帶也○法言被我純繪帶我金犀不亦享乎殿陛閑干羽邊亭
息鼓鼙干羽見上注後漢書祭彤傳論曰臥鼓邊亭樂記曰君子聽鼓鼙之
聲則思將帥之臣永輸量谷馬不作觸藩羝史記貨殖
傳曰至用谷量牛馬此借用以言夏人入貢易大壯卦曰羝羊觸藩羸其角此借用
以言不犯塞聲勢常相倚今聞定五溪退之平淮西碑
曰凡叛有數聲勢相倚吾強不支汝弱奚恃定五溪謂南夷底定也後漢馬援傳劉

尚擊武陵五溪蠻夷注云武陵有五溪謂雄溪滿溪酉溪潕溪辰溪
憶邢惇夫惇夫本末具上注有呻吟集行於世東坡云惇
夫自爲童子所與交皆諸公長者百不一見遂與草木共盡
詩到隨州更老成江山爲助筆縱橫惇夫父恕
爲起居舍人坐教高公繪爲書忤○太后意元祐元年正月謫知隨州惇夫侍焉老
杜詩毫髮無遺恨波瀾獨老成唐書張說傳謫岳州而詩益悽惋人謂得江山助云
老杜詩凌雲健筆意縱橫眼看白璧埋黃壤何况人間
父子情晉書庾亮傳將葬何充歎曰埋玉樹於土中使人情何能已世說注
王慤期謂陶侃曰賢子越騎酷没天下爲公痛心况慈父情耶漢書張禹傳曰不勝

父子私情

次韻秦少章晁適道贈答詩

二子論文地陰風雪塞廬後漢袁安傳注曰大雪積地洛陽令至袁安門無有行路退之詩藍田十月雪塞關窒穿東郭履不遺子公書史記滑稽傳東郭先生貧困飢寒行雪中履有上無下足盡踐地莊子曰衣敝履穿漢書陳萬年傳子咸予陳湯書曰即蒙子公力得入於帝城死不恨也士固難推挽時聞有詔除上句用鄭當時推轂士之意退之誌云無相知有氣力得位者推挽漢書谷永曰免不正之詔除劉禹錫詩金門通籍眞多士黃紙除書每日聞○左傳襄十四年臧武仲見衞侯曰二子者或輓之或推之欲無入得乎又晉書鄧侯挽不來謝令推不去蓋參而用之負暄眞得計獻御恐成踈列子曰宋有田父暨春東作自曝於日顧謂其妻曰負日之暄獻之吾君將有重賞莊子曰於魚得計退之詩食芹雖云美獻御固已癡

次韻答秦少章乞酒

朝事鞍馬早吏曹文墨拘文選鮑明遠詩曰日晏罷朝歸鞍馬塞衢路劉公幹詩曰職事相塡委文墨紛消散漢書司馬相如傳曰豈特委瑣齷齪拘文牽俗初無尺寸補但於朋友踈漢書李廣傳曰終無尺寸功諸葛豐傳曰獨恐未有云補魯論曰朋友數斯踈矣此借用豈如

簞瓢子臥起一床書簞瓢見魯論漢書蘇武傳曰杖漢節牧羊臥起操持寒山子詩曰家中何所見惟見一床書炙背道堯舜雪屋相與娛文選嵇康絶交書曰野人有快炙背而美芹子者欲獻之至尊注引列子曰宋有田父負日之暄云云孟子道性善言必稱堯舜步出城東門野鳥吟廢墟梁甫吟曰步出齊東門遙望蕩陰里里中有三墳纍纍正相似頗知富貴事勢窮心亦舒因見廢墟知富貴之不可常故雖處窮而其心休然也退之王承福傳曰吾操鏝以入於富貴之家有年矣有一至者焉又往過之則爲墟矣又曰雖勞無愧吾心安焉楚辭哀郢曰聊以舒吾憂心老杜詩坦然心伸舒詩來獻窮狀水餅嚼冰蔬左傳曰晉文公使曹人獻狀南史何戢傳高帝好水引餅戢每設上焉斗酒得醉否枵腹如瓠壺漢書楊惲傳曰烹羊炰羔斗酒自勞老杜詩百年渾得醉莊子曰魏王大瓠之種非不呺然大也音義曰虛大曰呺瓠壺見上注亦可召西舍侯嬴非博徒史記魏公子無忌傳魏有隱士曰侯嬴年七十家貧爲大梁夷門監者公子從車騎虛左自迎侯生又曰公子聞趙有處士毛公藏於博徒薛公藏於賣漿家公子乃閒步往從此兩人游甚歡

山谷詩集注卷第十

山谷詩集注卷第十一

頤軒詩六首 并序

高君素作頤軒請予賦詩予爲説其義曰在易之頤觀頤自求口實其傳曰觀頤觀其所養也自求口實觀其自養也單豹巖棲谷飲有孺子之色而虎攻其外張毅擊毄曲拳養人間之譽而疾攻其内養虎者不以全物與之牧羊者去其敗羣視其後者而鞭之養鷹者飢之

是謂觀其所養盡物之性也庖丁不以肯綮嬰其解牛之刀痀僂丈人不以萬物易蜩之翼匹夫之志不可奪於三軍之師是謂觀其自養盡己之性也詩云如切如磋如琢如磨求盡性而已君素樂善能貧將求學問日新之功故作頤軒以養其正吉乃以觀頤自求口實六字作詩以勸戒之

金石不隨波松竹知歲寒冥此芸芸境回

向自心觀王充論衡曰湍瀨之回沙轉石而大石不動者是石重而沙輕大儒俗吏並在世俗有似於此魯論曰歲寒然後知松栢之後彫也老子曰夫物芸芸各歸其根華嚴經有十回向老杜詩回向心地初四十二章經曰斷去欲愛識自心源

知足是靈龜無厭乃朶頤虛心萬物表寒暑自四時老子曰知足不辱易頤之初九曰舍爾靈龜觀我朶頤凶注云朶頤者嚼也居養賢之世不能貞其所養以全其德而舍其靈龜之明兆羨我朶頤而躁求凶莫甚焉老子又曰虛其心實其腹魯論曰天何言哉四時行焉百物生焉

無外一精明六合同出自公能知本原佛

亦不相似楞嚴偈曰諸幻成無性六根亦如是元依一精明分成六和合一處成休復六用皆不成傳燈録永嘉證道歌曰本源自性天眞佛又雲居禪師曰若是思大佛亦不作又南陽忠國師廣語云僧問既無纖毫可得名爲何物師曰本無名字曰還有相似者否師曰無相似者世号無比獨尊

辱莫辱多欲樂莫樂無求人生強學耳萬古一東流楚辭曰悲莫悲兮生別離樂莫樂兮新相知此用其律禮記儒行曰夙夜強學以待問老杜詩不廢江河萬古流此借用其字言逝川之速如此不可不惜日也杜牧之詩萬古一飛鳥樂天詩年光東流水

樞機要發遲飲食戒味厚漁人溺於波君

子溺於口易曰言行君子之樞機樞機之發榮辱之主也國語曰厚味實腊毒頤卦之大象曰君子以慎言語節飲食故此句及之禮記曰小人溺於水君子溺於口大人溺於民皆在其所褻也此詩舊本云小人溺於水君子溺於口古來犯時幾惟此没梁斗按秦再思紀異録曰高駢命酒佐薛濤改一字令駢曰口有似没梁斗濤曰川有似三條椽

涇流不濁渭種桃無李實養心去塵緣光明生虛室谷風詩曰涇以渭濁湜湜其沚傳云涇渭相入而清濁異箋云涇水以有渭故見渭濁湜湜持正良俗諺曰種李不成桃種禾不生豆近出圓悟禪師克懃嘗以此兩語作頌孟子曰養心莫善於寡欲圓覺經曰妄認四大爲自身相六塵緣影爲自心相又曰此虛妄心若無六塵則不能有四大分解無塵可得於中緣塵各歸散滅畢竟無有緣心可見莊子曰虛室生白

寺齋睡起二首

小黠大癡螳捕蟬有餘不足夔憐蚿退之送窮文曰驅我令去小黠大癡莊子曰莊周觀異鵲執彈而留之覩一蟬方得美蔭而忘其身螳蜋執翳而搏之見得而忘其形異鵲從而利之見利而忘其真又曰夔憐蚿蚿憐蛇蛇憐風風憐目目憐心音義云夔一足獸蚿馬蚿虫多足詩意謂巧詐之相傾智愚之相角與此數虫何異得失竟安在哉。老子有餘者損之不足者補之

退食歸來北窻夢一江風月趁魚船羔羊詩曰自公退食北窻夢見上注林逋秋江寫望詩曰最愛蘆花經雨後一蓬煙火飯漁船○東坡樂府一竿風月釣江湖

桃李無言一再風黃鸝惟見綠怱怱桃李一再經風無復顏色紅紫事退遽成綠陰意謂卒卒京塵中未嘗得細見春物也漢書李廣贊曰桃李不言下自成蹊漢書司馬相如傳曰爲鼓一再行

人言九事八爲律儻有江船吾欲東漢書主父偃傳曰所言九事其八爲律又韓信傳高祖曰吾亦欲東耳安能鬱鬱久居此乎此皆借用謂世途狹隘動觸法令盜自放於江海也退之詩法令多少年磨淬出角圭將舉汝愆尤以爲已階梯收身歸關東期不到死迷○左傳襄十五年余馬首欲東

記夢

洪駒父詩話曰予嘗聞山谷云此篇記一段事也嘗從一貴宗室携妓女游某寺酒闌諸妓皆散入僧房中主人不怪也故有曉然夢之非紛紜之語僧慧洪冷齋夜話以爲山谷元祐初畫卧醋池寺夢與一道士游蓬萊覺而作此詩頃與余同宿湘江舟中親爲言之兩說未知孰是

衆真絕妙擁靈君曉然夢之非紛紜真誥真冑世譜云興寧三年衆真降楊羲家漢書公孫弘傳曰愚心曉然見治道之可以行也夢紛紜見上注

窻中遠山是眉黛席上榴花皆舞裙文選謝玄暉詩曰窻中列遠岫西京雜記曰文君姣好眉色如望遠山樂府黃

門倡曰佳人俱絶世握手上春樓點黛方初月縫裙學石榴 借問琵琶
得聞否靈君色莊妓搖手 文選曹子建樂府云借問誰家
子色莊見曾論漢書許后傳曰且使妾搖手不得僧慧洪冷齋夜話曰山谷夢有兩
道人導升殿主者衣絳衣仙女擁侍中有一女方整琵琶山谷極愛其風韻顧之忘
揖主者主者色莊故其詩曰試問琵琶可聞否靈君色莊妓搖手今山谷集語不同
蓋後更易之耳○李靖謁越國公楊素有妓執紅拂立於前是夕妓遂奔靖靖將歸
太原行次靈石旅舍妓方理髮髮長委地有虯鬚客乘驢而來投革囊於前取枕欹
卧看妓理髮靖方刷馬怒甚未決妓熟觀其面一手握髮一手映身搖示靖令勿怒
急梳頭拜客以兄呼之見太平廣記此借用 兩客爭棋爛斧柯

一見壞局君不呵 述異記晉王質詣信安石室山伐木見數童弈
碁而歌俄頃謂質曰何不去質起視斧柯爛盡旣復歸無復時人矣亦見水經漸江
水注魏志王粲傳觀人圍碁局壞粲爲覆之漢書李廣傳霸陵尉醉呵止廣 杳
粱歸燕語空多柰此雲窗霧閣何 司馬相如長門
賦曰飾文杏以爲粱樂天詩翩翩兩玄鳥本是雙飛燕彼矜杏粱貴此嗟茅棟賤退
之華山女詩云雲窗霧閣事恍惚重重翠幔深金屏○樂府有燕歸粱之名

同元明過洪福寺戲題

洪福僧園拂紺紗舊題塵壁似昏鴉 洪福在汴
京東坡詩曰玉仙洪福花如海摭言王播詩曰三十年前塵撲面如今始得碧紗籠

法書苑曰鄔彤善草書如寒林棲鴉○老杜詩有待至昏鴉 春殘已是
風和雨更著游人撼落花 舊本有山谷序云三月中同呂
元明畢公叔至洪福寺見元明壁間舊題云與晉之醉後使騎升木撼花以爲笑戲
題樂天詩颭颭風和雨

戲答晁深道乞消梅二首 王立之詩話云
消梅京師有之不以爲貴因余摘遺山谷山谷作數絶遂名振
于長安晁深之字深道後改名詠之字知道

青莎徑裏香未乾黃鳥陰中實已團 驚物化之
速也唐人劉滄詩莎徑晚煙凝竹塢歐公詩綠陰黃鳥春歸後 蒸豆作烏

鹽作白屬聞丹杏薦牙盤 齊民要術有作白梅與作烏梅
法此用其字今人作糖梅雜以蒸豆取其色黑圖經本草梅實條曰以鹽殺白梅入
藥用漢書谷永傳曰屬聞以特進領城門兵注云屬近也音之欲反退之李花詩曰
氷盤夏薦碧實脆盧氏雜說曰御厨進饌用九飣食以牙盤九枚裝食味於其間詩
意謂當梅實槁悴失性之時丹杏方蒙獻御之寵與老成屏弃而新進見用何異哉

北客未嘗眉自顰南人誇說齒生津 筆談載沈
存中茶崙詩云誰把嫩香名雀舌定知北客未曾嘗按唐獨孤及有招北客文世說
曰南人學問如牖中見日顰眉謂梅酸使人攢眉也世說又載魏武帝行失道三軍
皆渴帝令曰前有大梅林饒子甘酸可以解渴士卒聞之口皆水出 磨錢和

蜜誰能許去帶供鹽亦可人今人漬蜜梅法磨一二銅錢置其下顏色益鮮誰能許謂寒家不辦此也漢書食貨志曰或盜摩錢質而取鋊蜀志費禕傳曰君信可人必能辦賊者也字出禮記此借用謂悅可人意

以梅饋晁深道戲贈二首

帶葉連枝摘未殘依稀茶塢竹籬間陸羽顧渚山記曰漫石塢巨石中生紫茗赭石塢生卷茶相如病渴應須此莫與文君蹙遠山相如遠山及魏武事並見上注蹙遠山即前詩顰眉之意

渴夢吞江起解顏詩成有味齒牙間唐文粹有何諷夢渴賦曰奔九江走五湖手不暇於幹運心不息於躊躇吳都賦曰或吞江而納漢列子曰老商始一解顏而笑漢書鄭當時傳曰誠有味乎其言也叔孫通傳曰何足置齒牙間哉前身鄴下劉公幹今日江南庾子山以終上句詩成之意文選謝靈運擬魏太子鄴中集有劉楨詩按魏志王粲傳劉楨字公幹魏文帝與吳質書曰公幹五言詩妙絕當時梁江淹雜躰詩序曰関西鄴下既已早同河外江南頗為異法北史文苑傳庾信字子山事梁與徐陵並為抄撰學士文並綺艷故世號徐庾躰後留長安作哀江南賦○梁顧揔始為縣吏一夕遇二人稱是王粲徐幹云昔與公同府公劉楨也仍誦其遺文揔悟以遺文數篇投令令待之甚厚時謂死劉楨猶庇得生顧揔見太平廣記

次韻子實題少章寄寂齋

虛名誤壯夫今古可笑閔文選古詩曰虛名復何益老杜詩從來禦魑魅多為才名誤法言曰壯夫不為也退之答崔立之書曰君子小人之所憫笑屍裹萬里歸書載五車捆安知衡門下身與天地準後漢馬援傳曰要當以馬革裹屍還葬爾莊子曰惠施多方其書五車齊語曰垂櫜而往捆載而歸注言重而歸也捆絭也陳詩曰衡門之下可以棲遲注謂橫木為門言淺陋也繫辭曰易與天地準秦晁兩美士內行頗修謹漢書鄭當時傳曰內行修石奮傳曰馴行孝謹余欲造之深抽琴去其軫退之詩吾欲盈其氣不令見麾幢此

用其律孟子曰君子深造之以道韓詩外傳曰孔子南游適楚至於阿谷之隧有處子佩瑱而浣者孔子抽琴去其軫以授子貢曰善為之辭以觀其語此借用以明寄寂之意寄寂喧闃間此道有汲引莊子曰冥冥之中獨見曉焉無聲之中獨聞和焉故深之又深而能物焉注云視聽而不寄之於寂則有闇昧而不和窮其原而後能物物山谷蓋用此意○老杜詩無生有汲引又劉向封事禹稷皐陶傳相汲引不為比周獄戶聞笞榜市聲雜嘲囅文選江淹上書曰含憤獄戶漢書張敖傳曰吏榜笞數千榜音彭魏文帝典論曰孔融理不勝詞至乎雜以嘲戲退之詩亦云初喧或紛爭中靜雜嘲戲○莊子曰齊桓公囅然而笑囅音勑忍反二生對曲肱圭玉發石蘊

文選王襃四子講德論曰美玉藴於碔砆凡人視之忕焉良工砥之然後知其和寶也

小大窮鵬鷃短長見椿槿莊子曰冥海有鳥焉其名爲鵬背若太山翼若垂天之雲摶扶搖羊角而上者九萬里絶雲氣負青天然後圖南且適南冥也斥鷃笑之曰彼且奚適也我騰躍而上不過數仞而下翱翔蓬蒿之間此亦飛之至而彼且奚適也此小大之辨也又曰朝菌不知晦朔蟪蛄不知春秋上古有大椿者以八千歲爲春以八千歲爲秋音義曰菌朝生暮落潘尼云木槿也

欲聞寂時聲黄鍾在龍筍鍾雖未擊聲音歷然○楞嚴經曰佛語阿難聲銷無響汝謂無聞若實無聞聞性已滅同于枯木鍾聲更擊汝云何知知有知無自是聲塵或無或有豈彼聞性爲汝有無聞實云無誰知無者陸機文賦曰扣寂寞以求音呂氏春秋曰黄鍾宫律之本也禮記曰夏后氏之龍簨虡韻書簨亦作筍○東坡法雲寺鍾銘曰鳴寂寂時鳴

次韻孫子實寄少游

一本云用寄寂齋韻○秦觀字少游高郵軍人

薛宣欲吏雲季氏或招閔漢書朱雲傳薛宣爲丞相雲往見之宣謂曰在田野云事且留我東閤可以觀四方奇士雲曰小生廼欲相吏邪宣不敢復言東坡詩薛宣眞欲吏朱雲魯論曰季氏使閔子騫爲費宰閔子騫曰善爲我辭焉如有復我者則吾必在汶上矣注謂重來召我

此公胷中秋萬物欲收稛此公指少游莊子曰正得秋而萬寶成

賣藥偶知名草玄非近準後漢逸民傳韓康字伯休賣藥長安市時有女子從康買藥康守價不移女子怒曰公是韓伯休耶乃不二價乎康歎曰我本欲避名今小女子皆知有我何用藥爲下句見上草玄不妨準易注

才難不易得志大略細謹才難及不易得皆見魯論史記酈食其傳曰舉大事略細謹少游嘗教授蔡州顧官妓婁婉及陶心兒者詞中往往寄意王立之詩話秦少儀云少游極怨山谷此句謂言蔡州事少人知者魯直詩語重人既見此語遂使吹毛耳

士生要弘毅天地爲蓋軫魯論曰士不可以不弘毅任重而道遠考工記曰蓋之圜也以象天也軫之方也以象地也

驥來鹽車驂井下短綆引言賢材難識拔而深遠者未易汲引也戰國策汗明見春申君曰夫驥之齒至矣服鹽車上大行中坂遷延負轅不能上伯樂遭之下車攀而哭之解紵衣而冪之於是俯而噴仰而鳴聲造於天欣伯樂之知已也莊子曰褚小者不可以懷大綆短者不可以汲深

難甘呼爾食聊寄粲然輾孟子曰嘑爾而與之行道之人弗受注云嘑爾猶呼爾咄啐之貌也粲然見上注

誰能借前箸還婦用束緼漢書張良傳臣請借前箸以籌之退之詩茲道誠可尚誰能借前籌蒯通傳客謂通曰先生知梁石君東郭先生何不進之於相國乎通曰里母非談說之士也東緼乞火非還婦之道也然物有相感事有適可臣請乞火於曹相國○韓非子人有亡其豚肩者意其婦而逐之鄰媼聞之東葦而詣之曰昨夜狗爭骨湏火以燭之主母悟乃還其婦

吾聞調羹鼎異味及枌堇左傳鄭子家曰他日我如此必嘗異味禮記內則曰堇荁枌榆免薨滫瀡以滑之注云荁堇類也冬用堇夏用荁榆白曰枌堇音謹豈其供王羞而弃會稽筍退之詩幸當擇珉玉寧有弃珪瑁此用其意詩曰豈其食魚必河之魴周禮膳夫掌王之食飲膳羞醢人曰加豆之實筍菹魚醢爾雅曰筍竹萌又曰東南之美者有會稽之竹箭焉

戲書秦少游壁觀此詩意當是少游過南京有所眄王翁待少游厚欲令從歸而其家難之也此篇因有秦氏烏故事遂皆寄言衆禽以爲戲丁令威以指少游鸜鵒以指所眄者秦氏庭烏以指少游之細君雅烏之兄言其所生子已長矣宋都今南京宋父指南京主翁末句戲謂少游異時富貴雖有姬妾何傷以開廣細君之意也

丁令威化作遼東白鶴歸朱顏未改故人非續搜神記遼東華表柱有鶴歌曰有鳥有鳥丁令威去家千年今來歸城郭猶是人民非何不學仙冢纍纍微服過宋風退飛宋父擁篲待來歸誰饋百牢鸜鵒妃孟子曰孔子微服而過宋春秋僖公十六年六鷁退飛過宋都左傳曰風也昭公二十五年鸜鵒之巢遠哉遙遙稠父喪勞宋父以驕注謂稠父昭公死外故喪勞宋父定公代立故以驕此詩皆用宋事但摘取宋父鸜鵒及百牢字用之不取其意也史記孟軻傳曰騶子如燕昭

王擁篲先驅請列弟子之坐而受業來歸見上注左傳哀公七年吳人曰宋百牢我魯不可以後宋注云吳過宋得百牢此詩引用謂南京主翁以所眄者代百牢而饋之也蓋老杜嘗有詩云有鳥名鸜鵒肉味不足充鼎俎故用以戲之妃匹也退之猛虎行曰朝怒殺其子暮還食其妃秦氏烏生八九子雅烏之兄畢逋尾古樂府云烏生八九子端坐秦氏桂樹間爾雅曰鷽斯鵯鶋注云雅烏也小而多羣後漢靈帝紀注童謠曰城上烏尾畢逋憶炊門牡烹伏雌未肯增巢令女棲顏氏家訓云樂府載百里奚妻辭曰百里奚五羊皮憶別時烹伏雌炊扊扅今日富貴忘我爲案蔡邕月令章句曰鍵關牡也所以止扉或謂之剡移此詩引用言少游細君亦必怨望不肯增烏巢以容鸜鵒也莫愁野雉疎家雞但願主人印纍纍恐以新間舊也法書苑云庾翼字稚恭善草隸在荊州與都下書云小兒輩乃輕家雞愛野鶩皆學逸少書石顯傳民歌之曰牢邪石邪五鹿客邪印何纍纍綬若若邪注云纍纍重積也主人謂少游

贈秦少儀少儀名覿少游之弟○王直方詩話少儀好爲詩初不甚工既而以所業見山谷山谷贈此詩當時交游間多以言爲過然少儀緣此詩思大發非復往時交游亦刮目視之

汝南許文休馬磨自衣食但聞郡功曹滿世名籍籍蜀志許靖字文休汝南平輿人少與從弟劭俱知名而私情不

協劭爲郡功曹排擯靖不得齒叙以馬磨自給漢書陸賈傳名聲籍甚又劉盈麓傳曰事籍籍如此何謂秘也此借用渠命有顯晦非人作通塞文選有寧顯寧晦之語易曰知通塞也秦氏多英俊少游眉最白蜀志馬良字季常兄弟五人並有才名鄉里爲諺曰馬氏五常白眉最良良眉中有白毛故以稱之頗聞鴻鴈行筆皆萬人敵禮兄之齒鴈行項羽劒一人敵不足學學萬人敵。杜詩麒麟閣畫鴻鴈行吾早知有觀而不知有覿少儀袖詩來剖蚌珠的皪覿字少章剖蚌見上注文選舞賦曰珠翠的皪而照耀李善注引說文曰的皪珠光也乃能持一鏃與我箭鋒直文選射雉賦曰擎

牙低鏃列子曰紀昌學射於飛衛既盡衛之術乃謀殺衛相遇於野二人交射中路矢鋒相觸而墜於地而塵不揚於是二子泣而投弓相拜於塗請爲父子其後叢林有箭鋒相拄之語蓋出於此洪覺範僧寶傳載曹山寶鏡三昧曰羿以巧力射中百步箭鋒相直巧力何預自吾得此詩三日卧向壁世說王東亭轉卧向壁歎曰人固不可以無年此借用自恨知少儀之晚向壁愧歎也挽士不能寸推去輒數尺左傳曰夫二子者或輓之或推之此句止用其字老子曰不敢進寸而退尺孟子曰賢不肖之相去其間不能以寸才難不其然有亦未易識魯論曰才難不其然乎史記范雎傳曰人固不易知知人亦未易也

送少章從翰林蘇公餘杭

東南淮海惟揚州國士無雙秦少游周禮職方氏東南曰揚州禹貢曰淮海惟揚州高郵軍屬淮南路漢書韓信傳蕭何曰諸將易得至如信國士無雙欲攀天關守九虎但有筆力回萬牛楚辭曰攀天階而下視招魂曰虎豹九關啄害下人些注謂天門九重使虎豹執其開閉啄齧欲上之人也歐公詩曰興來筆力千鈞重老杜古柏行曰萬牛回首丘山重文學縱橫乃如此故應當家有季子後漢周舉傳曰五經縱橫周宣光老杜詩凌雲健筆意縱橫樂天詩當家美事堆身上何曾林宗與細侯當音去聲時來誰能力作難鴻鴈

行飛入道山樂府孫綽碧玉歌曰感郎不作難又太白詩曰回山倒海不作難又老杜詩麒麟閣畫鴻鴈行鴈行道山皆見上注。南史膺時來之運坡詩時來或作鵬騫斑衣兒啼真自樂從師學道也不惡事親從師皆有可樂者列女傳曰老萊子老養二親行年七十嬰兒自娛着五色綵衣嘗取漿上堂跌仆因卧地爲小兒啼史記循吏傳曰老人兒啼晉書謝道韞傳謝安曰王郎逸少子不惡汝何恨也但使新年勝故年即如常在郎罷前言少章儻從蘇公問學日新即所謂以志養志者何必以不遠其親爲孝哉王立之詩話謂山谷此句蓋有深意玉臺新詠丘遲雜詩曰惟見君行久新年非故年唐人顧況有囝哀閩曰郎罷別囝吾悔生汝囝別郎罷心

摧血下隔地絕天及至黃泉不得在郎罷前青箱雜記云閩人謂父爲郎罷謂子爲囝

題淨因壁二首

瞑倚團蒲挂鉢囊舊作晝夢長半窻踈箔度微涼傳燈録雲門傳曰高掛鉢囊拗折拄杖蕉心不展待時雨葵葉爲誰傾太陽唐餘録路德延芭蕉詩云心似倒抽書退之詩升堂坐階新雨定芭蕉葉大梔子肥時雨見上注曹子建表曰若葵藿之傾太陽雖不爲之回光然終向之者誠也蓋用淮南子意文選鮑明遠詩端爲誰苦辛○唐詩芭蕉不展丁香結同向東風各自愁

門外黃塵不見山此中草木亦常閑履聲如度薄冰過催粥華鯨吼夜闌劉禹錫詩門外黃塵人自走甕頭清酒我初開莊子曰北面而不見冥山履聲見漢書鄭崇傳詩曰如履薄冰華鯨謂齋魚之藻飾者釋氏要覽曰今寺院木魚或取鯨魚一擊蒲牢爲之大鳴也按文選東都賦曰發鯨魚鏗華鍾又潘岳西征賦曰華魴躍鱗又老杜詩夜闌更秉燭

六月十七日晝寢

紅塵席帽烏鞾裏想見滄洲白鳥雙選詩曰復協滄洲趣又老杜詩河間雙白鷗馬齕枯萁諠午枕夢成風雨浪飜江聞馬齕草聲遂成此夢也楞嚴經曰如重睡人眠熟床枕其家有人於彼睡時擣練舂米其人夢中聞春擣聲別作他物或爲擊鼓或爲撞鍾此詩略采其意以言江湖之念深兼想與因遂成此夢文選馬汧督誄曰萁稈空虛

北窻

生物趨功日夜流園林才夏麥先秋莊子曰生物之以息相吹文選孔文舉論盛孝章書曰歲月不居時節如流禮記月令孟夏麥秋至綠陰黃鳥北窻簟付與來禽安石榴末句蓋有所寄言物化各用事於一時姑聽其自然耳歐公詩綠陰黃鳥春歸後尚書故實曰王内史書帖有與蜀郡太守書求櫻桃來禽日給藤子來禽言味甘來衆禽俗作林禽博物志云張騫使西域還得安石榴蘇子美詩別院深深夏簟清石榴花發透簾明

趙子充示竹夫人詩蓋涼寢竹器憇臂休膝似非夫人之職予爲名曰青奴并以小詩取之二首

青奴元不解梳粧合在禪齋夢蝶牀公自有人同枕簟肌膚冰雪助清涼文選嵇康琴賦序曰似元不解聲音夢蝶見上注山谷鼓盆已久故用莊子夢蝶事退之詩水紋浮枕簟莊子曰藐姑射之山有神人焉肌膚若冰雪東坡樂府曰冰肌玉骨自清涼

穠李四弦風拂席昭華三弄月侵床我無紅袖堪娛夜政要青奴一味涼元注云冬夏青青竹之所長故命曰青奴穠李昭華貴人家兩女妓也昭華蓋王晉卿駙馬家吹笛妓老杜詩紅袖泣前魚歐公詩欲將何物招嘉客唯有新秋一味涼

范蜀公挽詞二首

蜀公諱鎮字景仁東坡爲作墓誌今採掇以證此詩

信道雖常爾知人乃獨亨言公篤於信道蓋其常德至於知人之明獨心通意曉乃得之於天也易曰有孚維心亨公事　神宗復爲翰林學士知通進銀臺司王介甫爲政欲改常平爲青苗法公三上疏爭之其後議論益不

合年六十三即致仕此詩所謂知人蓋指介甫書林身老大諫紙字敧傾公在仁宗朝已爲學士書林見上注退之詩曰莫道官閑身老大樂天與元稹書曰身是諫官月請諫紙又老杜詩作詩呻吟內墨淡字敧傾鼇去三山動人危五鼎烹言公既去國本自此搖矣方公請致仕時介甫自草制極口詆公聞者皆爲公懼列子曰歸墟中有五山帝使巨鼇十五戴之五山始峙而不動龍伯國之大人一釣連六鼇於是二山流於北極漢書主父偃傳曰大丈夫生不五鼎食死則五鼎烹耳保全天子聖几杖送餘生言　神宗終覆護之使得終其壽考又老杜詩淺把涓涓酒深憑送此生選詩餘生幸已多

公在昭陵日文章近赤墀空嗟伏生老不侍邇英帷永昭　仁宗陵名公事　仁宗已掌內外制蓋先朝舊臣獨不見容於當世此詩所歎也漢書梅福傳曰涉赤墀之塗又儒林傳伏生故爲秦博士孝文時求能治尚書者欲召之時伏生年九十餘不能行邇英閣經筵所在公在神宗時兼侍讀已而致仕去國幾三虎聞韶待一夔誰言蓋棺了新樂鎖蛛絲韓子曰龐共與太子質於邯鄲謂魏王曰夫市無虎明矣然而三人言成市虎今夫邯鄲去魏遠於市議臣者過三人願王察之公與劉几論樂不合既而請太府銅自爲新樂比李照樂下一律有奇　二聖御延和殿召執政同觀賜詔嘉奬樂奏三日而公薨聞韶見魯論呂氏春秋魯哀

公問於孔子曰樂正夔一足矣又老杜詩書籤藥裹封蛛網蓋棺了見上注詩意謂公以新樂卒不見用爲恨也

宗室公壽挽詞二首

山谷嘗有贈宗室景道字跋云余與宗室越宮有葭莩故曩與宣州院公壽景珍嘗共文酒之樂

昔在熙寧日葭莩接貴游漢書中山靖王傳曰葭莩之親注云葭蘆葉也莩者其筩中白皮至薄者也喻相著周禮師氏曰凡國之貴遊子弟學焉注云　王公之子弟題詩奉先寺橫笛寶津樓東京記曰奉先資福禪院在明義坊寶津樓在天苑坊與金明池心亭榭相直天網

悏中夏賔筵禁列侯但聞劉子政頭白更清修言禁網雖云踈闊至宗室獨加嚴密故賔客不復往來如向時但聞其白首清修之賢而已文選任彦昇表曰值齊網之弘施賔客之禁李善注引用後漢書建武中禁網尚寛諸王既長各招引賔客漢書高帝紀注云通侯舊曰徹侯後改曰列侯劉向字子政漢宗室也七十二卒○魏志陳矯傳陳登曰清修疾惡有識有義吾敬趙元達矣老子曰天網悏悏踈而不失又詩有賔之初筵

昧旦鳴珂路春朝禁殿班書曰先王昧爽丕顯坐以待旦唐書車服志曰三品以上珂九子四品七子五品六子又張嘉祐傳弟嘉貞爲相嘉祐任金吾將軍時號所居坊曰鳴珂里周禮春見曰朝○裴度未遇時絶句不然鳴珂游帝都不然絶粒升天衢

方看分寳玉何意作丘山書旅獒曰分寳玉于伯叔之國時庸展親文選張孟陽七哀詩曰昔爲萬乘君今爲丘山土

燕入風縈舞花開日笑顏選詩曰風簾入雙燕儀禮注曰縈屋翼也太白詩妾似井底花開花向君笑

空餘杜陵淚一爲漢中漘老杜集中多有與漢中王瑀往還詩瑀盖唐宗室

出城送客過故人東平侯趙景珍

墓

朱顏苦留不肯住白髮政爾欺得人樂天詩鏡裏朱顏看已失又詩留春不肯住薛能詩曰青春背我堂堂去白髮欺人故故生王直方詩話云魯直常言少時誦薛能詩云青春背我堂堂去白髮欺人故故生○孫莘老問云此何人詩公曰老杜莘老云杜詩不如此後公云庭堅因莘老之言遂曉老杜詩高雅大體此句所以鍼薛能之膏肓尓

嬋娟去作誰家妾文選西京賦曰增嬋娟以跐豸注云姿態妖蠱也樂天詩歌舞教成心力盡一朝身去不相隨

意氣都成一聚塵史記晏子傳意氣揚揚甚自得也寒山子詩云始憶八尺漢俄成一聚塵黃泉無曉日青草自知春

今日牛羊上丘隴當時近前左右嗔古樂府曰繡幕圍香風年節朱絲桐不知理何事淺立經營中護惜加窮絝隄防託守宮令日牛羊上丘壟當時近前面發紅老杜麗人行云慎莫近前丞相嗔

花開鳥啼荆棘裏誰與平章作好春樂天勸令公開宴詩曰宜須數數謀歡會好作開成第二春

黃頴州挽詞三首

恭惟同自出累世復通家老杜贈盧五丈詩曰恭惟同自出妙選異高標此借用言族姓同出也後漢孔融傳謂李膺曰與君累世通家

惠沫霑枯涸忠規補過差莊子曰泉涸魚相與處於陸相呴以濕相濡以沫文選左太沖詩曰塊若枯池魚陸士衡辨亡論曰忠規武節宋玉登徒子好色賦曰揚詩守禮終不過差

胷中明玉石仕路困風沙尚有平生酒秋原洒菊花玉石見上注

臨民次公老論事長輿通魯論曰居敬而行簡以臨其民漢書黃霸字次公爲潁川守晉書和嶠字長輿潘安仁閑居賦序曰昔通人和長輿之論予也固謂拙於用多袖有投虛刃時無斲鼻工文選天台山賦曰投刃皆虛按莊子庖丁解牛注曰遊刃於空斲鼻見上注風流前輩近名實後人公文選孔融論盛孝章書曰今之少年喜謗前輩歐公詩後世苟不公至今無聖賢○晉書孫綽風流爲一時之冠不謂三日別令成萬事空吴志呂蒙傳曰士別三日即刮目相待樂天詩百年隨手過萬事轉頭空公與汝陽守人間孝友稀脊令鳴夜雨棠

棣倚春暉春令見上注棠棣詩曰棠棣之華鄂不韡韡凡今之人莫如兄弟粉省雙飛入泉臺相與歸蔡質漢官典職曰尚書郎奏事明光殿省中皆以胡粉塗壁畫古賢列女又老杜哭李嶧詩云青瑣陪雙入泉臺見上注禮記曰死者如可作也吾誰與歸○唐人謂不由貢外而至郎中者爲土山頭其詩曰誰知粉署裏飜作土山頭哀笳宛丘道衰涕不勝揮老杜詩哀挽青門道宛丘今陳州家語公父文伯卒敬姜曰二三子無揮涕王肅曰揮涕者淚以手揮之選詩淚下不可揮

樂壽縣君呂氏挽詞二首

歸裝衣楚楚家世印纍纍詩曰蜉蝣之羽衣裳楚楚漢書石顯傳曰印何纍纍綬若若邪劉滋未第時夢人持印滿匣令呑之至十四枚止見印纍纍出於腹上來作箕帚婦不忘蘋藻詩漢書高帝紀呂公曰臣有息女願爲箕帚妾采蘋詩序曰大夫妻能循法度也其詩曰于以采蘋南澗之濵于以采藻于彼行潦居然成萬古何翅謁三醫列子曰季梁得疾七日大漸其子謁三醫一曰喬氏二曰俞氏三曰盧氏騎省還秋直霜侵鬢脚衰文選潘岳秋興賦序曰余春秋三十有二始見二毛以太尉掾兼虎賁中郎將寓直于散騎之省岳又有悼亡詩三首剪髻賔筵盛齊眉婦禮閑老杜送王評事詩云自陳剪髻鬟鬻市充杯酒請王珪母也盖用晉書陶侃母事退之祭裴太常文曰方丈之食每

盛於賔筵後漢書梁鴻傳曰孟光舉桉齊眉閑謂閑習也謂宜俱白髮忽去作青山詩曰君子偕老選詩今爲丘山土大夢驚胡蝶何時識佩環莊子曰且有大覺而後有大夢胡蝶見上注列女傳齊孝孟姬曰妾聞妃后踰國必乘安車輜軿下堂必從傅母保阿進退則鳴玉佩環後漢皇后紀論曰動有環佩之響此詩引用盖古之婦容皆如此不特后妃也哀歌行欲絕丹旐雨班班老杜詩丹旐飛飛日初傳發閬州雨班班見上注

叔父給事挽詞十首給事名廉字夷仲實録有傳

元祐宗臣考十科公居八九未爲多功名

身後無瑕點孝友生知不琢磨宗臣謂温公漢書蕭
曹贊曰爲一代之宗臣温公爲相乞以十
科舉士一曰行義純固可爲師表二曰節
操方正可備獻納三曰智勇過人可備將
帥四曰公正聰明可備監司五曰經術精
通可備講讀六曰學問該博可備顧問七
曰文章典麗可備著述八曰善聽獄訟盡
公得實九曰善治財賦公私俱便十曰練
習法令能斷請讞○論語生而知之詩云
如切如磋如琢如磨

平生治獄有陰功忠孝臨民父母同贛上
樵夫談卓令宣城老吏識于公贛上令虔州宣城令
宣州掾廉傳中進士第調宣州司理參軍
移虔州會昌令後漢卓茂傳茂爲密令吏

人親愛而不忍欺之漢書于定國傳于公
曰我治獄多陰德未嘗有所冤子孫必有
興者

三晉山河數十州頻年水旱不能秋我公
出把司農節粟麥還於地上流王安石薦廉爲司農
寺勾當公事神宗召見稱旨遂命體量
河東河北災傷除本寺丞推行荒政十二
事漢書地理志曰晉爲韓魏趙所滅二家
自立爲諸侯是爲三晉唐劉晏傳曰自言
如見錢流地上

更生苦訟石中書宰掾非人欲引裾兩猾
論兵幾敗國同時御史更誰如廉嘗爲監察御史裏
行此詩中事傳所不載杜牧之作李給事
詩曰可憐劉校尉曾訟石中書按漢書劉
向本名更生中書官官弘恭石顯弄權更
生使其外親上變事又上封事云云魏志
辛毗傳文帝欲徙冀州士家十萬戶實河
南毗以爲非帝不答起入内毗隨而引其
裾帝遂徙其半漢書張良傳漢王罵曰竪
儒幾敗乃公事老杜詩論兵遠壑静王介
甫作王侍御墓碣曰其言
多同時御史所不能言者

曾發公家鉅萬錢溝中襁褓却生全三齊
水後皆禾稼不殺耕牛更可傳河決曹村廉充京東
體量安撫活飢民二十五萬人漢書食貨
志曰京師之錢累百鉅萬又田儋傳曰田
榮盡并三齊之地注謂齊
及濟北膠東可傳見孟子

晉地無戎臥賊曹民兵賜芴解弓刀六年
講武儒冠在不踏金門着戰袍元豐三年團教三路
民兵廉以提點河東刑獄兼提舉明年秋
上親召閱澤州保甲補官者五十八人進
秩一等七年十月罷提刑專領保甲元祐
初召爲戶部郎中○左傳曰無戎而城讎
必保焉通典曰兩漢有決曹賊曹掾主刑
法歷代或謂之賊曹或爲法曹墨曹漢書
揚雄傳曰歷金門上玉堂有日矣古樂
府木蘭詩曰脱我戰時袍着我舊時裳

軍容百萬轉風雷獨料王師不戰摧三篋
飛書公對獄元豐天子照姦回王師伐夏國命廉兼
河東轉運判官王中正將兵調發倉卒廉
上言師必無功既而中正軍潰以轉運乖

方歸罪於廉奏之上遣中貴人就詰狀廉謝不辨乃下潞獄月餘上察其情止奪一官中正官官故用魚朝恩觀軍容事史記甘茂傳樂羊返而論功文侯示之謗書一篋漢書張安世傳曰士書三篋後漢書廣陵思王荆傳曰作飛書封以方底漢書劉向傳曰恭顯白令蕭望之詣獄置對秦誓曰崇信姦回注云回邪也

隴上千山漢節回掃除民蜮不爲災蜀茶揔入諸蕃市胡馬常從萬里來廉爲吏部郎中會御史論陸師閔搉茶六害請通商復券馬如舊制遺廉按其實廉請熙河秦鳳涇原如故勿攺以制蕃市而許東路通商禁南茶無侵陝西以利蜀貨定撥馬歲以萬八千爲額所奏皆可即拜都大提舉茶馬公事漢節見上注詩曰爲鬼爲蜮○左傳曰有蜚不爲災

廊廟從來不在邊黃扉青瑣慶登賢除書未試回天筆何意佳城到馬前元祐六年十一月廉自陝西都轉運召拜給事中論議引大體朝廷稱焉左傳曰五大不在邊五細不在庭唐郭承嘏爲給事中文宗謂宰臣曰承嘏久在黃扉漢書故事黃門郎日暮入對青瑣門故謂之夕郎注云刻爲連瑣文而青塗也唐書張玄素傳魏徵曰張公論事有回天之力後漢書馬后傳曰何意老志復不從哉佳城見上注○白樂天詩黃紙除書無我名

榮祿常思澤九宗山摧梁壞併成空百年

遺恨誰昭洗他日諸郎有父風莊子曰鄭人緩爲儒河潤九里澤及三族九宗見上注文選謝朓詩中區咸已泰輕生諒昭洒按洒與洗同廉之四子叔豹叔向叔夏叔敖○禮記泰山其頹乎梁木其壞乎

寂住閣元注云陳留宿一黌堂因書爲寂住閣

莊周夢爲胡蝶胡蝶不知莊周莊子曰昔者莊周夢爲胡蝶栩栩然胡蝶也俄然覺則蘧蘧然周也不知周之夢爲胡蝶歟胡蝶之夢爲周歟

當處出生隨意急流水上不流楞嚴經曰一切浮塵諸幻化相當處出生隨處滅盡文選頭陀寺碑李善注曰意生身謂菩薩言能變化生死隨意往生文選古詩曰淮泗馳急流肇法師物不遷論云仲尼曰回也見新交臂非故如此則物不相往來明矣既無往返之微朕有何物而可動乎然則旋風偃嶽而常靜江河競注而不流復何怪哉

深明閣

象踏恒河徹底日行閻浮破冥若問深明宗旨風花時度窻櫺上兩句言深與明涅槃經云聲聞緣覺及大菩薩同在佛所聞佛說一味之法然其所證各有淺深譬象馬兎三獸渡河兎渡則浮馬渡及半唯大香象徹底截流華嚴經曰譬如日出於閻浮提先照一切須彌山等然後普照一切大地如來亦爾大智日光無所分別又須曰譬如日出閻浮提光明破闇悉無餘傳燈録壽禪師曰欲識永明旨門前一湖水日照光明生風來波

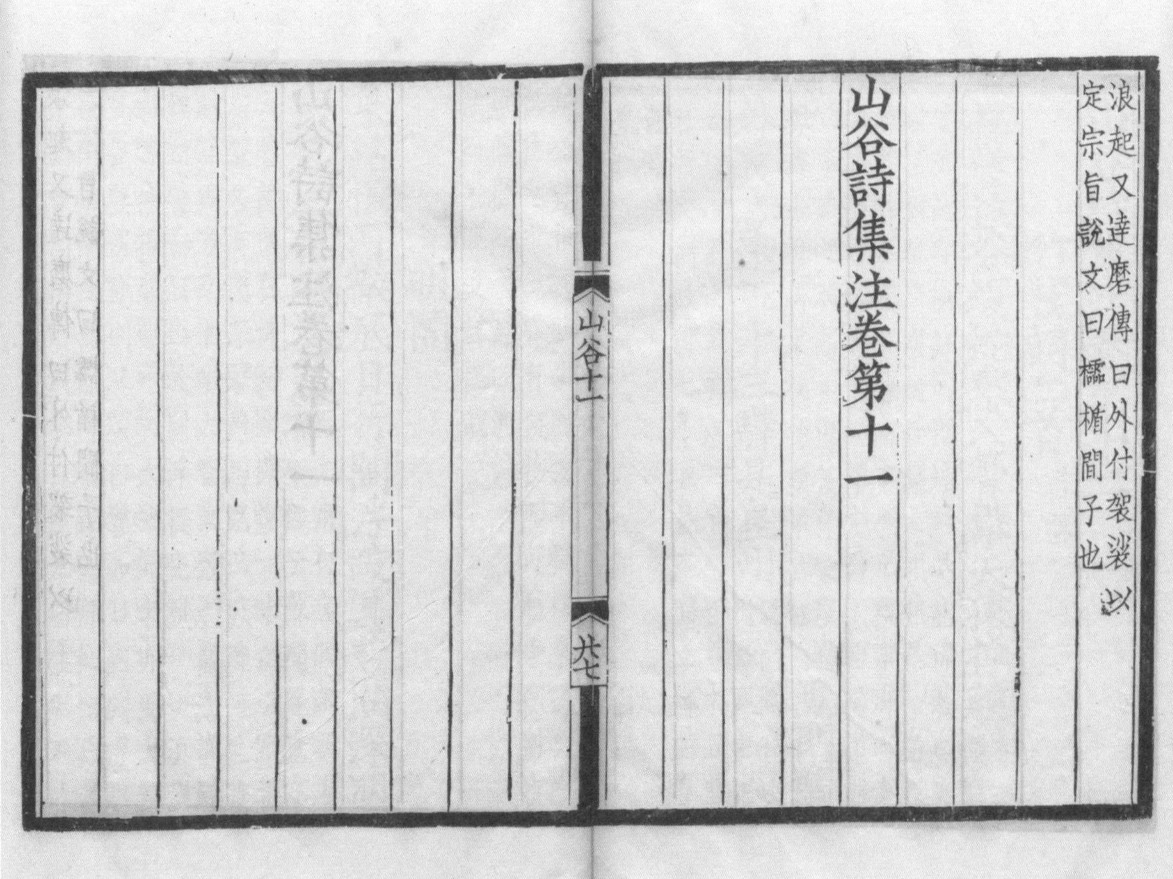

浪起又達磨傳曰外付袈裟以定宗旨說文曰櫺楯間子也

山谷詩集注卷第十一

山谷詩集注卷第十二

竹枝詞二首 并跋

撐崖拄谷蝮蛇愁入箐攀天猿掉頭言山路險絶如此即後詩所謂蛇倒退胡孫愁也郭璞注爾雅云蝮蛇細頸大頭焦尾一名反鼻楚辭曰攀天階而下視元稹樂府有憂上天詩曰攀天上天攀未得太白蜀道難曰黄鶴之飛尚不得過猿猱欲度愁攀緣老杜詩巢父掉頭不肯住

鬼門關外莫言遠五十三驛是皇州鬼門關在峽州路寰宇記云黔州東北至東京三千八百六十五里杜牧之詩故鄉七十五長亭謝玄暉詩春色滿皇州

浮雲一百八盤縈落日四十八渡明一百八盤及四十八渡皆自峽州往黔中路名山谷書萍鄉縣廳亦曰略江陵上夔峽過一百八盤涉四十八渡詩本或作四十九渡非是

鬼門關外莫言遠四海一家皆弟兄子夏曰君子敬而無失與人恭而有禮四海之內皆兄弟也○荀子四海之內若一家

古樂府有巴東三峽巫峽長猿啼三聲淚霑裳但以抑怨之音和爲數疊惜其聲今不傳予自荆州上峽入黔中備嘗山川險阻因作二疊與巴娘

令以竹枝歌之前一疊可和云鬼門
關外莫言遠五十三驛是皇州後一
疊可和云鬼門關外莫言遠四海一
家皆弟兄或各用四句入陽關小秦
王亦可歌也紹聖二年四月甲申予既作竹
枝詞夜宿歌羅驛夢李白相見於山
間曰予往謫夜郎於此聞杜鵑作竹
枝詞三疊世傳之不子細憶集中無
有請三誦乃得之

一聲望帝花片飛萬里明妃雪打圍蜀記曰昔
人有姓杜名宇號曰望帝宇死俗說云化爲子規子規鳥名也又謂之杜鵑李商隱
詩莊生曉夢迷胡蝶望帝春心託杜鵑楚詞曰恐鶗鴂之先鳴兮使百草爲之不芳
顏師古注揚雄反離騷云一名子規一名杜鵑花片飛見上注明妃即王昭君避晉
氏諱後人因改焉亦見上注五代史四夷附録耶律德光言我在上國以打圍食肉
爲樂按虜人以游獵爲打圍馬上胡兒那解聽琵琶應
道不如歸劉熙釋名云琵琶胡中立馬上所鼓推手前曰琵引手却曰琶
因以爲名傅玄琵琶賦序曰故老云漢烏孫公主念其行道思慕使知音者於馬上
奏琵琶以慰之此詩以琵琶爲明妃事蓋承前人之誤子規聲若云不如歸去此引

用以終上句之意
竹竿坡面蛇倒退摩圍山腰胡孫愁蛇倒退胡孫愁皆峽路地名摩圍山屬黔中杜鵑無血可續淚何日
金雞赦九州老杜杜鵑行曰其聲哀痛口流血所訴何事常區區李賀
詩亦曰杜鵑口血老夫淚韓非子曰卞和泣盡繼之以血太白詩我愁遠謫夜郎去
何日金雞放赦回談苑曰杜鎬言肆赦樹金雞不知起於何代關東風俗傳云司馬
膺之曰按海中星占天雞星動爲有赦蓋王者以天雞爲度隋書刑法志北齊肆赦
日令武庫設金雞及鼓於闕門或云起於西京呂光未知孰是究其旨西方主兊兊
爲澤雞者巽之神巽爲号令故合是二物制其形揭於長竿使衆人覩之也

命輕人鮓甕頭船日瘦鬼門關外天北人
墮淚南人笑青壁無梯聞杜鵑人鮓甕在歸州岸下
老杜無家別云久行見空巷日瘦氣慘悽文選琴賦曰青壁萬尋張湛列子注曰班
輸爲梯可以凌雲

和答元明黔南贈別山谷書萍鄉縣廳曰初元
明自陳留出尉氏許昌渡漢沔略江陵上夔峽過一百八盤涉
四十八渡送余安置于摩圍山之下淹留數月不忍別士大夫
共慰勉之乃肯行揜淚握手爲萬里無相見期之別
萬里相看忘逆旅三聲清淚落離觴老杜詩相

看俱衰年左氏僖二年傳曰保於逆旅注云客舍也古樂府曰巴東三峽巫峽長猿啼三聲淚沾裳朝雲往日攀天夢夜雨何時對榻涼上句謂與元明同來巫峽也朝雲夢見上注元稹樂府有夢上天詞曰攀天上天攀未得韋應物詩寧知風雨夜復此對床眠○東坡詩夜雨何時聽蕭瑟急

雪脊令相並影驚風鴻鴈不成行上句謂元明同憂患下句言其別去詩曰脊令在原兄弟急難老杜詩急雪舞回風又詩沙晚脊令寒選詩云驚風扶輪轂又沈休文詠胡中鴈詩曰亂起未成行唐宋遺史有女子作詩送兄云所嗟人異鴈不作一行飛

歸舟天際常回首從此頻書慰斷腸謝玄暉詩天際識歸舟王仲宣詩回首望長安蔡琰胡笳曰日東月西兮徒相望不得相隨兮空斷腸文選魏文帝燕歌行曰念君客游思斷腸

題驢瘦嶺馬鋪 知命

老馬飢嘶驢瘦嶺病人生入鬼門關後漢書班超傳上疏曰但願生入玉門關此借用

病人甘作五溪卧老馬猶思十二閑後漢書馬援傳劉尚擊武陵五溪蠻夷注云武陵有五溪按通典黔中通謂之五溪注云謂酉辰巫武沅等溪也魏武帝歌曰老驥伏櫪志在千里周禮校人曰天子十有二閑馬六種

行次巫山宋楙宗遣騎送折花廚醖 知命

攻許愁城終不開青州從事斬關來庾信愁賦曰攻許愁城終不破盪許愁門終不開青州從事見上注左傳曰犯門斬關

喚得巫山強項令插花傾酒對陽臺後漢董宣傳曰敕強項令出宋玉高唐賦曰朝朝暮暮陽臺之下謂巫山神女也○東坡詩任子折花插蒲頭

次韻楙宗送别二首

一百八盤天上路去年明日送流人小詩話别堪垂淚却道情親不得親一百八盤見上注盧仝寄外兄詩云何處堪惆悵情親不得親

别駕柴門閑一春艱難顛沛不忘君何時幽谷回天日教保餘生出瘴雲山谷謫涪州别駕唐書杜甫傳當寇亂挺節無所汚爲歌詩傷時撓弱情不忘君魯論曰顛沛必於是易曰入于幽谷老杜詩願枉長安日光暉照北原文選嵇康書欲離事自全以保餘年老杜詩瘴雲終不滅

戲答劉文學 知命

人鮓甕中危萬死鬼門關外更千岑人鮓甕鬼門關見上注漢書趙后傳曰今兒安在危殺之矣注云猶今人言險不殺爾

問

君底事向前去要試平生鐵石心 顔師古匡謬正俗云問曰謂何物爲底音丁兒反底義何訓答曰此本言何等物其後遂省促言直云等物爾音都禮反又轉音丁兒反應璩百一詩云用等稱才學以是知去何而稱等其來已久今人不詳根本乃作底字非也老杜詩生死向前去魏武帝令長史王必曰忠能勤事心如鐵石國之良吏也

外姪李光祖往見尚垂髫今觀寄嗣直小詩已可愛因次韻 知命

昔別長安未裹頭如今詩句可消愁 老杜詩昔別君未婚又詩去時里正與裹頭又詩更有澄江銷客愁 外家未覺風流遠他日相期到益州 自注云李公擇終於益州帥〇言異時當造益州之閫域老杜詩習池未覺風流盡

上南陵坡 知命

風飡水宿六千里蛇退猨啼百八盤 選詩風飡委松柏又詩水宿淹晨暮 上得坡來揔歡喜摩圍依約見峯巒 摩圍山在黔州老杜詩青惜峯巒過

題小猿叫驛 知命

大猿叫罷小猿啼箐裏行人白晝迷惡藤牽頭石齧足嫗牽兒隨淚録續我亦下行莫啼哭 退之琴操曰涉其淺兮石齧我足元稹連昌宮辭曰色管龜茲轟録續

馬上口號呈建始李令 知命

驛亭新似眼波明箐路開如掌樣平誰與長官歌美政風揺松竹是歡聲 老杜詩今日明人眼臨池好驛亭宋玉招䰟曰娭光眇視目曾波些王逸注云目采眄然若水波而重華老杜詩秦川對酒平如掌

次浮塘驛見張施州小詩次其韻 知命

歎息施州成老醜當年玉雪瑩相照 退之馬少監墓誌曰姆抱幼子立側肌肉玉雪可怜 舊時去天一尺五今日萬里聽猿叫 老杜詩自注云城南韋杜去天尺五

將次施州先寄張十九使君三首 知命

書來日日覺情親今信施州是故人許我投名重入社放狂作惱未應嗔 老杜詩情親獨有君東坡詩投名入社有新詩

收拾從來古錦囊今知老將敵難當 唐書李賀

傳從小奚奴背古錦囊遇所得書投囊中漢書韓信傳曰其鋒不可當囊中
尚有毛錐子花底樽前作戰場五代史弘肇傳恨蘇
吉等因曰安朝廷定禍亂直須長槍大劍若毛錐子安足用哉史記平原君傳曰賢
之處世譬若錐之處囊中其末立見老杜詩花底山蜂遠趁人又詩下馬古戰場丁
晉公有詩戰詩云物華如陣筆如鋒沈謝曹劉是七雄
一別施州向十霜傳聞佳句望風降空拳
不易當堅敵振臂猶思起病瘡老杜詩十暑岷山葛
三霜楚户砧漢書李陵傳矢盡道窮士張空拳注去弓弩拳也又匈奴傳曰真中國
之堅敵按孫子曰小敵之堅大敵之禽也李陵書振臂一呼創病皆起

和張仲謀送別二首　知命

夜郎自古流遷客聖世初投第一人不是
施州肯回首五溪三峽更誰親唐書李白傳長流夜
郎夜郎即今之珍州其地與黔中相接江淹恨賦曰遷客海上流戍隴陰五溪見上
注峽程記曰三峽者即明月峽巫山峽廣澤峽其瞿塘灎澦燕子䢅風之類皆不係
三峽數
五溪三峽漫經春百病千愁逢故人何處
看君歲寒後欲將兒女更論親肯與黨錮連姻其氣
節亦可尚矣

次韻答清江王簿趙彥成　知命

日轉溪山幾百遭厭聞虎嘯與猿號劉禹錫詩
百匝千遭繞郡城此用其字老杜詩熊羆咆我東虎豹號我西淮南子虎嘯而谷風
至又曰白猨擁柱而號笙歌忽把二天酒風雨猶驚
三峽濤後漢蘇章傳遷冀州刺史故人爲清河太守爲設酒肴甚歡太守喜
曰人皆有一天我獨有二天已作齊民尋要術安能痛
飲讀離騷後魏賈思勰作齊民要術言田家種植之事世說王孝伯言痛
飲讀離騷自可稱名士看君自是青田質清唳猶堪
徹九臯永嘉郡記沐溪去青田九里中有一雙白鶴多云神所養晉書陸機

傳曰華亭鶴唳豈可復聞乎詩云鶴鳴于九臯

宋楙宗寄夔州五十詩三首　知命

五十清詩是碎金試教擲地有餘音方今
臺閣稱多士且傍江山好處吟老杜詩云清詩近道
要晉書謝安傳桓温以安所作簡文謚議示坐賓曰此謝安石碎金也又孫綽傳作
天台山賦以示范榮期云卿試擲地當作金石聲通典曰後漢事歸臺閣○史記屈
原傳曰行吟澤畔
五十清詩一段冰持來恰得慰愁生自張
壁間行坐看更教兒誦醉時聽老杜詩爛如一段清

冰出萬壑又詩江草日日喚愁生又詩行坐白頭吟又有醉時歌

碑同峴首千年石詩到夔州十絕歌他日巴人懷叔子時時解着手摩挲晉書羊祜傳祜字叔子襄陽百姓於峴山建碑望者莫不流涕杜預因名爲墮淚碑老杜有夔州歌十絕句退之石鼓歌曰誰復着手爲摩挲

題蘇若蘭回文錦詩圖

千詩織就回文錦如此陽臺莫雨何亦有英靈蘇蕙手只無悔過竇連波晉書竇滔妻蘇氏名蕙字若蘭滔符堅時爲秦州刺史被徙流沙蘇氏思之織錦爲回文旋圖詩以贈滔宛轉旋環以讀詞甚悽惋也

次韻楊明叔四首

楊明叔惠詩格律詞意皆薰沐去其舊習予爲之喜而不寐文章者道之器也言者行之枝葉也故次韻作四詩報之耕禮義之田而深其耒明叔言行有法當官又敏於事而卹民故予期之以遠者大者

魚去游濠上鶵來止坐隅濠梁見上注漢書賈誼傳曰誼爲長沙傅三年有服飛入誼舍止於坐隅服似鴞不祥鳥也誼廼爲賦以自廣吉凶終我在憂樂與生俱上句終鶵來之意下句終魚樂之意服賦曰禍兮福所倚福兮禍所伏憂喜聚門吉凶同域書曰惟吉凶不僭在人莊子至樂篇曰人之生也與憂俱生壽者惛惛久憂不死何之苦也涅槃經摩耶臨終佛至其所慰諭曰身所經處與苦樂俱當修涅槃永離苦樂詩意謂吉凶憂樂皆因我有苟能無我彼何從生山谷與王子飛書曰人固與憂樂俱生者也於其中有簡擇取捨以至於六鑿相攘日尋干戈古之學道者深探其本以無諍三昧治之所以萬事隨緣是安樂法

決定不是物方名大丈夫圓覺經曰生決定信傳燈錄南泉廣語云大德莫認心認佛設認得是境被他喚作所知愚故江西大師云不是心不是佛不是物且教你後人恁麼行履孟子曰此之謂大丈夫同安禪師十玄談曰丈夫皆有衝天氣不向如來行處行今觀由也果老子欲乘桴並見魯論由也以比明叔老子山谷自謂言明叔志趣勇決必能相從浮於東海也後漢馬援傳云頗哀老子使得遨遊山谷和楊明叔偶字韻七詩皆謂之頌今彭山黃氏有此眞蹟二頌此集所無當是晚年刪去

道常無一物學要反三隅老子曰道常無名傳燈錄六祖偈曰菩提本非樹明鏡亦非臺本來無一物何假拂塵埃反三隅見魯論喜與嗔同本嗔時喜自俱嗔喜雖殊本同一性衆徂喜怒即可見矣傳燈錄龍樹偈曰於法心不澄無嗔亦無喜心隨物作宰人謂

我非夫心隨物轉物反爲主非大丈夫事也楞嚴曰一切衆生從無始來迷已爲物失於本心爲物所轉傳燈録第二十二祖付法偈曰心隨萬境轉轉處實能幽隨流認得性無喜亦無憂圓覺經曰由有無始本起無明爲已主宰傳燈録玄沙廣語曰如許多田地教誰作主宰左傳彘子曰命爲軍帥而卒以非夫注云非丈夫也

利用兼精義還成到岸桴易曰精義入神以致用也利用安身以崇德也佛書以波羅蜜爲到彼岸

全德備萬物大方無四隅莊子曰而況全德之人乎孟子曰萬物皆備於我矣反身而誠樂莫大焉老子曰大方無隅淮南子曰經營四隅高誘注云隅方也

身隨腐草化名與太山俱謂聞道而死雖與草木俱腐固有不亡者存謝靈運詩一隨往化滅安用空名揚此反而用之禮記月令曰腐草化爲螢此借用史記藺相如傳太史公曰相如名重太山選詩曰名與天壤俱

道學歸吾子言詩起老夫禮記中庸曰尊德性而道問學注云道猶由也問學學誠者也魯論曰起予者商也始可與言詩已矣

無爲蹈東海留作濟川桴史記魯連傳曰則連有蹈東海而死爾此借用言不必乘此桴以浮於海留爲濟川之具可也書說命曰若濟巨川用汝作舟楫

匹士能光國三孱不滿隅禮記曰匹士太牢而祭謂之攘文選辨亡論曰風雅則諸葛瑾張承步騭以名聲光國晏子春秋曰五子不滿隅一子滿朝桉黄氏本有山谷自注亦引此語但以五爲三爾詩意謂豪傑之士雖少足以爲邦家之光孱儒之夫雖衆曾不足充滿一隅也

竊觀今日事君與古人俱黄氏本作今者事此云今日當是晚年所改言士之可以光國者今世未見獨明叔可期以古人也左傳曰今日之事我爲政此借用老杜詩生還今日事莊子曰成而上比者與古爲徒○禮記古人與稽今人與居

氣類鸎求友詩曰嚶其鳴矣求其友聲詩人相承以嚶爲鸎莊子曰眞者精誠之至也不精不誠不能動人又注曰鄭人緩精誠之至故死爲秋栢之實劉義慶幽明録曰武昌北山

精誠石望夫文選任彥升作王文憲集序曰許與氣類伐木上有望夫石狀若人立古傳云昔有貞婦其夫從役携弱子餞送此山立望夫而化爲石因以名焉

雷門震驚手待汝一援桴望其振發聲名於當世也荀子曰聲名之剖發於天地之間豈不如日月雷霆然哉漢書王尊傳曰毋持布鼓過雷門注云雷門會稽城門也有大鼓越擊此鼓聲聞洛陽易曰震驚百里史記司馬穰苴傳曰援枹鼓之急則忘其身枹亦作桴按禮運疏引皇氏云桴謂擊鼓之物右援桴而鼓音義云桴鼓椎也

再次韻并引

庭堅老懶衰墮多年不作詩已忘其體律因明叔有意於斯文試舉一綱而張萬目蓋以俗爲雅以故爲新百戰百勝

如孫吳之兵棘端可以破鏃如甘蠅飛
衛之射此詩人之奇也明叔當自得之
公眉人鄉先生之妙語震耀一世我昔
從公得之爲多故今以此事相付
窮奇投有北鴻鵠止丘隅我已魑魅禦君
方燕雀俱窮奇魑魅之語山谷以自況鴻鵠燕雀之語以屬明叔退之詩
我來禦魑魅自宜味南烹按左傳太史克曰少皞氏有不才子謂之窮奇舜臣堯流
四凶族渾敦窮奇檮杌饕餮投諸四裔以禦魑魅巷伯詩曰取彼譖人投畀豺虎豺
虎不食投畀有北綿蠻詩曰綿蠻黃鳥止于丘隅注綿蠻小鳥皃丘隅非鴻鵠所宜

止也漢書陳勝傳曰燕雀安知鴻鵠之志道應無蔕芥學要盡
工夫漢書賈誼服鳥賦曰德人無累知命不憂細故蔕芥何足以疑子虛賦注
曰蔕芥刺鯁也南史王僧虔云宋文帝書天然勝於欣功夫少於欣此並借用孔毅
甫雜録曰工夫或作功夫魏志王肅傳泰極已前功夫尚大莫斬猿狙
杙明堂待楝桴黃氏本山谷自注曰靈光殿賦云荷楝桴之高驤○
言當養成其材勿小用之也莊子曰宋有荆氏者宜楸柏桑其拱把而上者求狙猴
之杙者斬之音義云杙音以職反欲以栖戲狙猴也班固西都賦曰列棼橑以布翼
荷楝桴以高驤注引爾雅楝謂之桴山谷以西都爲靈光誤

謫居黔南十首摘樂天句○近世曾慥端伯作詩選

載潘邠老事云張文潛晚喜樂天詩邠老聞其稱美輒不樂嘗
誦山谷十絕句以爲不可跂及其一云老色日上面歡悰日去
心今既不如昔後當不如今文潛一日召邠老飯預設樂天詩
一帙置書室牀枕間邠老少焉假榻翻閱良久纔悟山谷十絕
詩盡用樂天大篇裁爲絕句蓋樂天長於敷衍而山谷巧於剪
裁自是不敢復言端伯所載如此必有依據然敷衍剪裁之說
非是蓋山谷謫居黔南時取樂天江州忠州等詩偶有會於心
者摘其數語寫置齋閣或嘗爲人書世因傳以爲山谷自作然
亦非有意與樂天較工拙也詩中改易數字可爲作詩之法故

因附見於此前五篇今豫章集有之後五篇得之脩水集
相望六千里天地隔江山十書九不到何
用一開顏此樂天集第十卷中寄行簡詩元作相去六千里地絕天邈然十書九不達何以開憂顔
霜降水反壑風落木歸山冉冉歲華晚昆
蟲皆閉關此十一卷中歲晚詩後兩句元作冉冉歲將晏物皆復本源
冷淡病心情暄和好時節故園音信斷遠
郡親賓絕此十一卷中花下對酒詩
山郭燈火稀峽天星漢少年光東流水生

計南枝鳥（此十一卷中西樓夜詩）冥懷齊遠近委順隨南北歸去誠可憐天涯住亦得（此十一卷中委順詩）老色日上面歡悰日去心今既不如昔後當不如今（此十一卷中東城尋春詩歡悰元作歡情）嘖嘖雀引雛梢梢筍成竹時物感人情憶我故鄉曲（此第十卷中孟夏思渭村舊居詩）苦雨初入梅瘴雲稍含毒泥秧水畦稻灰種畬田粟（與前篇同）

輕紗一幅巾小簟六尺床無客盡日靜有風終夜涼（此十一卷中竹窻詩）病人多夢醫因人多夢赦如何春來夢合眼在鄉社（一本作秋來何所夢合眼見鄉社樂天集第十卷寄行簡詩元作渴人多夢飲肌人多夢飡春來夢何處合眼到東川）

贈黔南賈使君

綠髮將軍領百蠻橫戈得句一開顏（孟郊詩酒人皆倚春髮綠病叟獨藏秋髮白通典曰後漢有領烏桓校尉詩曰因時百蠻南史曰榮垣祖傳曰曹操曹丕上馬橫槊下馬談論元稹作老杜墓誌敘曰曹氏父子往往橫槊賦詩戰國策曰衛行人燭過免胄橫戈而進老杜詩今代橫戈矛謝靈運詩開顏披心胷）少年圯下傳書客老去空同問道山（別本注云信臣家世有北園在崆峒山下氣象雄壯花木茂密○漢書張良傳游下邳圯上有一老父出一編書曰讀是則爲王者師旦日視其書迺太公兵法莊子曰黃帝聞廣成子在於空同之上往見之曰敢問至道之精按寰宇記云禹跡之內山名崆峒者三其一在臨洮其二在安定其三在汝州黃帝問道之山專指汝州然此詩所用未必汝州也）春入鶯花空自笑秋成梨棗爲誰攀（兩句皆言故園無主之意老杜詩鶯花隨世界又詩庭前八月梨棗熟文選謝靈運詩攀林摘葉卷鮑明遠詩端爲誰辛苦）何時定作風光主待得征西鼓吹還（言使君平定西夏功名已立始歸故園也老杜詩傳語風光共流轉暫時相賞莫相違退之詩山公自是林園主魏志注曹公令曰欲望封侯作征西將軍南史曹景宗傳破魏師振旅凱入賦詩曰去時兒女悲歸來笳鼓競借問行路人何如霍去病吴志諸葛恪傳孫權令恪備威儀作鼓吹導從歸家）

次韻雨絲雲鶴二首（晉張協詩騰雲似涌煙密雨如散絲）

煙雲杳靄合中稀霧雨空濛密更微（舊作隔雲朝日看餘輝六合空濛密更微○歐公峴山亭記曰草木雲煙之杳靄出沒於空曠

有無之間退之詩杳靄深谷攢青楓
楚詞曰霧雨淫淫選詩空濛如薄霧園客
蠒絲抽萬緒蛛蝥網面罩群飛蠒絲舊作蠒盆○神
仙傳曰園客者種五色香草忽有五色蛾
集其上有一女自來助客養蚕得蠒大如
瓮繅訖此女與客俱仙去文選張茂先詩
将抽厥緒列子曰擾擾萬緒起矣蛛蝥見
演雅注論衡曰蜘蛛細絲以網飛虫退之
祭柳子厚文曰羣飛刺天罩字如詩所謂
烝然罩罩風光錯綜天經緯草木文章帝杼機
謝玄暉詩風光草際浮錯綜見易繫辭又
左傳序曰進不成爲錯綜經文以盡其變
國語云經緯不爽天之象也北史祖瑩傳
曰文章須自出機杼成一家風骨文選郭
泰機詩曰不得秉杼機願染朝霞成五色爲君王補

坐朝衣杜牧之詩曰平生五色線願補舜衣裳○詩曰衮職有闕惟仲山甫補
之

右一

幾片雲如薛公鶴精神態度不曾齊老杜詩洮
雲片片黃又詩薛公十一鶴皆寫青田眞
低昂各有意磊落如長人按張彥遠名畫
記薛稷字嗣通善花鳥人物雜畫畫
鶴知名孟子曰物之不齊物之情也安知
隴鳥樊籠窘便覺南鵬羽翼低禰衡鸚鵡賦曰閉以
雕籠注云隴坻出此鳥淵明詩久在樊籠
裏復得反自然莊子曰鵬翼若垂天之雲
海運則将徙於南冥風散又成千里去夜寒應上九

天栖相鶴經曰飛則一舉千里唐摭言楊衡詩一一鶴聲飛上天孫子曰善攻
者動於九天之上廣雅
有九天名亦曰九野坐來改變如蒼狗
試欲揮毫意自迷老杜詩天上浮雲似白衣須臾改變如蒼狗又
曰危時暫相見衰白意都迷
按列子曰穆王意迷心喪

從斌老乞苦筍黃斌老文湖州之妻姪見於山谷題
跋
南園苦筍味勝肉籜龍稱寃莫採録盧仝寄男
詩曰籜龍正稱寃莫殺入汝
口丁寧囑託汝汝活籜龍不煩君便致蒼
玉束明日風雨皆成竹禮記玉藻曰大夫佩水蒼玉樂天食

筍詩且食勿踟
蹰南風吹作竹

次韻黃斌老所畫橫竹

酒澆胷次不能平吐出蒼竹歲峥嶸酒澆胷次
見上注退之送高閑序曰酣醉無聊不平
有動於心於草書發之鮑明遠舞鶴賦曰
歲峥嶸而愁暮注云歲之將暮
猶物之高此引用以言歲寒卧龍偃蹇
雷不驚公與此君俱忘形蜀志諸葛亮傳徐庶謂先主曰
孔明卧龍也此借用以比竹偃蹇見上注
莊子曰疾雷破山風振海而不能驚晉書
王徽之寄居空宅便令種竹曰何可一日
無此君耶老杜詩忘形到爾汝痛飲眞吾
師按莊子曰
養志者忘形晴窻影落石泓處松煤淺染

飽霜兔退之毛穎傳以瓦硯爲弘農陶泓此云石泓即石硯可知歐公詩谷泉含石泓飽霜兔見上注**中安三石使屈蟠亦恐形全便飛去**名畫記云張僧繇於金陵安樂寺畫四龍不點眼睛每云點之即飛去人以爲誕妄因請點之須臾雷霆破壁二龍上天二龍不點眼者見在此借用以終卧龍之意南史卞彬傳袁嘏曰我詩須大材迻之不爾便飛去此云三石即借用大材之意莊子曰形全精復與天爲一老杜詩沉吟屈蟠樹

次韻謝黃斌老送墨竹十二韻

古今作生竹能者未十輩東坡先生作文與可畫偃竹記曰竹之始生一寸之萌耳而節葉具焉自蜩腹蛇蚹以至於劒拔十尋者生而有之

也今畫者乃節節而爲之葉葉而累之豈復有竹乎漢書婁敬傳曰使者十輩來**吴生勒枝葉筌寀遠不逮**山谷有道臻師畫墨竹序曰墨竹始於近世不知其所師承初吴道子作畫運筆作卷不加丹青已極形似故世之精識博物之士多藏吴生墨本至俗子乃衒丹青耳意墨竹之師近出於此山谷又跋臻師墨竹以嫩篁翠篠極難爲工能妙者惟吴生耳所以文與可多作老竹枯木霜風寒雀挾帶煙雨以助其筆勢江南李氏勒圈作竹葉其畫與褚柳正書同法劉道醇名畫評曰黄筌字要叔蜀中人善丹青尤好花竹翎毛凡所操筆皆迫於眞與其子居寀從孟昶歸朝居寀字伯鸞亦善畫竹有父風蘇易簡得筌墨竹圖李宗諤作贊其序曰工丹青花竹者必用五色惟筌以墨染竹獨得意於寂寞間魯論曰恥

躬之不逮也**江南鐵鈎鎖最許誠懸會**山谷自注曰世傳江南李主作竹自根至梢極小者一一鈎勒成謂之鐵鈎鎖自云惟柳公權有此筆法按唐書公權字誠懸劉道醇名畫評曰南唐後主李煜好金索書有唐希雅者嘗學之乗興縱奇因其戰掣之勢以爲竹樹與山谷之説小異今因附見**燕公灑墨成落落與時背**國朝燕肅侍郎雅善墨竹米芾畫史曰肅字穆之師李成後漢耿弇傳光武曰將軍前在南陽建此大策常以爲落落難合班固答賓戲曰功不得背時而獨彰樂天詩性將時共背**譬如刳心松中有歲寒在**寒山子詩曰有樹先林生計年逾一倍根遭陵谷變葉爲風霜改咸笑外彫殘不憐內文彩皮膚旣脫落唯有眞心在蓋用涅槃經語也此句

頗采其意歲寒見魯論**湖州三百年筆與前哲配**文同字與可元豐二年出守湖州未至而卒詩言與可追配柳誠懸於三百年也退之感二鳥賦曰盍求配於古人**規模轉銀鈎幽賞非俗愛**言與可以褚柳正書之法變而作竹銀鈎見上注**披圖風雨入咫尺莽蒼外**漢志芝房歌曰披圖按諜南史齊竟陵王子良孫賁常於扇上圖山水咫尺之內便覺萬里爲遙老杜詩咫尺應須論萬里莊子音義曰莽蒼草野色也上莫浪反下七蕩反**吾宗學湖州師逸功已倍**李邕詩吾宗固神秀禮記學記曰善學者師逸而功倍**有來竹四幅冬夏生變態**雝詩曰有來雝雝司馬相如子虛賦曰殫觀衆物之變態張衡西京

賦曰命般爾之巧匠盡變態乎其中李善注云變奇也態巧也預知更入神後出遂無對畫品曰吳道子才通思遠下筆如有神助易曰精義入神世說習鑿齒曰樂令無對於晉世吾詩被壓倒物固不兩大撫言曰楊汝士於楊嗣復坐上詩後成而最佳元白歎服汝士醉歸語其子弟曰吾今日壓倒元白左傳周史曰物莫能兩大

用前韻謝子舟爲予作風雨竹

子舟詩書客畫手睨前輩退之詩借問讀書客胡爲在京師老杜詩畫手看前輩吳生遠擅場挹袂拍其肩餘力左右逮山谷自注引郭璞詩云左挹浮丘袖右拍洪崖肩○論語行有餘力漢志民有餘力摩拂造化鑪經營鬼神會造化鑪見上注謝赫畫品謂畫有六法五曰經營位置老杜詩意匠慘淡經營中老杜閬山歌曰那知根無鬼神會已覺氣與嵩華敵光煤疊亂葉世與作者背謂俗工如此看君回腕筆猶喜漢儀在言得前輩筆法也墨藪載筆髓云須手腕輕虛索靖敘草書曰命杜度運其指使伯英回其腕後漢光武紀曰不圖今日復見漢官威儀歲寒十三本與可可追配東坡王元之畫像贊引曰足以追配此六君子者小山蒼苔面突兀謝憎愛小山謂竹下山石也盧仝石請客詩曰竹弟雖讓客不敢當客恩自慙埋没从蒲面蒼苔痕又石答竹曰蒼蘚印我面雨露皴我皮此故不嫌我突

兀蒙相知文選嵇康養生論曰愛憎不施於情風斜兼雨重意出筆墨外謂絕去翰墨畦逕也老杜詩輕燕受風斜又雨詩曉來紅濕處花重錦官城畫斷曰王宰畫山水樹石出於象外吾聞絕一源戰勝自十倍此句以下言胷中高勝則游戲筆墨自當不凡陰符經曰絕利一源用師十倍說者謂至靜之極不爲死生所亂故戰則必勝也榮枯轉時機生死付交態選詩曰俛仰見榮枯山谷此句言轉時機謂視窮達若物之榮枯各隨時盛衰任天機自運爾漢書鄭當時傳翟公曰一死一生乃知交情一貧一富乃知交態山谷此句言處死生之變我初無心從彼世情自作異見狙公倒七芧勿用嗔喜對莊子狙公賦芧曰朝三而暮四衆狙皆怒曰然則朝四而暮三衆狙皆悅名實未虧而喜怒爲用亦因是也嗔喜見上注高僧支遁傳喻道論曰道林識清體順而不對於物此物當更工請以小喻大漢書司馬相如上書諫獵云鄙諺曰家累千金坐不垂堂此言雖小可以喻大

再用前韻詠子舟所作竹

森萷一山竹壯士十三輩元次山訟木魅曰見榛梗之森梢楚辭曰萷櫹槮之可哀集韻萷音宵槮草木茂皃壯士蓋用杜牧之十萬丈夫之意○熟觀此詩子舟所作竹必十三枝故前篇有歲寒十三本今又有壯士十三輩之語自干雲天去草芥肯下逮司馬相如子虛賦曰

交錯糾紛上干青雲樛木詩注曰木枝以下垂故葛藟得纍而蔓之喻后妃能以意下逮衆妾

虛心聽造物顛沛風雲會

詩意謂竹君無心但聽命於造物雖風雨之變顛沛偃仆亦任其自然爾莊子子輿曰其心間而無事跰䠲而鑑于井曰嗟乎造物者又將以予爲此拘拘也注謂任自然之變班固荅賓戲曰彼皆躡風雲之會履顛沛之勢文選李重幾曰值風雲之會又選詩曰藹藹風雲會此並借用按魯論注曰造次急遽顛沛偃仆雖急遽偃仆不違仁。詩云顛沛之揭本實先撥

榮枯偶同時終不相棄背

榮枯見上注張詩序曰華落色衰復相棄背

誰云湖州沒筆力今尚在

老杜詩溟漲與筆力

阿筌雖墨妙好以桃李配

黃筌多作夾竹桃李文選別賦曰淵雲之墨妙

國工裁主意冷淡恐不愛

黃筌蓋孟蜀時待詔國工見上注裁謂量度摭言曰裴度夜宴聯句白樂天曰笙歌鼎沸勿作此冷淡生活

子舟落心畫榮觀不在外

落謂落筆法言曰書心畫也老子曰雖有榮觀燕處超然

耆年道機熟增勝當倍倍

維摩經天女荅舍利佛曰我止此室如耆年解脫柳子厚詩老僧道機熟李通玄華嚴論多有倍倍增廣之語

祖述今百家小紙弄姿態

禮記曰仲尼祖述堯舜小紙見何曾傳具上注後漢李固傳曰固獨胡粉飾皃搔頭弄姿槃旋偃仰從容治步宋玉神女賦曰瓌姿瑋態世說注文士傳曰張華爲人少威儀多姿態

雖云出湖州卷置懶開對

謂失與可本意

非公筆如椽孰能爲之大

晉書王珣傳曰夢人以大筆如椽與之既覺語人云此當有大手筆事魯論曰赤也爲之小孰能爲之大此借用

戲詠子舟畫兩竹兩鸜鵒

風晴日暖搖雙竹竹間相語兩鸜鵒鸜鵒之肉不可肴人生不材果爲福

老杜冬狩行有鳥名鸜鵒力不能高飛逐走蓬肉味不足登鼎俎胡爲見羈虞羅中莊子山木篇弟子問於莊子曰昨日山中之木以不材得終其天年淮南子曰塞上之人馬無故亡而入胡人皆弔之其父曰此何遽不爲福乎

子舟之筆利如錐千變萬化皆天機

樂天詩曰紫毫筆尖如錐兮利如刀晉書祖納傳曰汝潁之士利如錐列子云千變萬化老杜歌曰劉侯天機精愛畫入骨髓

未知筆下鸜鵒語何似夢中蝴蝶飛

眞假夢覺爲一爲二達者必能辨莊子曰昔者莊周夢爲蝴蝶栩栩然蝴蝶也自喻適志俄然覺則蘧蘧然周也不知周之夢爲蝴蝶與蝴蝶之夢爲周與

山谷詩集注卷第十二

山谷詩集注卷第十三

次韻答斌老病起獨游東園二首

萬事同一機多慮乃禪病楞嚴曰雖見諸根動要以一機抽傳燈録僧亡名息心銘曰無多慮無多知多知多事不如息意多慮多失不如守一圓覺經曰大悲世尊快説禪病排悶有新詩忘蹄出兔徑老杜詩云排悶強裁詩莊子曰蹄者所以在兔得兔而忘蹄言者所以在意得意而忘言僧肇注維摩經曰曷為回龍象於兔徑又傳燈録永嘉證道歌曰大象不游於兔徑蓮花生淤泥可見嗔喜性維摩經曰譬如高原陸地不生此花卑濕淤泥乃生此花山谷此句意謂花與泥俱出於一池非泥外有

花喜與嗔俱出於一性非嗔外有喜因所見以示人蓋得夫觀物之妙也小立近幽香心與晚色靜王立之詩話曰山谷詩云小立佇幽香儂家能有幾絇絲韻聯與荆公頗相同當是暗合耳按介甫詩云月映林塘淡空涵笑語涼俯窺憐綠淨小立佇幽香然亦本於老杜稀踈小紅翠駐屐近微香之句老杜詩又曰水花晚色靜庶足充淹留

主人心安樂花竹有和氣時從物外賞自益酒中味國語晉文公曰人生安樂孰知其他張平子歸田賦曰苟縱心於物外淵明詩酒中固多味斸枯蟻改穴掃籜筍迸地斸音株玉切斫也老杜詩藥任鄰人斸樂天筍詩曰穿墻迸路不依行萬籟

寂中生乃知風雨至萬籟見上注

又和二首

西風壓殘暑如用霍去病漢書霍去病傳曰合短兵鏖皐蘭下䟽溝滿蓮塘掃葉明竹逕魏都賦曰䟽通溝以濱路注曰䟽通也中有寂寞人自知圓覺性圓覺經曰無上法王有大陁羅尼門名為圓覺心猿方睡起一笑六窗靜高僧求那跋摩傳曰知彼所依處從心猿猴起業及業報果依緣念念滅按遺教經曰此五根者心為其主譬如猿猴得樹難可禁制傳燈録中邑禪師傳仰山問如何得見性師云譬如有屋屋有六窗内有一獼猴東邊喚山山山山應如是六窗俱喚

俱應仰山云只如内獼猴困睡外獼猴欲與相見如何師即下繩床執仰山手作舞云山山與汝相見了

外物攻伐人鍾鼓作聲氣莊子曰外物不可必劉子曰目愛緑色命曰伐性之斤耳樂滛聲命曰攻心之鼓左傳曰凡師有鍾鼓曰伐無曰侵又曰金鼓以聲氣也○又曰一鼓作氣待渠弓箭盡我自味無味傳燈録僧問巖頭弓折箭盡如何師曰去老子曰為無為事無事味無味

宴安衽席間蛟鰐垂涎地左傳曰宴安酖毒不可懷也莊子曰夫畏途者十殺一人則父子兄弟相戒也人之所最畏者衽席之上飲食之間而不知為之戒者過也歐公乞致仕表曰不虞暗禍陷臣於風波必死之淵上賴至

仁脫臣於蛟鰐垂涎之口文選枚叔七發曰往來游醼縱恣乎曲房隱間之中此甘飡毒藥戲猛獸之爪牙也君子履微霜即知堅冰至言外物之來當辨於早也楚詞東方朔七諫曰微霜下而夜降易坤卦曰履霜堅冰至

又答斌老病愈遣悶二首

百痾從中來悟罷本誰病黃庭經百痾所鍾存無英說文曰痾病也文選短歌曰憂從中來不可斷絕維摩經曰維摩詰言今我此病皆從前世妄想顛倒諸煩惱生無有實法誰受病者所以者何四大合故假名為身四大無主身亦無我西風將小雨涼入居士徑苦竹遶蓮塘自悅魚鳥性唐人常建詩曰山光悅鳥性潭影空人心紅

粧倚翠蓋不點禪心靜青箱雜記曹修古詩云荷葉罩美蓉圓青映嫩紅佳人南陌上翠蓋立春風太白詩花將色不染心與水俱閑風生高竹涼雨送新荷氣老杜詩旁舍連高竹韋應物詩雨微荷氣涼魚游悟世網鳥語入禪味選詩曰世網嬰我身阿彌陀經云水鳥樹林及與諸佛所出音聲皆演妙法與十二部經合維摩經曰雖復飲食而以禪悅為味又按涅槃經有出家味讀誦味坐禪味○柳子厚詩云世網難嬰每自珍南史虞寄云魚游沸鼎一揮四百病智刃有餘地病來每厭客今乃思客至維摩經曰是身為災百一病惱僧肇注曰一大增損則百一病生四大增損則四百四病同時俱作經又

曰以智慧劍破煩惱賊文選頭陀寺碑曰智刃所游日新月故莊子曰恢恢乎其於游刃必有餘地矣○退之詩清琴試一揮

次韻黃斌老晚游池亭二首

路入東園無俗駕忽逢佳士喜同遊綠荷菡萏稍覺晚黃菊拒霜殊未秋文選北山移文曰請回俗士駕為君謝逋客山有扶蘇詩注曰荷華扶渠也其花菡萏陶岳零陵記曰拒霜花樹叢生葉大而岐花甚紅九月霜降時開故謂之拒霜文選江文通詩曰佳人殊未來客位正須懸榻下主人自愛小塘幽禮記冠義曰醮於客位後漢書徐穉傳曰太守陳蕃不接賓客唯穉來特設一榻去

則懸之文選沈休文詩實至下塵榻老杜詩主人為卜林塘幽老夫多病蠻江上頗憶平生馬少游後漢馬援傳曰吾從弟少游常哀吾慷慨多大志曰致求盈餘但自苦耳當吾在浪泊西里間毒氣熏蒸仰視飛鳶跕跕墮水中卧念少游平生時語何可得也岑寂東園可散愁膠膠擾擾夢神遊岑寂見上注老杜詩暄和散旅愁莊子天道篇堯曰膠膠擾擾乎注云自嫌有事列子曰黃帝夢遊於華胥氏之國非舟車足力之所及神游而已萬竿苦竹旌旗卷一部鳴蛙鼓吹秋南史孔珪傳門庭內草萊不剪中有蛙鳴曰我以此當兩部鼓吹雨後月前天欲冷身閑心遠

地常幽淵明詩心遠地自偏杜門謝客恐生謗且作人間鵬鷃遊漢書申公傳終身不出門復謝賓客又按唐陸贄傳旣放荒遠常闔户人不識其面又避謗不著書此詩反其意世説注向子期郭子玄逍遥義曰夫大鵬之上九萬尺鷃之起一枋揄小大雖殊各任其性苟當其分逍遥一也而山谷作莊子内篇解則曰鵬鷃之大鳩鷃之細均爲有累於物而不能逍遥唯躰道者乃能逍遥耳然此詩用向郭之意

戲答史應之三首

先生早擅屠龍學袖有新硎不試刀歲晚亦無雞可割庖蛙煎鱔薦松醪嘗聞長老云應之眉

山人落魄無檢喜作鄙語人以屠膾目之故此詩多用屠家事莊子曰朱泙漫學屠龍於支離益單千金之家三年技成而無所用其巧新硎割雞皆見上注前輩詩曰來朝爲送先生飯一夜沿溪捉鱔魚應之授館於人爲童子師故云爾舊本煎鱔作爛蝠蓋眉之野人或食蚯蝠故鄉諺因以爲戲唐人郭受詩松醪酒熟旁看醉又傳奇曰鄭德鄰居江上遇一賣菱叟每以佳酒松醪春與之

老萊有婦懷高義不厭夫家苜蓿盤列女傳老萊子逃世耕於蒙山之陽楚王駕至其門曰守國之孤願變先生老萊曰諾妻曰妾聞之居亂世爲人所制能免於患乎妾不能爲人所制者委畚而去老萊乃隨而隱閩川名士傳薛令之開元中爲右庶子時宮僚清淡令之爲詩曰朝日上團團照見先生盤盤中何所有苜蓿長闌干收得千金不龜藥短裙漂絖暮江寒莊子曰宋人有不龜手之藥者世世以洴澼絖爲事客聞之請買其方百金與越人水戰大敗越人吳王裂地而封之注云其藥能令手不拘拆故常漂絮於水中也

甑有輕塵釜有魚漢庭日日召嚴徐後漢范丹傳所止單陋有時絕粒閭里歌之曰甑中生塵范史雲釜中生魚范萊蕪漢書主父偃傳曰是時徐樂嚴安亦俱上書言世務上召見三人謂曰公皆安在何相見之晚也田叔傳曰漢廷臣無能出其右者不嫌藜藿來同飯更展芭蕉看學書藜藿見上注法書苑陸羽作懷素傳曰貧無紙可書常於

故里種芭蕉萬餘以供揮洒

題也足軒并序

簡州景德寺覺範道人種竹於所居之東軒使君楊夢貺題其軒曰也足取古人所謂但有歲寒心兩三竿也足者也仍爲之賦詩余輒次韻此詩以石本校過改正種愛若曇四字

道人手種兩三竹使君忽來唾珠玉手種誤作手捶太白詩咳唾落九天隨風生珠玉不須客賦千首詩若

是賞音一夔足杜牧之詩何人得似張公子千首詩輕萬戸侯吳志周瑜傳注江表傳瑜謂蔣幹曰吾雖不及夔曠聞弦賞音足知雅曲吕氏春秋魯哀公問於孔子曰樂正夔一足矣此借用以屬楊使君世人愛處屬同流一絲不掛似太俗愛處誤作同處傳燈録石頭和尚草庵歌曰世人住處我不住世人愛處我不愛又豐干告寒山子曰汝與我游五臺即我同流若不與我去非我同流曰我不去豐干曰汝不是我同流又南泉問陸亘十二時中作麼生陸曰寸絲不挂師云猶是堦下漢又南泉坐次一僧叉手而立南泉曰太俗生僧合掌南泉曰太僧生詩意謂愛竹開軒聊同世好於佛法初無所妨也客來若問有何好道人優曇遠山綠若問誤作問我

優曇誤作優波晉書孟嘉傳桓溫問酒有何好而卿嗜之貫休詩夜雨山草滋爽籟雜枯木閑吟竺仙偈清絶過於玉蟋蟀鳴壞墻苟免悲局促道人優曇華迢迢遠山綠按法華經云佛告舍利弗如是妙法諸佛如來時乃説之如優曇鉢華時一現耳又偈曰是人甚希有過於優曇華疏云優曇鉢名瑞應三千年一現現則金輪王出此詩引用言竹之所以可愛政由道人難得耳山谷與周元翁書曰範上坐是簡州人爲山詰老門人也其人聞道已久多見前輩道機純熟知處深遠於士大夫中求之未易得

寄題榮州祖元大師此君軒

王師學琴二十年響如清夜落澗泉琴曲有幽澗泉老杜詩藍水遠從千澗落滿堂洗盡箏琶耳請師停手恐斷絃東坡詩歸家且覓千斛水淨洗從前箏笛耳張籍詩爲出二侍女合彈琵琶箏退之聽頴師琴詩曰推手遽止之濕衣淚滂滂又詩杯行到君莫停手琴家有彈欲斷絃下指淺按欲入木力不見之語神人傳書道人命死生貴賤如看鏡道讀如樂道人之善之道史記龜策傳曰卜者虛高人祿命以說人志退之作李虛中誌曰最深於五行書以人之始生年月日所直日辰支于相生勝衰死相王斟酌推人壽夭貴賤利不利輒先處其年時百不失一晚知直語觸憎嫌深藏幽寺聽鐘磬言不復以談天爲事漢書谷永傳曰讋言觸忌諱退之詩僻寺境還幽有酒

如澠客滿門不可一日無此君左傳曰有酒如澠有肉如陵此君見上注當時手栽數寸碧聲挾風雨今連雲韓孟城南聯句云遥岑出寸碧此借用挾風雨見上注文選潘岳秋興賦曰高閣連雲此君傾蓋如故舊骨相奇怪清且秀漢書鄒陽傳語曰有白頭如新傾蓋如故按家語孔子遇程子傾蓋而語終日甚相悅顧謂子路取束帛以贈之魯論曰故舊不遺則民不偷骨相見上注程嬰杵臼立孤難伯夷叔齊採薇瘦言竹之勁且瘦如此史記趙世家趙屠岸賈殺趙朔趙朔妻成公姊有遺腹走公宮匿趙朔客曰公孫杵臼謂朔友人程嬰曰立孤與死孰難程嬰曰死易立孤難耳杵臼曰子強爲其難

者吾爲其易者請先死伯夷傳曰伯夷叔
齊義不食周粟隱於首陽山采薇而食之
遂餓死於首陽霜鍾堂上弄秋月微風入絃此君
說霜鍾蓋蔡邕秋思琴曲之一也此僧因以名其堂公家周彥筆
如椽此君語意當能傳王庠字周彥滎州人東坡嘗稱之筆
如椽見上注

答李任道謝分豆粥

豆粥能驅晚瘴寒與公同味更同餐安知
天上養賢鼎且作山中煑菜看後漢馮異傳光武曰
昨得公孫豆粥飢寒俱解世說孫長樂作
王長史詩云同此玄味易鼎卦曰聖人大
亨以養聖賢

贈知命弟離戎州

道人終歲學陶朱西子同舟泛五湖船䆫
臥讀書萬卷還有新詩來起予知命頗落魄不羈此
詩蓋譏誨之也山谷嘗有書與人云知命
不樂靜居數出又答宋子茂書云知命將
一妾一子相同來史記貨殖傳范蠡適齊
爲鴟夷子皮之陶爲朱公國語曰范蠡遂
乘輕舟以浮於五湖杜牧之詩云西
子下姑蘇一舸逐鴟夷起予見魯論
娙相隨知命舟行相字惟深小字韓十知命第二子
莫去沙邊學釣魚莫將百丈作轆轤清江

濯足䆫下坐燕子日長宜讀書老杜詩百丈牽江色
盧仝詩轆轤無繩井百尺老杜又有燕子
來舟中詩云湖南爲客動經春燕子啣泥
兩度新暫語舡檣還起去穿花落水益霑巾

次韻奉答文少激紀贈二首

詩來清吹拂衣巾句法詞鋒覺有神詩曰吉甫
作誦穆如清風廬山記載王喬之詩曰常
聞清吹空文選沈休文詩豈假濯衣巾晉
潘岳贊曰詞鋒景絢又老杜詩云詩成覺有神今日相看青眼舊
他年肯作白頭新青箱雜記范諷詩惟有南山與君眼相逢不改
舊時青漢書鄒陽傳曰白頭如新傾蓋如故文如霧豹容窺管
氣似靈犀可辟塵霧豹見上注晉書王獻之傳門生曰此郎管中
窺豹時見一斑李商隱詩心有靈犀一點
通述異記曰却塵犀海獸也其角辟塵○
南山有玄豹霧雨十日不下食欲以澤其毛羽成其文章慙愧相期在
臺省無心枯木豈能春老杜詩諸公袞袞登臺省劉禹錫詩
病樹前頭萬木春
文章藻鑑隨時去人物權衡逐勢低少激登元
祐三年進士第時東坡知舉山谷爲其屬
故於此詩寄一嘆之意藻鑑見上注後漢
許劭傳覈論鄉黨人物楊子墨池春草遍武侯祠廟
曉鶯啼楊子雲墨池諸葛忠武廟皆在今成都老杜蜀相祠堂詩云映堦碧

草自春色隔葉黃鸝空好音山谷意謂東坡竄謫岷峨悽愴無復振起前人氣象也

書帷寂寞知音少幕府留連要路迷漢書董仲舒傳下帷講誦知音少見上注漢書李廣傳曰幕府省文書注云幕府者以軍幕爲義選詩云何不策高足先據要路津顧我何人敢推輓看君桃李合成蹊並見上注

次韻文少激推官祈雨有感少激名抗臨卭人時在戎州諸本或作少微誤予嘗見其家藏此詩眞本有序云竊聞太守齋絜奉祠當擭嘉應

窮儒憂樂與民同何況朱輪職勸農終日甕盎供一餉幾時膚寸冒千峯文氏眞本民作人按晉書謝安傳簡文帝曰安石既與人同樂必不得不與人同憂退之送窮文曰太學四年朝甕暮盎公羊曰觸石而出膚寸而合不崇朝而徧雨乎天下者唯泰山耳注云側手爲膚按指爲寸文選潘安仁詩川氣冐山嶺詩意謂少激之窮如此安能澤加於民未須丘垤占鳴鸛只要朝廷起卧龍言調燮陰陽在得人也東山詩鸛鳴于垤注云鸛水鳥也將陰雨則鳴丘垤見孟子蜀志諸葛亮傳徐庶謂先主曰諸葛孔明者卧龍也將軍豈願見之乎蘇黃門詩雷雨連年起卧龍從此滂沱遍枯槁愛民天子似仁宗文氏眞本上句作從此滂沱三十六後改此句按春秋說題辭曰一歲三十六

雨天地之氣宜十日小雨應天文十五日大雨以斗運也又按京房易候云太平之時十日一雨凡歲三十六雨此休徵時若之應

次韻李任道晚飲鎖江亭此詩前有贈惠洪一篇編次不倫前輩以爲非山谷所作曾慥詩選記俞秀老事亦嘗及之今刪去鎖江亭在戎州之東戎今爲叙州山谷與王觀復書云有李仔任道本梓人而寓江津二十餘年其人言行有物參道得其要老成人也

西來雪浪如炰烹兩涯一葦乃可橫東坡樂府曰江漢西來猶自帶岷峨雪浪錦江春色退之詩具此煎炰烹莊子秋水篇曰兩涘渚涯之間詩曰誰謂河廣一葦杭之楚辭曰橫大江兮揚靈忽思鍾陵江十里白蘋風起縠紋生劉禹錫詩令人忽憶瀟湘渚輿地廣記唐改豫章曰鍾陵又改曰南昌今屬洪州山谷鄉里也白蘋見上注宋玉風賦曰風起于青蘋之末劉禹錫竹枝歌曰瀼西春水縠紋生酒杯未覺浮蟻滑茶鼎已作蒼蠅鳴張平子南都賦曰酒則甘醴十旬兼清醪敷徑寸浮蟻若萍退之集載彌明石鼎聯句曰時於蚯蚓竅微作蒼蠅鳴歸時共須落日盡亦嫌持蓋僕屢更老杜詩落盡高天日幽人未遣回又云清江白日落欲盡禮記儒行曰遽數之不能終其物悉數之乃留更僕未可終也

再次韻兼簡履中南玉三首

李侯詩律嚴且清諸生賡載筆縱橫禮記緇衣篇曰昔吾有先正其言明且清書皐陶乃賡載歌注云賡續載成也續歌以成其義○東坡詩敢將詩律鬬清嚴句中稍覺道戰勝肯次不使俗塵生淵明詩貧富常交戰道勝無戚顏按韓非子子夏曰今先生之義勝故肥其詳具上注楚辭屈平漁父曰安能以皓皓之白蒙世俗之塵埃乎山繞樓臺鍾鼓晚江觸石磯碪杵鳴退之詩青春白日映樓臺老杜詩寒江觸石喧寰宇記曰鄂州江夏縣有驚磯山俯臨大江下有石磯波濤迅急商旅驚駭因以爲名此用其字樂天詩月苦風清砧杵悲鎖江主人能致酒願渠乆住莫終更李賀有致酒行曰零落棲遲一杯酒主人奉觴稱客壽漢書段會宗傳曰終更亟還亦足以復鴈門之踦注云邊吏三歲更江津道人心源清不繫虛舟盡日橫四十二章經曰佛言沙門者斷去愛欲識自心源莊子曰泛乎若不繫之舟虛而遨遊者也寇萊公詩野水無人渡孤舟盡日橫江津屬渝州渝今爲恭道機禪觀轉萬物文采風流被諸生柳子厚贈江華長老詩老僧道機熟默語心皆寂圭峯禪源序曰至於念佛求生淨土亦須修十六觀禪楞嚴曰若能轉物即同如來老杜詩文采風流今尚存與

前漢朱雲傳曰時出乘牛車從諸生

世浮沉唯酒可隨人憂樂以詩鳴杜詩濁醪有妙理庶用慰沉浮史記游俠傳序曰豈若卑論儕俗與世沉浮而取榮名哉晉書顧榮傳曰唯酒可以忘憂蔡琰胡笳十八拍曰絲竹微妙兮均造化之功哀樂各隨人心兮有變則通退之送孟東野序曰東野始以其詩鳴此引用言隨其心之所感或憂或樂皆於詩焉發之江頭一醉豈易得事如浮雲多變更老杜詩每日江頭盡醉歸又詩天上浮雲似白衣須臾改變如蒼狗鎖江亭上一樽酒山自白雲江自橫文選沈休文詩勿言一樽酒明日難重持李侯短褐有長處不與俗物同條生左傳曰盧蒲嫳髮短而心甚長此句頗采其意短褐見上注漢書丙吉傳曰人各有所長浮盃和尚語曰別有長處不妨拈出晉書王戎傳阮籍曰俗物已復來敗人意傳燈錄巖頭曰雪峯雖與我同條生不與我同條死要識末後句只這是經術貂蟬續狗尾文章瓦釜作雷鳴此句指當世之士晉書趙王倫傳每朝會貂蟬盈坐時人諺曰貂不足狗尾續史記屈原傳曰黃鍾毀棄瓦釜雷鳴古來寒士但守節夜夜抱關聽五更漢書汲黯傳曰守節死義又蕭望之傳署小苑東門候王仲翁顧謂望之曰不肯錄錄反抱關爲望之曰各從其志注云門候謂主候時而開閉也孟子曰抱關擊柝夏竦詩卧聽元戎報五更

次韻任道食荔支有感三首

一錢不直程衛尉萬事稱好司馬公兩句皆山谷自道漢書灌夫傳夫罵灌賢曰平生毀程不識不直一錢今乃効女曹兒呫囁耳語田蚡曰程李俱東西宮衛尉今衆辱程將軍仲孺獨不爲李將軍地乎世說載司馬徽別傳曰徽字德操括囊畏慎人有以人物問徽者初不辯其高下每輒言佳其婦諫之徽曰如君所言亦復佳白髮永無懷橘日六年惆悵荔支紅吳志陸績年六歲於九江見袁術術出橘績懷三枚去拜辭墮地術謂曰陸郎作賓客而懷橘乎績跪答曰欲遺母術大奇之按山谷入蜀凡六見荔支宋玉高唐賦曰惆悵自失惆恥驕反

今年荔子熟南風莫愁留滯太史公漢書司馬遷傳曰太史公留滯周南注云司馬談爲太史令遷尊其父故謂之爲公山谷嘗爲神宗實録院檢討官云五月照江鴨頭綠六月連山柘枝紅太白詩遙看漢水鴨頭綠老杜詩連山晚照紅山谷與王觀復書云今年戎州荔子盛登一種柘枝頭出於過臘平大如雞卵味極美舞女荔支熟雖晚臨江照影自惱公天與蹙羅裝寶髻更換猩血染殷紅舞女亦謂柘枝樂府雜録曰柘枝舞因曲爲名用二女兒帽施金鈴抃轉有聲後漢書宦者傳論曰歌童舞女之翫李賀詩有惱公篇蓋艷體也其首章曰宋玉愁空斷嬌饒粉自紅歌聲春草露門掩杏花叢猩血見上注老杜詩象床玉手亂殷紅殷音烏閑反

廖致平送綠荔支爲戎州第一王公權荔支綠酒亦爲戎州第一

王公權家荔支綠廖致平家綠荔支試傾一杯重碧色快剝千顆輕紅肌老杜宴戎州東樓詩云重碧酤春酒輕紅擘荔支撥醅蒲萄未足數堆盤馬乳不同時太白詩遙看漢水鴨頭綠有似蒲萄新撥醅退之蒲萄詩曰若欲蒲盤堆馬乳莫辭添竹引龍鬚○漢武帝曰恨不得與此人同時誰能同此勝絕味唯有老杜東樓詩世說孫長樂作王長史誄云余與夫人交非勢利心猶澄水同此玄味老杜東樓詩首句曰勝絕驚身老情忘發興奇

謝楊履道送銀茄四首

藜藿盤中生精神珍蔬長蔕色勝銀朝來鹽醯飽滋味已覺瓜瓠漫輪囷家語子路曰由也事二親之時嘗食藜藿之實老杜詩顏色白勝雪禮記月令曰薄滋味毋致和漢書鄒陽傳曰蟠木根柢輪囷離奇注云委曲盤戾也此借用

君家水茄白銀色殊勝埧裏紫彭亨蜀人生踈不下箸吾與北人俱眼明玉篇云蜀人謂平川曰埧音必駕反彌明石鼎聯句曰豕腹脹彭亨黃庭經曰五岳之雲氣彭亨生踈蓋

用俗語晉書何曾傳曰日食萬錢猶曰無下箸處老杜詩吾與汝曹俱眼明
白金作顆非椎成中有萬粟嚼輕冰戎州
夏畦少蔬供感君來飯在家僧後漢韓稜傳肅宗賜三人以寶劒自手署其名曰韓稜楚龍淵郅壽蜀漢文陳寵濟南椎成以寵敦朴善不見外故得椎成此借用孟子曰病于夏畦集福德三昧經曰若有菩薩作是三昧雖在家當說是人名爲出家山谷持律頗嚴故自謂在家僧○東坡和食筍詩云一飯在家僧
畦丁收盡垂露實葉底猶藏十二三待得
銀包已成穀更當乞種過江南老杜摘蒼耳詩曰畦

丁告勞苦莊子馬蹄篇曰馬之死者十二三矣茄之老者其子堅黑如穀北人謂之穀子茄

送石長卿太學秋補

長卿家亦但四壁文君窺之介如石借用司馬長卿事四壁見上注易豫卦之六二曰介于石不終日貞吉繫辭曰介于石焉寧用終日斷可識矣
胷中已無少年事骨氣乃有老松
格晉書阮裕傳曰人云裕骨氣不及逸少而兼有諸人之美盧仝詩曰此骨縱橫奇又奇千歲萬歲枯松枝
漢文新覽天下圖詔山採玉
淵獻珠徽宗時初即位東都賦曰天子受四海之圖籍膺萬國之貢珍再

三可陳治安策第一莫上登封書漢書賈誼傳曰因陳治安之策試詳擇焉司馬相如傳長卿爲一卷書言封禪事南史陳後主從隋文帝東巡賦詩曰太平何以報願上東封書樂天詩鴈鴈汝飛向何處第一莫飛西北去

次韻少激甘露降太守居桃葉上

金莖甘露薦齋房潤及邊城草木香漢武帝故事作承露盤以取雲表之露班固西都賦曰抗仙掌以承露擢雙立之金莖漢志郊廟歌曰齋房産草東坡詩十里南風草木香
蕡實葉間天與味
成蹊枝上月翻光蜀都賦曰蕡實時味王公羞焉按桃夭詩注云

蕡實皃漢書李廣贊曰桃李不言下自成蹊劉禹錫棼絲瀑詩曰翻光破夕曛羣
心愛戴葵傾日萬事驅除葉隕霜國語祭公謀父曰庶人不忍欣戴武王葵傾日見上注漢書王莽贊曰帝王之驅除云爾春秋僖公二十三年書隕霜不殺草公羊注曰陰假陽威之應山谷意謂微考踐阼羣心傾戴如日之方升姦回屏斥如霜之肅殺也
玉燭時和君會否舊
臣重疊起南荒時放臣皆得北還選詩慶泰欲重疊陸機辯亡論曰輶軒騁於南荒○爾雅四氣和謂之玉燭

借景亭并序

青神縣尉廳葺城頭舊屋作借景亭下

瞰史家水竹終日寂然了無人迹又當大木緑陰之間戲作長句奉呈信孺明府介卿少府

青神縣中得兩張愛民財力惟恐傷漢書賈山傳曰君有餘財民有餘力而頌聲作二公身安民乃樂勸葺城頭五月涼用孟子賢者而後樂此之意○亭在縣墻上故曰城頭也竹鋪不涴吳綾襪東西開軒蔭清樾淮南子曰武王蔭暍人於樾下退之詩守縣坐深樾當官借景不傷民恰似鑿池取明月月影分身何傷本體杜牧之盆池詩云鑿破蒼苔地偷生一片天此用其意

戲贈家安國安國眉山人字復禮

家僕口吃善著書常願執戈王前驅史記韓非傳非爲人口吃不能道說而善著書詩曰伯也執殳爲王前驅○山谷此詩皆舉實事按復禮上相府書云某不佞後長卿子雲生千有五百年著書明道摛辭立論才得其緒餘而口吃之病同之復禮初以武進後入左選故東坡贈之詩云夜談空說劒春夢猶横經又云初聞編簡香稍覺鏵鏑腥而復禮謝改官啓云三陪籌幄笑談當十萬戎行兩帝師筵排闈應三千門弟皆此意也朱紱蹉跎晚監郡吟弄風月思天衢易困卦曰朱紱方來利用享祀老杜寄高適詩聞君已朱紱且得慰蹉跎漢書百官表曰監御史秦官掌監郡樂天與元九書曰梁陳間率不過嘲風雪弄花草而已天衢見上注二蘇平生親且舊少年筆硯老杯酒二蘇謂東坡黃門亦眉人漢書張安世傳曰彭祖又少與上同席研書司馬遷書曰未嘗銜盃酒接殷勤之歡○東坡贈之曰吾儕便歸老亦足慰餘齡黃門則曰白髮弟兄驚我在喜君遊宦亦天倫親且舊之意檠可見矣但使一氣轉洪鈞此老矍鑠還冠軍老杜詩一氣轉洪鈞按選詩洪鈞陶萬類後漢馬援傳曰矍鑠哉是翁也漢書項羽傳宋義號卿子冠軍

次韻楊君全送酒

扶衰却老世無方唯有君家酒未嘗漢書食貨志曰酒所以扶衰養疾史記漢武帝紀李少君以却老方見上退之詩漸送一生唯有酒左傳潁谷封人曰未嘗君之羹秋入園林花老眼茗搜文字響枯腸圓覺經曰譬彼病目見空中花老眼見上注盧仝茶歌云三椀搜枯腸惟有文字五千卷醡頭夜雨排簷滴盃面春風繞鼻香不待澄清遣分送定知佳客對空觴玉篇醡與酢同音側射反切韻云壓酒具也歐公詩寒醅美新醡老杜詩簷雨細隨風盧仝詩一片新茶破鼻香

次韻楊君全送春花

化工能斡大鈞回不得東君花不開誰道纖纖綠窻手磨刀剪綵喚春來漢書賈誼賦曰造化爲工又曰大鈞播物詩云摻摻女手注云纖纖也景龍文館記曰景龍四年立春內出綵花樹人賜一枝○杜牧之詩骰子逡巡裹手拈無因得見玉纖纖又樂天詩綠窻貧家女寂寞二十餘隋煬帝在江都宮時冬月剪綵爲花唐人吳融嘗爲作剪綵賦云此皆參而用之喚春來字亦老杜江雲日日喚愁生意也

謝楊景山送惠酒器

楊君喜我梨花盞却念初無注酒魁𦉪矮金壺肯持送挼莎殘菊更傳盃蜀之酒魁盖詩人所謂酌以大斗之遺制象北斗有魁柄也許愼說文曰匜似羮魁柄中有道可以注水玉篇𦉪音蒲楷切短也矮音於解切不長也曲禮共飯不澤手注曰澤謂挼莎也老杜詩傳杯不放杯

史彥升送春花彥升名會青神人乃紹封之子山谷有書柏學士山居詩跋云史紹封之子會與余外甥張協於蘇氏爲友婿也

千林搖落照秋空忽散穠花在眼中蝶繞蜂隨俱入座君家女手化春風宋玉九辯曰悲哉秋之爲氣也蕭瑟兮草木搖落而變衰女手見上注又禮記曰執女手之卷然

題石恪畫嘗醋翁名畫評曰石恪成都郫人性輕率嘗爲嘲譃之句學張南本畫數年已出其右多爲古僻人物詭形殊狀以蔑辱豪右

石媼忍酸喙三尺石皤嘗味面百摺洪覺範僧寶傳載寶峯洪英禪師偈曰阿家嘗醋三尺喙新婦洗面摸着鼻按莊子徐無鬼篇仲尼曰丘願有喙三尺宋景文筆記曰蜀人謂老曰皤取皤皤黃髮義皤音婆百摺言其面皺切韻云摺疊也音之涉反○東坡小集記夢中見宮人裙帶間有六言詩云百疊猗猗穀皺誰知聳膊寒至骨圖畫不減吳生筆國朝雜記長孫無忌嘲歐陽詢曰聳膊成山字埋肩不出頭王介甫詩北風蕭蕭寒到骨老杜詩畫手看前輩吳生遠擅場吳生謂道子也頃嘗見此圖益知此詩得游戲三昧曲盡其情狀云

謝應之

昨夜風雷震海隅天心急擬活焦枯去年席上蛟龍語未委先生記得無當是應之往在戎州謂山谷必非池中物至是復官有進用之漸其言頗有證也老杜詩未委適誰門

山谷詩集注卷第十三

山谷詩集注卷第十四

走筆謝王朴居士拄杖

投我木瓜霜雪枝六年流落放歸時千巖萬壑須重到脚底危時幸見持詩曰投我以木瓜晉書顧愷之傳曰千巖競秀萬壑爭流魯論曰危而不持顛而不扶則將焉用彼相矣退之赤藤杖歌曰性命造次蒙扶持老杜詩氣味濃香幸見分○陶隱居云俗人拄木瓜杖云利筋脛

戲答王居士送文石

南極一星天九秋自埋光景落江流是公

至樂山中物乞與褏翁似暗投老杜詩南極一星朝北斗按晉書天文志曰老人一星在弧南一曰南極常以秋分之旦見于景春分之夕而没于丁此借用以言星隕爲石也文選謝靈運詩心契九秋幹李善注引古樂府有歷九秋妾薄相行莊子曰是自埋於民謝靈運詩日月垂光景至樂山在嘉州凌雲之側暗投見上注○柳子厚詩看成古木對褏翁

次韻楊明叔見餞十首楊明叔從予學問甚有成當路無知音求爲瀘州從事而不能得予蒙恩東歸用蛟龍得雲雨鵰鶚在秋天作十詩見餞因用其韻以别○山谷辭免吏部員外郎狀云元符三年十二月發戎州貶所建中靖國元年二月至峽又改知舒州四月至荆南又召以爲吏部員外郎此詩未出蜀所作已有同安守吏部銓之語當是據邸報也山谷將發戎州時十二月癸卯有書梁甫吟跋語亦云時聞復朝奉郎知舒州而未被受

平津善牧豕佽飛能斬蛟漢書公孫弘家貧牧豕海上年四十餘乃學春秋雜説武帝以賢良徵後封平津侯宣帝紀發佽飛射士注引吕氏春秋曰荆有佽飛者得寶劍還涉江蛟夾繞其舡佽飛拔劍赴江斬蛟殺之荆王聞之仕以執圭武帝改秦左弋官曰佽飛官盖取古勇力人以名官也終藉一汲黯淮南解兵交平津之鄙佽飛之勇皆無益於漢家所可賴者

汲黯輩爾漢書汲黯傳淮南王謀反憚黯曰黯好直諫守節死義至説公孫弘等如發蒙耳左傳注曰兵交使在其間

楊子有直氣未忍死草茅退之送張道士詩曰臣有膽與氣不忍死茅茨漢書鼂錯傳曰昧死上狂惑草茅之愚臣言云云引之入漢朝誰爲續弦膠東方朔十洲記曰鳳麟洲仙家煮鳳喙及麟角合煎作膠名之爲續弦膠或一名連金泥此膠屬弓弩已斷之弦連刀劍斷折之金山谷引用謂疎遠之於朝廷其合甚難必有爲之固結於其間者

楊君清渭水自流濁涇中涇渭見上注今年貧到骨豪氣似元龍老杜詩已訴徵求貧到骨元龍見上注男

兒生世間筆端吐白虹言文章有光焰也鮑照行路難曰丈
夫生世能幾時退之詩是夕吐焰如長虹禮記曰君子於玉比德焉氣如白虹天也
何事與秋螢爭光蒲葦叢維摩經曰無以日光等彼螢火
史記屈原傳曰雖與日月爭光可也
事隨世滔滔心欲自得得魯論曰滔滔者天下皆是也注
云滔滔周流之皃孟子曰君子深造之以道欲其自得之也莊子曰吾所謂聰者非
謂其聞彼也自聞而已矣吾所謂明者非謂其見彼也自見而已矣夫不自見而見
彼不自得而得彼者是得人之得而不自得其得者也楊君爲己學
度越流輩百魯論曰古之學者爲己退之與崔群書曰況足下度越此

等百千輩按漢書揚雄傳曰必度越諸子矣老杜詩清文流輩百坐捫故
衣蝨垢襪春汗黑晉書前秦載記王猛詣桓溫面談當世之事捫
蝨而言旁若無人老杜詩垢膩脚不襪撫言高逢休書云顧雲樹間一尺三寸汗脚
踏他燒殘龍尾道當闕長老云山谷此句蓋譏明叔垢汗不濯足睥睨紈
袴兒可飲三斗墨漢書灌夫傳注曰睥睨旁視也班固叙傳曰班
伯在於綺襦紈袴之間非其好也通典曰北齊策秀才書有濫劣者飲墨水一升此
云三斗蓋甚言之猶唐史謂寧食三斗葱寧食三斗艾爾老杜詩紈袴不餓死
清靜草玄學西京有子雲漢書揚雄傳解嘲曰爰清爰靜
游神之廷惟寂惟寞守德之宅草玄見上注太尉死宗社大鳥

泣其墳後漢楊震傳爲樊豐等所譖策收震太尉印綬遣歸本郡行至城西
慷慨謂諸子曰疾姦臣狡猾而不能誅惡嬖女傾亂而不能禁何面目復見日月遂
飲酖而卒先葬十餘日有大鳥高丈餘集震喪前俯仰悲鳴淚下霑地葬畢乃飛去
寂寞向千載風流被仍昆爾雅曰來孫之子爲晜孫晜孫
之子爲仍孫富貴何足道聖處要策勳退之詩屈原離
騷二十五不肯餔啜糟與醨惜哉此子巧言語不到聖處寧非癡左傳曰反行飲至
舍爵策勳焉禮也注云書勳勞於冊言速紀有功也
桑輿金石交既別十日雨子輿裹飯來一
笑相告語莊子曰子輿與子桑友霖雨十日子輿裹飯而往食之至子桑

之門則若歌若哭子輿入曰子之歌詩何故若是曰吾思夫使我至此極者而弗得
也漢書韓信傳武涉曰足下自以爲與漢王爲金石交注云取其堅固楊子
困簞瓢諸公不能舉簞瓢見魯論又臧文仲知柳下惠之賢而
不與立注謂知賢而不能舉按孟子曰悅賢不能舉儻可從我歸沙
頭駐鳴艣用乘桴之意明叔家眞本作沙頭其家云山谷元約明叔同往
荆南之沙頭故云爾今本作江頭非是韻書云艣所以進舟也
山圍少天日狐鬼能作妖睒閃載一車獵
人用鳴梟劉禹錫詩山圍故國周遭在杜牧阿房宮賦覆壓三百餘里隔
離天日說文曰狐妖獸鬼所乘退之詩狐鳴梟噪爭署置跳踉睒閃相嫵媚易睽卦

曰見豕負塗載鬼一車梟亦妖鳥獺狐者當用鷹隼今乃用梟以言小智淺陋

小智窘流俗蹇淺不能超莊子曰大智閑閑小智間間賈誼曰小智自私賤彼貴我孟子曰同乎流俗合乎汚世莊子又曰弊精神於蹇淺世說注曰時謂王戎未能超俗也

安得萬里沙晴天看射鵰史記漢武帝紀乃禱萬里沙注曰沙徑三百餘里漢書李廣傳曰見匈奴三人與戰廣曰是必射鵰也注云鵰大鷙鳥故善射者射之又北史斛律光傳邪子高曰此射鵰手也此借用以言所見廣遠

元之如砥柱大年若霜鶻王禹偁字元之見上注楊億字大年建安人年十一舉神童事真宗爲內翰立朝蹇諤劉禹錫詩世道剶頽波我心如砥柱山谷爲楊明叔書魏鄭公砥柱銘嘗引此語又有一跋遺王觀復曰余觀砥柱之屹中流閱頽波之東注有似乎君子士大夫立於世道之風波可以託六尺之孤寄百里之命不以千乘之利奪其大節則可以不爲此石羞矣按書禹貢注曰砥柱山名河水分流包山而過山見水中若柱然後漢孔融薦禰衡曰鷙鳥累百不如一鶚使衡立朝必有可觀其語本出於史記趙簡子朝野僉載蘇味道高爽張元一曰蘇如九月得霜鷹

王楊立本朝與世作郛郭孟子曰立乎人之本朝法言曰虐政虐世然後知聖人之爲郛郭此借用言其忠義爲世大閑隱然如城郭也

觀公有膽氣自可繼前作退之送張道士詩曰臣有膽與氣又云自笑平生誇膽氣

丈夫存遠大胷次要落落左傳曰君子務知遠者大者莊子曰喜怒哀樂不入於胷次後漢耿弇傳注曰落落猶䟽闊者也

虛心觀萬物險易極變態非篤實之士鮮不以夷險而易操虛心者觀之眞僞了然老子曰虛其心實其腹又曰萬物並作吾以觀其復繫辭曰卦有大小辭有險易變態見上注

皮毛剶落盡惟有眞實在馬祖問藥山子近日見處作麽生藥云皮膚脫落盡唯有一眞實按涅槃經云如大村外有娑羅林中有一樹先林而生足一百年是時林主灌之以水隨時修治其樹陳朽皮膚枝葉悉皆脫落唯眞實在山谷與王子飛書亦云老來枝葉皮膚枯朽剶落惟有心如鐵石盇厭谷文容而意踈也

侍中乃珥貂御史

則冠豸應劭漢官儀侍中冠武弁大冠加金璫附蟬爲文貂尾爲飾謂之貂蟬選詩云七葉珥漢貂胡廣漢官儀云御史四人持書皆法冠一名柱後一名獬豸冠

照影或可羞短蓑釣寒瀨不稱其服則顧影自羞寧蓑笠而無愧也退之詩峨峨進賢冠耿耿水蒼佩服章豈不好不與德相對顧影聽其聲頽顔汗漸背太白詩三事或可羞匈奴哂千秋嚴陵瀨見上注

松柏生澗壑坐閱草木秋選詩曰鬱鬱澗底松禮記季秋之月草木黃落

金石在波中仰看萬物流金石見上注

抗髒自抗髒伊優自伊優後漢趙壹歌曰伊優北堂上抗髒倚門邊注云伊優屈曲佞媚之皃抗髒高亢婞直之皃言佞媚者見親好直者見

弁但觀百歲後傳者非公侯夷齊景公是也老作同安守蹇足信所便同安郡即舒州山谷以足病故便於外郡有辭免吏部員外郎狀曰重以累年脚疾拜起艱難全不堪事文選謝宣遠詩四達雖平直蹇步愧無良李善注引左傳曰孟縶之足不良能行又謝靈運詩曰拙疾相倚薄還得靜者便老杜詩遺亂到蜀江卧痾遣所便肯中無水鏡敢當吏部銓東坡詩道人肯中水鏡清按蜀志龐統傳注司馬德操爲水鏡晉書樂廣傳衛瓘曰此人之水鏡也見之瑩然唐書百官志曰吏部尚書以三銓之法官天下之材時山谷以疾辭吏部郎之召恨此虛名在未脫世糾纆文選古詩曰虛名復何益賈誼服賦曰禍之與福何異糾

纆注云如糾絞繩索相附會也纆索也音墨此云糾纆特用其意耳夢作白鷗去江南水如天莊子曰且汝夢爲鳥而厲乎天夢爲魚而沒於淵南史梁忠烈世子方等傳嘗著論曰吾嘗夢爲魚因化爲鳥方其夢也何樂如之及其覺也何憂如類柳子厚詩洞庭春盡水如天山谷舊有和謝師厚詩云夢作白鷗去江南水黏天○又作演雅云江南春盡水如天中有白鷗閑似我亦此意也

次韻石七三六言七首

從來不似一物妄欲貫穿九流傳燈錄南嶽懷禪師傳六祖曰什麼物恁麼來師曰說似一物即不中後漢班彪傳曰司馬遷貫穿經傳至廣博也班固傳曰博貫載籍九流百家之言無不窮究漢書藝文志曰諸子十家其可觀者九家而已蓋不數小說家也謂儒道陰陽法名墨縱横雜農凡九家彀梁亭曰九流分而微言隱骨鯁非黃閣相眼青見白蘋洲骨鯁謂如虞翻骨體不媚也退之詩豈是虞翻骨相屯王介甫松詩天骨老硬無皮膚衛宏漢儀丞相聽事閤曰黃閤柳渾詩汀洲採白蘋日落江南春○柳子厚寄盧衡州詩非是白蘋洲畔客還將遠意問瀟湘生涯一九節筇老境五十六翁不堪上補黼黻但可歸教兒童眞誥曰楊羲夢蓬萊仙人拄赤九節杖而視白龍元符三年山谷年五十六王羲之傳猶欲教子孫以敦厚退讓萬里草荒先壟六年蟲蠹群經柳子厚謫永州與許

孟容書曰先墓在城南無異子弟爲主懼便毀傷松柏芻牧不禁以成大戾家有賜書三千卷尚在善和里舊宅宅今已三易主存亡不可知者老喜寬恩放去心似驚波不停言歸心如流也西京賦曰散似驚波劉禹錫詩流水淘沙不暫停前波未滅後波生爲君試講古學此事可戕天公君看花梢朝露何如松上霜風魯論曰學之不講是吾憂也又曰古之學者爲己蘇子美愛愛歌曰此樂亦可戕天公戕天公見上注謂可質諸天地下兩句言古學之有根本如經霜之松與浥露之花固自不同也謝靈運詩花上露猶泫幽州已投斧柯嵩山更用憂何言大姦已誅餘黨不

足憂時宰相章惇安置潭州書曰流共工于幽州放驩兜于崇山又曰何憂乎驩兜按後漢馮勤傳帝賜侯霸璽書曰崇山幽都何可偶黄鉞一下無處所注云鉞斧也所以戮人魏都賦曰蕭斧戢柯以柙刃盖言不用也且喜龔鄒冠豸

又聞張董上坡按舊録元符三年三月龔夬爲殿中侍御史鄒浩爲右正言四月張舜民爲右諫議大夫董敦逸爲左諫議大夫夬字彥和浩字志完舜民字耘叟皆著直聲冠豸見前注李宗諤先公談録云唐諫議大夫班在給舍上一遷爲給事再遷爲中書舍人有自他官爲諫議者班給舍上故班中戲語曰饒他上坡却須下坡言遷給舍班復在下也

看著莊周枯槁化爲胡蝶翾輕人見穿花

入柳誰知有體無情此篇山谷自道老杜詩穿花蛺蝶深深見韻書云翾小飛也荀子曰喜則輕而翾莊子曰有人之形無人之情有人之形故羣於人無人之情故是非不得於身

欲行水遶山圍但聞鯤化鵬飛上句言未即出蜀下句言遷除者衆孟郊詩山水千萬遶中有君子行劉禹錫詩山圍故國周遭在

女憂鬢髮盡白兄歎江舡未歸山谷女嫁李德素之子去華文伯時在淮南舒州兄謂元明退之書曰兩鬢半白頭髮五分亦白其一老杜詩獨立見江舡

萬州太守髙仲本宿約游岑公洞

而夜雨連明戲作二首

肩輿欲到岑公洞正怯衝泥傍險行老杜詩虛疑皓首衝泥怯定是岑公閟清境春江一夜雨連

明柳子厚石潭記曰以其境過清不可久居乃記之而去劉禹錫含輝洞述曰先是斯境翳于榛薄閟其清光有待而發

蓬窻髙卧雨如繩恰似糟牀壓酒聲老杜詩頓知禾黍收已覺糟牀注今日岑公不能飲吾儕聞健

且頻傾樂天詩聞健偷閑且勤飲又云園林亦要聞閑置其義猶今人之言聞早也

萬州下巖并序

萬州之下巖唐末有劉道者定州無極人聞道於雲居膺禪師爲開巖第一祖法號道微自鑿石龕曰死便藏龕中不用日時門人奉其命二百年矣遊者題詩不可勝讀莫能起此開巖者故予作二篇表見之其一用楊子安韻其一用王定國韻

空巖靜發鍾磬響古木倒掛藤蘿昏老杜詩翠

木蒼藤日月昏莫道蒼崖鎖靈骨時將持鉢到諸村言至人隱顯不可測傳燈録漸源在石霜覓先師靈骨金剛經曰世尊食時着衣持鉢入舍衛大城乞食

寺古松楠老巖虛塔廟開法華經曰各起塔廟高千由旬

僧緣蠶麥去官數荔支來上句言僧徒趂熟乞食下句言寺有荔支爲官所摧漢書昭帝紀詔曰往年災害多今年蠶麥傷

石室無心骨金鋪稱意苔司馬相如長門賦曰擠玉户以撼金鋪注云以金爲門之鋪首王介甫詩荷花稱意紅

若烹劉道者搜得鼻頭回傳燈録石鞏禪師傳一日在廚作務次馬祖問曰作什麼曰牧牛祖曰作麼生牧曰一回入草去便把鼻孔拽來祖曰子眞牧牛師便休去山谷借用意謂山野殘僧不遵軌轍安得道者復生鞭繩之也若爲猶言如何古樂府隔谷歌曰食糧乏盡若爲活

又戲題下巖

往往攜家來託宿裙襦參錯佛衣巾未嫌滿院油頭臭蹋破苔錢最惱人言兒女子混雜汗此淨坊也莊子曰未解裙襦文選謝靈運詩臨圻阻參錯東坡記馨公詩滿院秋光濃欲滴老僧倚杖青松側只怪高聲問下馨嗔余踏破蒼苔色文選沈休文詩寘階緑錢滿客位紫苔生按崔豹古今注苔蘚一名緑錢

戲題巫山縣用杜子美韻

老杜有巫山題壁詩即此韻所謂卧病巴東久今年強作歸是也

巴俗深留客吴儂但憶歸直知難共語不是故相違老杜詩翠柏深留景類篇曰儂我也吴語東坡樂府曰語音猶自帶吴儂難共語謂夷俗之陋老杜亦有夔州戲作云異俗可吁怪斯人難並居魯論曰互鄉難與言又按晉書石勒載記勒諱胡尤峻程翥曰向有醉胡乘馬馳入甚呵禦之而不可與語勒笑曰胡人正自難與言老杜詩杖藜妨躍馬不是故離羣又詩請公臨深莫相違按左傳曰非相違也而相從也○按巫山石刻巴俗深留客作殊親我吴儂但憶歸但作暫字

東縣聞銅臭江陵換裌衣舊見山谷跋云銅臭乃退之照壁喜見蝎之意盖過巫山用銅錢也按巫山江上有二石俗謂之銅錢鐵錢堆盖與歸州巴東縣相接荆夔自此分界後漢崔寔傳曰從兄烈入錢五百萬得爲司徒其子鈞曰論者嫌其銅臭江陵即荆南山谷度至此時已初夏矣潘岳秋興賦曰藉莞蒻御袷衣注云袷衣無絮也音古洽反

丁寧巫峽雨愼莫暗朝暉漢書谷永傳注云丁寧謂再三告示巫峽雨見上注老杜詩久雨巫山暗朝暉謂神女宋玉神女賦曰其始來也燿乎若白日初出屋梁文選日出東南隅行曰扶桑升朝暉

和王觀復洪駒父謁陳無己長句

王蕃字觀復沂公之裔官閬中時多以書從山谷問學至是自

京師來會山谷於荊州洪芻字駒父山谷之甥也無巳元符三年冬爲祕書正字

陳君今古焉不學清渭無心映涇濁魯論子貢曰夫子焉不學而亦何常師之有涇渭見上注退之詩清溝映汚渠漢官舊儀重九鼎集賢學士見一角上句並見上注意謂無巳有前輩典刑足爲士林之重下句言無巳人中之瑞世所少有老杜詩集賢學士如堵墻觀我落筆中書堂北史文苑傳序曰學者如牛毛成者如麟角春秋感精符曰麟一角明海内共一主也○史記毛先生一行使趙重於九鼎大呂王侯文采似於菟洪甥人間汗血駒並見上注相將問道城南隅無屋正借舡官居老杜詩仙老暫相將莊子黃帝見廣成子曰敢問至道之精南史張融傳武帝問融住在何處答曰陸處无屋舟居無水後融從兄緒言融未有居止權索小舡方岸上住帝大笑漢書地理志京兆有舡司空注曰本主舡之官遂以爲縣世說陶公作荊州時勑舡官悉録鋸木屑有書萬卷繞四壁樵蘇不爨談至夕文選應休璉書曰幸有袁生時步玉趾樵蘇不爨清談而已談至夕見上談至暮注主人自是文章伯鄰里頗怪有此客老杜詩海内文章伯湖邊意緒多晉書謝安傳桓溫問左右頗嘗見我有如此之客不食貧各仕天一方佳人可思不可忘詩曰三歲食貧選詩曰各在天一方按漢書西域傳烏孫公主歌曰吾家嫁我兮天一方世說謝太傅云安北見之乃不使人厭然出户去不復使人思此反而用之詩曰有匪君子終不可諼兮注云諼忘也河從天來砥柱立愛莫助之涕淋浪言無巳獨立於頹波之閒惜其不能助之也王介甫詩老工取河天上落砥柱見上注烝民詩曰人亦有言德輶如毛民鮮克舉之我儀圖之維仲山甫舉之愛莫助之楚詞曰攬茹蕙以掩涕兮霑余襟之浪浪嵇叔夜琴賦曰紛淋浪以流離○漢張騫尋河源與銀河相連屬故曰河從天來

以古銅壺送王觀復

隨俗易汨没從公常糾紛子虛賦曰交錯糾紛我觀王隆化入蕕不改薰隆化隷南平軍左傳曰一薰一蕕十年尚猶有臭注云薰香草蕕臭草此引用言觀復不爲從俗及作吏所移未見蛇起陸已看豹成文陰符經曰天發殺機龍蛇起陸豹成文見上注愛君古人風古壺投贈君魏志毛玠傳太祖以素屛風素馮几賜玠曰君有古人之風故賜君古人之服酌酒時在旁可用弭楚氛楚氛喻俗惡之氣左傳曰楚氛甚惡周禮小祝弭烖兵注云弭讀曰敉敉安也按弭與彌同問君何以報直諒與多聞文選四愁詩曰美人贈我金錯刀何以報之英瓊瑤魯論曰益者三友友直友諒友多聞

病起荊江亭即事十首

翰墨場中老伏波選詩云粲粲翰墨場後漢劉尚擊五溪蠻伏波將軍馬援年六十二據鞍顧眄以示可用樂天詩曰政事堂中眞宰相制科場裏舊將軍○柳子厚獻弘農公詩鋒搖翰墨場

菩提坊裏病維摩華嚴經佛在菩提道場始成正覺涅槃經云造僧坊招提則生不動國維摩經曰毗耶離城中有長者名維摩詰其以方便現身有病兩句皆山谷自道

近人積水無鷗鷺時有歸牛浮鼻過文選魏都賦曰回淵漼積水深老杜詩年衰鷗鷺群北夢瑣言陳詠詩曰隔岸水牛浮鼻渡傍溪沙鳥點頭行此本陋句一經妙手神彩頓異山谷此句當有所指或云運判陳舉頗以爲憾其後遂有宜州之行

維摩老子五十七山谷生於慶曆五年乙酉建中靖國元年辛巳五十有七

大聖天子初元年是歲正月徽考初改元建中靖國宋庠紀年通譜於漢文帝後元元年注曰班固追書後字以別初元老杜詩云扈蹕上元初亦謂肅宗之初元年也退之送李端公序云天子大聖

傳聞有意用幽仄病着不能朝日邊文選沈約恩倖論曰明揚幽仄唯才是與注引尚書曰明明揚仄陋老杜詩曰朝覲從容問幽仄勿云江漢有垂綸又云明光起草人所羨肺病幾時朝日邊日邊用幼童傳中晉明帝語晉書亦載其事具上注山谷辭免吏部外郎狀曰臣到荆南即苦癰疽發於背脅今方少潰欲乞除臣江淮一合入差遣

禁中夜半定天下元符三年正月己卯哲廟上昇黎明欽聖太后召徽考自端邸入立大策先定於禁中矣後漢安帝紀曰太后定策禁中其夜使鄧騭迎帝○蘇子由作宣仁謚冊文策自中定與天爲謀亦此類也

仁風義氣徹脩門後漢肅宗詔曰仁風翔于海表威靈行乎鬼區禮記鄉飲酒曰此天地之義氣也宋玉招䰟曰䰟兮歸來入脩門些注脩門謂郢城門也按今江陵縣故楚郢都之地山谷適寓此邦因以寄意言遷客皆得歸無復屈原沉湘之歎也

十分整頓乾坤了老杜洗兵馬行整頓乾坤濟時了

復辟歸來道更尊元符三年正月欽聖權同處分軍國事七月歸政下書曰皇帝聖智日躋萬機益習況山陵營奉就緒引發有期或不知止則豈不蹈古人所戒而失復子明辟之義哉老子曰道之尊德之貴莫之爵而常自然

成王小心似文武詩曰惟此文王小心翼翼老杜洗兵馬行成王功大心轉小蓋指唐之成王非周成王山谷此句語同而意異專以周成比徽廟也

周召何妨略不同漢書孫寶傳曰周公上聖召公大賢猶有不相説著於經典兩不相損今每有一事群臣同聲得無非其美者

不須要出我門下實用人材即至公意欲調停黨人也韓退之作柳子厚誌曰諸公貴人爭欲令出我門下退之詩曰得就閑官即至公

司馬丞相昔登庸詔用元老超群公哲廟初温公以知陳州過闕拜門下侍郎遂爲右僕射書曰嚮咨若時登庸詩曰群公先正

楊綰當朝天下喜唐書肅宗相楊綰制下士相賀於朝斷碑
零落卧秋風温公在政府一年而薨歸葬陝府夏縣賜碑額曰清忠粹
德紹聖初以監察御史周秩言追所贈官及所賜神道碑額仍磨毁碑文事具實録
死者已死黃霧中紹聖竄謫諸人如吕大防劉摯梁燾范祖禹皆
前死於瘴霧之鄉矣老杜詩死者長已矣東漢馬后傳曰黃霧四塞三事不
數兩蘇公徽考初政相韓忠彦又相曾布於時蘇東坡歸自昌化子由歸
自循州詩曰三事大夫汪謂三公豈謂高才難駕御空歸
萬里白頭翁魏志劉表傳注零陵先賢傳曰周不疑有異才魏太祖心
忌不疑欲除之文帝諫以爲不可太祖曰此人非汝所能駕御也漢書車千秋傳曰
臣嘗夢見一白頭翁
此篇屬東坡
文章韓杜無遺恨杜牧之詩曰杜詩韓集愁來讀似倩麻姑癢處
抓謂子美退之也老杜詩毫髮無遺恨波瀾獨老成草詔陸贄傾諸
公唐書陸贄爲德宗學士從狩奉天書詔日數百宅學士筆閣不得下而贄沛然
有餘玉堂端要直學士須得儋州禿鬢翁昌化
即漢儋耳郡唐嘗立儋州東坡舊有詩曰張顛醉素兩禿翁借用灌夫傳中語東坡
歸自嶺海鬢髮盡脫○直學士一本作眞學士
閉門覓句陳無已對客揮毫秦少游二君實録

也無已名師道少游名觀老杜詩云覓句新知律又云揮毫落紙如雲煙正字
不知温飽未西風吹淚古藤州無已坐黨廢錮旣而
自棣學除祕書省正字少游自雷州貶所北歸至藤州卒於光化亭上初少游夢中
得長短句有醉卧古藤陰下之語殆若讖云後漢皇甫規傳曰退不得温飽以全命
張子耽酒語蹇吃閒道潁州又陳州張文潛素
嗜酒晚有末疾建中靖國元年除祕書少監兼史職以御史陳次升言其疾病出知
楊州尋改陳州又改潁州老杜詩平生老耽酒世說戴顒責秦子羽云此數子者或
蹇吃無宮商或庭陋希言語唐人薛能詩曰何處避煩憂徐州又許州形模
彌勒一布袋文潛素肥晚益甚傳燈録明州布袋和尚形裁腲脮蹙額
皤腹蓋彌勒化身也彌勒石鼎聯句曰形模婦女笑文字江河萬古
流老杜詩王楊盧駱當時體輕薄爲文哂未休爾曹身與名俱滅不廢江河萬古
流
魯中狂士邢尚書吏部尚書邢恕也孟子曰孔子在陳何思魯之
狂士恕爲人喜進取故云本意扶日上天衢王介甫作韓魏公挽
詩曰親扶日轂上天衢言援立英廟恕附離蔡確妄以策立之功自任誣謗宣
仁太后起黨錮禍至是以左正言陳瓘論列罷知荊南分司西京均州居住云此意
用取日虞淵洗光咸池惇夫若在鑴此老不令平地
生崎嶇恕於無事中造出許事可謂平地生崎嶇矣恕之子居實字惇夫少

有後聲知所慕向計其人必不陷父於不義死時纔二十七薛宣傳曰故使掾平鐫令注謂琢鑿也孟郊詩小人智慮險平地生太行文選張平子南都賦曰上平衍而曠蕩下蒙籠而崎嶇李善注引廣雅曰崎嶇傾側也

鄒松滋寄苦竹泉橙麴蓮子湯三首

鄒永年字天錫其名姓見於山谷所作江陵承天院浮圖記松滋縣隸江陵府

松滋縣西竹林寺苦竹林中甘井泉巴人謾說蝦蟇培試裹春芽來就煎張又新水記曰蒯子

峽石中突而洩水獨清泠石狀如龜頭俗謂之蝦蟇石其水煎茶爲第一東坡詩忽憶尋蟇培方冬脫鹿裘

天將金闕眞黄色借與洞庭霜後橙史記曰燕昭王使人求蓬萊方丈瀛洲此三山黄金白銀爲宮闕洞庭霜見上注老杜詩霜橙壓香橘

松滋解作逡巡麴壓倒江南好事僧續仙傳殷七七詩曰解醞逡巡酒能開頃刻花江南僧當是山谷自謂壓倒見上注

新收千百秋蓮菂剥盡紅衣擣玉霜蓮菂見上注唐人趙嘏詩曰紅衣落盡渚蓮愁裴鉶傳奇載樊夫人詩曰一飲瓊漿百感生玄霜杵盡見雲英黄庭内景經云子丹進饌肴正黄乃曰琅膏及玉霜

不假參同成氣味跳珠椀重綠荷香後漢魏伯陽有周易參同契演丹經之奧旨此借用言不雜以它物樂天詩露荷珠自傾風竹玉相戞晏元獻公雨後詩曰裛淚凝踈槿跳珠亂碧荷

次韻答黄與迪

和氏有尺璧楚國無人知青山抱國器歲月忽如遺但使玉非石果有遭逢時韓非子曰楚人卞和得玉璞於楚山獻厲王使玉人相之曰石也王以和爲謾刖右足及武王即位又獻之復相曰石也刖左足及文王即位和乃抱其璞而哭於楚山三日三夜泣盡繼之以血王使玉人治之得寶玉焉名曰和氏之璧漢書韓安國傳曰唯天子

以爲國器谷風詩棄予如遺箋云如人行道遺志物忽然不省存否

吾宗固神秀天廼晚成之李邕歷下亭詩曰吾宗固神秀躰物寫謀長老子曰大器晚成

蘭芳深九畹露味挹三危家語曰芝蘭生於深林不以無人而不芳楚辭曰予既滋蘭之九畹注云十二畝爲畹呂氏春秋伊尹說湯曰水之美者有三危之露洞酌詩云挹彼注茲〇退之詩樹蘭盈九畹栽竹逾百箇

流俗不顧省古人可前追孟子曰同乎流俗退之韓府君墓誌曰崔圓卹愛州民丁某至顧省其家蜀志呂凱傳曰古人不難追

肯中凌雲賦自貴知音稀漢書司馬相如傳曰相如既奏大人賦天子大說飄飄有凌雲氣游天地之間意文選古詩曰不惜歌者苦但傷知

音稀淵源學未淺孝友家正肥漢書董仲舒贊曰考其師友淵源所漸猶未及乎游夏禮記禮運曰父子篤兄弟睦夫婦和家之肥也與世殊軌轍三點理亦宜吳都賦曰玆乃顛覆之軌轍三點見魯論退之詩殺卻理亦宜吳溪浣紗女不用朱粉施寰宇記載越州會稽縣事曰按會稽記縣東六里有土城山勾踐索美女獻吳王得諸暨賣薪女鄭旦先習禮於土城山山邊有石是西施浣紗石宋玉登徒子好色賦曰東家之子著粉則太白施朱則太赤豈伊風塵子市門自夸毗史記貨殖傳曰刺繡文不如倚市門詩曰天之方懠無為夸毗注云夸毗以體柔人也我作夔道囚三年始放歸夔道即戎州戎今為

叙邂逅終日語貽我五字詩詩曰邂逅相遇適我願兮句如秋雨晴遠峰抹脩眉言其高秀選詩曰遠峰隱半規退之南山詩天宇浮脩眉按西京雜記文君眉色如望遠山曹子建洛神賦曰雲髻峩峩脩眉連娟老馬甘伏櫪坐看天驥馳魏武帝歌曰老驥伏櫪志在千里顏延之赭白馬賦曰漢道亨而天驥呈才灑掃清樾下當為果著期並見上注光陰去易失日月轉兩儀文選江文通別賦曰明月白露光陰往來漢書韓信傳曰時者難值而易失繫辭曰易有太極是生兩儀疏云不言天地而言兩儀指其物體仲氏有東園花竹深可依寸步不往來千里常夢

思詩曰仲氏吹篪退之詩寸步難往始知命老杜詩雲雨荒臺豈夢思太白詩君留洛北方夢思幾時開後戶扶策方自玆劉禹錫詩見擬移居作鄰里不論時節請開關又連州謝表曰扶策在道不敢停留文選任彥昇詩喘險方自玆

次前韻謝與迪惠所作竹五幅

吾宗墨脩竹心手不自知枚乘兔園賦曰脩竹檀欒夾池水莊子輪扁曰得之於手而應於心口不能言有數存焉於其間天公造化鑪攬取如拾遺造化鑪見上注漢書梅福傳曰舉秦如鴻毛取楚若拾遺風雪煙霧雨榮悴各一時此物抱晚

節君又潤色之淵明詩草木有常理霜露榮悴之樂天栽松詩曰愛君抱晚節憐君含直文魯論曰東里子產潤色之抽萌或發石懸籜有阽危爾雅曰筍竹萌彌明石鼎聯句曰涑芋強抽萌懸籜謂引鞭也前漢食貨志賈誼曰安有為天下阽危者若是而上不驚者注云阽音鹽欲墜之意林梢一片雨造次以筆追魯論注云造次急遽也東坡作文與可畫竹記曰振筆直遂以追其所見猛吹萬籟作微涼大音稀老子曰大音希聲○柳公權詩殿閣生微涼霜兔束毫健松煙泛硯肥法書苑鮑照飛白書銘曰秋毫精勁霜素凝鮮沾此瑤液染彼松煙盤桓未落筆落筆必中宜盤桓蓋用莊子畫史

解衣槃礴裸之意易比卦曰盤桓利居貞今代捧心學取笑如東施捧心見上注雲溪友議朱擇嘲郭素詩曰借問東鄰効西子何如郭素擬王軒按寰宇記越州諸暨縣有西施家東施家或可遺巾幗選耎如辛毗晉書宣帝紀帝與諸葛亮對壘朝廷命帝持重以俟其變亮遺帝巾幗婦人之飾帝怒表請決戰天子不許乃遣辛毗杖節爲軍帥以制之漢書杜欽説王鳳曰恐議者選耎復守和解注云選耎怯懦不前之意選息兖反耎人兖反生枝不應節亂葉無所歸東坡作文與可畫偃竹記曰竹之始生一寸之萌耳而節葉具焉自蜩腹蛇蚹以至于劒脊十尋者生而有之也今畫者乃節節而爲之葉葉而累之豈復有竹哉非君一起予衰疾豈

能詩起予見上注老杜詩湯休起我病微笑索題詩憶君初解鞍新月挂彎眉夜來上金鏡坐歎光景馳鮑明遠玩月詩始見西南樓纖纖似玉鉤未映東北墀娟娟似蛾眉李賀詩長眉對月鬭彎環太白詩月上飛天鏡曹子建箜篌行曰光景馳西流我有好東絹晴明要會期老杜雙松圖歌曰我有一疋好東絹重之不減錦繡段已令拂拭光凌亂請公放筆爲直幹樂天詩曰晴明好天氣後漢書蔡琰詩曰念别無會期按戰國策魏文侯曰豈可不一會期哉猗猗淇園姿此君有威儀淇奥詩曰瞻彼淇奥緑竹猗猗又曰瑟兮僩兮赫兮咺兮注云咺威儀宣著也淇園見上注願作數百竿水石相因依選詩

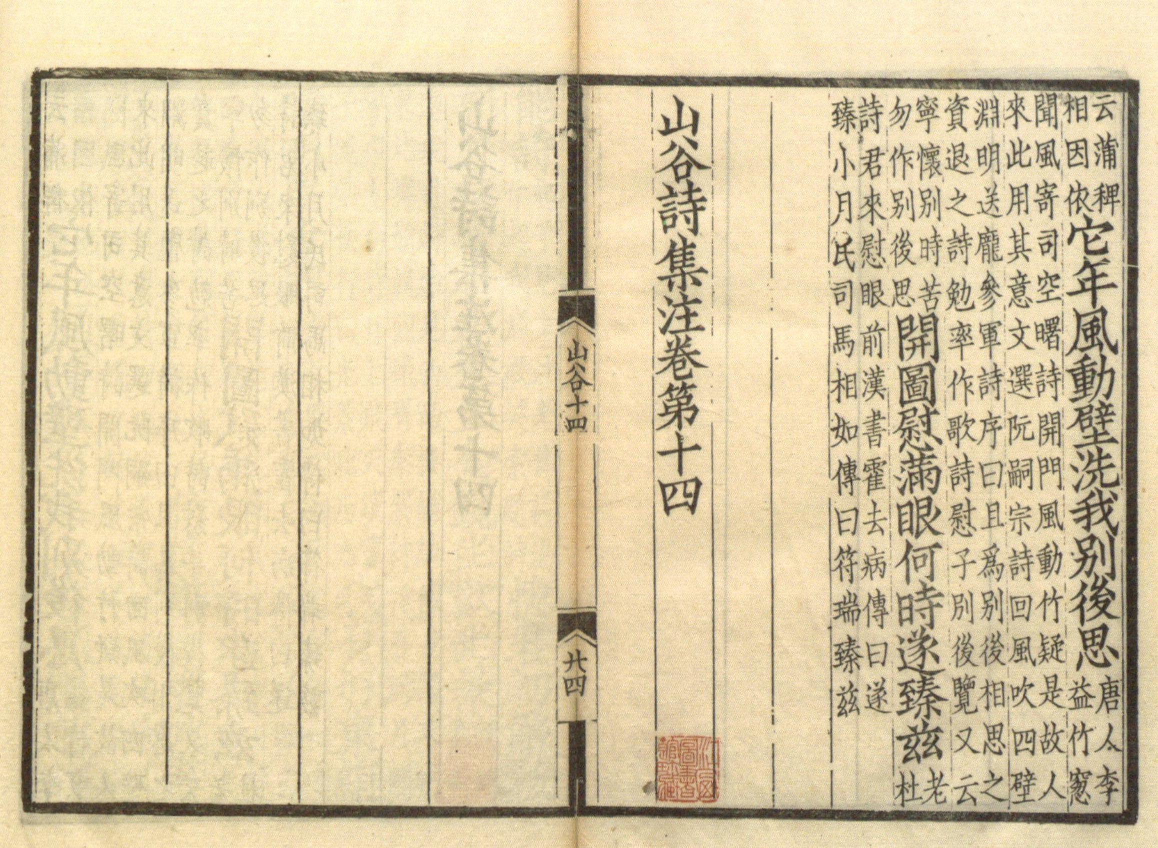

云蒲稗相因依它年風動壁洗我别後思唐人李益竹窻聞風寄司空曙詩開門風動竹疑是故人來此用其意文選阮嗣宗詩回風吹四壁淵明送龐參軍詩序曰且爲别後相思之資退之詩勉率作歌詩慰子别後覽又云寧懷别時苦勿作别後思開圖慰滿眼何時遂臻兹老杜詩君來慰眼前漢書霍去病傳曰遂臻小月氏司馬相如傳曰符瑞臻兹

山谷詩集注卷第十四

山谷詩集注卷第十五

戲簡朱公武劉邦直田子平五首

不趨吏部曹中版且鱠高沙湖裏魚山谷辭吏部郎之命故不持手版以趨省曹渚宮舊事曰王琳爲組表以刺時有曰高沙老母非有意於綺羅白鮪女兒豈期心於珠翠注云江陵西二十里有高沙湖其中多魚

雖無季子六國印要讀田郎萬卷書史記蘇秦傳秦過雒陽其嫂謝曰見季子位高金多也秦喟然嘆曰使我有雒陽負郭田二頃吾豈能佩六國相印乎譙周注云秦字季子三輔決録注曰田鳳爲尚書郎容儀端正靈帝目送之回題柱曰堂堂乎張京兆田郎此借用以屬子平

歡伯可解藜藿嘲孔方定非金石交歡伯藜藿皆見上注漢書揚雄有解嘲此借用晉書魯褒錢神論曰親之如兄字曰孔方金石交亦見上注

君看劉郎最多智昨者火事幾焚巢言禍患之來非智慮所及況貧富有定數安可以智力求之耶劉郎謂邦直劉禹錫詩曰前度劉郎今又來此借用魏志武帝紀注魏書曰曹公非有四目兩口但多智耳維摩經曰火事如故而不爲害易旅卦之上九鳥焚其巢旅人先笑後號咷

劉郎好詩又能文方我奔竄義甚彰奔竄謂赴黔中時取道荆南此詩蓋追記往事也文選曹子建詩曰親交義在彰○退之江漢荅孟郊詩云嗟我與夫子此義每所彰

爲親未葬走人門閉門却掃不足論爲親之故未免俯仰世間此外皆不足道閉門却掃可也文選江文通恨賦曰至乃敬通見抵罷歸田里閉關却掃塞門不仕李善注引司馬彪續漢書曰趙壹閉門却掃非德不交

朱家塤箎好兄弟陋巷六經葵莧秋詩曰伯氏吹塤仲氏吹箎

我卜荆州三畝宅讀田家書從之游楚辭屈原有卜居篇東坡詩勸我試尋三畝宅從公已恨十年遲王介甫作杜甫畫像詩云願起公死從之游按文選沈休文詩所願從之游寸心於此足○退之送諸葛覺詩云今子從之游學問得所欲

山谷十五　二

朱公趨朝瘦至骨歸來豪健踞胡床日看省曹闒者面何如田家侍兒粧列子曰子貢七日不食以至骨立晉書桓伊傳下車踞胡床作三調○田家侍兒蓋紀實事見下卷水仙花注

次韻益修四弟黄友益字益修侍御史昭之第三子也

霜晚菊未花節物亦可嘉文選陸士衡擬古詩踟蹰感節物我行已永久

欣欣登高侶畏雨占暮霞山谷自注諺云朝霞不出門暮霞行千里○漢書登高能賦可爲大夫○費長房九日登高飲

楚人醞菉豆輕碧自相誇山谷時在荆州荆州即楚地故後詩

有渚宮之句○謂以菉豆爲麴而釀酒也其色青碧今人謂之竹光酒云老夫不舉酒嚥嗽鳴兩車黃庭經曰口爲玉池太和官嗽咽靈液灾不干兩車謂頰車也左傳曰輔車相依良辰與美景客至但成嗟文選謝靈運擬魏太子鄴中集詩序曰天下良辰美景賞心樂事四者難并淵明九日閑居詩序云余閑居愛重九之名秋菊盈園而持醪靡由空服九華寄懷於言

以峽州酒遺益修復繼前韻

令節不把酒新詩徒拜嘉退之聽彈琴詩序曰肇置三令節詔群有司飲酒以樂按舊唐書貞元四年詔正月晦日三月三日九月九日三節日任百寮追賞爲樂退之詩把酒對南山左傳曰敢不拜嘉頗憶宋玉賦登高氣成霞宋玉有高唐神女賦漢書藝文志曰登高能賦可以爲大夫氣成霞言文章之氣蔚然如此荆州蓋楚地而宋玉楚人故因九日登高遂及此事曹子建七啓曰慷慨則氣成虹蜺蜀都賦曰舒丹氣而爲霞渚宮但衰柳朝雲爲誰誇杜佑通典曰江陵縣有楚渚宮朝雲見宋玉高唐賦已具上注云吾宗懷古恨流涎過麴車一壺澆往事聊送解愁嗟解一作耐○李邕詩吾宗固神秀東京賦曰望先帝之舊墟慨長思而懷古老杜歌曰道逢麴車口流涎又詩吟詩解歎嗟謝靈運詩三江事多往

謝益修四弟送石屏

石似滄江落日明鸕鷀烏鵲滿沙汀小兒骨相能文字乞與斑斑作硯屏文選任彥昇詩滄江路窮此老杜詩山頭落日半輪明又詩鸕鷀西日照曬翅滿魚梁嘗見山谷在荆州與檀敦禮帖乞硯山欲與同惜試睟旦云同惜知命幼子小字也此詩所指豈此郎耶骨相見上注

戲荅王觀復酴醾菊二首

誰將陶令黃金菊幻作酴醾白玉花小草眞成有風味東園添我老生涯小草見上注

呂園未肯輕沽我且寄田家砌下栽它日秋花媚重九清香知自故人來山谷在荆州與歐陽元老帖曰城東呂氏園竹木已老又寬敞有經行之地甚欲得之然託人往問語輒再三難共語也又有與人帖云檀敦禮惠蘭數本皆畦畦成叢但不花耳方送田子平家令植之魯論曰求善賈而沽諸注云沽賣也

戲荅王子予送淩風菊二首

病來孤負鸕鷀杓禪板蒲團入眼中太白詩鸕鷀杓鸚鵡杯傳燈錄龍牙禪師傳師在翠微時問如何是祖師意翠微曰與我過禪板來師遂過禪板翠微接得便打又問臨濟如何是祖師意臨濟曰與我過蒲團來

師遂過蒲團臨濟接得便打老杜詩江村野堂爭入眼浪說閑居愛

重九黃花應笑白頭翁陶淵明九日閑居詩序曰余閑居愛重九之名秋菊盈園而持醪靡由空服九華寄懷於言○下句大似東坡詩人老簪花不自羞花應羞上老人頭之意

王郎頗病金瓢酒不耐寒花晚更芳瘦盡腰圍怯風景故來歸我一枝香晉書王導傳周顗曰風景不殊舉目有江河之異春秋書鄭伯使宛來歸祊又書齊人歸我濟西田

謝王子予送橄欖

方懷味諫軒中果忽見金盤橄欖來元注云戎

州蔡次律家軒外有餘甘余名之曰味諫味諫言餘甘初苦而終有味南史劉穆之傳以金柈貯檳榔一斛橄欖見下注想共餘甘有瓜葛苦中眞味晚方回陳藏器本草曰菴摩勒人食其子先苦後甘故曰餘甘晉書王悅傳導之子也導與弈棊爭道笑曰相與有瓜葛那得爲爾耶歐公詩曰又如食橄欖眞味久愈在東坡橄欖詩云待得微甘回齒頰已輸崖蜜十分甜

以椰子小冠送子予

漿成乳酒醺人醉肉截鵝肪上客盤有核如匏可雕琢道裝宜作玉人冠交州記曰椰子中有漿飲之得醉圖經本草曰椰子出嶺南州郡實大如瓠殼圓而堅裏有膚至白如猪

肪厚半寸許味亦似胡桃膚裏有漿如乳飲之冷而氣醺老杜詩山瓶乳酒下青雲退之詩鵝肪截珊璜

呈楊康國

君家秋實羅浮種已作纍纍半拂牆莫遣兒童酸打盡要看霜後十分黃唐盧氏雜說云唐玄宗德宗僖宗幸蜀年浙西奏羅浮山柑子皆不結子此甚異也按太湖中亦有羅浮山魏志邢顒傳劉楨諫曹植書曰將謂君侯采庶子之春華忘家丞之秋實按韓詩外傳曰秋得食其實老杜詩云兒童莫信打慈鴉

又戲呈康國

整冠行客莫先嘗楊子家無數仞牆假借肅霜今弄色勾添寒日與爭黃古樂府曰君子防未然不處嫌疑間瓜田不納履李下不整冠豳詩曰九月肅霜老杜詩柳條弄色不忍見勾添蓋黃冶家語云

次韻馬荊州馬瑊字中玉

六年絕域夢刀頭判得南還萬事休山谷謫黔戎九六年漢書耿育上書訟陳湯曰討絕域不羈之君古樂府云何當大刀頭破鏡飛上天吳兢題解云刀頭有環問何時當還也夢刀頭借用王濬夢三刀事柳子厚詩云一生判却歸休謂着南冠到頭劉禹錫詩黃髮相看萬事休

誰謂石

渠劉校尉來依絳帳馬荆州漢書劉向傳講論五經於石渠元帝時廢十餘年成帝以向爲中壘校尉山谷自館閣遷貶故用以自況後漢書馬融傳曰桓帝時爲南郡太守又曰常坐高堂施絳帳前授生徒後列女樂按南郡即今荆南霜髭雪鬢共看鏡茱糝菊英同送秋它日江梅臘前破還從天際望歸舟老杜有江梅詩梅橤臘前破梅花年後多謝朓詩雲中辨江樹天際識歸舟中玉維揚人官當滿明年之冬道出當塗於時山谷已赴太平州矣故有望歸舟之語山谷紹聖初跋関中雪景圖曰維揚馬中玉觀於上藍寺

和中玉使君晚秋開天寍節道場

江南江北盡雲沙車騎東來風旆斜倒影樓臺開紫府得霜籬落賸黃花文選謝靈運詩江南倦歷覽江北曠周旋漢書司馬相如傳曰時從車騎雍容閑雅倒影見上汪退之詩青春白日映樓臺荆南有紫府觀抱朴子曰項曼卿自言到天上過紫府金牀几晃晃昱昱樂府盧思道神仙篇曰雲軒游紫府風駟立丹梯禮記月令季秋之月鞠有黃華淵明詩采菊東籬下抱朴子曰葛洪籬落頓缺釣溪築野收多士航海梯山共一家尚書中候曰呂望即磻溪水釣其涯得玉璜書曰說築傅巖之野詩曰濟濟多士後漢書梯山棧谷望風弭從文選顏延年曲水詩序曰棧山航海踰沙軼幕之貢禮記曰聖人耐以天下爲一家想見星壇祝堯壽步虛聲裏靜無譁孟郊詩因怪星宿壇按南斗經曰修設兩極二斗同醮一壇各象斗星莊子曰堯觀乎華封華封人曰嘻聖人請祝聖人使聖人壽本事詩許渾詩曰天風吹下步虛聲按吳兢樂府題解曰步虛詞道觀所唱備言衆仙縹緲輕舉之美書曰嗟人無譁

入窮巷謁李材叟翘叟戲贈兼簡

田子平三首

紫冠黃鈿網絲窠蝶繞蜂圍柰晚何元注云紫冠雞冠金鈿黃菊集韻云鈿金花飾也音田又音電退之城南聯句云絲窠掃還成二叟家居如避世開門自少俗人過用退之竹

洞詩意只可閑中安止止誰能鐵裏鬪錚錚田多穀少無人會匹似無田過一生莊子曰瞻彼闋者虛室生白吉祥止止後漢書劉盆子傳徐宣等叩頭曰今日得降猶去虎口歸慈母光武曰卿所謂鐵中錚錚傭中佼佼者也北夢瑣言馮藻應二十五舉姻親勸令罷舉求官藻曰譬如一生無成更應五舉樂天詩匹如元是九江人田郎杞菊荒三徑文字時追二叟游萬卷藏書多未見老夫端擬乞荆州陸龜蒙有杞菊賦田子平荆南人其家多書未見書具上注。南史王僧孺聚書至三萬卷

次韻荅馬中玉三首

雨入紗窻風皺舡菊花過後早梅前錦江春色薰人醉也到壺公小隱天老杜詩浪皺舡應拆杯乾甆即空又云錦江春色來天地壺公見上注文選王康琚詩曰小隱隱陵藪大隱隱朝市太白詩壺中別有日月天山谷時旅寓沙市故有小隱之句

卷沙成浪北風顛銜尾千艘不敢前匝岸水居皆有酒行人得意買江天劉禹錫詩卷起沙堆似雪堆老杜詩曉來急雨春風顛漢書武帝紀曰舳艫千里注云言其舩多前後相銜東坡樂府曰舩尾凍相銜文選王仲宣詩連舫踰萬艘李善注引六韜云云西京雜記滕公馬不肯前老杜詩藩籬無限景恣意買江天

仁氣已蒸全楚盡同雲欲合莫江前爭春梅柳無三月對雪樽罍屬二天上句以指中玉仁氣見禮記鄉飲酒孟浩然洞庭詩氣蒸雲夢澤波動岳陽城詩曰上天同雲雨雪雰雰老杜詩天邊梅柳樹相見幾回新二天見上注

次韻中玉早梅二首

梅蘂爭先公不嗔知公家有似梅人何時各得自由去相逐楊州作好春莊子曰見似人者而喜老杜詩東閣官梅動詩興還如何遜在楊州此時對雪還相憶送客逢花可自由

樂天詩好作開成第二春

折得寒香不露機小窻斜日兩三枝羅帷翠幕深調護已被遊蜂聖得知此詩亦以戲中玉之歌舞者李賀將進酒曰羅帷綉幕圍春風漢書張湯傳調護之尤厚退之盆池詩夜半青蛙聖得知

次韻中玉水仙花二首

借水開花自一奇水沉爲骨玉爲肌暗香巳壓酴醾倒只比寒梅無好枝漢書吳王濞傳曰亦一奇也老杜詩秋水爲神玉爲骨退之馬少監墓誌曰肌肉玉雪可憐壓倒見上注水仙叢生故云無好枝

淤泥解作白蓮藕糞壤能開黃玉花可惜國香天不管隨緣流落小民家元注云時聞民間事如此○柳子厚詩糞壤擢珠樹莓苔插瓊英左傳曰蘭有國香人服媚之秦少游樂府亦有惱殺人天不管之句○此詩蓋山谷借以寓意也按高子勉所作國香詩序云國香荊渚田氏侍兒名也黄太史自南溪召爲吏部副郎留荊州乞守當塗待報所居即此女子鄰也太史偶見之以謂幽閑姝美目所未覩後其家以嫁下俚貧民因賦此詩以寓意俾予和之後數年太史卒於嶺表當時賓客雲散此女既生二子矣會荊南歲荒其夫鬻之田氏家田氏一日邀予置酒出之掩抑困悴無復故態坐

間話當時事相與感歎予請田氏名曰國
香以成太史之志政和三年春京師會表
弟汝陰王性之問太史詩中本意因道其
詳乃爲賦之詩曰南溪太史還朝晚息駕
江陵頗從欵綵毫曾詠水仙花可惜國香
天不管將花託意爲羅敷十七未有十五
餘宋玉門墻迒貴從藍橋庭戸怪貧居十
年目色遥成處公更不來天上去已嫁鄰
姬窈窕姿空傳墨客慇懃句聞道離鸞別
鶴悲藁碪無賴鬻蛾眉桃花結子風吹後
巫峽行雲夢足時田郎好事知渠久酬贈
明珠同石友憔悴猶疑洛浦妃風流固可
章臺柳寶髻犀梳金鳳翹樽前初識董嬌
饒來遲杜牧應須恨愁殺蘇州也合銷却
把水仙花說似猛省西家黄學士乃能知
妾妾當時悔不書空作黄字王子初聞話
此詳索詩裁與漫凄凉只今驅豆無方法
徒使田郎號國香此詩和者甚衆故併録
之

王充道送水仙花五十枝欣然會心爲之作詠

凌波仙子生塵襪水上輕盈步微月洛神賦曰凌波微步羅襪生塵此云微月蓋言襪如新月之狀詩曰彼月而微是誰招此斷腸魂種作寒花寄愁絶招魂見上注陶淵明九日閑居詩寒華徒自榮老杜北風詩愁絶付摧枯含香體素欲傾城山礬是弟梅是兄應劭漢官儀尚書郎含雞舌香此借用淵明詩曰君其愛體素傾城見漢書李延年歌已具上注山礬即瑒花山谷律詩敘述頗詳

坐對眞成被花惱出門一笑大江横老杜詩江上被花惱不徹無處告訴只顛狂山谷在荆州與李端叔帖云數日來驟暖瑞香水仙紅梅皆開明窻靜室花氣撩人似少年都下夢也但多病之餘嬾作詩爾山谷時寓荆渚沙市故有大江横之句老杜詩雖虫得失無了時注目寒江倚山閣山谷句意類此

吴君送水仙花并二大本

折送南園栗玉花并移香本到寒家何時持上玉宸殿乞與宮梅定等差魏文帝與鍾繇玉玦書曰黄侔烝栗唐書禮樂志康崑崙奏琵琶於玉宸殿按宋次道東京記後苑有玉宸殿山谷所指當謂此宋書曰武帝女壽陽公主人日卧於含章簷下梅花落額上成五出之花自後有梅花粧詩人用宮梅事蓋取此也退之李花詩長姬香御四羅列縞裙練帨無等差此反其意按漢書游俠傳序曰卿大夫以至于庶人各有等差

劉邦直送早梅水仙花四首

欺舡綪纜北風嗔霜落千林憔悴人欲問江南近消息喜君貽我一枝春欺舡見上注綪音爭儀禮士喪禮注曰綪讀爲綪綪屈也江沔之間謂縈收繩索爲綪荆州記陸凱與范曄相善自江南寄梅花一枝詣長安與曄并贈詩曰折花逢驛使寄與隴頭人江南無所有聊贈一枝春

探請東皇第一機水邊風日笑横枝鴛鴦浮弄嬋娟影白鷺窺魚凝不知探請蓋俗語猶言預借東坡嘗有六言詩探支八月涼風又有樂府曰探借今年三月暖雲門問卧龍長連床上學得底是第幾機龍曰第二機門云作麽生是第一機龍曰緊峭草鞋林逋梅詩雪後園林纔半樹水邊籬落忽横枝凝音牛孕反○離騷經有東皇太一

得水能仙天與奇寒香寂寞動氷肌仙風道骨今誰有淡掃蛾眉篸一枝太白大鵬賦序曰余昔於江陵見天台司馬子微謂余有仙風道骨可與神遊八極之表今借用老杜詩却嫌脂粉汚顔色淡掃蛾眉朝至尊樂府沈約江南曲曰墮馬碧玉篸集韻篸音作紺切綴也

錢塘舊聞水仙廟荊州今見水仙花暗香靚色撩詩句宜在林逋處士家元注云錢塘有水仙王廟林和靖祠堂近之東坡先生以為和靖清節映世遂移神像配食水仙王云按處士名逋字君復居錢塘西湖孤山有詩名於咸平景德間既死謚和靖先生所作梅詩有踈影横斜水清淺暗香浮動月黄昏之句爲世傳誦王介甫詩云物華撩我有新詩

謝檀敦信送柑子

色深林表風霜下香著尊前指爪間書後合題三百顆頻隨驛使未應慳文選謝玄暉詩林表吳岫微老杜詩破甘霜落爪米芾書史載右軍一帖云奉橘三百顆霜未降未可多得韋應物詩云書後欲題三百顆洞庭更待滿林霜謂此也陸凱詩折梅逢驛使見上注老杜詩玉粒未吾慳

贈李輔聖

交蓋相逢水急流八年今復會荊州言卒然相遇不容少停如流波之急也文選樂府詩日中市朝滿車馬若川流楞嚴經曰如急流水望如恬静流急不見非是無流也已回青眼追鴻翼肯使黄塵沒馬頭上句用嵇康詩目送歸鴻之意文選陸士衡詩顧假歸鴻翼翻飛曲江氾下句謂不復浮沉京洛風塵間也樂天詩舟辭三峽雨馬入九衢塵杜詩馬寒防失道雪没錦鞍韉古樂府日出東南隅行曰黄金絡馬頭舊管新收幾粧鏡流行坎止一虚舟舊管新收本吏文書中語山谷取用所謂以俗爲雅也賈誼鵩賦曰乘流則逝得坎則止莊子曰汎若不繫之舟虚而遨遊者也○易曰乘木舟虚劉子虚舟觸人人不知怨相看絶歎女博士筆研管絃成古丘元注云女博士謂輔聖後房孔君也於文藝無所不能皆妙絶○世説殷中軍問劉尹云云一時絶歎以爲名通又云袁虎作露布手不輟筆王東亭絶歎其才魏志甄后傳曰后年九歲喜書輒用諸兄筆硯兄言當作女博士邪太白詩晉代衣冠成古丘

和高仲本喜相見

雨昏南浦曾相對雪滿荆州喜再逢有子才如不羈馬知公心是後凋松山谷自蜀放還過萬州時仲本為太守有約遊岑公洞詩萬州郎唐南浦郡漢書司馬遷書曰少負不羈之才○論語歲寒然後知松栢之後凋閑尋書冊應多味老傍人門似更慵退之送石洪序曰戒行李載書冊班固叙傳曰味道之腴樂天詩好是老身消日處誰能騎馬傍人家近世盧秉詩云但得有錢留客醉也勝騎馬傍人門蓋出於此何日晴軒觀筆硯一樽相屬要從容漢書灌夫傳曰夫起舞屬田蚡注云屬付也音之欲反退之詩

曰一杯相屬君當歌戰國策曰犀首從容談三國之相怨

戲詠煖足缾二首

小姬煖足卧或能起心兵千金買脚婆夜夜睡天明邪念忽起甚於用兵不戢之禍退之詩詰曲避語穽冥茫觸心兵俗以煖足缾為鐵婆老杜詩客睡何曾着秋天不肯明此反用之又詩天明登前途

脚婆元不食纏裹一衲足天明更傾瀉類面有餘煗書顧命注洮盥頮面

戲呈聞善二兄黃友聞字聞善侍御史昭之第二子

匏懸籬落鴉窺井草上堦除雪裘風想得尊前欹醉帽渾家兒女笑山公北史獨孤信因獵日暮馳馬入城其帽微側詰旦吏人慕信而側帽焉晉書山簡傳童兒歌曰山公出何許往至高陽池日夕倒載歸茗芋無所知時時能騎馬倒著白接籬舉鞭向葛強何如并州兒南唐近事史虚白詩曰風雨揭却屋渾家醉不知

次韻聞善

扶醉三竿日題詩一研埃杜牧之詩醉頭扶不起三丈日還高劉禹錫竹枝歌日出三竿春霧消按南齊書永明五年十一月丁亥日出三竿朱色黃色赤暈東坡密州謝上表曰塵埃筆硯漸忘舊學之淵源○東坡詩酒醒門

外三竿日又樂府紅日三竿張羅門帶雪投轄井生苔漢書鄭當時傳曰翟公門外可設爵羅門帶雪用袁安事見上注漢書陳遵傳每大飲賓客滿堂輒閉門取客車轄投井中老杜詩君不見雨時秋井塌古人白骨生青苔如何不飲令心哀東坡詩亦云我如廢井久不食古甃缺落生陰苔待得成丘隴誰能把酒盃李賀將進酒曰勸君莫惜酩酊醉酒不到劉伶墳上土楚詞東方朔七諫曰封比干之丘壟常應黃菊畔悵望白衣來檀道鸞續晉陽秋曰陶潛九月九日無酒於宅邊菊叢中摘盈把坐其側久望見白衣人乃王弘送酒即便就酌而後歸

謝答聞善二兄九絶句此篇大槩以聞善與

柳氏兄弟杯酒相失因爲開廣之聞善蓋山谷族人山谷有與聞善帖云久聞晦甫伯父須天下大名常恨不見其子孫今乃得識面又與黃顏徒帖云晦甫自闕漕以侍御史召按黃氏世譜晦甫名昭

身入醉鄉無畔岸心與歡伯爲友朋唐書王績傳曰績著醉鄉記詩曰淇則有岸隰則有泮箋云泮讀爲畔焦貢易林坎卦之兑曰酒爲歡伯除憂來樂

更闌罵坐客星散午過未蘇髮鬅鬙蔡琰胡笳曰更深夜闌兮夢汝來思漢書灌夫傳曰有詔劾夫罵坐不敬蜀志姜維傳曰星散流離死者甚衆切韻曰鬅鬙被髮也朋僧二音廣燈錄僧問洞

山守初曰不昧宗乘請師舉唱師云頭鬅鬙耳搨朔

未嘗頃刻可去酒無有一日不吟詩詩狂克念作酒聖意態忽如年少時皇甫湜作韓文公神道碑曰未嘗一日不對客書曰惟狂克念作聖樂天詩曰不知老將至猶自放詩狂酒譜曰李白每醉爲文未嘗差誤人目爲醉聖

群猪過飲尚可醉疥手轑甕庸何傷晉書阮咸傳諸阮皆能飲酒咸至宗人家共集以大盆盛酒時有群豕來飲其酒咸直接去其上便共飲之曾慥集仙傳曰張開光嘗與母及弟出游獨留嫗守舍俄有道士敝衣冠疥癬被體直入裸浴酒甕中嫗不能拒既暮出游歸渴甚聞酒芳烈亟就盎中飲嫗心惡道士不敢白而但不飲居數日開光與母及弟拔宅而去此事與葛洪神仙傳李八百事略同漢書楚元王傳曰嫂厭叔與客來陽爲羹盡轑釜注云轑音勞轑轢也左傳一扶女庸何傷

柳家兄弟太迫窄狂藥不容人發狂文選西京賦增九筵之迫脅五臣注曰迫脅迫窄也晉書裴楷傳孫季舒與石崇酣燕慢傲過度崇欲表免之楷曰足下飲人狂藥責人正禮不亦乖乎乃止老子曰馳騁田獵令人心發狂

莫作嘂號驚四鄰甕中有地可藏眞蕩詩曰式號式呼俾晝作夜北山詩曰或不知叫號此借用樂天詩今宵醉有與狂詠驚四鄰陸羽作懷素傳曰飲酒以養性草書以暢志酒酣興發靡不書之按懷素字藏眞此

借用言全其天眞於酒中○高僧傳醋頭和尚頌揭起醋甕見天下天下元來在甕中甕中元來有天下

淵明醉握遠公手大笑絕倒人不嗔廬山記遠公與陶元亮陸修靜談道不覺過虎溪因相與大笑故作三笑圖

阮籍醉睡不論昏劉伶雞肋避尊拳晉書阮籍傳文帝欲爲武帝求婚於籍籍醉六十日不得言而止劉伶傳嘗醉與俗人相忤其人攘袂奮拳伶曰雞肋不足以安尊拳其人笑而止

至今凜凜有生氣飲酒眞成不愧天世說庾道季曰廉頗藺相如雖千載尚凜凜有生氣太白詩曰天地既愛酒飲酒不愧天

公擇醉面桃花紅人百忤之無慍容李常字公
擇南康軍建昌人元祐間爲户部尚書御
史中丞山谷之舅也樂府高陽樂人歌曰
何處鞢鶬來兩頰色如火自有桃花容莫
言人勸我朝野僉載張元一嘲武懿宗曰
未見桃花面皮謾作杏子眼孔魯論曰三
已之無慍色○崔護詩人面桃花相映紅
云莘老夜闌傾數斗焚香默坐日生東孫覺
字莘老高郵人元祐初爲諫議遷給事吏
侍擢御史中丞山谷之婦翁也抱朴子曰
管輅頓傾三斗而清辯綺粲貫休詩靜只
焚香坐詠懷悲歲闌退之詩默坐念語笑
又詩杲杲寒日生於東
椎牀破面棖觸人作無義語怒四鄰玉臺新詠

焦仲卿妻詩阿母得聞之槌床便大怒東
坡跋老蘇送石昌言北使引云彭任聞冨
彦國當使不測之虜憤憤椎酒床拳皮裂
南史沈昭略以甌投徐孝嗣面曰使爲破
面鬼朝野僉載楊廷玉回波詞曰阿姑婆
見作天子旁人不得棖觸陸龜蒙蠹化曰
人或棖觸之輒奮角而怒維摩經香積品曰是無義語是無義語報尊中歡
伯笑爾輩我本和氣如三春樂天家醞詩曰飲似陽和
滿腹春○酉陽雜俎酒曰歡伯
陶令舍中有名酒無日不爲父老傾四座
歡欣觀酒德一燈明暗又詩成淵明飲酒詩序曰偶
有名酒無夕不飲顧影獨盡忽焉復醉既
醉之後輒題數句自娛樂天詩對雪畫寒

灰殘燈明復滅晉書劉伶作酒德頌
阮籍劉伶智如海人間有道作糟丘晉書阮籍
傳本有濟世志屬魏晉之際天下多故名
士少有全者籍不與世事酣飲爲常劉伶
見上法本齊又云常以細宇宙齊萬物爲
心張彥遠名畫記云董伯仁鄉里號爲智
海按華嚴經頌云不動智如山智如海南史
陳暄傳與兄子書曰速營糟丘吾將老焉
按紂爲酒池糟丘此借用酒中無諍三昧便覺嵇康
輸一籌金剛經曰佛說我得無諍三昧人中最爲第一亦見維摩經晉書嵇
康傳鍾會造康康不爲之禮會謂文帝曰
嵇康卧龍也不可起公無憂天下顧以康
爲慮耳遂過宮御史臺記曰楊纂怒尹君
不同已判遽命筆復沉吟少選乃判曰纂

輸一籌餘依位世倦游録胡旦亦有此
語柳子厚西亭夜飲詩云共傾三昧酒

戲呈聞善

堆豗病鶴怯雞群見酒特地生精神歐公詩云
三日不出門堆豗類寒鴉晉書嵇康傳或
曰昨於稠人中始見嵇康昂昂然若野鶴
之在雞群退之詩春半邊城特地愁坐中索起時被肘亦任
傍人嫌我眞老杜遭田父泥飲詩高聲索果栗欲起時被肘又詩不愛
入州府畏人嫌我眞

題子瞻畫竹石趙子湜家本云題全天粹東坡竹

風枝雨葉瘠土竹龍蹲虎踞蒼蘚石東坡

老人翰林公醉時吐出胷中墨 李太白永王東巡歌曰龍蟠虎踞帝王州胷中墨謂其藻翰之餘退之代張籍書曰一吐出胷中之奇○東坡題呂申公扇詩雨葉風枝曉自匀綠陰青子淨無塵

戲贈米元章二首 米芾字元章以能書知名喜蓄書畫有米氏書畫史行於世

萬里風帆水著天麝煤鼠尾過年年滄江盡夜虹貫月定是米家書畫舡 謝靈運詩茗茗萬里帆老杜詩一日過海收風帆退之詩海氣昏昏水拍天又祭張署文曰洞庭漫汗粘天無壁李西臺題楊少師大字壁後云枯杉倒檜霜天老松煙麝煤風雨寒鼠尾謂栗鼠尾可爲筆杜牧之詩廣文遺韻留樗散雞犬圖書共一舡自說江湖不歸去阻風中酒過年年詩含神霧曰瑤光如虹蜺貫月正白感女樞生顓頊此借用言舡中有寶氣崇寧間元章爲江淮發運揭牓於行舸之上曰米家書畫舡云

我有元暉古印章印刓不忍與諸郎虎兒筆力能扛鼎教字元暉繼阿章 漢書藝文志曰摹印章書幡信漢舊儀曰銀印龜鈕其文曰章漢書韓信傳曰項王刻印刓忍不能予虎兒即元章之子名友仁近歲擢工部侍郎退之詩曰龍文百斛鼎筆力可獨扛兩章字義不同故得重用以元章爲阿章猶晉人以王平子爲阿平○元暉謂謝玄暉也

山谷詩集注卷第十五

山谷詩集注卷第十六

次韻高子勉十首

高荷字子勉江陵人上山谷長篇警句云蜀天何處盡巴月幾回彎因此得名後知涿州而死自號還還先生事見曾慥詩選

雪盡虛簷滴春從細草回 文選王元長曲水詩序曰虛檐雲架按檐字俗作簷老杜詩更覺春從沙際歸文選謝玄暉詩風光草際浮丘希範詩細草藉龍騎

德人泉下夢俗物眼中埃 德人當謂東坡少游莊子曰德人者居無思行無慮不藏是非善惡此借用其字老杜詩眼前無俗物多病也身輕

久立我有待長吟君不來 曾慥集仙傳載呂洞賓題汴都峨眉院法堂屋山云明月斜秋風冷今夜故人來不來教人立盡梧桐影老杜詩有待至昏鴉退之詩長吟慰我思按洛神賦曰超長吟以永慕盧仝詩驚花爛熳君不來

重玄鎖關籥要待玉匙開 言高君可發古人之秘也文選陸機功臣頌曰重玄非奧頭陁寺碑曰玄關幽揵感而遂通同安和尚十玄談曰金鎖玄關留不住行於異類且輪回黃庭經曰玉匙金籥常完堅

掃雪我三日御風君過旬 上句用袁安事退之詩閉門長安三日雪莊子曰列子御風旬有五日而後反易曰過旬災也○天寶遺事載王仁裕每大雪則自所居至坊巷口掃雪開徑迎接賓客至所居處飲宴謂之暖寒會

言詩今有數下筆不無神 魯論曰始可與言詩已矣老杜

詩神仙才有數又詩下筆如有神又詩樂罷不無悲行布佺期近飛
揚子建親行布字本出釋氏而山谷論書畫數用之按釋氏言華嚴之旨
曰行布則教相施設圓融乃理性即用楞伽經曰名身與句身及字身差別解者曰
名者是次第行列句者是次第安布唐書宋之問傳曰魏建安後詩律屢變及之問
沈佺期加靡麗學者宗之號爲沈宋老杜贈李白詩飛揚跋扈爲誰雄蓋借用北史
齊神武紀中語老杜詩又曰詩看子建親謂曹植也可憐金石友去
不待斯人金石友見上注亦謂東坡少游于時已死恨不見子勉○南史
王琳傳時謂銓錫二王玉昆金友
峴南羇旅井灞上獵歸亭日繞分魚市風

回落鴈汀老杜詩應同王粲宅留井峴山前按魏志王粲傳山陽人以西
京擾亂乃之荆州依劉表漢書李廣傳屏居藍田南山中射獵嘗夜從人田間飲還
至亭霸陵尉醉呵止廣筆由詩客把笛爲故人聽上句
言久不作詩因高君可與論此事故復援筆下句謂追懷東坡晉書向秀傳作思舊
賦序云經嵇康呂安舊廬鄰人有吹笛者發聲寥亮追想曩昔游宴之好感音而嘆
故作賦云但恐蘇耽鶴歸時或姓丁終上句之意亦指東
坡言其不可測識也蘇耽丁令威見上注
君不居郎省還應上諫坡蔡質漢官典職曰尚書郎省中
皆以胡粉塗壁諫坡見李宗諤先公談録見上注才高殊未識歲

晚喜無它說文曰上古草居患它故相問無它乎音託何切徐鍇注云今
俗作蛇音食遮反櫪馬羸難出鄰雞凍不歌老杜詩曰
盍簪喧櫪馬退之書曰泥水馬弱不敢出鄰雞見孟子東坡雜說曰予來黃州聞黃
人群聚謳歌宛轉其聲往反高下如雞唱爾漢官儀汝南出長鳴雞衛士候朱雀門
外專傳雞鳴應劭曰今雞鳴歌也余今所聞豈亦雞鳴之遺聲乎老杜詩林鶯遂不
歌寒爐餘幾火灰裏撥陰何言作詩當深思苦求方與
古人相見也傳燈録百丈謂溈山曰汝撥鑪中有火否師撥云無火百丈躬起深撥
得火舉以示之云此不是火師發悟禮謝呂蒙正詩撥盡寒爐一夜灰老杜詩試學
陰何苦用心謂陰鏗何遜

荆渚樓中賦南陽壠底吟誰言小隱處頻
屈故人臨上兩句皆述荆州渚宮見上注文選王粲有登樓賦李善注引
盛弘之荆州記曰當陽縣城樓王仲宣登之而作賦蜀志諸葛亮傳躬耕壠畝好爲
梁父吟注引漢晉春秋曰亮家于南陽之隆中按後漢志南陽屬荆州文選王康琚
詩曰小隱隱陵藪大隱隱朝市漢書灌夫傳曰將軍且日蚤臨經笥難窺
底詞源幸汲深思君眠竹屋雪月氷寒衾
後漢邊韶傳曰腹便便五經笥老杜詩詞源倒流三峽水劉禹錫涵碧圖詩序曰碧
流貫于庭中氷激射人自注云氷音去聲集韻氷音逋孕反冷迫也○莊子曰綆短
者不可以汲深

驚人得佳句或以傲王公用杜牧之千首詩輕萬户侯之意老杜詩爲人性僻耽佳句語不驚人死不休又詩故人得佳句獨贈白頭翁荀子曰道義重則輕王公
處世要清節滑稽安足雄言當慕伯夷之清不當如東方朔之陸沉也法言或問東方朔達惡比曰非夷尚容依隱玩世其滑稽之雄乎又曰古者高餓顯下禄隱
深沉似康樂簡遠到安豐晉書謝玄封康樂縣公爲叔父安所器重有經國才略王戎封安豐縣侯裴楷傳鍾會曰裴楷清通王戎簡要漢書王嘉傳曰計謀深沉元稹作老杜墓銘叙曰蘇李五言辭意簡遠謝靈運雖襲封康樂公然此詩以深沉言之必非指靈運也
一點無俗氣相期林下同僧貫休題東林寺詩田地更無

塵一點退之王仲舒墓誌曰公所爲文章無丗俗氣晉書王戎傳與阮籍爲竹林之游戎嘗後至籍曰俗物已復來敗人意又王凝之妻謝氏傳曰王夫人神情散朗故有林下風
志士難推轂將如高子何心期誠不淺餘論或相多志士見魯論推轂見上注文選任彦昇詩曰中道遇心期王介甫作韓魏公挽詩曰心期自與衆人殊骨相知非淺丈夫南史謝朓傳曰士子聲名未立應共奬成無惜齒牙餘論戰國策或説張相國曰君安能少趙人而令趙人多君漢書何武傳注曰多重也
欲向滄洲去還能小艇麼
鸕鷀西照處相並曬漁蓑言欲與之同往江海也選詩復

協滄洲趣老杜詩閑引老妻乘小艇又云鸕鷀西日照曬翅滿魚梁東坡樂府曰仍傳語江南父老時與曬漁蓑
鑿開混沌竅窺見伏羲心言伏羲作易發太極之藴也莊子曰儵與忽謀報混沌之德日鑿一竅七日而死易曰復其見天地之心乎
有物先天地含生盡陸沉老子曰有物混成先天地生雪竇頌曰曹溪波浪如相似無限平人被陸沉詩意謂大道坦然人自迷謬平地上没溺而不自知也陸沉見莊子已具上注此借用
伐山成大厦鼓橐鑄祥金上句欲其積學以成廣大之規模下句欲其鍛煉以盡精微之極致漢書地理志曰楚地以漁獵山伐爲業注云山伐謂伐山取竹木文選四子講德論曰大

厦之材非一丘之木淮南子曰鼓橐吹埵注云橐冶炉排橐也莊子曰今大冶鑄金金踴躍曰我且必爲鏌鋣大冶必以爲不祥之金此反而用之
三尺無絃木期君發至音無絃琴用淵明事見上注劉禹錫與柳子厚書曰嗟夫箏郭師與不可傳者死矣絃張柱差枵然貌存中有至音含糊弗聞噫人亡而器存布方冊者是已
少年基一簣長歲足三餘一簣三餘並見上注
忽作飛黄去頓超同隊魚退之詩少長聚嬉戲不殊同隊魚又云飛黄騰踏去不能顧蟾蜍○飛黄古良馬名詩曰乘彼乘黄
尊前八采句窻下十年書北史盧思道傳朝士作文宣帝挽歌十首擇其善者用之

魏收楊休之等不過得一二篇唯盧思道得八篇故時號八采盧郎此借用十年書
見南史沈攸之傳具上注定作牛腰束傳抄聽小胥太白
詩云詩秃千兔毫書載兩牛腰老杜詩云抄詩聽小胥
沙上步微暖思君剩欲招蔓蔦穿雪動楊
柳索春饒高適詩談經剩欲翻陸龜蒙鴉詩亂和殘照紛紛舞應索陽鳥
次第饒枉駕時逢出新詩若見撩若一作苦退之詩徠
鳥莫相撩王介甫詩物華撩我有新詩樽前遠湖樹來飲莫
辭遥老杜詩水有遠湖樹人今何處舡蓋指江陵府而言山谷時寓居于此老
杜又有詩他鄉惟表弟還往莫辭遥

贈高子勉四首

文章瑞世驚人學行刳心潤身老杜詩語不驚人死
不休莊子曰夫道覆載萬物者也洋洋乎大哉君子不可以不刳心焉禮記曰富潤
屋德潤身沅江求九肋鼈荆州見一角麟摭言曰盧
肇袁州人初赴舉先達曰袁州出舉人邪荅曰袁州舉人亦猶沅江出鼈甲九肋者
稀一角麟見上注又傳燈録清原行思傳希遷曰衆角雖多一麟足矣
張侯海内長句晁子廟中雅歌元注云無咎樂府於
今第一高郎少加筆力我知三傑同科張侯謂文
潛退之潮州謝表曰作爲歌詩薦之郊廟後漢祭遵投壺雅歌于實晉紀曰顧榮與

陸機兄弟同入洛時號三傑魯論曰爲力不同科山谷與李端叔帖曰比得荆州一
詩人高荷極有筆力使之凌厲中州恐不減晁張嘗聞之長老云文潛見此句殊不
樂

妙在和光同塵事須鉤深入神上句欲其韜晦涵養
與世同波下句欲其學之精微即事觀理老子曰和其光同其塵易曰探賾索隱鉤
深致遠又曰精義入神以致用也聽它下虎口著我不爲
牛後人上句謂無若世人行險僥倖如弈碁而置子於虎口下句欲其特立
獨行不落人後也史記蘇秦傳曰寧爲雞口無爲牛後
拾遺句中有眼彭澤意在無絃謂老杜之詩眼在句

中如彭澤之琴意在絃外也老杜以上元二年拜右拾遺事具唐書本傳顧我
今六十老付公以二百年南史謝朓傳長五言詩沈約云
二百年無此詩也晉書陳壽傳張華謂曰當以晉書相付此借用言以一代之詩付
之也

再用前韻贈子勉四首

胷中有度擇人事上無心活身上句欲口不臧否人
物而胷中自有準則也退之書曰懼足下以吾不致黑白於胷中禮記曰進退有度
左傳吳公子札見叔孫穆子曰子好善而不能擇人傳燈録德山語曰汝但無事於
心無心於事則虛而靈空而妙樂天詩勿信人虛語君當事上看莊子曰烈士爲天

下見善矣未足以活身只麼情親魚鳥儻然圖畫麒
麟言本志在於山林恐或不免富貴也傳燈録證道歌曰不可得中只麼得世說
簡文帝在華林園謂左右曰會心處不必在遠翛然林木便有濠濮閒之趣覺鳥獸
禽魚自來相親莊子曰儻然立於四虛之道漢書蘇武傳宣帝甘露三年思股肱之
美乃圖畫霍光等十一人於麒麟閣

行要爭光日月詩須皆可絃歌史記屈原傳曰雖與
日月爭光可也又按孔子世家曰詩三百五篇孔子皆絃歌之以求合韶武雅頌之
音○柳子厚簡吳武陵詩惜無協律者窈眇絃吾詩老杜詩謝眺每篇堪諷詠東坡
山谷嘗論詩可絃歌者米芾曰某明月堂賦便可坡未應山谷曰可謂落大石調也

見王定國聞見録云着鞭莫落人後百年風轉蓬科
言當汲汲追逐古人恐年歲之不吾與也着鞭用劉琨事見上注太白詩風流肯落
他人後轉蓬見上注太白詩又曰蓬科馬鬣皆已平

句法俊逸清新詞源廣大精神老杜詩清新庾開府
俊逸鮑參軍又云詞源倒流三峽水禮記曰致廣大而盡精微建安才六
七子開元數兩三人文選謝靈運擬魏太子鄴中集詩有魏太
子王粲徐幹劉楨應瑒阮瑀平原侯植八人序曰建安末予時在鄴宮云云又魏文
帝典論曰今之文人孔融陳琳王粲徐幹阮瑀應瑒劉楨斯七子者於學無所遺於
辭無所假唐書文藝傳曰玄宗好經術群臣稍厭雕琢索理致則燕許擅其宗六七

人見魯論老杜詩野航纔受兩三人○韓退之薦士詩建安能者七卓犖變風操

醉鄉閑處日月鳥語花中管絃醉鄉見上注唐人皇
甫嵩所著小說號醉鄉日月樂天詩閑中日月長劉禹錫詩蘿窓鳥韻如簧音漢書
曰鍾鼓管絃之音未衰有興勤來把酒與君端欲忘
年文士傳禰衡與孔融作爾汝交衡年二十餘融年五十敬衡秀才而忘年也
南史江揔傳張纘等雅相推重爲忘年友

荆南簽判向和卿用予六言見寄

次韻奉酬四首

仕宦初不因人富貴方來逼身上句言其自樹立劉

禹錫連州謝表曰出身入仕並不因人下句用謝安恐不免富貴之意僧貫休與錢
鏐詩曰貴逼身來不自由要是出群拔萃乃成威鳳祥
麟孟子公孫丑篇有若曰麒麟之於走獸鳳凰之於飛鳥類也聖人之於民亦類
也出於其類拔乎其萃自生民以來未有盛於孔子也漢書宣帝紀詔曰威鳳爲寶
注云鳳之有威儀者左傳哀公十四年注曰麟者仁獸王者之嘉瑞退之獲麟解曰
麟之爲靈雖婦人小子皆知其爲祥也

向侯賦我菁莪何敢當不類歌向以教育之意見於
山谷詩曰菁菁者莪樂育材也左傳晉侯曰歌詩必類齊高厚之詩不類顧我
乃山林士看君取將相科漢書王吉傳贊曰山林之士往

而不能反王沂公言行録云公爲參政或議以進士登科擇堂吏公曰我朝設此科謂之將相科豈當屈以擬走吏邪衆皆歎服而止

覆却萬方無準安排一字有神言不爲物役詩思乃凝於神也莊子曰視舟之覆猶其車却也覆却萬方陳乎前而不得入其舍文選陸佐公漏刻銘曰盈縮之度無準前輩詩曰吟安一个字老杜詩下筆如有神更

能識詩家病方是我眼中人李淑詩苑類格云梁沈約曰詩病有八一平頭二上尾三蜂腰四鶴膝五大韻六小韻七旁紐八正紐此借用文選陸士龍荅張士然云感念桑梓城髣髴眼中人老杜王司直短歌行曰青眼高歌望吾子眼中之人吾老矣○丁晋公口水底日爲天上日楊文公應口曰眼中人

是面前人

覔句眞成小技知音定須絶絃覔句見上注並去聲文章眞小技於道未爲尊絶絃見上注景公有馬千駟佗羨

垂名萬年事見魯論蓋朝之以遠者大者

蟻蝶圖

胡蝶雙飛得意偶然畢命網羅群蟻爭收

墜翼策勳歸去南柯此篇蓋有所屬以龜蒙蠱化曰橘之蠹蛻爲胡蝶翩旋軒虛曳颭粉拂甚可愛也須臾犯蠡網而膠之引絲環纏人雖甚憐不可解而縱矣文選七啓曰公叔畢命於西秦策勳及南柯並見上注

謝胡藏之送栗鼠尾畫維摩二首

貂尾珍材可筆虎頭墨妙疑神後漢書輿服志曰武冠貂尾爲飾注引應劭漢官曰貂內勁悍而外溫潤老杜詩虎頭金粟影神妙獨難忘謂顧愷之所畫維摩也莊子曰用志不分乃凝於神東坡嘗言古本凝作疑頗

知君塵外物眞是我眼中人分屬前兩句選詩肅此塵外軫晉書王戎傳曰王衍如瑤林瓊樹自然是風塵表物眼中人見上注

丹青貌金粟影毛物宜管城公老杜有丹青引又詩畫工如山貌不同金粟影見上注文選頭陁寺碑李善注發迹經曰淨名大士是往古金粟如來又按祖庭事苑曰十門辯惑論云維摩是金粟如來吉藏法師謂出思

惟三昧經自云未見其本今據諸經目録無此經名周禮曰其動物宜毛物管城公見上注○楊子丹青初則炳久則渝只今爲君落筆它日聽

我談空亦分屬上兩句文選北山移文云談空空於釋部劉夢得詩與師相見便談空

次韻向和卿行松滋縣與鄒天錫

夜語南極亭二首

雪泥滑滑到山郭提壺勸沽亦不惡林中

解道不如歸家人應念思歸樂梅聖俞四禽言曰泥滑滑苦竹岡雨蕭蕭馬上郎提壺子規並見上注樂天詩曰山中不栖鳥夜半聲嚶

嚶以道思歸樂行人掩泣聽陶岳零陵記曰思歸樂狀如鳩而慘色三月則鳴其音云不如歸去

衝風衝雨走七縣唯有白鷗盟未寒退之詩不衝風雨即衝埃寒盟見上注

坐中更得江南客開盡南窻借月看鄭谷詩坐中亦有江南客莫向春風唱鷓鴣孟郊詩徽文北山外借月南樓中

戲荅荆州王充道烹茶四首舊本云居士酒徒不喜茗飲故多戲句

三徑雖鋤客自稀醉鄉安穩更何之老翁

更把春風椀靈府清寒要作詩老杜詩草茅無徑欲敎鋤又詩幕下郎官安穩無又詩舍此復何之靈府謂心也見上注退之李花詩曰清寒瑩骨肝膽醒一生思慮無由邪

茗椀難加酒椀醇暫時扶起藉糟人何湏忍垢不濯足苦學梁州陰子春茗椀見上注世說江盧奴直喚人取酒自飲一椀老杜詩間道暫時人晉書劉伶傳酒德頌曰枕麴藉糟充道不喜茗飲無從洗濯塵昏故以陰子春戲之按南史陰子春傳身服垢汙脚數年一洗言每洗則失財敗事云在梁州以洗足致梁州敗曹子建責躬詩表曰忍垢苟全則犯詩人胡顏之譏

香從靈堅壟上發味自白石源中生爲公喚覺荆州夢可待南柯一夢成黃庭內景經曰鼻神玉壟字靈堅又曰呼吸元氣以求仙朱鳥吐縮白石源蓋言舌與齒也杜牧之詩十年一覺楊州夢贏得青樓薄倖名南柯見上注

龍焙東風魚眼湯箇中即是白雲鄉更煎雙井蒼鷹爪始耐落花春日長趙飛燕外傳成帝曰不能効武皇帝求白雲鄉也春晝多睡故末句云爾王隨詩一聲啼鳥禁門靜滿地落花春日長

雨中登岳陽樓望君山二首岳陽樓即

岳州城西門據圖經經始於張燕公慶曆中滕宗諒謫守始加增飾規制宏敞

投荒萬死鬢毛斑生出瞿塘灩澦關未到江南先一笑岳陽樓上對君山柳子厚詩曰萬死投荒十二年老杜詩更憶鬢毛班後漢班超傳上䟽曰臣不敢望到酒泉郡但願生入玉門關瞿塘峽灩澦堆在今夔州灩澦即水經注所謂淫澦石也冬出水二十餘丈夏則沒水經注又曰峽中有瞿塘黃龕二灘夏水洄洑沿泝所忌又曰洞庭湖中有君山湘君之所游處故曰君山

滿川風雨獨憑欄綰結湘娥十二鬟可惜

不當湖水面銀山堆裏看青山山海經曰洞庭之山帝之二女居焉王逸注九歌曰堯二女娥皇女英隨舜不及没於湘水之渚因爲夫人按君山狀如十二螺髻北夢瑣言曰湘江北流至岳陽達蜀江夏潦後蜀江漲勢高遏住湘波讓而退溢爲洞庭湖凡數百里而君山宛在水中秋水歸壑此山復居于陸惟一條湘川而已劉禹錫詩遥望洞庭山水翠白銀盤裏一青螺貫休詩五湖大浪如銀山

自巴陵略平江臨湘入通城無日不雨至黄龍奉謁清禪師繼而晚晴邂逅禪客戴道純款語作長句呈道純

山行十日雨霑衣幕阜峰前對落暉史記禹本紀曰山行乘檋禮記曰雨霑服失容則廢說苑曰孺子不覺露之霑衣幕阜即黄龍山之别峯輿地廣記曰在洪州武寧縣東坡詩放鶴亭前送落暉野水自添田水滿晴鳩却喚雨鳩歸歐公詩陂田遶郭白水滿又詩天雨止鳩呼婦歸鳩且喜靈源大士人天眼雙塔老師諸佛機惟清禪師自號靈源叟即雙塔之法嗣已具贈鄭交詩注初晦堂祖心禪師得法於黄龍山惠南南死塔於山中其後心亦葬南公塔東號雙塔事具洪覺範僧寶傳山谷嘗參問晦堂爲之塔銘其於靈源待以師友嘗與徐師川書

曰平生所見士大夫人品未有出此公之右者傳燈録靈樹如敏禪師書一帖云人天眼目堂中上座蓋謂雲門文偃和尚也佛偈曰若人生百歲不善諸佛機未若生一日而得決了之白髮蒼顔重到此問君還是昔人非歐公醉翁亭記曰蒼顔白髮頹然其間者太守醉也肇法師物不遷論云梵志出家白首而歸鄰人見之曰昔人尚存乎梵志曰吾猶昔人非昔人也鄰人皆愕然所謂有力者負之而趨昧者不覺其斯人之謂歟

題徐氏書院元注云德占羨魚亭故基也○徐禧字德占洪州分寧人娶山谷從妹

學書但學溪老鵝讀書可觀樵父歌言不必作功名之想也山谷舊有詩云駕鵝引頸回似我肯中字右軍數能來不爲口腹事樵父歌謂負薪能談王道老杜詩夷歌是處起漁樵紫髯將軍不復見空餘巖桂緑婆娑紫髯借用孫權事巖桂用淮南小山招隱事並見上注晉書殷仲文傳顧大司馬府中老槐樹而歎曰此樹婆娑無復生意按實録元豐五年禧以直龍圖閣節制西師與沈括等城永樂夏人來攻城陷禧與内侍李舜舉轉運使李稷皆死

贈石敏若石忞字敏若

才似謫仙惟欠酒情如宋玉更逢秋相看領會一談勝注目長江天際流文選向秀思舊賦曰

託運遇於領會注云領會冥理相會也老杜詩注目寒江倚山閣

題胡逸老致虛庵

藏書萬卷可教子遺金滿籯常作災漢書韋賢傳曰賢爲丞相少子玄成以明經歷位至丞相故鄒魯諺曰遺子黃金滿籯不如一經老子曰金玉滿堂莫之能守富貴而驕自遺其咎能與貧人共年穀必有明月生蚌胎東觀漢記梁商因年穀貴多有飢者輒令蒼頭以牛車致米鹽菜錢於四城門外給貧民不告主姓名莊子曰使物不疵癘而年穀熟蚌胎用韋誕事見上注山隨宴坐畫圖出水作夜窗風雨來觀水觀山皆得妙更將何物汙

靈臺一作莫將世事侵兩鬢小庵觀靜鎖靈臺○太白詩丹青畫出是君山老杜詩飛閣卷簾圖畫裏王介甫詩芭蕉一桃西窗雨後似當年水遶床老子曰常無欲以觀其妙靈臺見上注

題蓮華寺

狂卒猝起金坑西脅從數百馬百蹄漢書谷永傳曰將有驕臣悍妾醉酒狂悖卒起之敗注云卒讀曰猝書曰脅從罔治史記貨殖傳曰牧馬二百蹄所過州縣不敢誰肩輿虜載三十妻賈誼過秦論曰陳利兵而誰何注云問之爲誰伍生有膽無智略謂河可憑虎可搏退之詩臣有膽與氣史記田叔傳褚先生曰今取富人子又無智略魯論曰暴虎憑河死而無悔者吾不與也孟子曰馮婦善搏虎身膏白刃浮屠前此鄉父老至今憐文選潘安仁關中詩曰周殉師令身膏氏斧老杜詩到今耆舊悲按漢書項籍傳曰楚人憐之至今

衝雨向萬載道中得逍遙觀遂戲題

逍遙近道邊憩息慰憊懣晴暉時晦明謔語諧讜論道邊見上注老杜詩平生憩息地韻書懣與悶同東都賦曰讜言弘說李善注引字林曰讜美言也音黨草萊荒蒙籠室屋壅

塵坌漢書晁錯傳曰草木蒙籠枝葉茂接韻書云坌塵也蒲悶反法華經云糞土塵坌汙穢不淨僕僮侍偪仄涇渭清濁混上林賦曰偪側泌瀄注云相迫也老杜詩有偪仄行又詩濁涇清渭何當分

題竹尊者軒

平生脊骨硬如鐵聽風聽雨隨宜說傳燈錄巖頭云德山老人一條脊骨硬如鐵拗不折於唱教門中猶較些子法華經曰諸佛隨宜說法意趣難解○王建宮詞聽風聽水作霓裳百尺竿頭放步行更向脚跟參一節傳燈錄長沙景岑禪師偈曰百尺竿頭不動人雖然得地未爲真百丈竿頭須進步十方世界是全身玄沙傳曰老和尚脚跟

猶未點地叢林舉前人一段語謂之一則一節與一則同竹尊者當是竹根形狀如此

送密老住五峯 密老蓋法昌之嗣

我穿高安過萍鄉七十二渡遶羊腸 一本此下有兩句云去時擷茗春風香歸來秧稻春日長○高安屬筠州萍鄉屬袁州羊腸見上汪山谷書萍鄉縣廳壁曰庭堅抗荊江略洞庭涉脩水徑七十二渡出萬載來宜春省伯氏元明於萍鄉按元明時爲萍鄉令

水邊林下逢衲子

南北東西古道場 蘇子由筠州聖壽院法堂記曰洞山有价黃蘗有運真如有愚九峯有虔五峯有觀高安雖小邦而五道場在焉前漢書南粤傳曰南北東西數千里

五峯秀出雲雨上中有寶坊如側掌 文選張景陽七命曰嶢榭迎風秀出中天李善注引國語曰秀出於衆列子曰化人之宮出雲雨之上寶坊見上汪老杜詩秦川對酒平如掌此變其語用之

去與青山作主人不負法昌老禪將 倚遇潭師三十年單丁住法昌山法昌在洪州分寧之北事具洪覺範僧寶傳法華經曰佛與戰魔賢聖諸將以禪定解脫無漏根力諸佛之財

栽松種竹是家風莫嫌斗絕無來往 僧寶傳又載南禪師至止遇方栽松南公曰小院子栽許多松作麼遇曰臨濟道底南公指石曰這裏何不栽遇曰功不浪施南公曰也知無下手處遇却指石上松曰從什麼處得來南公大笑曰蒼天蒼天漢書匈奴傳曰匈奴有斗入漢地直張掖郡汪云斗絕也後漢書竇融傳曰河西斗絕在羌胡中五峯高峻故云

但得螺師吞大象從來美酒無深巷 法昌有法身頌云螺師吞大象石虎咬蕃馬驚起叚家龍踏落雲屋尾古語曰美酒無曲巷言酒之美者雖在深僻之地人必就沽五峯雖險絕但解法昌宗旨何患不爲人之所知哉

新喻道中寄元明用觴字韻

中年畏病不舉酒孤負東來數百觴喚客煎茶山店遠看人穫稻午風涼 晉書顏榮傳曰惟酒可以忘憂但無如作病何文選李陵書曰孤負陵心區區之意歐公詩快哉天下樂一觴宜百觴老杜詩野店引山泉樂天詩泥秧水畦稻

但知家裏俱無恙不用書來細作行 別本云不用書來細作行想李炳文極相肯也○風俗通曰恙毒蟲也喜傷人古人草居露宿故相勞問必曰無恙老杜詩來書細作行按後漢書循吏傳序曰光武以手迹賜方國皆一札十行細書成文

一百八盤携手上至今猶夢遶羊腸 一百八盤路謂元明相送黔中時樂天詩夢尋來路遶羊腸羊腸見上汪

山谷詩集注卷第十六

山谷詩集注卷第十七

拜劉凝之畫像

弃官清潁尾買田落星灣陳舜俞廬山記曰劉渙字凝之筠州人天聖八年擢進士第居官有直氣不屑輒弃去卜居落星渚嘗乘黃犢往來廬山中張文潛水玉堂記云凝之年五十餘爲潁上令即致仕歸隱於廬山年八十一卒清潁尾見上注寰宇記云落星石在江州廬山東周回一百五步高丈許圖經云昔有星墜水化爲石當彭蠡灣中俗呼爲落星灣身在菰蒲中名滿天地間建康實録云殷禮與張温使蜀諸葛亮見而嘆曰江東菰蘆中生此奇才謝靈運詩菰蒲冒清淺老杜詩卷長留天地間誰能四十年保此清靜退老子曰保此道者不欲盈漢書揚雄解嘲曰爰清爰静游神之庭文選盧子諒序曰用安靜退往來澗谷中神光射牛背見首句注晉書王衍引王導共載而去曰吾目光乃在牛背上矣

湖口人李正臣蓄異石九峯東坡先生名曰壺中九華并爲作詩後八年自海外歸湖口石已爲好事者所取乃和前篇以爲笑實建中靖國元年四月十六日明年當崇寧之元五月二十日庭堅繫舟湖口李正臣持此詩來石既不可復見東坡亦下世矣感歎不足因次前韻

有人夜半持山去頓覺浮嵐暝翠空莊子曰藏舟於壑藏山於澤謂之固矣然而夜半有力者負之而走昧者不知也下句謂失此石之清寒遂覺瘴嵐暝氣浮動於太虛耳埤蒼曰嵐山風也摭言載趙嘏詩云何必清樓倚翠空試問安排華屋處何如零落亂雲中曹子建詩曰生存華屋處零落歸山丘此借用其字能回趙璧人安在已入南柯夢不通史記藺相如傳度秦王負約不償城使從者懷其璧從間道亡歸璧于趙南柯見上注謂東坡已死此段陳迹遂成幻境不可復追尋也賴有霜鍾難席卷袖椎來聽響玲瓏晉書石勒載記曰賴有此耳霜鍾謂石鍾山也水經曰彭蠡之口有石鍾山焉東坡作石鍾山記載唐李渤記曰得雙石於潭上扣而聆之南聲函胡北音清越枹止響騰餘韻自歇山海經曰豐山有鍾九月霜降則鳴此用其字漢書賈誼過秦論曰有席卷天下之心史記信陵君傳朱亥袖四十斤鐵椎揚雄甘泉賦曰和氏玲瓏

罷姑熟寄元明用觴字韻通典曰當塗縣即晉姑熟城按當塗今爲太平州

追隨富貴勞牽尾準擬田園略濫觴上句言世

（人用力於富貴之地如曳牛尾徒自苦也文選曹子建詩冠蓋相追隨俗本勞或作榮非是按太玄經勤首曰勞牽不其鼻于尾弊范望注曰牽牛不其鼻而尾故勞弊也老杜詩春來準擬開懷久漢書汲黯傳隱於田園濫觴見上注云云）本與

江鷗成保社聊隨海燕度炎涼（南越志曰江鷗一名海鷗保社謂保伍同社傳燈錄與化存獎禪師傳克賓曰我不入女保社海燕以言去來無定梁吳筠詠燕詩曰一燕海上來一燕高堂息老杜雙燕詩應同避燥濕且復過炎涼）未栽姑熟桃李徑却入江西鴻鴈行

別後常同千里月書來莫寄九回腸（江西謂洪州山谷鄉里謝莊月賦曰隔千里兮共明月司馬遷書曰腸一日而九回）

次蘇子瞻和李太白潯陽紫極宮感秋詩韻追懷太白子瞻（元豐七年東坡自黃移汝往筠州見子由過江州道士胡洞微示以太白詩石本蓋其師卓玭之所刻因和其韻且云玉芝一名瓊田草洞微種之七八年矣）

不見兩謫仙長懷倚脩竹（唐書李白傳賀知章歎曰子謫仙人也兩謫仙謂蘇李老杜詩日暮倚脩竹〇南史云會稽山有人姓蔡不知名時人謂之謫仙）行遶紫極宮明珠得盈掬（老杜詩道州手札適復至紙長要自三過讀盈把那須滄海珠入懷本倚崑山玉禮記曰受珠玉者以掬詩曰不盈一掬）平生人欲殺耿介受命獨（老杜無李白消息詩曰衆人皆欲殺吾意獨憐才離騷曰彼堯舜之耿介兮既遵道而得路莊子曰受命於地唯松柏獨也在冬夏青青受命於天唯舜獨也正〇山谷跋東坡和陶詩云子瞻謫嶺南時宰欲殺之亦此意也）往者如可作抱被來同宿（禮記檀弓趙文子曰死者如可作也吾誰與歸注云作起也退之送殷侑序曰抱被入直樂天詩官曹冷似水誰肯來同宿）砥柱閱頹波不疑更何卜（劉禹錫詩丗道劇頹波我心如砥柱詳見上注詩意謂蘇李介特自信也按楚辭屈原卜居曰往見太卜鄭詹尹曰余有所疑願因先生決之甯昂昂若千里之駒乎將泛泛若水中之鳧乎與波上下偷以全吾軀乎詹尹謝曰用君

之意龜策誠不能知事此詩用其意左傳鬬廉云卜以決疑不疑何卜此詩用其語王維歸山歌亦云聊解印兮相從何詹尹兮可卜）但觀草木秋葉落根自復（草木秋見上注老子曰萬物並作吾以觀其復夫物芸芸各歸其根歸根曰靜靜曰復命〇唐人詩梧桐葉落滿庭陰古詩一葉落知天下秋）我病二十年大斗乆不覆（山谷作發願文戒酒肉蓋元豐甲子歲至崇寧壬午幾二十年行葦詩曰曾孫維主酒醴維醹酌以大斗以祈黃耇注云大斗長三尺正義謂從大器挹之於樽用此勺隋書天文志曰天市垣斗五星在官者南仰則天下斗斛不平覆則歲穰此借用以言挹酒而注之則當覆斗久不飲故斗不覆也）因之酌蘇李蠏肥社醅熟（別本注云子少病不

能食暫開酒肉故云○文選江文通擬休上人云桂水日千里因之平生懷林逋詩水痕初落蟹螯肥李商隱詩旗高社酒香按世說畢茂世云一手持蟹螯一手持酒杯柏浮酒池中便了足一生也○山谷此詩元有跋云予瞻詩所記胡道士玉芝一名瓊田草者俗號其葉爲唐婆鏡葉底開花故號蓋天花以予考之其實本草之鬼臼也歲生一臼如黄精而堅瘦滿十二歲可爲藥就土中生根取一臼勿令大本知也蕢䕭如饆饠皮裏一臼吞之數日不飢啗三臼可碎穀也黄龍山老僧多採而斷食令人躰臞而神王今方家所用鬼臼乃鬼燈檠耳如蜀人用鬼箭但用一草根不知何物也鎮陽趙州間道傍叢生三羽者真鬼箭俗醫用藥如此而責古方不治病可勝歎哉因論玉芝故并記以遺胡道士道士胡君洞微卓君玘之弟子卓君之時欲崇飾宮觀而俗緣薄規摹甚遠而不成就及胡君而宮殿崇成便齋曲房松竹蓊蔚觀其軒窻開塞宜冬而愜夏智慮通物者也又好文多藝能治賓客具至者忘歸此東坡先生所以每至而留連者歟

瓊芝軒

卓僊在時養瓊芝深根固蔕活人命憧憧來問此何草但告渠是唐婆鏡 易咸卦之九四曰憧憧往來朋從爾思王弼云憧憧往來不絕皃詩意謂俗人聞此草能使人長生未必信之但以凡草告之可也○老子曰深根固蔕長生久視之道

龜殼軒

紫極宮中三百楹道人獨藏一神屋開軒納息星月明時有白雲來伴宿 道家以形骸爲屋宅神之所舍也吞燕日月華如龜之納息黄庭經曰後有密戶前生門出日入月呼吸存史記龜策傳曰龜能行氣導引太白紫極宮詩曰白雲南山來就我簷下宿退之詩月明伴宿玉堂空○按本草龜殼一名神屋舊注引道家事誤矣

秋聲軒

誰居空閑扇橐籥情與無情並時作 莊子曰風起北方一西一東有上彷徨孰噓吸是孰居無事而披拂是老子曰天地之間其猶橐籥乎又曰萬物並作吾以觀其復法界觀頌曰情與無情共一躰 是聲皆

自根極來更莫辛勤問南郭 傳燈錄鏡清問僧門外什麼聲曰雨滴聲師曰衆生顛倒迷己逐物此詩用其意莊子繕性篇曰不當時命而大窮乎天下則深根寧極而待大宗師篇真人之息以踵郭象注曰乃在根本中來齊物論曰南郭子綦隱几而坐顏成子游立侍乎前子綦曰汝聞人籟而未聞地籟汝聞地籟而未聞天籟夫子游曰敢問其方云云

戲效禪月作遠公詠 并序

遠法師居廬山下持律精苦過中不受蜜湯而作詩換酒飲陶彭澤送客無貴賤不過虎溪而與陸道士行過虎溪數

百步大笑而別故禪月作詩云愛陶長官醉兀兀送陸道士行遲遲買酒過溪皆破戒斯何人斯師如斯故效之禪月師名貫休其詩見於集中陳舜俞廬山記曰遠師送陶元亮陸修靜不覺過虎溪因相與大笑今世傳三笑圖蓋起於此

邀陶淵明把酒椀送陸修靜過虎溪胥次九流清似鏡人間萬事醉如泥陳舜俞廬山記曰簡寂觀宋陸先生之隱居也隱居名脩靜明帝召至闕設崇虛館通仙堂以待之仍會儒釋之士講道於莊嚴佛寺九流見上注東坡詩曰道人胥中水鏡清後漢周澤時

人語曰一日不齋醉如泥

跋子瞻和陶詩東坡和陶淵明詩凡一百有九篇追和古人自東坡始

子瞻謫嶺南時宰欲殺之飽喫惠州飯細和淵明詩東坡知揚州初和淵明飲酒詩二十首歸田園居以下皆謫惠州後所作東坡以紹聖元年安置惠州時章惇爲宰相老杜歌曰但使殘年飽喫飯只願無事長相見彭澤千載人東坡百世士出處雖不同風味乃相似唐人張旭有帖云賀八清鑒風流千載人也孟子曰伯夷柳下惠奮乎百世之上百世之下聞者莫不興起山谷作王持字說

曰世無千歲之人安得千歲之士蓋其德可以經盛衰云耳易曰君子之道或出或處或默或語二人同心其利斷金同心之言其臭如蘭子由作和陶集序亦曰區區之迹蓋未足以論士也

題李亮功戴嵩牛圖張彥遠名畫記戴嵩事曰韓晉公滉之鎮浙右署爲巡官師晉公之畫不及他物惟善水牛而已田家川原亦有意思李亮功名公寅

韓生畫肥馬立仗有輝光老杜丹青引云弟子韓幹早入室亦能畫馬窮殊相幹惟畫肉不畫骨忍使驊騮氣彫喪立仗馬見上注文選阮嗣宗詩灼灼有輝光戴老作瘦牛平田千頃荒韓生作富

貴想戴老作田野觀言胥懷異趣也觳觫告主人實已盡筋力孟子注曰觳觫牛當到死地處恐貌老杜病馬詩塵中老盡力蓋用田子方事筋力見曲禮乞我一牧童林間聽橫笛南史陶弘景傳梁武帝屢加禮聘並不出唯畫作兩牛一牛散放水草之間一牛着金籠頭有人以杖駈之武帝笑曰此人豈有可致之理此詩頗採其意山谷於時政以軒冕爲累也

追和東坡題李亮功歸來圖

今人常恨古人少今得見之誰謂無南史張融傳常歎云不恨我不見古人所恨古人又不見我晉書王衍傳王戎曰當從古人中求耳○漢書劉平傳嘗聞烈士乃今得之欲學淵明歸作賦先

煩摩詰畫成圖陶淵明集有歸去來賦序云彭澤去家百里公田之利足爲酒故便求之及少日眷然有歸歟之情唐書王維傳維字摩詰別墅在輞川地奇勝畫斷曰王維畫輞川圖山谷盤鬱雲水飛動小池已築魚千里隙地仍栽芋百區齊民要術載陶朱公養魚經曰以六畝地爲池池中有九洲求懷子鯉魚二十頭牡鯉魚四頭內池中魚在池中周遶九洲無窮自謂江湖也其詳已見上注左思蜀都賦曰瓜疇芋區氾勝之書曰種芋區方深皆三尺朝市山林俱有累不居京洛不江湖世傳退之與大顛書云著山林與著城郭無異

次韻徐仲車喜董元達訪之作南

郭篇四韻徐積字仲車見上注元達名達

董侯從軍來意望名不朽王粲詩從軍有苦樂不朽見上注欵門拜徐公在德不在酒魏志徐邈傳盧欽著書稱邈曰世人無常而徐公有常退之詩何人有酒身無事誰家多竹門可欵左傳王孫滿曰在德不在鼎此用其語律徐公雖避俗對客輙粲然耳不聞世事時誦陶令篇老杜詩陶潛避俗翁鄭氏注詩旄丘篇曰人之耳聾常多笑而已仲車有此疾故以爲戲粲然見上注

次韻仲車爲元達置酒四韻

射陽三萬家莫貴徐公門楚州山陽縣本漢射陽縣地仲車家於楚故云誰能拜牀前況乃共酒尊襄陽記曰諸葛孔明每至龐德公家獨拜牀下惟此酒中趣難爲醒者論晉書孟嘉傳桓溫問酒有何好而卿嗜之嘉曰公未得酒中趣耳漢書司馬遷傳曰事未易一二爲俗人言也○陶淵明詩但得醉中趣勿與醒者傳山谷豈體此耶盜臥月皎皎雞鳴雨昏昏明月皎然盜所畏忌此古人所以自晦於酒世間萬事付之一醉而胷中了了自有常度如雞鳴之不爲風雨所廢也然雞鳴雨中其聲往往難辨亦因以戲仲車之聾東坡和仲車詩蓋云蒼蠅莫亂遠雞聲世上誰如公覺早文選潘安仁詩皎皎窻中月齊詩云風雨如晦雞鳴不已退之詩海氣昏昏水拍天

次韻仲車因妻行父見寄之詩

前朝老諸生大半正丘首仲車與山谷同登治平四年第於時同年生零落大半矣檀弓曰狐死正丘首仁也投荒萬里歸煩公問徒否柳子厚詩一身去國三千里萬死投荒十二年往時望江寧今爲夏津吏望江屬舒州夏津屬北京樂天有立碑詩曰我聞望江縣麴令憮惸嫠在官有仁政名不聞京師當是借用此事以言妻君之循良或嘗爲此縣也它日可教之玉音尚無棄謂妻君有受道之質欲仲車教之也司馬相如長門賦曰願賜問而進兮得尚君之玉音注引詩曰無金玉爾音而有遐心老子曰常善救人故無棄人

武昌松風閣武昌今鄂州縣

依山築閣見平川夜闌箕斗插屋椽我來名之意適然老松魁梧數百年斧斤所赦今參天風鳴媧皇五十弦洗耳不須菩薩泉魁梧參天並見上注禮圖曰庖犧氏作瑟五十弦此云媧皇未詳東坡聽琴詩日歸家且覓千斛水淨洗從前箏笛耳東坡菩薩泉銘序曰寒溪少西數百步別爲西山寺有泉出於嶻竇間色白而甘號菩薩泉建昌李常謂余豈昔阿育王所鑄文殊金像之所在乎金像事見陳舜俞廬山記嘉二三子甚好賢力貧買酒醉此筵夜雨鳴廊到曉懸相看不歸臥僧氈泉枯石燥復潺湲山川光輝爲我妍野僧早飢不能饘曉見寒谿有炊煙二三子見魯論東坡詩嘉我二三子楚辭曰觀流水兮潺湲寰宇記曰樊山在鄂州武昌縣西山東十步有岡岡中有寒溪張舜民南遷録曰寒溪即元次山故居王介甫詩瞑煙孤起隔林炊東坡道人已沉泉張侯何時到眼前東坡謫黃州時多往來武昌溪山間建中靖國元年還自海外七月殁于常州東都賦曰沉珠於泉此借用張侯謂文潛崇寧元年七月言者謂文潛知潁州日聞蘇軾卒飯僧縞素而哭遂自管勾亳州明道宮責授房州別駕黃州安置老杜詩多病秋風落君來慰眼前釣臺驚濤可晝眠怡亭看篆蛟龍纏元次山樊上漫歌曰叢石橫大江人言是釣臺按水經樊山北背大江江上有釣臺孫權嘗極飲其上歐公集古録跋曰怡亭銘李陽冰篆裴虬撰銘在武昌江水中有小島亭在其上銘刻于島石老杜觀薛稷書畫壁詩曰鬱鬱三大字蛟龍岌相纏安得此身脫拘攣舟載諸友長周旋漢書鄒陽上書曰能越攣拘之見超域外之議魏晉間多以交游爲周旋又蜀志後主傳注諸葛亮曰吾周旋陳元方鄭康成間又世說曰郗嘉賓開庫得錢一日乞與親友周旋略盡○韓退之送文暢師詩云粗淺事覩軌攣拘屈吾身

次韻文潛

武昌赤壁弔周郎寒溪西山尋漫浪吳志周瑜傳吳中皆呼爲周郎建安十三年九月曹公入荊州孫權遣瑜等與劉備并力逆曹公遇於赤壁黃蓋放諸舡同時發火曹公軍馬燒溺死者甚衆軍遂大敗按赤壁山在今鄂州蒲圻縣而山谷所引蓋指黃州赤壁與武昌對岸者東坡題赤壁賦後所謂黃州少西山麓斗入江石色如丹即此地也元次山自釋曰將家瀼濱乃自稱浪士及有官時人以爲浪者亦漫爲官乎遂呼爲漫郎及家樊上漫遂顯焉又曰以近文多漫浪之稱故設之以自釋忽聞天上故人來呼舡凌江不待餉老杜詩天上張公子宮中漢客星退之詩遂凌大江極東陬按孔稚圭大雷舉帆詩云凌江及濤涌挂帆追風翻我瞻高明少吐

氣君亦歡喜失微恙東都賦曰咸含和而吐氣老杜春陵行序曰萬姓吐氣又詩蘇侯得數過歡喜每傾倒文潛時有末疾故云微恙○後漢孔融傳李膺曰高明祖父與僕有恩舊乎年來鬼祟覆三豪詞林根柢頗搖蕩三豪當是東坡先生及范淳夫秦少游於時皆死矣蘇與秦山谷之師友范蓋修史時同僚老杜八哀詩曰憶昔李公存詞林有根柢莊子曰搖蕩人心天生大材竟何用只與千古拜圖像太白詩天生我材必有用此反而言之老杜詩古來材大難爲用文選王元長策秀才文曰敷化一時餘烈千古退之孔子廟碑曰像圖孔肖張侯文章殊不病歷險心膽元自壯言其文章無衰苶之氣家語曰歷險

致遠馬力盡矣魏武帝樂府歌曰烈士暮年壯心不已老杜詩天河元自白汀洲鴻鴈未安集風雪牖户當塞向有人出手辦茲事政可隱几窮諸妾鴻鴈詩序曰萬民離散不安其居而能勞來還定安集之孟子曰國家閒暇明其政刑雖大國必畏之矣詩云迨天之未陰雨徹彼桑土綢繆牖户今此下民或敢侮予孔子曰爲此詩者其知道乎能治其國家誰敢侮之詩意謂徽廟躬攬之初安民修政自有廟堂諸人身任此責吾曹但當學道山林爾七月詩云塞向墐户傳燈録雲巖荅藥山曰與和尚共出雙手圓覺經曰於諸妄心亦不息滅經行東坡眠食地拂拭寶墨生楚愴法華經曰經行林中勤求佛道晋郗超傳大損眠食

文選謝靈運擬鄴中詩序曰撰文懷人感往增愴世說注婦人集載阮氏與許允書辭甚酸楚○元豐三年東坡謫居黃州放浪溪山間凡所遊覽見於賦詠人皆刻之石東坡集中俱載之今不復録出山谷作是詩時文潛亦謫於此故有經行東坡眠食地之句文潛聞東坡之喪縞素而哭拂拭寶墨得毋生楚愴耶此兩句非獨盡文潛之方寸又見其師友戀慕片言隻字不敢頃刻忘也水清石見君所知此是吾家秘密藏水清石見具上注圓覺經曰爲諸菩薩開秘密藏詩意謂賢愚邪正父而自明自古皆然非世俗所知也涅槃經曰愚人不解謂之秘藏智者了達則不名藏○西清詩話載杜少陵詩云作詩用事要如釋語水中着鹽飲水乃知鹽味此說詩家秘密藏也

和文潛舟中所題舊本題云乘武昌小舟過黃岡木門閒觀張文潛次韻和李文舉詩是日冒大風刺舟對赤鼻磯而渡江亦次文舉韻

雲横疑有路天遠欲無門謂文潛初在朝路疑若自致青雲然竟流落望君門而不可入也老杜詩雲横雉尾高文選沈休文詩唯使雲路通楚辭九歌曰廣開兮天門紛吾乘兮玄雲招魂曰虎豹九關啄害下人注謂天門九重虎豹啄齧天下欲上之人而殺之也信矣江山美懷哉譴逐魂王粲登樓賦曰雖信美而非吾土譴逐魂借用屈原事以言東坡舊謫黃州王逸楚辭章句曰宋玉憐屈原忠而斥弃䰟魄放佚故作招䰟詩曰懷哉懷哉曷

月予還歸哉

長波空泚記佳句洗眵昏誰柰離愁得村醪或可尊漢書揚雄傳反離騷曰因江潭而泚記兮欽弔楚之湘纍注云泚往也音于放反退之詩皇甫作詩止睡昏又詩兩目眵昏頭雪白玉篇眵音充支切目傷眥也

題君子泉

雲夢澤南君子泉水無名字託人賢兩蘇翰墨相爲重未刻他山世已傳雲夢澤南謂黃州杜牧之詩曰平生睡足處雲夢澤南州黃州通判孟震亨之朝中謂爲孟君子公宇中有泉出甚清東坡因以名泉子由爲之記東坡在常州有詩曰忽見東平孟君子夢中相對說黃州詩曰它山之石可以攻玉

宿黃州觀音院鍾樓上

鍾鳴山川曉露下星斗濕老夫梳白頭潘何塡箎集老杜詩老夫清晨梳白頭玄都道士來相訪張文潛集中有同潘何小酌詩潘當是邠老名大臨本閩人後家于黃文潛嘗爲集序何當是斯舉斯舉名頡之黃岡人山谷嘗與書取色斯舉矣爲之字事見曾慥詩選詩曰伯氏吹塤仲氏吹箎

謝何十三送蠏山谷出峽後以病故頗闢葷酒之戒

形模雖入婦女笑風味可解壯士顏彌明石鼎聯句曰形模婦女笑列子曰老商始一解顏而笑寒蒲束縛十六輩已覺酒興生江山退之毛頴傳曰聚其族而加束縛焉老杜詩雲山已發興玉佩仍當歌○羅研論蜀亂束縛之使句有二三

又借荅送蠏韻并戲小何三首皆見脩水集今附于此

草泥本自行郭索玉人爲開桃李顏林逋詩草泥行郭索雲木叫鉤輈按太玄銳首曰蟹之郭索復後蚓黃泉測曰蟹之郭索心不一也范望注云郭索多足皃李太白詩松柏本孤直難爲桃李顏恐似曹瞞說雞肋不比東阿舉肉山魏志武帝紀云帝小字阿瞞後漢楊脩傳曹操平漢中出教唯曰雞肋而已外曹莫能曉脩獨曰夫雞肋食之則無所得棄之則如可惜公歸計決矣文選曹植子建與吳季重書曰願舉太山以爲肉傾東海以爲酒按魏志植傳徙封東阿王

代二螯解嘲

仙儒昔日卷龜殼蛤蜊自可洗愁顏淮南子曰盧敖遊乎北海至蒙穀之上見處士者方卷龜殼而食蛤蜊敖與之語處士囂然笑曰子中州之人不宜而遠至此漢書司馬相如曰列仙之儒居山澤之間形容甚臞不比二螯風味好那堪把酒對西山荀子曰蟹六跪而二螯退之詩我來無一事把酒對南山此言西山謂武昌

又借前韻見意

招潮瘦惡無永味海鏡纖毫只強顏想見霜臍當大嚼夢回雪壓摩圍山海物異名記曰蟹之小者每潮欲來出穴舉螯迎之名招潮子文選郭景純江賦曰王珧海月土肉石華注引海水土物志曰海月大如鏡白色正圓常死海邊其柱如搔頭大中食曹子建書曰過屠門而大嚼雖不得肉貴且快意此詩末句謂往在黔南雪中睡起時嘗作霜蟹之想如昔人思蓴鱸也

次韻文潛立春日三絕句

眇然今日望歐梅已發黃州首更回試問淮南風月主新年桃李為誰開王羲之帖云當今人物眇然山谷此詩在黃州所作蓋東坡舊謫之地東坡舉進士時歐陽文忠公梅聖俞愛其文置之異等後在黃州嘗有帖云江山風月本無常主閑者便是主人此引用以屬文潛老杜詩西江首獨回樂天詩村杏野桃繁似雪行人不醉為誰開

誰憐舊日青錢選不立春風玉笋班唐書張薦傳祖鷟能文貞半千稱鷟文詞猶青銅錢萬選萬中時号青錢學士文潛舊為起居舍人鄭谷九日寄張起居詩曰渾無酒泛金英菊謾道官居玉笋班按北夢瑣言曰唐末朝士中有人物者時號玉笋班又傳外郎班清緊不雜亦號玉笋班者也

得黃州新句法老夫端欲把降幡黃州句法亦謂東坡老杜詩佳句法如何長安薛氏有皇甫湜手帖云鄆塘特高古風敢樹降旗謂退之谿堂詩也又孫樵與王霖書曰誠謂足下怪於文方舉降旗且大誇朋從間退之元和聖德頌曰降幡夜豎杜牧之詩擬把一麾江海去

江山也似隨春動花柳真成觸眼新清濁盡須歸甕蟻吉凶更莫問波臣老杜詩天邊梅柳樹相見幾回新清濁酒用徐邈事見上注屈原卜居曰往見太卜詹尹詹尹乃端策拂龜曰此孰吉孰凶何去何從莊子曰周顧視車轍中有鮒魚焉周問之對曰我東海之波臣也此借用以言龜蓋莊子又載宋元君夢龜為清江使故爾

再次前韻

春工調物似鹽梅一一根中生意回風日安排催歲換丹青次第與花開鹽梅見書說命晉書殷仲文傳曰此樹婆娑生意盡矣樂天詩百果參雜種千枝次第開

久狎漁樵作往還曉風宮殿夢催班鄰娃似與春爭道酥滴花枝綵翦幡老杜詩萬里狎樵漁又詩他鄉惟表弟還往莫辭遙文選顏延年詩萬古陳往還史記荆軻傳曰魯勾踐與荆軻博争道又漢書吳王濞傳吳太子侍皇太子飲博争道不恭此借用猶言争勝也元絳春帖子詞曰幡字玲瓏花房點滴酥續翰林志立春賜鏤銀飾彩勝之物

酒有全功筆有神可將心付白頭新春盤一任人爭席莫道前銜是近臣樂天詩曰湛湛樽中酒有功不自伐文選阮元瑜書曰喜得全功老杜詩下筆如有神又詩春日春盤細生菜爭席見上注樂天詩十年不敢舊官銜老杜詩宜居漢近臣

山谷詩集注卷第十七

山谷詩集注卷第十八

夣中和觴字韻 并序

崇寧二年正月己丑夢東坡先生於寒溪西山之間予誦寄元明觴字韻詩數篇東坡笑曰公詩更進於曩時因和予一篇語意清奇予擊節賞歎東坡亦自喜於九曲嶺道中連誦數過遂得之

天教兄弟各異方不使新年對舉觴退之送李正字序曰得蕪而舉一觴此天也非人力也文選李陵荅蘇武書曰異方之樂秪令人悲又劉琨書云時復相與舉觴對膝作雲作雨手翻覆得馬失馬心清凉老杜詩翻手作雲覆手雨紛紛輕薄何須數淮南子曰近塞上之人有善術者馬無故亡而入胡人皆弔之其父曰此何遽不爲福乎居數月其馬將胡駿馬而歸人皆賀之其父曰何遽不爲禍乎家富良馬其子好騎墮而折其髀人皆弔之其父曰何遽不爲福乎居一年胡人入塞丁壯死者十九此獨以跛之故父子相保仙人遏末曲曰觸來勿與競事過心清凉何處胡椒八百斛誰家金釵十二行唐書元載傳籍其家胡椒至八百石樂府梁武帝河中之水歌曰河中之水向東流洛陽女兒名莫愁頭上金釵十二行足下絲履五文章蓋言其首飾之盛爾而白樂天酬牛思黯戲贈詩有鍾乳三

千兩金釵十二行之句注言思黷之妓頗多與樂府意異云一丘一壑可曳尾三沐三釁取刲腸晉書謝鯤傳或問論者以君方庾亮何如荅曰端委廟堂使百僚準則鯤不如亮一丘一壑自謂過之曳尾見上注齊語曰莊公束縛管仲以予齊使齊使受之而退比至三釁三浴之桓公親逆之于郊注云以香塗身曰釁亦或爲薰此借用以言墮於世網也按史記龜策傳宋元王二年江使神龜使於河漁者豫且得之元王刑白雉驪羊以血灌龜於壇中史以刀剥之横其腹莊子曰神龜知能七十二鑽而無遺策而不能避刲腸之患

次韻吴可權題餘干縣白雲亭餘干今隸饒州

曩誰築孤亭勝日有感遇永懷劉隨州因榜白雲句遺老不能談歲月忽成屢綠陰斤斧盡華屋風雨仆勝日見衛玠傳具上注文選江淹擬盧諶詩曰羇旅去舊鄉感遇喻琴瑟唐書陳子昂傳爲感遇詩三十八章文選陸機辯亡論曰招攬遺老唐人劉長卿字文房嘗爲隨州刺史其集中有同姜濬題裴式微餘干東齋亭詩八韻其首章四句云世事終成夢生涯欲半過白雲心已矣滄海意如何曹子建詩生存華屋處零落歸山丘吴侯七閩英宰縣有眞趣七閩見上注謂福建也退之詩出宰山水縣選詩悠悠蘊眞趣絃歌解民愠根節去吏蠹魯語曰子之武城聞弦歌之聲注云子游爲武城宰帝王世紀曰舜彈五絃琴歌南風詩曰南風之薰兮可以解吾民之愠兮退之鄆州溪堂詩曰孰爲邦蟊節根之螟又祭馬摠文曰去其螟蠹材收佛宮餘工有子來助靈臺詩曰經始勿亟庶民子來廈成燕雀賀水滿鳧鴈翥淮南子曰大廈成而燕雀相賀文選沈休文詩曰白水滿春塘旅鴈每回翔劉公幹詩曰方塘含白水中有鳧與鴈曹子建七啓曰翔尒鴻翥濈然鳧没四海名士來一笑佳客聚老杜宴歷下亭詩曰海右此亭古濟南名士多雲與碧山留雲散清江去斯須成蒼狗皆道不如故雲之或留或去其狀如山與江也老杜詩天上浮雲似白衣斯須改變如蒼狗古樂府曰持縑來比素新人不如故至人觀萬物誰有安立處萬物虚幻皆如浮雲之無根也傳燈録天台語曰至人以是獨照能爲萬物之主圓覺經曰見聞覺知無處安立寄語吴令君但遣糟床注老杜詩賴知禾黍收已覺糟床注

次韻廖明略同吴明府白雲亭宴集廖正一字明略安陸人元祐中召試館職東坡大奇之俄除正字紹聖初貶信州王山監稅有詩文號白雲集白雲亭在饒州餘干縣

江淨明花竹山空響管絃謝玄暉詩澄江靜如練老杜詩

山菴花竹幽後漢書皇甫規等贊曰谷静山空古樂府孔稚圭白紵歌曰山虛弓響徹漢書曰鍾鼓管絃之音未衰

風生學士塵雲繞令君筵學士謂廖明略令君謂吳明府太白詩水閑明鏡轉雲繞畫屏移又云作詩掉我驚逸興白雲遶筆窻前飛

百越餘生聚三吳遠接連輿地記曰饒州餘干縣即干越之地漢書賈誼過秦論南取百越之地地理志臣瓚注曰自交趾至會稽七八千里百粵雜處各有種姓通典曰吳郡與長興丹陽爲三吳左傳伍員曰越十年生聚而十年教訓退之詩周楚仍連接老杜詩野水春來更接連

庖霜刀落鱠執玉酒明舡上句舊作鱠鲂刀落雪韓孟城南聯句曰庖霜鱠玄鯽曲禮曰執玉不趨舡謂玉酒舡○老杜詩月朗自明舡此借用

葉縣飛來舄壺公謫處天上句以屬吳下句以屬廖選詩王喬飛鳧舄按後漢王喬傳顯宗世爲葉令每月朔嘗自縣詣臺帝令太史伺望之言其臨至輙有雙鳧從東南飛來於是候鳧至舉羅張之但得一隻舄焉則所賜尚書官屬履也又費長房傳曰市中有老翁賣藥懸一壺於肆翁乃與長房俱入壺中唯見玉堂嚴麗旨酒甘肴盈衍其中太白詩壺中別有日月天

酌多時暴謔舞短更成妍漢書蓋寬饒曰毋多酌我左太冲吳都賦云鄱陽暴謔盖取詩所謂善戲謔兮不爲虐兮之意鄱陽今饒州陶岳零陵記曰長沙王發於上前自請短舞人笑其拙選詩曰皎潔不成妍

唯我孤登覽觀

詩未究宣空餘五字賞文似兩京然謂觀明略詩未能究景物之詳然賞歎其五字律如兩漢蘇李曹劉之作也漢書儒林傳序曰小吏淺聞未能究宣後漢書張衡傳擬班固兩都作二京賦孟子曰道若大路然

醫是肱三折官當歲九遷肱三折見上注言經憂患之多退之上張僕射書曰一歲九遷其官

老夫看鏡罷衰白敢爭先老杜詩功業頻看鏡又詩衰白已光輝

病來十日不舉酒二首

病來十日不舉酒回施青春與後生滿袖

東風愜人意見君詩與字俱清王羲之帖云官奴小女玉潤病來十餘日了不令民知回施盖用佛家語楊凝式詩無限歡娛榮樂事一

時回施少年人劉禹錫詩分付鶯花與後生老杜詩幽意忽不愜

病來十日不舉酒獨卧南床春草生承君

折送袁家紫令我興發郎官清南史謝惠連族兄靈運嘗於永嘉西堂思詩忽夢見惠連即得池塘生春草袁家紫當是牡丹名郎官清蓋酒名國史補云酒則京城之郎官清

題小景扇

草色青青柳色黃桃花零落杏花香春風

不解吹愁却春日偏能惹恨長文選古詩青青河畔草太白詩柳色黃金嫩

鄂州南樓書事四首

四顧山光接水光凭欄十里芰荷香清風明月無人管併作南樓一味涼莊子曰爲之四顧爲之躊躇老杜詩山光悅鳥性歐公詩惟有新秋一味凉○退之詩曲江荷花蓋十里又太平廣記鬼詩明月清風良宵會同

畫閣傳觴容十客透風透月兩明軒南樓槃礴三百尺天上雲居不足言文選郭璞江賦曰荆門闕竦而槃礴李善注云廣大皃退之詩火燒水轉掃地空突兀便高三百尺江南諺曰天上雲居地上歸宗蓋雲居在山之絕頂舊屬洪州今屬南康軍○三國志陳

登字元龍劉備曰如小人欲卧百尺樓上今云三百尺蓋增言之耳

勢壓湖南可長雄胷吞雲夢略從容北舡未嘗覩巨麗複閣重樓天際逢前漢鮑宣傳曰上黨少豪俊易長雄退之祭鱷魚文亦曰爭爲長雄胷吞雲夢見上注子虛賦曰君未覩夫巨麗也文選景福殿賦曰複閣重闈謝玄暉詩天際識歸舟

武昌參佐幕中畫我亦來追六月涼老子平生殊不淺諸君少住對胡床武昌蓋用庾亮事見下注世說注劉弘謂陶侃曰昔吾爲羊太傅參佐文選謝宣遠詩曰婉婉幕中畫後漢仲長統傳曰濯清水追涼風老杜詩憶昔好追凉故遶池邊樹

南樓畫閣觀方公悅二小詩戲次韻

十年華屋網蛛塵大旆重來一日新五鳳樓中脩造手箇中餘刃亦精神文選曹顏遠詩曰生存華屋處張景陽雜詩曰蜘蛛網四屋揚文公談苑曰韓浦韓洎咸有詞學洎嘗輕浦語人曰吾兄爲文譬繩樞草舍予之爲文是造五鳳樓手莊子曰恢恢然其於游刃必有餘地者矣

重山複水繞深幽不見高賢獨倚樓手拂壁間留恨句凌波微步有人愁老杜詩不見高人王右丞又詩行藏獨倚樓洛神賦曰凌波微步羅襪生塵李太白樂府云有人樓上愁

庭堅以去歲九月至鄂登南樓歎其制作之美成長句久欲寄遠因循至今書呈公悅

江東湖北行畫圖鄂州南樓天下無老杜詩闕州城南天下稀高明廣深勢抱合表裏江山來畫閣左傳曰表裏山河必無害也筆談載盧宗回慈恩塔詩云百二山河表裏觀雪延披襟夏簟寒胷吞雲夢何足言言冬暖而夏涼也雪延用文選謝惠連雪賦意宋玉風賦曰有風颯然而至王乃披襟而當之曰快哉此風江文通別賦曰夏簟清兮晝不暮漢書司馬相如傳曰吞若雲夢者八

九於其肯中曾不蔕芥庾公風流冷似鐵誰其繼之

方公悅晉書庾亮傳在武昌諸佐吏乘秋夜共登南樓亮至諸人將起避之亮曰諸君少住老子於此處興復不淺便據胡床談詠老杜詩布衾多年冷似鐵左傳曰子產而死誰其嗣之公悅名澤

養鬭雞

崢嶸巳介季氏甲更以黃金飾兩戈左傳曰季郈之雞鬭季氏介其雞郈氏爲之金距注云擣芥子播其羽也或曰以膠沙播之爲介雞韓孟鬭雞聯句曰崢嶸顛盛氣洗刷凝鮮彩旣取寇爲胄復以距爲鐓雖有英心甘鬭死其如紀渻木雞何韓孟鬭雞聯句

曰英心甘鬭死義肉恥庖宰列子曰紀渻子爲周宣王養鬭雞十日而問雞可鬭乎曰未也方虛驕而恃氣十日又問之曰未也猶疾視其盛氣十日又問之曰幾矣雞雖有鳴者已無變矣望之似木雞矣異雞無敢應者反走耳

顏徒貧樂齋二首顏徒姓黃名友顏侍御史照之第三子山谷有手帖叙宗盟之好

衡門低首過環堵容膝坐詩云衡門之下可以棲遲注云衡門橫木爲門言淺陋也禮記曰儒有一畝之宮環堵之室韓詩外傳北郭先生妻曰結駟列騎所安不過容膝○淵明歸去來詞審容膝之易安四旁無給侍百衲自纏裹考工記曰夏后氏世室四旁兩夾窻維摩經曰文殊

要錄曰山東云缸面猶河北䅵甕頭謂初熟酒也說苑曰魏文侯與大夫飲酒使公乘不仁爲觴政曰飲不釂者浮以大白梨花謂酒杯樣製如此與君深入

逍遙遊了無一物當情素高僧傳支遁與劉系之等談莊子逍遙篇云各適性以爲逍遙遁曰不然夫桀跖以殘害爲適性若適性爲得者彼亦逍遙矣於是退而注逍遙篇傳燈錄仰山傳曰師問雙峯師弟近日見處如何對曰據某甲見處實無一法可當情師曰汝解猶在境汝豈無能知一無一法可當情者又汾州無業傳曰常了一切空無一物當情是諸佛用心處戰國策蔡澤說應侯曰公孫鞅事孝王竭心謀示情素道卿道卿歸去來明遠主人今進步元注云道卿浯溪僧○傳燈錄長沙岑禪師偈曰百尺竿頭須

進步十方世界現全身淵明有歸去來辭

玉芝園并序

去年三月清明蔣彥回喜太守監郡過其玉芝園作詩十六韻二侯皆有報章今年三月余到玉芝園記錄一時次其舊韻

春生瀟湘水風鳴澗谷泉過雨花漠漠弄晴絮翩翩名園上朱閣觀後復觀前借問昔居人岑絕無炊煙人生須富貴河水清

和涼軒二首

打荷看急雨吞月任行雲夜半蚊雷起西風爲解紛〔蚊雷見上注史記滑稽傳曰談言微中可以解紛○梁元帝與武陵王紀書大智季月煩暑流金爍石聚蚊成雷封狐千里〕

茗椀夢中覺荷花鏡裏香涼生只當處暑退亦無方〔退之詩平鋪紅蕖蓋明鏡楞嚴經曰當處出生隨處滅盡維摩經曰來者無所從來去者無所至易曰神無方易無體〕

題默軒和遵老

平生三業淨在俗亦超然佛事一盂飯橫眠不學禪〔攝論云菩薩戒以身口意三業爲體老子曰雖有榮觀燕處超然傳燈録大安禪師傳云安在潙山三十年喫潙山飯不學潙山禪慈明和尚因事頌曰時來開鉢展布單飯了收盂困即眠〕

松風佳客共茶夢小僧圓〔傳燈録潙山謂仰山云我適來得一夢汝試爲我原看仰山取一盆水與師洗面少頃香嚴乃點一椀茶來師云二子見解過於鶖子原夢或作圓夢按南唐近事馮僎舉進士時有徐文幼能圓夢云云〕漫續山家頌非詩莫浪傳〔老杜詩將詩莫浪傳〕

次韻文安國紀夢〔蘇子由欒城後集第一卷亦載此詩但更其題云贈姚道人當細考之〕

道人偶許俗人知法喜非妻解養兒〔法喜見上注〕夜久金莖添沆瀣室虛璧月映琉璃〔班固西都賦曰抗仙掌以承露擢雙立之金莖楚辭曰餐六氣而飲沆瀣兮漱正陽而食明霞大人賦注云北方夜半氣也室虛及璧月並見上注楞嚴經曰反流全一六用不行十方國土皎然清淨譬如琉璃内懸明月身心快然妙圓平等〕遠來醉俠忽忽去近出詩仙句句奇獨怪區區踐繩墨相逢未省角巾欹〔醉俠詩仙似指呂洞賓後漢郭泰傳嘗行遇雨巾一角墊老杜詩數語欹紗帽〕

寄賀方回〔賀鑄字方回少爲武吏換文資善長短句〕

少游醉卧古藤下誰與愁眉唱一盃解作江南斷腸句只今唯有賀方回〔秦少游好事近曲曰醉卧古藤陰下了不知南北賀方回青玉案曲曰彩筆新題斷腸句兩曲皆知名於世時少游已死矣〕

文安國挽詞二首〔文勛字安國〕

七閩家舉子百粤海還珠〔七閩百粤皆見上注魏志鄭渾傳遷邵陵令民生子率皆不舉渾重去子之法民畏罪無不舉贍所育男女多以鄭爲字後漢書孟嘗傳遷合浦太守浦出珠寶先時宰守貪穢詭遂潛徙交趾嘗到官〕

華易前弊曾未踰歲去珠復還稱爲神化往日推忠厚窮年領轉輸莊子曰所以窮年也此借用漢書主父偃傳曰天下飛芻輓粟轉輸北河一牀遺杖屨萬事委錙銖遺杖屨言其但有虛座曲禮曰君子欠伸撰杖屨委錙銖言輕視之也禮記儒行曰雖分國如錙銖注云言君分國以祿之視之輕如錙銖矣八兩曰錙十絫爲銖豈有蒼茫恨歸巢未拮据退之獨孤申叔哀辭曰衆萬之生誰非天耶胡喜厚其所薄而常不足於賢邪抑蒼茫無端而暫遇於其間邪此引用以言安國樂天委命不復恨造物之眇茫所遺憾者獨未有家爲終焉之計爾鴟鴞詩曰予手拮据予所捋荼予所蓄租予口卒瘏曰予未有室家注云拮据撠挶也言作之至苦故能攻堅

平生翰墨學空走使臣車安國善小篆詩曰皇皇者華君遣使臣也瞿令能蒼史歸公好古書元次山陽華巖銘序曰江華縣大夫瞿令問藝兼篆籀併依石經刋之法書苑曰古文篆者黃帝史蒼頡所作退之科斗書後記曰愈爲四門博士識歸公歸公好古書能通之按歸公名登唐書有傳秦山刋日月周鼓頌畋漁按史記秦始皇紀二十八年刻石泰山及琅邪臺二十九年刻石之罘三十七年刻石會稽皆李斯篆石鼓舊在鳳翔府孔子廟世傳以爲周宣王鼓其詞云我車既攻我馬既同其魚維何維鱮與鯉何以貫之維楊與柳易繫辭曰以佃以漁不見龍蛇筆新乾研滴蜍龍蛇筆見上注西京雜記廣川王去疾發爰盎冢得玉蟾蜍一枚腹空容五合水王取以盛書滴

鄂州節推陳榮緒惠示沿檄崇陽道中六詩老懶不能追韻輙自取韻奉和

頭陀寺

頭陀全盛時宮殿梯空級頭陀義見上注退之詩梯空上秋旻城中望金碧雲外僧戢戢前人詩云頭陀雲外僧氣多戢戢見上注○魯宗道詩殿古寒炉空流塵暗金碧人亡經禪盡屋破龍象泣荀子曰其器存其人亡文選陸機演連珠云道繫於神人

亡則滅圭峯禪師禪源集序曰經是佛語禪是佛意退之詩破屋數間而已矣智度論云龍象言其力大龍水行中力大象陸行中力大維摩經云龍象蹴踏非驢所堪今以負荷大法者比之龍象傳燈錄達磨傳曰波羅提法中龍象老杜山寺詩如聞龍象泣足令信者哀惟有簡棲碑文字巋然立文選有王簡棲頭陀寺碑注引姓氏英賢錄曰王巾字簡棲碑在鄂州題云齊錄事參軍琅邪王巾製文選王文考靈光殿賦序曰自西京未央建章之殿皆隳壞而靈光巋然獨存李善注巋然高大堅固皃音丘軌切

道中聞松聲

蟠空作風雨發地鳴鼓吹老杜四松詩曰勿矜千載後慘澹蟠

穹蓍又後漢公孫瓚傳曰梯衝舞于樓上鼓角鳴於地中○東坡殘臘獨出詩云風
松獨不靜送我作鼓吹以松聲爲鼓吹非得幽隱之趣者果能道此耶日晴
四無人聲在高林際退之履霜操曰四無人聲誰與兒語○歐
陽秋聲賦四無人聲聲在樹間意盖類此伊優兒女語蹇淺市
井議言二者皆不足聽伊優見上注退之詩昵昵兒女語莊子曰弊精神於蹇
淺楊子曰市井相與言則以財與利張平子西京賦曰街談巷議我欲抱
七絃寫此以卒歲琴有風入松曲文選嵇康書抱琴行吟弋釣草
野歐公詩携琴寫幽泉詩曰優哉游哉聊以卒歲

中秋山行懷子與節判

俗物常塩塞令人眼生白俗物見上注退之南山詩曰塩
塞生恂慜晉書阮籍傳能爲青白眼見禮俗之士以白眼對之莊子曰虛室生白此
借用永懷洛陽人談詩論畫壁洛陽當是滎緒鄉里賈誼
傳曰洛陽之人年少初學青山吐秋月阻作南樓客老杜
詩四更山吐月殘夜水明樓鄂州有南樓盖因庾亮故事但歌靡盬詩
賞此無瑕璧北山詩序曰已勞於從事不得養其父母詩曰王事靡盬
憂我父母南史陳後主沈后附傳曰其玉樹後庭花等其略云壁月夜夜滿瓊枝朝
朝新史記藺相如傳曰壁有瑕請指示王此反而用之以言月也

再登蓮落嶺懷君澤知録

邑下羹不和幕中往調護左傳曰和如羹馬宰夫和之齊
之以味濟其不及以洩其過漢書張良傳曰煩公幸卒調護太子紛爭非
士則各使捐細故退之詩初喧或紛爭中靜雜嘲戲郭有道作陳
太丘碑曰言爲卌範行爲士則老杜詩深秉見士則又云記憶細故非高賢按漢書
匈奴傳文帝詔曰皆捐細故俱蹈大道頗憶郗參軍能令公
喜怒晉書郗超傳桓溫辟王珣爲主簿超爲參軍荆人語曰髯參軍短主簿能
令公喜能令公怒此引用以指君澤應知鞅掌車歷盡崔嵬
路北山詩曰或棲遲偃仰或王事鞅掌傳云鞅掌失容也箋云鞅猶何也掌謂捧
之也負何捧持以趍走言促遽也卷耳詩曰陟彼崔嵬我馬虺隤

崇陽道中崇陽縣隸鄂州

張公少爲令恩俗有遺書張詠字復之嘗爲崇陽縣令漢
書司馬相如傳家無遺書左販洞庭橘右檐彭蠡魚左傳
曰三苗氏之國左洞庭右彭蠡歌奔中夜女歸抱十年雛
元注云借一韻近歲多儒學仁風似有初言風俗之美自
張公始也檀弓曰夫魯有初

晚發咸寧行松徑至蘆子

咸寧走蘆子終日喬木陰太丘心灑落古
松韻清深聊持不俗耳靜聽無絃琴後漢陳寔

爲太丘長此引用以比榮緒文選江文通雜體詩曰五難既灑落超迹絕塵網無弦琴見上注非今胡部律而獨可人心唐書樂志開元二十四年升胡部於堂上又詔道調法曲與胡部新聲合作大方便報恩經曰善友太子善巧彈琴其音和雅悅可衆心悉得充足退之王適墓誌曰惟此翁可人意

陳榮緒惠示之字韻詩推奬過實非所敢當輙次高韻三首

紛紛不可耐君子有憂之老杜詩紛紛輕薄何須數梁武帝評書曰王子敬書如河朔少年舉體沓拖而不可耐孟子曰聖人有憂之按山谷前和榮緒詩有云邑下羹不和幕中往調護紛爭非士則各使指細故此句亦指其

事鞅掌誠莊語賢勞似怨詩北山詩曰或王事鞅掌其詳見上注又曰大夫不均我從事獨賢注云賢勞也莊子曰以天下爲沈濁不可與莊語魯論曰詩可以怨晉書栢伊傳撫筝而歌怨詩頹波閱砥柱濁水得摩尼元注曰杜子美云唯有摩尼珠可照濁水源○砥柱見上注上句言獨立不改下句言心地圓明知我無枝葉剡心只有皮見上次韻楊明叔古詩注但其意微異退之枯樹詩曰老樹無枝葉風霜不復侵腹穿人可過皮剥蟻還尋太丘旹量闊一葦莫杭之後漢陳寔傳曰天下服其德後除太丘長許劭傳曰太丘道廣廣則難周詩曰誰謂河廣一葦杭之此借用蓋取黃

叔度汪汪如萬頃陂之意萬事不掛眼四愁猶有詩退之詩吾老嗜讀書餘事不掛眼文選張衡四愁詩序曰陽嘉中出爲河間相天下漸弊鬱鬱不得志爲四愁詩狀閑聊闒茸心絜似毗尼元注云僧律也○司馬遷書曰在闒茸之中注云闒下也茸細毛也言非豪楚也佛氏以修多羅爲經毗尼爲律阿毗曇爲論皆梵語也早晚同舟去煙波學子皮史記貨殖傳曰范蠡乘扁舟浮於江湖變名易姓適齊爲鴟夷子皮之陶爲朱公○唐史張志和自号爲煙波釣徒十家有忠信江夏可無之魯論曰十室之邑必有忠信如丘者爲江夏即鄂州榮緒時爲幕官政苦寄賣友忽聞衡說

詩漢書贊曰天下以鄺寄爲賣友又匡衡傳諸儒語曰匡說詩解人頤飢蒙青籸飯寒贈紫陁尼元注曰番褐籸當作䭀按道藏清虛眞人王君傳載太極眞人青精乾石䭀飯上仙靈方云服之使人顏童聰明延年無病按道藏經音義云籸音信又音峻亦有作䭀字酬報矜難巧深慙陸與皮元注云再和之字非以作難得巧爲工亦欲見意之無窮爾退之詩發難得巧意氣麗比夢瓚言皮日休與陸龜蒙爲文友按二人皆能詩有松陵唱和集

山谷詩集注卷第十八

山谷詩集注卷第十九

德孺五丈和之字詩韻難而愈工輒復和成可發一笑范德孺見上注

且然聊爾耳得也自知之詩意謂唱酬之作聊且遣興不必甚工至其自得之妙蓋未易與俗人言也老杜所謂文章千古事得失寸心知又云同調嗟誰惜論文笑自知山谷蓋用此意莊子曰且然無間謂之命晋書阮咸曰未能免俗聊復爾耳老子曰自知之謂明此並借用

獨笑真成夢狂歌或似詩狂歌謂如楚接輿之流語言過差恐其似詩爲人据拾不可不戒亦終上句之意按實録元祐四年四月吳處厚言蔡確昨謫安州作車蓋亭十絶句皆涉譏訕其詩有云紙屏石枕竹方床手倦拋書午夢長睡起莞然成獨笑數聲漁唱在滄浪今朝廷政事清明上下和樂不知蔡確獨笑何事詔確責授英州别駕新州安置范忠宣公純仁時爲右相乞薄確之罪不從遂出知潁昌府忠宣即德孺之兄也故此詩及之其事逮今已十餘年故云成夢唐人劉長卿詩世事終成夢老杜詩狂歌託聖朝

照灘禽郭索燒野得伊尼元注云鹿名出佛書○郭索謂蟹見太玄具上注般若經曰世尊三十二相第八相名雙腨纖圓如伊尼延鹿王

早晚來同醉僧窻卧虎皮老杜詩遥聞出巡守早晚遍遐荒禮曰虎豹之皮示服猛也左傳盧蒲嫳曰譬之如禽獸吾寢處之矣注云能殺而席其皮

次韻德孺新居病起

潭潭經略府寂寂閉門居退之詩一爲公與相潭潭府中居南史王融傳曰爲爾寂寂鄧禹笑人德孺嘗爲西帥今乃遷謫言無窮達之異觀

京洛聖賢宅江湖魚鼈瀦選詩京洛多風塵京洛蓋古帝都書洛誥曰召公既相宅德孺家在潁昌本西洛王畿之地今與魚鼈同居言無遐邇之異觀也越語范蠡曰吾先君改濵於東海之陂黿鼉魚鼈之與處而鼃黽之與同渚書禹貢曰大野既瀦云

官如一夢覺話勝十年書上句用邯鄲夢事退之祭柳子厚文云人之生世如夢一覺下句用前輩詩共君一夜話勝讀十年書之意

稍喜過從近扶笻不駕車劉禹錫詩官班高後少過從

次韻德孺感興二首

於此吾忘我從誰尺直尋莊子齊物篇南郭子綦曰今者吾喪我汝知之乎注云我自忘矣天下有何物足識哉孟子曰枉尺而直尋者以利言也注謂陳代欲使孟子屈己伸道○東坡客位假寐詩今我亦忘吾

事來千萬種人有兩三心世變無常而人心亦異當元祐紹聖崇寧之間士全其守者鮮矣文選南都賦曰百種千名法華經偈曰施佛及僧千萬億種史記田叔傳褚先生曰武帝以任安坐觀成敗有兩心孔叢子謂孔子不見晏子曰晏子事三君而得順焉是有三心所以不見也

自守藩籬小猶能

井臼任賈誼過秦論曰使蒙恬北築長城而守藩籬此借用文選宋玉對楚王問曰夫藩籬之鷃豈能與之料天地之高哉又顔延年作陶淵明誄曰少而貧病居無僕妾井臼弗任藜菽不給李善注引烈女傳周南大夫之妻謂其夫曰親操井臼不擇妻而娶過時雖不采吾與菊花斟此語蓋有所寄文選古詩曰傷彼蕙蘭花含英揚光輝過時而不采將隨秋草萎此借用淵明詩酒能驅百慮菊爲制頽齡老杜詩坐開桑落酒來把菊花枝眼前嘗廢忘事往更追尋言目前事猶不記憶往事可復尋繹耶往事謂紹聖黨禍法華經曰而尋廢忘不知不覺樂天詩舊游多廢忘文選阮嗣宗詩曰高蔡相追尋王羲之帖曰追尋傷悼但有痛心愛酒陶元

亮著書王仲任昭明太子作淵明傳曰性嗜酒或置酒招之造飲輒盡後漢書王充字仲任閉門潛思著論衡寒蒲雖有節枯木已無心言有自守之節而無向榮之心老杜詩風斷青蒲節文選陸機連珠曰勁陰殺節不彫寒木之心此反其意客至還須飲逢歡起自斟淵明詩酒熟吾自斟

次韻德孺惠貺秋字之句

少日才華接貴游老來忠義氣横秋周禮師氏曰凡國之貴游子弟學焉文選北山移文云霜氣横秋未應白髮如霜草不見丹砂似箭頭言未應鬢髮遽白豈不見有却老之丹砂耶本草圖經曰丹砂生石上狀若芙蓉頭箭鏃連床者紫黯若鐵色而光明瑩徹眞辰砂也老杜詩本無丹竈術那免白頭翁此反而用之顧我今成喪家狗期君早作濟川舟史記孔子世家曰孔子適鄭與弟子相失獨立郭門鄭人謂子貢曰東門有人纍纍然若喪家之狗書説命曰若濟巨川用汝作舟楫漢家宗廟英靈在定是寒儒浪自愁言區區憂國之心徒過計耳

求范子默染鴉青紙二首

學似貧家老破除古今迷忘失三餘極知鵠白非新得謾染鴉青襲舊書魏志文帝紀評注曰

人少好學則思專長則善忘退之詩破除萬事無過酒三餘見上注莊子曰鵠不日浴而白烏不日黔而黑此引用言天眞本性非因學而有得然舊書亦不可弃也闕子曰華匱十重緹巾十襲深如女髮蘭膏罷明似山光夜月餘女髮山光皆取其青色楚辭曰蘭膏明燭爲染溪藤三百箇待渠湔拂一床書唐舒元輿有吊剡溪藤文謂剡溪以藤爲紙語林云王右軍爲會稽庫中有牋紙九萬枚枚即箇也李善注文選廣絶交論云剪拂與湔祓同

謝榮緒惠貺鮮鯽

偶思煗老庖玄鯽公遺霜鱗貫柳來老杜詩煨

老思燕王退之城南聯句云庖霜鱠玄鯽石鼓文曰其魚維何維鱮維鯉何以貫之

維楊與柳虀臼方看金作屑鱠盤已見雪成堆蔡邕題邯鄲淳所作曹娥碑後曰黃絹幼婦外孫虀臼謂絕妙好辭也虀臼受辛受辛即辭字金屑謂以橙爲虀也隋唐嘉話有金虀玉鱠此借用老杜設鱠歌曰無聲細下飛碎雪又云放筋未覺金盤空退之雪詩凸處已成堆

謝榮緒割麞見貽二首

何處驚麏觸禍機煩君遺騎割鮮肥文選沈休文詩曰驚麏去不息李善注云江東人呼鹿曰麏班彪王命論曰探禍福之機文選陳琳檄豫州曰動足觸機陷老杜詩大官喜我來遺騎問所須班固西都賦曰割鮮

野食孟郊詩豪人飫鮮肥秋來多病新開肉糲飯寒葅得解圍樂天詩月終齋滿誰開素老杜詩百年麤糲腐儒飡寒葅見上注解圍言有所救助也晉書謝道韞傳曰爲小郎解圍

又

舊本云榮緒見酬割鮮詩有要見無拘礙之句戲荅

二十餘年枯淡過病來筋下割甘肥果然口腹爲災怪夢去呼鷹雪打圍枯淡見上注孟子曰肥甘不足於口歟襄陽耆舊傳劉表任荆州刺史築臺名呼鷹打圍見上注

吳執中有兩鵝爲余烹之戲贈

學書池上一雙鵝宛頸相追筆意多皆爲

涪翁赴湯鼎主人言汝不能歌上兩句用王羲之事曾子固作墨池記曰臨川新城之上有池窪然而方以長曰王羲之之墨池者荀伯子臨川記云也羲之嘗慕張芝臨池學書池水盡黑此爲其故跡換鵝見晉書本傳西京雜記鶴賦曰宛脩頸而顧步下用莊子烹鴈意以戲之丗以婢子爲鴨謂吳貴鴨而賤鵝烹之也山谷嘗有樂府其略曰聞道君家有翠娥施朱施粉總嫌多爲君寫就黃庭了不要山陰道士鵝山谷亦號涪翁

秋冬之間鄂渚絕市無蟹今日偶得數枚吐沫相濡乃可憫笑戲成小詩三首

怒目橫行與虎爭寒沙奔火禍胎成晉書劉伶酒德頌曰怒目切齒文選丘希範詩析析寒沙漲奔火如退之叉魚詩所謂迷火逃翻近是也漢書枚乘傳曰福生有基禍生有胎雖爲天上三辰次未免人間五鼎烹陰陽家以井鬼之分爲巨蟹宮左傳曰三辰旗旂昭其明也次謂日月之會漢書律曆志曰凡十二次又主父偃傳曰死則五鼎烹

勃窣媻跚烝涉波草泥出沒尚橫戈也知觳觫元無罪柰此尊前風味何漢書司馬相如子虛賦曰媻姍勃窣而上金隄注云匍匐上也媻音盤姍音先安切窣音先忽切詩曰有豕白蹢烝涉波矣橫戈見上注孟子曰吾不忍其觳觫又曰無罪而就死地此借用

風味見上注

解縛華堂一座傾忍堪支解見薑橙東歸

却爲鱸魚鱠未敢知言許季鷹 老杜縛雞行曰吾叱奴人解其縛文選嵇康琴賦曰華堂曲宴漢書司馬相如傳曰一座盡傾趙充國傳曰此坐支解羌虜之具晉書張翰字季鷹見秋風起思吳中菰菜蓴羹鱸魚鱠遂命駕而歸孟子曰我知言

寗子與追和予岳陽樓詩復次韻二首

去年新霽獨憑欄山似樊姬擁髻鬟箇裏宛然多事在世間遙望但雲山 文選高唐賦曰遇天雨之新霽趙飛燕外傳序曰伶玄買妾樊通德有才色頗能言趙飛燕姊弟故事頹視燭影以手擁髻悽然泣下此詩末句自掃除幻妄之想言世之無知者但見山是山水是水反無心外之念殊覺省事也蓋山谷前詩有綰結湘娥十二鬟之語蔡琰胡笳曰雲山萬重兮歸路遐

軒皇樂罷拱朝班天地爲家不閉關惟有金爐紫煙起至今留作御前山 莊子曰黃帝張樂於洞庭之野君山在洞庭中故引用此事禮記曰聖人能以天下爲一家此詩末句以君山比薰鑪賈至詩衣冠身染御爐香選詩駕鴻乘紫煙蜀道有御愛山

和寗子與白鹿寺 寺在潭州

谷朗巖開見佛燈雲遮霧掩碧層層青山得意看流水白鹿歸來失舊僧 白鹿蓋寺中故事未詳

謝人惠貓頭筍

長沙一月煨鞭筍鸚鵡洲前人未知走送煩公助湯餅貓頭突兀想穿籬 長沙即潭州鸚鵡洲在武昌退之詩蓄薇蘸水筍穿籬

短韻奉乞蠟梅

卧雲莊上殘花笑香似早梅開不遲淺色春衫弄風日遣來當爲作新詩 老杜詩花殘步屧遲退之送鄭校理詩云歸騎春衫薄

以酒渴愛江清作五小詩寄廖明略學士兼簡初和父主簿 老杜詩酒渴愛江清餘酣漱晚汀

將發沔鄂間盡醉竹林酒 漢水入江處謂之沔口在今漢陽軍漢陽與鄂隔江相望廖明略安陸人自號竹林居士初虞世字和父 二三石友輩未肯弃老朽 文選潘安仁詩曰投分寄石友曰首同所歸南史沈慶之詩曰朽老筋力盡徒步還南嶽 借問坐客誰廬溪

紫髯叟文選郭景純詩曰借問此阿誰云是鬼谷子盧溪蓋初和父所居山谷有盧泉詩吳志孫權傳注獻帝春秋曰張遼問吳降人向有紫髯將軍是誰荅曰是孫會稽此翁今惜醉舊不論升斗老杜遭田父泥飲歌曰月出遮我留仍嗔問升斗平生思故人江漢不解渴蜀志諸葛亮傳曰思賢如渴老杜詩閉目踰十旬大江不止渴誰言放逐地燒燭飲至跋退之詩孤臣昔放逐曲禮曰燭不見跋注云跋本也燭盡則去之嫌若燼多有厭倦憂予先狗馬勸以愛膚髮揚雄美新文曰臣常有顛眴病恐一旦先狗馬塡溝壑髮膚見孝經有罪當竄流但懼不得

活退之詩潮州底處所有罪乃竄流又黄陵廟碑曰懼不得脫死莊子曰先生不得飽弟子雖飢不忘天下日夜不休曰我必得活哉山谷時有宜州之行故云廖侯勸我酒此亦雅所愛退之詩人皆勸我酒我若耳不聞中年剛制之嘗懼作災怪酒誥曰矧汝剛制于酒北史齊文宣帝紀曰唯數飲酒麴糵成災因而致斃連臺盤拗倒故人不相貸唐書五行志龍朔中時人酒令曰子母相去離連臺拗倒俗謂盃盤爲子母又名盤爲臺老杜詩共指西日不相貸誰能知許事痛飲且一快南史王融傳沈昭略云不知許事且食蛤蜊世說王孝伯曰痛飲讀離騷便足稱名士又庾冰卒曰常患不得快飲酒曹子建書曰雖不得肉貴且

快意東坡海外詩焰火生新聊一快竹林文章伯國士無與雙比來少制作非以弱故降老杜詩每語見許文章伯按吳志張紘傳曰此間率少文章易爲雄伯景陽機中錦猶衣被丘江南史江淹傳淹夢一人自稱張景陽謂曰前以一四錦相寄今可見還淹探懷中得數尺與之此人大恚曰那得割截都盡顧見丘遲曰餘此數尺旣無所用以遺君自爾淹文章躓矣按晉書張載字景陽時時能度曲秀句入新腔漢書元帝傳曰自度曲被歌聲注謂自隱度作新曲以爲歌詩聲也音大各反一說謂歌終更授其次謂之度曲老杜詩最傳秀句寰區滿

斯人絶少可白眼視公卿每與俗物逢三沐取潔清斯人謂明略白眼俗物並見上注三沐取潔清謂其浼我也○韓文三沐而三熏之我亦漫浪者君何許同盟漫浪用元次山事見上注孟子曰桓公葵丘之會束牲載書而不歃血曰凡我同盟之人旣盟之後言歸于好試問盧溪叟猶得多可名言和父尤耿介尚以明略爲多可也嵇康與山濤絶交書曰足下旁通多可而少不

四休居士詩并序

太醫孫君昉字景初爲士大夫發藥多不受謝自號四休居士山谷問其說四

休笑曰麤茶淡飯飽即休補破遮寒暖即休三平二滿過即休不貪不妬老即休山谷曰此安樂法也夫少欲者不伐之家也知足者極樂之國也四休家有三畝園花木鬱鬱客來煮茗傳酒談上都貴游人間可喜事或茗寒酒冷賓主皆忘其居與予相望暇則步草徑相尋故作小詩遺家僮歌之以侑酒茗其詩曰

冨貴何時潤髑髏守錢奴與抱官囚列子曰死後榮名豈足潤枯骨又曰子列子適衛食於道從者見百歲髑髏後漢馬援傳曰凡殖財貴能賑施否則守錢虜耳又古今五行記估客謂鄧彪曰終不如臨沮鄧生平生不用爲守錢奴耳退之詩守官類拘囚太醫診得人間病安樂延年萬事休禮記文王世子注曰文王以憂勤損壽武王以安樂延年此借用○盧仝詩但有罇中物從他萬事休無求不着看人面有酒可以留人嬉欲知四休安樂法聽取山谷老人詩樂天詩曰不看人面免仾眉傳燈録與化見魏府大覺禪師曰頋與存奬个安樂法門一病能惱安樂性四病長作一生愁一病謂疾苦四病謂反上所陳法華經問訊言世尊少病少惱安樂行不涅槃經出家之人有四種病此效其語司馬池詩畫成應遣一生愁借問四休何所好不令一點上眉頭文選樂府云借問汝安居晉書孟嘉傳桓溫問嘉酒有何好而卿嗜之庾信愁賦云欹眠眼睫未嘗慘強戲眉頭那得伸又杼情集李廷璧愁詩曰潘岳愁絲生鬢裏婕妤悲色上眉頭

十二月十九日夜中發鄂渚曉泊漢陽親舊携酒追送聊爲短句陳繹

漢陽軍鳳棲山藏經記曰漢水東南合大江夾江而城左武昌右漢陽按武昌即鄂渚

接淅報官府敢違王事程宵征江夏縣睡起漢陽城孟子曰孔子之去齊接淅而行注云淅漬米也不及炊避惡亟也詩曰王事靡鹽劉禹錫詩萬里王程三峽外又詩園蜂速去恐違程小星詩曰肅肅宵征謝靈運詩宵濟漁浦潭旦及冨春郭江夏縣即鄂州治所盧綸晚次鄂州詩雲開遠見漢陽城鄰里煩追送杯盤瀉濁清秪應瘴鄉老難荅故人情謝靈運有鄰里相送至方山詩文選孫子荆詩傾城遠追送餞我千里道清濁謂酒見魏志徐邈傳老杜詩傾榼濁復清瘴鄉謂宜州

次韻陳榮緒同倚鍾樓晚望別後

明日見寄之作

天外僧伽塔斜暉極照臨凭欄隨處好殘雪向來深泗州僧伽人師見傳燈録張舜民南遷録曰洞庭湖中有扁山上有小塔望之巋然曰啞女塔昔有士人女生數歲不能言一日涉湖見塔輒語其父母書曰若日月之照臨青草無風浪枯松半死心元注云所謂城南老樹精○張舜民南遷録曰洞庭湖西岸有沙洲堆阜隆起即青草廟下一湖之内中有此洲南名青草北名洞庭所謂重湖也又曰岳陽樓有碑極大乃前知州李觀所紀呂洞賓事迹言呂憩於岳州白鶴寺前松下有老人自松梢冉冉而下致恭於呂問之爲何乃曰某松之精也見先生過禮當候見呂因書二絶句於

寺門壁間其一云獨自行兮獨自坐無限世人不識我惟有城南老樹精分明知道神仙過郡人於松下創亭名曰呂仙樂天詩未夜黑巖昏無風白浪起文選枚乘七發曰龍門之桐其根半死半生衡陽有回鴈他日更傳音衡山有回鴈峯○古詩鴈拖秋色入衡陽

過洞庭青草湖

乙丑越洞庭丙寅渡青草似爲神所憐雪上日杲杲青草湖一名洞庭湖荆州記云因青草山爲名詩曰其雨其雨杲杲出日○樂天詩杲杲冬日出照我屋南隅我雖貧至骨猶勝杜陵老憶昔上岳陽一飯從人討杜陵老謂子美

也嘗有詩云杜陵有布衣老大意轉拙又云少陵野老吞聲哭大曆四年子美自公安上岳陽有泊岳陽樓下等詩其上水遣懷詩云驅馳四海内童稚日餬口但遇新少年少逢舊知友○史記范睢傳一飯之恩必報行矣勿遲留蕉林追獦獠時山谷赴宜州貶所嶺南多蕉林其地與夷獠相接前漢外戚傳曰行矣強飯勉之選詩遲留法豈輕五祖謂六祖曰汝廣南獦獠有甚佛性近世本和尚作白雲端眞贊云假饒親見楊岐也是湖南獦獠

過土山寨

南風日日縱篙撑時喜北風將我行張籍祭退之詩曰移舡入南溪東西縱篙根蔡琰胡笳曰將我行兮向天涯湯餅一

杯銀線亂蔞蒿數筋玉箸横湯餅見上注漢書項籍傳曰幸分我一杯羹老杜詩鮮鯽銀絲鱠此效其語蔞蒿莖狀如玉箸樂天詩秋風一筯鱸魚鱠西京雜記曰武帝過李夫人就取玉簪搔頭

晚泊長沙示秦處度湛范元實温用寄明略和父韻五首處度少游之子也當是護少游喪留長沙而元實來會於此山谷在宜州有荅長沙平老帖云秦處度遂不成歸淮南得安居否

昔在秦少游許我同門友掘獄無張雷劒氣在牛斗文選古詩曰昔我同門友高舉振六翮按鄭玄注魯論曰同門

曰朋晉書張華傳曰斗牛之間常有紫氣雷煥曰此寶劒之精上徹於天當在豫章豐城華即補煥爲豐城令煥到縣掘獄屋基得一石函中有雙劒一曰龍泉一曰太阿

今來見令子文似前哲有何用相澆潑退之祭文曰幸隨令子詩曰惟其有之是以似之澆潑用

清江淥如酒阮籍事見上注王介甫詩白髮望東南春江淥如酒按太白詩遙看漢水鴨頭綠恰似蒲桃新潑醅○坡詩清江淥漲蒲萄醅

范公太史僚山立乃先達范祖禹字湻夫元祐初爲著作佐郎充神宗實錄檢討官兼修撰知國史院與山谷同僚得罪本末已具前注禮記玉藻曰山立時行注云不動搖也此借用以言其正色立朝屹然如山先達見世說

發揮百代史管以六經轄湻夫登第後從司馬溫公修通鑑凡十五年元祐初進唐鑑易曰六爻發揮旁通情也趙岐孟子題辭曰論語者五經之錧轄音義曰錧音管車釭也轄音黠車轄也此引用言以經義是非襃貶

投身轉嶺海就木乃京洛紹聖二年湻夫坐史事安置永州三年移賀州四年移賓州元符元年九月再移化州十月病卒三年徽考即位有旨許歸葬西京退之潮州謝表曰經涉嶺海水陸萬里左傳季隗曰我二十五年矣又如是而嫁則就木焉注言將死入木京洛見上注

仲子見長沙

且用慰飢渴元實蓋范公仲子長沙今潭州文選潘正叔贈陸機詩云醪澄莫饗孰慰飢渴李善注引孔叢子子思謂穆公曰君若飢渴待賢

秦郎水江漢范郎器鼎鼐逝者不可尋猶喜二子在相逢唾珠玉貧病開新菜王介甫贈曾子固詩曰曾子文章世無有水之江漢星之斗詩曰鼎鼐及鼒唾珠玉見上注貧病山谷自道老杜詩吾老日貧病列子伯樂曰臣有所與共擔纆薪菜者漢書淮南厲王傳曰給薪菜鹽炊

豫愁帆風船目極別所愛退之詩嚴程迫風帆楚詞曰目極千里兮傷春心涅槃經曰愛別離苦淵明詩曰老夫有所愛思與爾爲鄰

往時高交友宰木已樅樅高交友言其不下交也老杜詩徐庶高交友宰木見上注退之詩扶机導之言曲節初樅樅東坡樂府曰樅樅踈雨過風林舞破煙蓋雲幢

今我二三子事業在燈窻二三子見魯論孫樵集曰曉窻夜燭

秦范波瀾闊笑陸海潘江老杜詩文章曹植波瀾闊晉書潘岳傳贊曰機文喻海岳藻如江機謂陸機也按鍾嶸詩品云予嘗言陸才如海潘才如江

願茲秉經術出仕榮家邦退之詩勉哉戒徒御家國遲子榮書曰邦之榮懷詩曰以御于家邦

少游五十策其言明且清筆墨深關鍵開闔見日星少游初應制科有進卷五十篇禮記緇衣篇詩云昔吾有先正其言明且清文選張茂先詩周仲有遺規其言明且清退之詩金石出聲音宮室發關鍵禮記曰天秉陽垂日星山谷荅洪駒父書有曰凡作一文皆須有宗有趣終始

關鍵有開有闔陳友評斯文如鍾磬鼓笙陳友謂無已下句謂八音克諧無相奪倫誰能續鳳鳴洗耳聽兩甥元注云秦范相謂爲甥○漢書禮樂志曰黃帝使伶倫制十二篇以聽鳳之鳴其雄鳴亦六雌鳴亦六比黃鍾之宮而皆可以生之是爲律本曹子建七啓曰敬滌耳以聽玉音皇甫謐高士傳曰巢父臨池而洗耳此借用元實盖少游之壻爾雅曰妻之晜弟爲甥又注云謂我舅者吾謂之甥然則亦宜呼壻爲甥

次韻元實病目

道人嘗恨未灰心儒士苦愛讀書眼言爲學者與爲道者異莊子曰形固可使如槁木而心固可使如死灰乎東坡詩讀書眼如月鏬隙靡不照要須玄覽照境空莫作白魚鑽蠹簡老子曰滌除玄覽能無疵乎韻書書蟫衣白魚也退之詩豈殊書蠹虫生死文字間傳燈録古靈禪師傳云其師一日在窻下看經蜂子投窻紙求出師覩之曰世界如許寬闊不肯出鑽他故紙驢年去閲人朦朧似有味看字昏澁尤宜懶陸士衡歎逝賦曰世閲人而爲世朦朧謂不甚了了所見多俗人不若不見之愈也按韻書朦朧月將入范侯年少百夫雄言行一一無可揀文選王仲宣詠史詩曰生爲百夫雄死作壯士規按黃鳥詩注曰百夫之中最雄俊也無可揀孝經所謂口無擇言身無擇行退之詩云吾愛其風骨粹美無可揀看君眸子當瞭然乃稱

胷次常坦坦孟子曰胷中正則眸子瞭然易曰履道坦坦魯論曰君子坦蕩蕩如何有物食明月淚睫隕珠衣袖滿盧仝月蝕詩曰此時怪事發有物吞食來淚珠見上注金篦刮膜會有時湯熨取快術誠短老杜詩金篦刮眼膜價重百車渠按涅槃經曰有盲人爲治目故造詣良醫是時良醫即以金鉀刮其眼膜又按法苑珠林曰後周張元其祖失明元讀經然燈夢一翁以金篦療之後三日果差史記扁鵲傳曰疾之在腠理也湯熨之所及也目惡點濯故云術短也君不見岳頭懶瓚一生禪鼻涕垂頤渠不管潭州南嶽福巖寺有懶殘巖按唐高僧號懶瓚隱居衡山之頂石窟中德宗遣使詔之寒涕垂膺未嘗荅使者笑之且勸拭涕瓚曰我豈有工夫爲俗人拭涕耶竟不能致而去山谷時在潭州故引用衡山事言當遺外形骸不必以病目戚戚且終首句之意

勝業寺悅亭

苦雨已解嚴諸峰來獻狀不見白頭禪空倚紫藤杖左傳曰秋無苦雨解嚴言人喜雨止如罷兵也魏志趙儼傳曰曹仁解嚴左傳晉侯入曹數之以其不用僖負羈而乘軒者三百人也且曰獻狀注云責其功狀此借用王介甫詩木落岡巒因自獻白頭禪謂文政禪師師盖雪竇法嗣也有題悅亭詩云山鳥無俗聲山雲無俗狀引得白頭翁時時來倚杖山谷此詩乃和其韻退之有赤藤杖歌

離福巖寺在衡山張舜民南遷録云舊名般若寺陳泰建中思公道場唐懷公磨塼之地

山下三日晴山上三日雨不見祝融峰還泝瀟湘去南嶽有七十二峯祝融其一也南嶽記及荆州記云南嶽衡山赤帝館其嶺祝融託其陽退之謁衡嶽廟詩須臾靜掃衆峯出仰見突兀凌青空紫蓋連延接天柱石廩騰擲堆祝融此退之南遷得歸之祥也山谷意謂不見祝融峯可卜歸期未耳

花光仲仁出秦蘇詩卷思兩國士不可復見開卷絶歎因花光爲我

作梅數枝及畫煙外遠山追少游韻記卷末仲仁蓋衡州花光山長老山谷爲作天保松銘云

夢蝶眞人貌黃槁籬落逢花須醉倒夢蝶眞人謂莊子今以屬秦少游取游戲花間之意夢蝶見上注莊子列禦寇篇曹商曰夫處窮閭巷槁項黃馘者商之所短者也籬落逢花用陶潜把菊事見上注雅聞花光能畫梅更乞一枝洗煩惱扶持愛梅說道理自許牛頭參已早盧仝詩石公說道理句句出凡格傳燈録法融禪師入牛頭山幽棲寺北巖之石室有百鳥銜花之異長眠橘洲風雨寒今日梅開向誰好少游北歸至藤州卒於江上其子處度護喪藁殯于潭故有長眠橘洲之語張舜民南遷録記潭洲事云橘洲在湘江中南北與州城等老杜詩所謂橘洲田土能膏腴者也華嚴經曰一切衆生隨業所繫長眠生死○太平廣記載冢中人對鄭生詩云長眠不知曉何況東坡成古丘不復龍蛇看揮掃太白詩吳時花木埋幽徑晉代衣冠成古丘老杜詩龍蛇動篋蟠銀鉤我向湖南更嶺南繫舡來近花光老歎息斯人不可見喜我未學霜前草山谷自言其未死文選阮嗣宗詩凝霜被野草歲暮亦云已寫盡南枝與北枝更作千峰倚晴昊白氏六帖云大庾嶺上梅南枝落北枝開老杜詩雷聲急送千峯雨又詩亂插繁花向晴昊

題花光畫

湖北山無地湖南水徹天雲沙眞冨貴翰墨小神仙元注云平沙遠水筆意超凡入聖法也每率此意而爲之當冠四海而名後世○楚辭曰下崢嶸而無地上寥廓而無天晉書張華傳雷煥曰寶劒之精上徹於天唐張謂長沙土風碑曰遁甲所謂沙土之地雲陽之墟可以長往可以隱居者焉老杜湘夫人祠南夕望詩云興來猶杖屨目斷更雲沙眞冨貴見上注魏野詩有名閑冨貴無事小神仙

題花光畫山水

花光寺下對雲沙欲把輕舟小釣車更看道人煙雨筆亂峰深處是吾家雲沙見上注元次山詩醉裏長歌揮釣車

所住堂

此山花光佛所住今日花光還放光天女來修散花供道人自有本來香法華經曰佛告舍利弗汝於未來世當得作佛號曰華光傳燈錄古靈禪師傳受業師因澡身命師去垢師乃拊背曰好所佛堂而佛不聖其師回首視之師曰佛雖不聖且能放光第二句花光謂仲仁老按維摩經曰有一天女以天華散諸菩薩大弟子上天問舍利弗何故去華云云又曰若入此室但聞佛功德之香不樂聞聲聞辟支佛功德香也楞嚴經大勢至法王子云此則名曰香光莊嚴我本因地其詳見上注

戲詠高節亭邊山礬花二首

江湖南野中有一種小白花木高數尺春開極香野人號爲鄭花王荆公嘗欲求此花栽欲作詩而陋其名予請名曰山礬野人采鄭花葉以染黃不借礬而成色故名山礬海岸孤絕處補陀落伽山譯者以謂小白花山予疑即此山礬花爾不然何以觀音老人堅坐不去耶此詩及序皆以山谷手跡校過近世曾慥端伯作高齋詩話云唐人有題唐昌觀玉蘂花詩云一樹瓏璁玉刻成飄廊點地色輕輕今瑒花即玉蘂花也介甫以比瑒謂當用此瑒字蓋瑒玉名取其白耳山谷又更其名爲山礬謂可以染也盧陵段謙叔家有楊汝士與白二十三一帖云唐昌玉蘂以少故見貴耳自來江南山山有之土人取以供染事不甚惜也則知瑒花之爲玉蘂斷無疑矣

北嶺山礬取意開輕風正用此時來平生習氣難料理愛着幽香未擬回取意開猶王胄所謂

庭草無人隨意綠取意或作取次非是後漢書劉玄傳韓夫人曰帝方對我飲正用此時持事來乎晉書王徽之傳桓冲嘗謂曰卿在府日久此當相料理

高節亭邊竹已空山礬獨自倚春風二三名士開顏笑把斷花光水不通言花光老定力堅固獨不爲花所惱也傳燈錄樂普云末後一句始到牢關把斷要津不通凡聖禪門語曰德山門下水洩不通○退之記夢詩神官見我開顏笑

山谷詩集注卷第十九

山谷詩集注卷第二十

贈惠洪惠洪字覺範筠州彭氏子祝髮爲僧

數面欣羊胛論詩喜雉膏上句言每見輒移頃久而益親下句言得詩之膏腴陶淵明荅龐參軍詩序曰諺云數面成親舊况情其過此者乎唐書夷狄傳曰骨利幹日入烹羊胛熟東方已明蓋近日出處也歐公詩云歲月纔如熟羊胛王篇胛音古狎切背胛也易鼎卦之九三曰雉膏不食此借用南史謝瀹傳武帝問王儉誰能五言儉曰謝朓得父膏腴江淹有意眼橫湘水暮雲獻楚天高言湘波如眼之明瀲文選傅毅舞賦曰目流睇而橫波按宋玉神女賦曰望余帷而延視兮若流波之將瀾李善注云流波目視貌王介甫云暮林搖落獻南山下句頗采其意言亂雲脫壞呈露天宇之高明楚辭九辯曰泬寥兮天高而氣清老杜詩天高雲去盡墮我玉麈尾乞君宮錦袍晉書孫盛傳詣殷浩談論對食奮擲麈尾毛悉落飯中又王衍傳手捉玉麈尾唐書李太白傳嘗乘月自采石至金陵著宮錦袍坐舟中旁若無人東坡以玉帶施元長老詩曰錦袍錯落知相稱乞與佯狂老萬回此句參用其事乞音氣○東坡中山松醪賦曰淋漓宮錦袍月清放舟舫萬里渺雲濤老杜詩落日放船好退之詩一瀉萬里翻雲濤東坡中山松醪賦曰渺翻天之雲濤

戲詠零陵李宗古居士家馴鷓鴣二首元注云李惟一妻一女垂老病足養鷓鴣鸚鵡以樂餘年○零陵令湖南永州

山雌之弟竹雞兄乍入雕籠便不驚此鳥爲公行不得報晴報雨揔同聲法言曰山雌之肥其意得乎此夢瑣言醫工梁新曰竹雞食半夏陶岳零陵記曰竹雞狀如鵪尾少長張籍謝裴晉公遺馬詩曰乍離華廄移蹄澁初到貧家舉眼驚此反而用之言其馴也禰衡鸚鵡賦曰閉以雕籠又曰逼之不懼撫之不驚鷓鴣之聲若云行不得哥哥故末句及之老杜詩不勞鍾鼓報新晴

眞人夢出大槐宮萬里蒼梧一洗空眞人謂舜史記曰舜南巡狩崩於蒼梧之野葬於江南九疑是爲零陵莊子曰羊肉不慕蟻蟻慕羊肉羊肉羶也舜有羶行百姓悅之堯聞舜之賢舉乎童土之地年齒長矣聰明衰矣而不得休歸又曰眞人於蟻棄智於魚得計於羊棄意此詩用大槐蟻穴事意蓋出於此謂舜厭天下不異蟻垤之陋一超然方外喜於雲山之一洗也老杜詩一洗萬古凡馬空終日憂兄行不得鷓鴣應是鼻亭公漢書昌邑王傳曰舜封象於有鼻顏師古注曰有鼻在零陵今鼻亭是也又按柳子厚有斥鼻亭神記蓋在道州道與永實相接云舜至蒼梧不復能巡狩而孟子謂象以愛兄之道來故此詩因鷓鴣之聲以寄意陶岳零陵記王仲聞思歸樂詩云聲聲相勸教歸去莫是陶潛化作君山谷當是戲効其體

李宗古出示謝李道人苕帚杖從

蔣彦回乞葬地二頌作二詩奉呈

提携禪客扶衰杖斷當姻家葬骨山因病廢棊仍廢酒鵁鶄鸂鶒伴清閑扶衰見上注淳化法帖中有王羲之帖云想及理斷當斷音短今俗間猶作此語意謂剖判其事也東坡嘗有詩云是處青山堪葬骨按班婕妤自傷賦曰願歸骨於山足

詩書傳女似中郎杞菊同盤有孟光退之詩中郎有女能傳業謂蔡邕之女文姬也文姬名琰與孟光並見後漢書陸龜蒙有杞菊賦同盤見上注今日鵁鶄鳴蹇蹇他年鸂鶒恨堂堂上句終扶杖意下句終乞葬地意易曰王臣蹇蹇匪躬之故此借用其字以言

足蹇文選謝宣遠詩蹇步愧無良李善注引說文曰蹇跛也薛能詩曰青春背我堂堂去白髮欺人故故生此亦借用言其弃世而去也

書磨崖碑後

春風吹船著音斫浯溪扶藜上讀中興碑浯溪在今永州中興頌元結次山所作顏魯公書磨崖鐫刻蓋言安祿山亂肅宗復兩京事平生半世看墨本摩挲石刻鬢成絲言垂老方見真刻退之石鼓歌曰誰復着手爲摩挲老杜詩鄭公樗散鬢成絲明皇不作包桑計顛倒四海由祿兒易否卦之九五曰其亡其亡繫于苞桑注云心存將危乃得固也元稹連昌宮辭曰廟謨顛倒四海搖唐書安祿山傳玄宗以祿山爲范陽節度祿山請爲貴妃養兒九廟不守乘輿西萬官已作鳥擇栖鳥字或作烏非○唐書玄宗紀天寶十四載十一月祿山反十五載六月行在望賢宮七月次蜀郡又按禮樂志開元十年太廟爲九室蔡邕獨斷曰天子至尊不敢褻瀆言之故託於乘輿也楚語曰五物之屬陪屬萬爲萬官古樂府有烏栖曲史記世家曰鳥能擇木木豈能擇鳥乎祿山之反宰相陳希烈等皆臣賊撫軍監國太子事何乃趣取大物爲左傳太子從曰撫軍守曰監國唐書肅宗紀祿山反天寶十五載玄宗避賊行至馬嵬父老請留太子討賊玄宗許之太子治兵于朔方七月即帝位于靈武尊皇帝曰上皇天帝本紀贊曰肅宗雖不即尊位亦可以破賊莊子

曰夫有土者有大物也趣音促○莊子天下大物也事有至難天幸爾上皇蹋蹐還京師中興頌曰事有至難宗廟再安二聖重歡漢書霍去病傳曰軍亦有天幸未嘗困絕也文選謝玄暉詩勑躬每蹋蹐正月詩云謂天蓋高不敢不局謂地蓋厚不敢不蹐注云局曲也蹐累足也上下皆可畏怖之言也肅宗紀至德二載十二月上皇天帝至自蜀郡内閒張后色可否外間李父頤指揮唐書肅宗廢后張氏傳曰后與李輔國謀徙上皇西內肅宗內制於后不敢謂西宮又官者李輔國傳曰李揆以子姓事之號五父輔國妄言太上皇居近市交通外人願徙太上皇入禁中太上皇曰吾兒用輔國謀不得終孝矣怏怏不豫至棄天下退之炭谷湫詩曰群怪儼伺候恩威在其顔

漢書賈誼傳曰力制天下頤指如意南内凄凉幾苟活高將軍去事尤危唐書玄宗紀至自蜀郡居于興慶宮上元元年徙居西内興慶即南内也宦者高力士傳曰先天初爲右監門衛將軍加累驃騎大將軍從玄宗幸蜀上皇還徙西内居十日爲李輔國所誣長流巫州按李輔國傳曰輔國詐請上皇按行宮中射生官遮道上皇驚幾墜馬力士厲聲曰五十年太平天子輔國欲何事叱使下馬上皇執力士手曰微將軍朕且爲兵死鬼臣結春陵二三策臣甫杜鵑再拜詩春陵或作春秋非是○元結春陵行序曰漫叟授道州刺史道州舊四萬餘戶經賊已來不滿四千到官未五十日承諸使徵求符牒二百餘封吾將守官靜以安人待罪而已此州是春陵故地故作春陵

行以達下情孟子曰吾於武成取二三策此借用杜甫杜鵑行曰我見當再拜重是古帝魂北征詩曰臣甫憤所切安知忠臣痛至骨世上但賞瓊琚詞舊作豈知忠臣心憤切後世但賞瓊琚詞○史記荊軻傳曰每念之痛於骨髓漢書杜周傳注曰深刻至骨老杜詩世上兒子徒紛紛木瓜詩曰報之以瓊琚同來野僧舊作殘僧六七輩亦有文士相追隨曹子建詩曰清夜遊西園冠蓋相追隨斷崖蒼蘚對立久涷雨爲洗前朝悲老杜詩斷崖當白盐楚詞九歌曰使涷雨兮灑塵涷音東暴雨也

浯溪圖陶岳零陵記曰浯溪在永州北水路一百餘里流入湘江此溪口水石奇絶唐上元中容管經略使元結罷任居焉成子寫浯溪下筆便造極空濛得眞趣膚寸已千尺世說佛經以爲祛練神明則聖人可致簡文云不知得登峯造極不文選謝玄暉觀雨詩曰空濛如薄霧江淹詩悠悠蘊眞趣膚寸見上注只今中宮寺在昔漫郎宅更作老夫船檣竿插蒼石漫郎謂元結見上注結有浯溪銘序曰浯溪在湘水南北匯于湘愛其勝異遂家溪畔溪世無名稱者也爲自愛之故名曰浯溪埤蒼曰帆柱曰檣唐獨孤及招北客文曰摧檣折竿老杜詩前臨洪濤寬却立蒼石大

太平寺慈氏閣元注云晚與曾公袞同登

青玻瓈盆插千岑湘江水清無古今何處拭目窮表裏太平飛閣暫登臨退之詩豁呀巨壑頗黎盆文選楊德祖牋曰觀者駭視而拭目表裏山河見上注文選謝靈運有登臨海嶠與從弟惠連詩按楚辭宋玉九辯曰登山臨水送將歸朝陽不聞皂蓋下愚溪但見古木陰元結朝陽巖銘序曰永泰丙午中自春陵至零陵愛其郭中有水石之異泊舟尋之得巖與洞此邦之形勝也以其東向遂以朝陽命之續漢志曰中二千石皂蓋朱轓元結時爲春陵郡刺史柳子厚愚溪詩序曰灌水之陽有溪焉東流入于瀟水或曰冉氏嘗居也故姓是溪爲冉溪余以愚觸罪謫瀟水上愛是溪入二三里得其尤絶者家焉更之爲愚溪嘉木異石錯置

皆山水之奇者以余故咸以愚辱焉按愚溪在永州子厚嘗謫爲司馬誰與

洗滌懷古恨坐有佳客非孤斟東京賦曰慨長思而懷古退之詩孤斟詎能醒

題淡山巖二首

陶岳零陵記云澹山巖在永州西南狀如覆盂其地宜澹竹故云澹山中有巖空闊可容數千人東南角有缺處仰望之如窗户洞照甚明

去城二十五里近天與隔盡俗子塵王介甫澶州詩曰去都二百四十里河流中間兩城峙文選謝玄暉詩曰囂塵自兹隔楚辭屈原漁父曰安能以皓皓之白蒙世俗之塵埃乎春蛙秋蠅不到耳

夏涼冬暖揔宜人曹子建七啓曰温房則冬服絺綌清室則中夏含霜老杜詩跡快頗宜人巖中清磬僧定起洞口緑樹

仙家春陶岳零陵記曰淡山巖唐咸通中僧元暢居於是至今香燈不絶按今巖側有佛寺洞口有道觀故此詩云僧定起仙家春老杜詩清聞樹杪磬遠謂雲端僧北山録云如來滅後大迦葉昇須彌山頂擊銅犍椎起五百羅漢定西天以有聲之物爲犍椎即此方鍾磬也老杜詩洞口經春長薜蘿玉臺新詠吳邁遠擬樂府曰緑樹揺雲光惜哉次山世未顯不得雄文鑱翠

珉按元次山於永州有浯溪及朝陽巖銘獨淡巖無有蓋是時未知名也陶岳零陵記載王伸浯溪詩云湘川嘉致有浯溪元結雄文向此題文選王仲宣詩惜哉空

爾爲其字本出史記宓不齊傳柳子厚作韓君誌銘曰載刻兹珉

淡山淡姓人安在徵君避秦亦不歸零陵人士謂淡山以淡竹得名或曰嘗有淡姓居之徵君謂周貞實零陵記曰周貞實零陵人居淡山石室秦始皇下詔徵之三徵皆不起遂化爲石後漢黄憲傳天下號曰徵君此用其字王介甫梁王吹臺詩繁臺繁姓人埋滅隨蒿蓬石門竹徑幾

時有瓊臺瑤室至今疑上句用退之竹洞詩意回中

明潔坐十客亦可呼樂醉舞衣元次山有大回中小回中詩言樊水之回洑也此借用以言巖洞回環其中虛明仰見天日可爲張飲之地閬州城南果何似永州淡巖天下稀老杜

閬中歌曰閬中勝事可腸斷閬州城南天下稀

明遠庵

遠公引得陶潛住美酒沽來飲無數我醉

欲眠卿且去只有空瓶同此趣山谷有戲効禪月作遠公東林詠序云初遠法師居廬山下持律精苦過中不受蜜湯而作詩換酒飲陶彭澤醉眠見上注空瓶同趣謂缾空而亦卧也蓋張籍詩有酒盡卧空缾之句晉書孟嘉傳曰公未知酒中趣耳柳子厚西山宴遊記曰意有所極夢亦同趣誰知

明遠似遠公亦欲我行庵上路多方挈取

甕頭春大白黎花十分注樂天詩甕頭正是撇嘗時法書

師利言居士此室何以空無侍者維摩詰
言諸佛國土亦復皆空涅槃經佛告文殊
汝已朽邁當須使人云何方欲爲
我給侍樂天詩百衲頭陁任運僧
論事直
如絃觀書曲肱卧
後漢五行志順帝之末
京都童謡曰直如弦死
道邊曲如鉤反封
侯曲肱見魯論
飢來或乞食有道無不
可
飢而乞食如陶淵明之徒不害其真也
淵明有乞食詩曰飢來驅我去不知竟
何之列子曰子列子窮容皃有飢色客有
言之鄭子陽者曰列禦寇蓋有道之士也
子陽遺之粟子列子再拜而辭孔
子曰我則異於是無可無不可
小山作友朋義重于輿桑
盧仝詩草石是
親情此句頗采
其意莊子曰子輿與子桑友而淋雨十
日子輿曰子桑殆病矣裹飯而往食之
香

草當姮娥不須珠翠粧
王逸離騷序曰善
鳥香草以配忠貞
樂天詩綠桂爲佳客紅蕉當美人曹
子建七啓曰山鷄斥鷃珠翠之珎
烏烏
窺凍硯星月入幽房
左傳曰烏烏之聲樂
鄭谷燕詩曰閑机硯
中窺水淺落花徑裏得泥香文選陸機詩
安寢北堂下明月入我牖潘安仁哀永逝
文曰撫靈櫬兮訣幽房退之
詩幽房無人感蛜蝛此借用
兒報無炊米
浩歌繞屋梁
舊唐書韓愈傳雖晨炊不給
怡然不介意老杜詩長歌激
屋梁按列子曰韓娥東之齊匱糧過雍門
鬻歌假食既去而餘音繞梁欐三日不絕
此借用以言能傲貧賤也楚詞九歌曰臨
風怳兮浩歌宋玉神女賦曰耀乎若白日
初出
屋梁

且漣百年共如此安用涕滂沱
退之詩柳
花還漠漠
選詩里無曲突煙漢書楊惲傳曰人生行
樂耳須富貴何時左傳曰俟河之清人壽
幾何代櫂詩曰河水清且漣
漪楚詞曰橫流涕兮潺湲
蔣侯眞好事
杖屨喜接連車載溪中骨推排若差肩厭
看孔壬面醜石反成妍
溪中骨謂石也漢
書朱買臣傳相推
排陳列中庭拜謁曲禮注曰肩隨者與之
並行差退元稹作老杜墓銘曰李白樂府
歌詩誠亦差有於子美矣書曰巧
言令色孔壬選詩曰皎潔不成妍
感君勸
我醉吾亦無間然亂我朱碧眼空花墜便
翾行動須人扶那能金石堅
魯論曰禹吾
無間然矣大

白詩曰催絃拂柱與君飲看朱成碧顏始
紅韻書曰翾翾小飛也又曰便嬛輕麗也
此借用老杜詩此生已愧須人扶文選古
詩曰人生非金石豈能長壽考漢書賈誼
傳曰堅
若金石
愛君雷氏琴湯湯發朱絃但恨賞
音人太半隨逝川
雷氏蜀人善製琴爲世
所寶家語曰伯牙志在
高山子期曰善哉巍巍乎若在高山少選
之間志在流水子期曰善哉湯湯乎若在
流水子期死伯牙鼓琴絕絃終
身不復鼓賞音逝川並見上注
平生有詩
病如痼不可痊今當痛自改三釁復三湔
柳子厚荅崔黯書曰凡人好辭工書者皆
病癖也吾不幸早得二病纏結心腑牢甚
顧斯須忘之而不克文選劉公幹詩余嬰
沈痼疾而李善注引禮記曰身有痼疾說

文曰痼乆也三釁三浴見上注退之詩懼終莫洗湔

游愚溪 并序

三月辛丑同徐靖國到愚溪過羅氏脩竹園入朝陽洞蔣彥回陶介石僧崇慶及余於朝陽巖裴回水濵乆之有白雲出洞中散漫洞口咫尺欲不相見介石請作五字記之

意行到愚溪竹輿鳴擔肩 韓孟城南聯句曰刈熟擔肩頳

冉溪昔居人埋沒不知年偶託文字工遂

以愚溪傳柳侯不可見古木蔭濺濺 冉溪見上注劉禹錫詩會書圖扇上知君文字工柳子厚石澗記曰交絡之流觸激之音皆在床下翠羽之木龍鱗之石均蔭其上柳侯字見退之羅池廟碑楚詞曰石瀨兮淺淺按淺與濺同濺濺水疾流皃音箋

羅氏家瀟東瀟西讀書圃筍出不避道檀欒搖春煙 梁王兎園賦曰脩竹檀欒夾池水

下入朝陽巖次山有銘鐫蘚石破篆文不辨瞿李裒 次山銘見上注次山陽華巖銘曰江華縣大夫瞿令問藝兼篆籒俾依石經刻之法書苑云李陽冰趙郡人善小篆裒氏未詳

嵌竇嚮笙磬洞中出寒泉同遊三五客拂石弄潺湲 老杜詩遠川曲通流嵌竇潜洩瀨詩曰笙磬同音又曰爰有寒泉在浚之下謝靈運詩乘月弄潺湲

俄頃生白雲似欲駕我仙吾將從此逝挽牽遂回船 文選江賦曰千里俄頃莊子曰乘雲氣御飛龍而遊乎四海之外漢書高帝紀曰吾亦從此逝矣挽牽言爲其子所挽留也太白詩出門妻子強牽衣又曰稽山無賀老空棹酒舩回退之詩波悪強牽挽

代書寄翠巖新禪師 黄龍死心悟新和尚晦堂老人之嫡子叢林謂之新孟八初住洪州分寧之雲巖次住西山翠巖後住黃龍山谷嘗參晦堂新清二老蓋其道伴

山谷青石牛自負萬鈞重 舒州皖公山三祖僧璨大師道場是爲山谷寺西北有石牛洞其石狀若伏牛因以爲名錢紳同安志云初李伯時畫魯直坐於石牛上魯直因自號山谷道人

八風吹得行處處是日用又將十六口去作宜州夢 寒山子詩曰寒山無漏巖其巖甚濟要八風吹不動萬古人傳妙此反而用之按寶積經及大毗婆沙論以利衰毀譽稱譏苦樂爲八風大毗婆沙論又曰佛亦曾遇此世八法如何說佛解脫答曰雖遇此事而不生染故說解脫傳燈録龐居士傳石頭問曰子自見老僧已來日用事作麼生呈一偈云日用事無別唯吾自偶諧頭頭非取捨處處勿張乖朱紫誰爲號丘山絶點埃神通并妙用運水及般柴老杜詩兩京三十口雖在命如絲梅聖俞贈歐陽閥詩曰又隨落花飛去作江西夢社牧之詩云十年一覺揚州夢時

山谷携其子舍井亡弟知命骨肉俱往苦憶新老人是我法梁棟信手斫方圓規矩一一中高僧羅什傳曰釋慧遠學貫群經棟梁遺法潙山禪師警策亦云心期佛法棟梁用作後來龜鏡樂普禪師頌曰入荒田不揀信手拈來草莊子曰方者中矩圓者中規遥思靈源叟分坐法席共靈源叟名惟清亦嗣晦堂新之法弟也後住黃龍法華經曰尔時多寶佛於寶塔中分半座與釋迦牟尼佛而作是言釋迦牟尼佛可就此座又按雜阿含經云尊者迦葉着弊衲衣來詣佛所時諸比丘心生輕慢世尊告摩訶迦葉於此半坐我今竟知誰先出家汝邪我邪彼諸比丘心生恐怖身毛皆竪聊持楚狂句往作天女供楚狂見上注維摩經曰時維摩詰室有一天女見諸天人聞所說法便現其身即以天華散諸菩薩大弟子上嶺上早梅春參軍慙獨弄宜州在嶺南此句謂違去道伴無與共禪悅游戲爾獨弄俳優本出俗諺按因話錄曰肅宗宴宮中女優有弄假官戲其綠衣秉簡者謂之參軍樁

戲荅歐陽誠發奉議謝余送茶歌

歐陽子出陽山山奇水怪有異氣生此突兀能豹顏退之送區冊序曰陽山天下之窮處也陸有丘陵之險水有江流悍急橫波之石又送廖道士序曰郴之爲州當中州清淑之氣蜿蟺扶輿磅礴而鬱積其水土之所生神氣之所感必有魁奇忠信才德之民生於其間又送張道士詩曰張侯嵩高來面有熊豹姿按陽山隸連州飲如江入洞庭野唐人詩酒腸俱逐洞庭寬莊子曰帝張樂於洞庭之野老杜詩石硯歌曰揮灑容數人十手可對面詩成十手不供寫老來抱璞向涪翁東坡元是知音者抱璞用卞和事見上注後漢方術郭玉傳有老父漁釣涪水因號涪翁山谷謫涪州別駕亦嘗以自稱或云涪皤蒼龍璧官焙香涪翁投贈非世味自許詩情合得嘗退之詩吾老世味薄東坡詩亦云吾衰向老世味薄所好未衰唯飲茶蘚能謝王彥威寄茶詩云麁官乞與眞抛却頼有詩情合得嘗却思翰林來餽光祿酒兩家水鑑共寒光翰林謂東坡按唐志光祿卿有良醖署水鏡見上注予乃安敢比東坡有如玉槃金叵羅直相千萬不曾過漢書曹參傳惠帝曰朕乃安敢望先帝此用其語律應劭漢官儀曰封禪壇南有玉盤北史祖珽竊金叵羅藏髻中李太白詩蒲萄酒金叵羅孟子曰或相千萬老杜詩方駕曹劉不曾過愛公好詩又能多老夫何有更橫戈槊此于思百戰何退之詩云四句意能多又詩文戰誰與敵浩汗橫戈鋋左傳華元巡功城者謳曰于思于思弃甲復來使其驂乘謂之曰牛則有皮犀兕尚多弃甲則那注云于思多鬚之皃歐陽君必多鬚故用此事

到桂州

桂嶺環城如鴈蕩平地蒼玉忽嶒峩鴈蕩山在今温州李成不在郭熙死柰此百嶂千峰何名畫評曰李成營丘人能畫山水林木當時稱爲第一張文懿公詩曰李成謝世范寬死唯有高陽許道寧退之石鼓歌曰少陵無人謫仙死才薄其柰石鼓何

答許覺之惠桂花椰子茶盂二首

彥先

萬事相尋榮與衰故人別來鬢成絲選詩纏綿自相尋老杜詩鄭公樗散鬢成絲欲知歲晚在何許唯說山中有桂枝文選阮嗣宗詩良辰在何許劉安招隱士曰桂樹叢生兮巖之幽又曰攀援桂枝兮聊淹留

碩果不食寒林梢剖而器之如懸匏故人相見各貧病且可烹茶當酒肴易剝卦之上九曰碩果不食文選陸士衡歎逝賦步寒林而悽惻張景陽七命曰剖椰子之殼按劉淵林吳都賦注云椰樹似檳榔實大如瓠核可作飲器家語曰剖而食之甘如蜜魯論曰其使人也器之潘岳笙賦河汾之寶有曲沃之懸匏焉頻弁詩爾酒既旨爾肴既嘉

以椰子茶缾寄德孺二首

碩果霣林梢可以代懸匏携持二十年煮茗當酒肴我今禦魑魅學打衲僧包聊持

堅重器遺我金石交祖庭事苑載打包說曰毗柰耶雜事云佛言苾蒭應以袋盛衣今禪人腰囊亦承佛之制也詩中所用字並見上注左傳祈招之詩曰式如玉式如金注云取其堅重劉師服石鼎聯句云徒尒堅重性

又

炎丘椰木實入用隨茗椀譬如楛矢砮但貴從來遠家語孔子在陳有隼集陳侯之庭而死楛矢貫之石砮其長尺有咫惠公使人持隼如孔子館而問焉孔子曰隼之来遠矣此肅愼氏之矢注云楛木名砮箭鏃韓詩外傳曰黃鵠無五德君猶貴之以其所從来者遠矣往時萬里物今在籬落間知公一拂拭想我瘴霧顏上兩句山谷自況世說桓玄就桓崖求桃不得佳者玄與殷仲文書曰德之休明則肅愼氏貢其楛矢如其不爾籬壁間物亦不可得此借用籬落見上注

寄黃龍清老三首

萬山不隔中秋月一鴈能傳寄遠書退之詩東西南北皆欲往千江隔兮萬山阻謝莊月賦曰隔千里兮共明月老杜詩邊秋一鴈聲深密伽陁枯戰筆眞成相見問何如佛書有解深密經涅槃經曰因本經以偈頌名衹夜餘有說四句偈名伽陁祖庭事苑曰伽陁此云諷頌或名直頌謂直以偈說法法書苑曰平𥓲法口訣云不遲不疾戰筆側去此借用末句謂見其翰墨千里如對面也老杜詩道甫問訊今何如

風前橄欖星宿落日下桄榔羽扇開異物志曰橄欖生南海浦嶼間八月乃熟木高大難採以蓋擦木身其實自落嶺表録云桄榔樹身皮葉與蕃棗檳榔等小異羽扇見上雉尾注

憶清秋忽遣化人來僧寶傳曰清老居黃龍未幾寶覺歿即移昭默堂中有相疾居昭默堂頽然坐一室古詩上有長相憶下有加飡食維摩經云維摩詰不起於座居衆會前化作菩薩而告之曰汝往上方界分有國名衆香佛號香積彼諸大士見化菩薩即以問佛佛告之曰維摩詰爲諸菩薩說法故遣化來列子曰周穆王時西域之國有化人來

騎驢覓驢但可笑非馬喻馬亦成癡傳燈録誌公大乘讚曰不解即心即佛眞似騎驢覓驢莊子曰以馬喻馬之非馬不若以非馬喻馬之非馬也兩句皆言知道者少

一天月色爲誰好二老風流只自知老杜宿贊公房詩云相逢今夜宿隴月向人圓又詩不知明月爲誰好又寄贊上人詩云與子成二老來往亦風流。孟子二老者天下之大老也此借用其字

宜陽別元明用觴字韻

霜須八十期同老酌我仙人九醞觴元注云衍者言吾兄弟皆壽八十近得重醞法甚妙。西京雜記漢制宗廟八月飲酎用九醞

明月灣頭松老大永思堂下草荒涼明月灣永思堂皆在雙井堂在先墓之側故以永思爲名老杜詩惆悵老大藤沉吟屈蟠樹退之書曰窮居荒凉草樹茂密按文選北山移文曰石徑荒凉徒延佇

千林風雨鶯求友萬里雲天鴈斷行言鳥猶求友而我獨與兄別也樂天詩樹集鶯朋友雲行鴈弟兄劉禹錫詩見鴈隨兄去聽鶯求友聲又詩斷行隨鴈翅孤嘯聳鳶肩

別夜不眠聽鼠齧非關春茗攪枯腸別緒難爲情自不能寐非以茗攪破睡也盧仝茶歌三椀搜枯腸

和范信中寓居崇寧遇雨二首

范侯來尋八桂路走避俗人如脫兔山海經曰桂林有八樹在番禺東孫子曰後如脫兔敵不及距

衣囊夜雨寄禪家行潦升階漂兩屨漢書王吉傳曰所載不過囊衣詩曰泂酌彼行潦曲禮曰戶外有二屨

遣悶悶不離眼前避愁愁已知人處老杜有遣悶詩庾信愁賦曰閉戶欲驅愁愁終不肯去深藏欲避愁愁已知人處

慶公憂民苗未立晏公憂水推去慶晏蓋崇寧兩禪僧漢書劉章傳曰立苗欲疏

兩禪有意開壽域歲晚築室當百堵徽宗崇寧三年詔天下置崇寧寺觀爲上祈年漢書王吉傳曰驅一世之民躋之仁壽之域斯干詩曰築室百堵

它時無屋可藏身且作五里公超霧無屋藏身蓋宗門中事船子和尚謂夾山云汝向去直須藏身處沒蹤跡沒蹤跡處莫藏身謝承漢

書曰張楷字公超性好道術能作五里霧

當年游俠成都路黃犬蒼鷹伐狐兔范君蓋西蜀人漢書司馬遷傳贊曰序游俠則退處士而進姦雄選詩曰京華游俠窟二十始肯爲儒生行尋丈人奉巾屨巾屨見上注千江渺然萬山阻抱衣一囊遍處處或持劒掛宰上回亦有酒罷壺中去退之詩于江隔兮萬山阻又云情多地遐兮偏處處史記曰吳季札北過徐徐君好季札劒口不敢言季札知之爲使上國未獻還至徐徐君已死乃解其寶劒繫徐君冢樹而去曰始吾以心許豈以死倍吾心哉公羊傳曰宰上之木拱矣注云宰冢也後漢費長房傳市中有老翁賣藥懸一壺於肆頭及市罷輒跳入壺中長房詣翁翁乃與俱入壺中唯見玉堂嚴麗旨酒甘肴盈衍其中共飲畢而出翁曰我神仙之人以過見責今事畢當去子寧能相隨乎昨來禪榻寄曲肱上雨傍風破環堵退之南海廟碑曰上雨傍風無所蓋障禮記曰儒有環堵之室何時鯤化北溟波好在豹隱南山霧見上注樂天詩好在李使君

乞鍾乳於曾公衮

寄語曾公子金丹幾時熟願持鍾乳粉實此磬懸腹江文通別賦曰鍊金鼎而方堅李善注云鍊金爲丹之鼎也抱

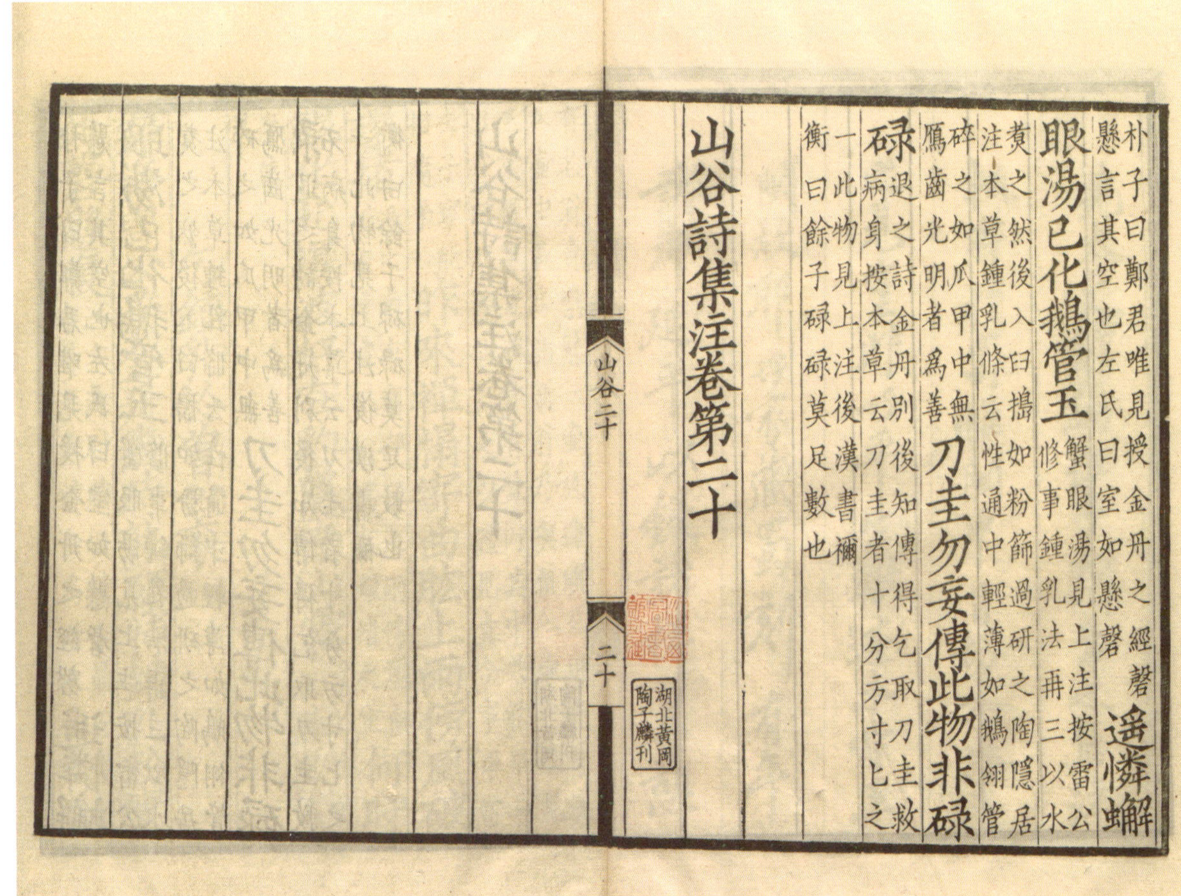

朴子曰鄭君唯見授金丹之經磬懸言其空也左氏曰室如懸磬遥憐蟹眼湯已化鵝管玉蟹眼湯見上注按雷公修事鍾乳法再三以水煮之然後入臼擣如粉篩過研之陶隱居注本草鍾乳條云性通中輕薄如鵝翎管碎之如爪甲中無鴈齒光明者爲善刀圭勿妄傳此物非碌碌退之詩金丹別後知傳得乞取刀圭救病身按本草云刀圭者十分方寸匕之一此物見上注後漢書禰衡曰餘子碌碌莫足數也

山谷詩集注卷第二十

湖北黃岡陶子麟刊

先太史詩編任子淵為之集注
板行於蜀惟閩中自坊本外未
之見豈非以平生轍迹未嘗至
閩故耶垺家藏蜀刻有年
試郡延平以鋟諸梓且愬

山谷原䟦 一

寂圖二詩舊亦僅著其目參
考家集遂成全書句裒宗
風垺童識其趣獨念高曾規
矩百五猶荒心焉手披口吟不
敢廢墜世之登詩壇者相與

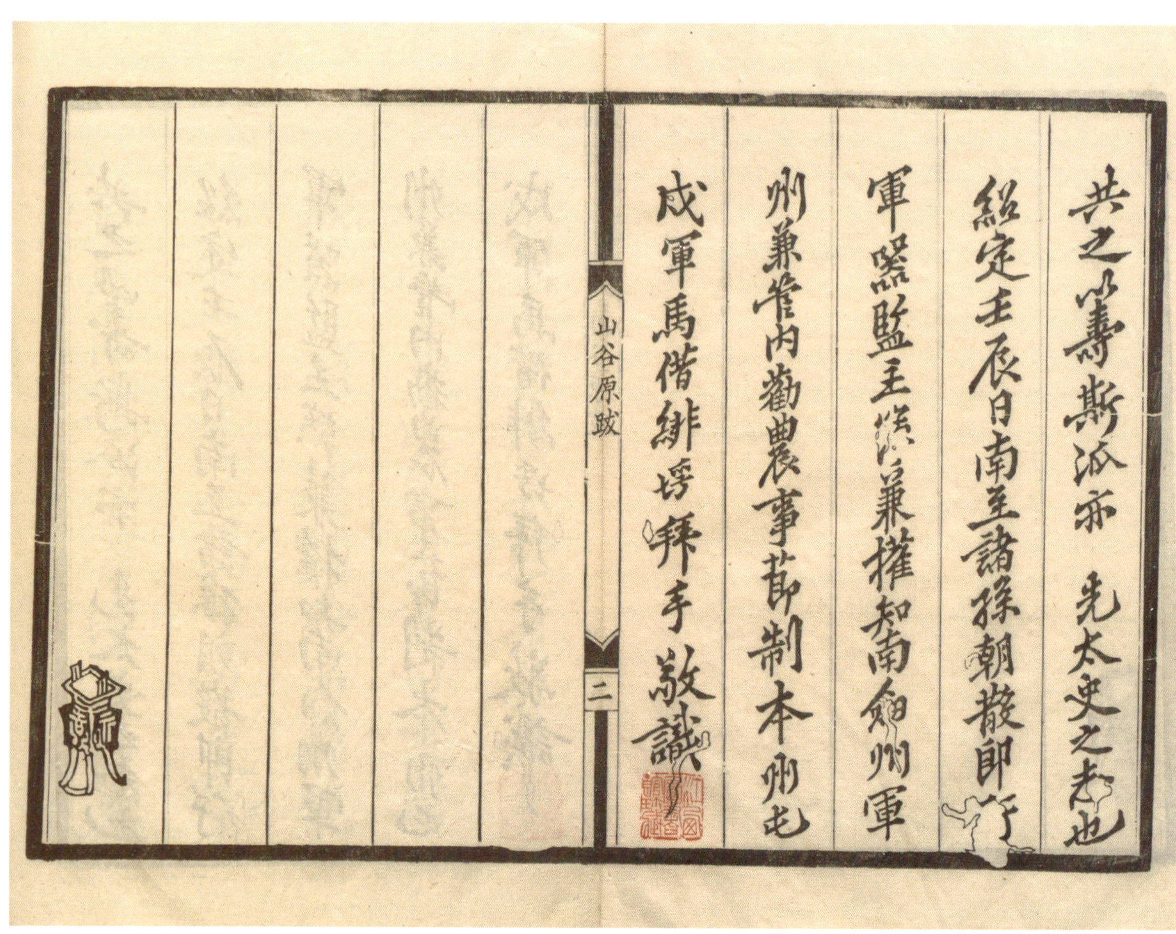

共之以壽斯泒亦 先太史之志也
紹定壬辰日南至諸孫朝散郎行
軍器監丞垺以兼權知南劍州軍
州兼管內勸農事節制本州屯
戍軍馬借緋垺拜手敬識

山谷原䟦 二